सुभद्रा

सुभद्रा

नरेन्द्र कोहली

वाणी प्रकाशन

वाणी प्रकाशन

4695, 21-ए, दरियागंज, नयी दिल्ली 110 002

फ़ोन : +91 11 23273167 फ़ैक्स : +91 11 23275710

शाखाएँ

अशोक राजपथ, पटना 800 004, बिहार

कॉफ़ी हाउस कैम्पस, महात्मा गांधी मार्ग, इलाहाबाद 211 001, उत्तर प्रदेश

महात्मा गांधी अन्तरराष्ट्रीय हिन्दी विश्वविद्यालय, वर्धा 442 001, महाराष्ट्र

सुल्तानिया रोड, मोतिया पार्क, भोपाल 462 001, मध्य प्रदेश

www.vaniprakashan.com
marketing@vaniprakashan.in
sales@vaniprakashan.in

SUBHADRA
by Narendra Kohli

ISBN : 978-81-949398-7-0
Novel

प्रथम संस्करण 2021

मूल्य : ₹ 495

शिव शक्ति प्रिंटर्स, दिल्ली-110 095 में मुद्रित

वाणी प्रकाशन का लोगो मक़बूल फ़िदा हुसेन की कूची से

"अर्जुन!"

अर्जुन ने पलटकर देखा प्रभास क्षेत्र में इस एकान्त सागर–तट पर उसे पहचानने वाला कौन था?...उसकी आँखें क्षण–भर के लिए आश्चर्य में फैलीं और फिर जैसे उसका मन विह्वल होकर जल के रूप में उसकी आँखों में समा गया।...उसके सामने कृष्ण खड़ा था। रुकना अर्जुन के लिए सम्भव नहीं था। अगले ही क्षण अर्जुन, कृष्ण की आमन्त्रणमयी भुजाओं में समा गया।

"तुम यहाँ कैसे?" अलग होते ही अर्जुन ने पूछा।

"उल्टी बात कर रहे हो मित्र! यह प्रभास क्षेत्र है, हमारा क्षेत्र! चकित तो मुझे होना चाहिए कि तुम यहाँ कैसे!"

"मुझे कुछ अनुमान तो था कि मैं द्वारका के निकट हूँ किन्तु ठीक–ठीक कितनी दूर हूँ यह नहीं जानता था।" अर्जुन बोला, "तुम यहाँ किसी काम से आये हो?"

"तुम्हारा स्वागत करने ही आया हूँ। यदि यह काम है तो समझ लो काम से आया हूँ, अन्यथा अपना सुख प्राप्त करने आया हूँ।"

"तुम्हें सूचना थी कि मैं यहाँ हूँ?"

"हाँ!" कृष्ण मुस्कुराये, "अपने क्षेत्र में आने–जानेवाले लोगों की खोज–ख़बर नहीं रखेंगे, तो यादव अपना शासन कैसे चलायेंगे।"

"पर कैसे?" अर्जुन चकित था, "क्या यहाँ आने–जानेवाले हर व्यक्ति की सूचना तुम्हें रहती है?"

"नहीं! प्रत्येक व्यक्ति की नहीं किन्तु यहाँ की गतिविधि की सूचना तो रखनी ही पड़ती है। तीर्थ–स्थलों की शान्ति बनी रहे और वहाँ आनेवाले यात्री कष्ट न पायें, उसके लिए शासन को सजग तो रहना ही पड़ता है। इसलिए जब कोई विशिष्ट व्यक्ति आ जाये तो हमें उसकी सूचना भी मिल जाती है।" कृष्ण की वाणी कुछ गम्भीर हो गयी, "और अभी तो चारों ओर हमारे विरोधी फैले हुए हैं, उनसे अपनी रक्षा के लिए भी हमें अपनी आँखें खुली रखनी पड़ती हैं, और अपने तटों पर निरन्तर प्रहरी के समान सजग रहना पड़ता है।"

"किन्तु यहाँ प्रहरी कहाँ हैं? मुझे कोई सैनिक चौकी तो दिखायी ही नहीं पड़ी।" अर्जुन बोला।

"जो दिखायी पड़ें, वे प्रहरी नहीं होते, क्योंकि शत्रुओं और अपराधियों को यह ज्ञात होता है कि उन्हें किससे बचना है अथवा किसको अपने प्रभाव से शिथिल कर उसे कर्तव्यच्युत करना है।" कृष्ण हँस पड़े, "शासन को ईश्वर के ही समान सर्वव्यापी किन्तु अदृश्य होना चाहिए पार्थ! जो प्रकट है, वह बल है, शासन तो अदृश्य होता है। अकारण बल–प्रदर्शन नहीं होना चाहिए।"

"तुम्हारी गुप्तचर–व्यवस्था पर्याप्त दृढ़ मालूम होती है।" अर्जुन हँसा, "नहीं तो एक तीर्थ–स्थान पर एक संन्यासी का आगमन कोई ऐसी घटना तो नहीं, जिसकी सूचना तुम तक पहुँच जाये।"

"आओ! कहीं बैठें।" कृष्ण ने कहा, "हमारा सागर–तट बहुत सुन्दर है।"

अर्जुन ने कुछ नहीं कहा, चुपचाप कृष्ण के पीछे–पीछे चल पड़ा।

कृष्ण के निकट खड़े होकर उसने सागर–तट की ओर देखा : सचमुच बहुत सुन्दर स्थल था। अपनी इस यात्रा में अर्जुन ने सहस्रों योजनों तक फैला सागर–तट देखा था। सागर ने उसे सदा ही लुभाया था, फिर भी उसे तनिक भी सन्देह नहीं था कि अनन्त सागर कहीं बहुत संकीर्ण भी दिखायी देता था, कहीं उद्दाम, कहीं बहुत प्रचण्ड। कहीं–कहीं चट्टानों के सम्मुख वह अवश, अक्षम और निरीह भी हो जाता था। उसका सौन्दर्य जल का ही सौन्दर्य था, और जल सब

कहीं था, फिर भी उसका कोई रूप मनमोहक था, कोई नहीं। लहरें तो सब एक जैसी ही थीं, फिर भी जैसे प्रत्येक लहर, दूसरी लहर से भिन्न थी, और पर्याप्त नवीनता लिए हुए थी।...

"तुम्हें यह ज्ञात था कि मैं इन्द्रप्रस्थ में नहीं हूँ?" अर्जुन ने बैठते हुए कहा।

"हाँ! इन्द्रप्रस्थ छोड़े, तुम्हें वर्षों हो गये, क्या अब तक मुझे यह सूचना ही नहीं मिलती?"

"मेरे इन्द्रप्रस्थ छोड़ने का कारण भी ज्ञात है?"

"हाँ! कारण भी ज्ञात है। तुम तो ऐसे पूछ रहे हो, जैसे इन्द्रप्रस्थ से हमारा कोई सम्पर्क ही न हो। हमारे पत्र–वाहक इन्द्रप्रस्थ आते–जाते हैं, इसलिए सूचनाएँ मिलती रहती हैं।"

"मैंने इन्द्रप्रस्थ छोड़कर कुछ अनुचित तो नहीं किया?"

"यहाँ प्रसंग उचित और अनुचित का नहीं है," कृष्ण बोले, "तुम इन्द्रप्रस्थ से चले आये, इसलिए इन्द्रप्रस्थ का विकास नहीं हुआ, उसका विकास थम गया, किन्तु तुमने इतनी लम्बी यात्रा की, इतने नये सम्बन्ध बनाये, नयी परिस्थितियों से जूझे, तो तुम्हारा अपना विकास हुआ। अब इसका समाधान कौन–सा गणित करेगा कि यह लाभप्रद था या हानिप्रद, उचित था या अनुचित!"

"वस्तुतः अपने पारिवारिक सन्तुलन को बनाये रखने के लिए आवश्यक था कि इस प्रकार का कोई विधान बनाया जाये। वह हमने बनाया।" अर्जुन बोला, "अब यह संयोग ही था कि मुझे ही एकान्त में बैठे धर्मराज और द्रौपदी के दर्शन करने पड़े। अतः उसका दण्ड तो मुझे स्वीकार करना ही था।"

"दण्ड का विधान क्या था?"

"दण्ड के अनुसार मुझे बारह वर्ष इन्द्रप्रस्थ तथा अपने भाइयों से दूर रहना था।" अर्जुन बोला, "किन्तु नीति यह भी थी कि जो इस दण्ड के अधीन इन्द्रप्रस्थ तथा अपने परिवार से दूर रहे, वह अपना समय व्यर्थ इधर–उधर नष्ट न करे, अतः वह वनवास करे तथा ब्रह्मचर्य का पालन करे, ताकि बाध्य होकर किये गये इस वनवास में वह कुछ

साधना तथा तपस्या कर, अपना विकास कर सके।" अर्जुन रुका, "किन्तु परिस्थितियों ने मुझे न तो पूर्णरूपेण वनवास करने दिया, और न ही ब्रह्मचर्य का पालन ही।"

"वह सब मुझे ज्ञात है।" कृष्ण ने उत्तर दिया, "और अच्छा ही है कि तुम उलूपी और चित्रांगदा के प्रासादों में रह आये हो, अन्यथा तुम द्वारका चलने से भी इनकार कर देते।"

"तो तुम यह भी जानते हो कि मैं कब कहाँ हूँ?"

"नहीं! हर समय निश्चित सूचना तो नहीं होती थी कि तुम कहाँ हो, किन्तु तुम्हारी यात्रा की प्रगति का कुछ–न–कुछ अनुमान तो रहता ही था।" कृष्ण ने उत्तर दिया, "इसीलिए एक प्रकार से मुझे तुम्हारी प्रतीक्षा भी थी।"

"इन्द्रप्रस्थ का क्या समाचार है?" अर्जुन पूछे बिना नहीं रह सका, यद्यपि उसके मन में एक अटपटी–सी अनुभूति यह भी थी कि उसने अभी कृष्ण, उसके परिवार और द्वारका के विषय में कुछ भी नहीं पूछा है।

"इन्द्रप्रस्थ के भीतर प्रायः सब कुछ ठीक–ठाक ही है, किन्तु मेरी दृष्टि में उसका विकास अवरुद्ध है।" कृष्ण ने गम्भीर स्वर में कहा, "धर्मराज युधिष्ठिर के मूर्धाभिषिक्त होने का जो लाभ आर्यावर्त्त को होना चाहिए था, वह अभी तक नहीं हो पाया है।..."

"क्यों?"

"उनके चारों ओर विरोधी शक्तियाँ सक्रिय हैं।" कृष्ण बोला, "और वे उनका दमन नहीं कर रहे।"

"दमन कर नहीं रहे या दमन करने में असमर्थ हैं?"

"सामर्थ्य शारीरिक भी होती है और मानसिक भी अर्जुन! इस समय इन्द्रप्रस्थ में दोनों का ही अभाव है।"

"मैं समझा नहीं।" अर्जुन बोला।

"कुछ शत्रु ऐसे हैं, जिनका दमन करने के साधन पाण्डवों के पास नहीं हैं।" कृष्ण ने बताया, "और कुछ शत्रु ऐसे हैं जिनके दमन में समर्थ होते हुए भी धर्मराज अपनी वृत्ति की कोमलता के कारण, किंकर्तव्यविमूढ़–से बैठे हैं।"

"हाँ महाराज युधिष्ठिर ने आनृशंसता का संकल्प ले रखा है।"

"नृशंस तो किसी को होना ही नहीं चाहिए। दया, मानवता के उच्चतम आदर्शों में से एक है, किन्तु दया और आत्मघात में अन्तर है।" कृष्ण के मुख–मण्डल पर जैसे कोई दिव्य प्रकाश था, "राजा को क्रूर नहीं होना चाहिए, किन्तु शत्रुओं और अत्याचारियों के दमन के लिए उसे कठोर तो होना ही पड़ेगा। यदि वह अपनी ही रक्षा नहीं करेगा, तो प्रजा की रक्षा कैसे करेगा? यदि राजा सर्प के प्रति कठोर नहीं होगा, तो गाय की रक्षा कैसे होगी? क्या हम सर्पों को यह अनुमति देंगे कि वे हमारी गोशालाओं में घुस आयें और मनमाने ढंग से हमारे गोधन को नष्ट कर दें?"

"ठीक कहते हो मित्र?" अर्जुन बोला, "किन्तु धर्मराज की प्रकृति तो नहीं बदली जा सकती।"

"प्रकृति तो किसी की भी नहीं बदली जा सकती।" कृष्ण बोले, "और प्रकृति को बदलने की आवश्यकता भी क्या है! बदलनी तो मात्र नीति है। अपने कर्तव्य की पूर्ति के लिए कठोरता धारण करने से न कोई पतित होता है, न मानवता–शून्य! धर्मपरायण होने का अर्थ मूर्ख होना तो नहीं है न! हमें अपने भ्रमों से मुक्त होना है, न्याय–अन्याय के बोध से नहीं! हमें अपना अहंकार और मोह त्यागना है। अपने अधिकारों का त्याग तो आत्मघाती होगा पार्थ!" और सहसा, कृष्ण ने जैसे अपने आपको पूर्णतः परिवर्तित कर लिया, "चलो! उठो! अब द्वारका चलते हैं। तुम भी यादवों की राजधानी को देखो।"

वे उठकर खड़े हो गये थे।

"इस वेश में?" अर्जुन ने पूछा।

कृष्ण ने लीलामयी दृष्टि से अर्जुन की ओर देखा : इतनी देर के वार्तालाप में, उनका मन विचारों में मग्न था और अर्जुन के वेश को जैसे वे विस्मृत ही कर चुके थे, "वैसे तो तुम इस वेश में भी चलते तो कोई हानि नहीं थी...कुछ विनोद ही रहता, किन्तु यदि तुम्हें लगता है कि द्वारका की सुन्दरियाँ तुम्हें तुम्हारे सुसज्जित राजकुमार के वेश में ही देखें तो वही सही।" कृष्ण ने अपना हाथ बढ़ाकर उसे उठाया,

"पहले हम रैवतक पर्वत पर चलते हैं। कुछ दिन वहाँ रह लो। अपनी इच्छानुसार अपना रूप सँवार लो, फिर जब उचित समझो, तब द्वारका चलो। तब तक मैं द्वारका को भी तुम्हारे स्वागत के लिए सँवार दूँगा।"

अर्जुन के मन में रैवतक पर्वत को लेकर अनेक प्रश्न थे, किन्तु अपनी जिज्ञासा को इस प्रकार प्रकट करने में उसे कुछ संकोच हो रहा था, जब कृष्ण उसे वहाँ ले ही जा रहा है, तो बालकों के समान व्यर्थ में प्रश्न पूछ–पूछ कर उसे परेशान करने की क्या आवश्यकता थी। वह स्वयं वहाँ जाकर अपनी आँखों से सब कुछ देख लेगा...फिर आवश्यकता होगी, तो पूछ भी लेगा...

रैवतक ने अर्जुन को सचमुच चकित कर दिया। यह एक प्रकार से यादवों की राजधानी का ही अंग था, किन्तु उनके दैनन्दिन जीवन का अंग न होकर, उनके जीवन का समारोह था। उन्होंने इस पर्वत को जैसे अपने उत्सवों के लिए सजा रखा था। कोई समाज हो, कोई उत्सव हो, कोई धार्मिक समारोह हो...उसके लिए वे लोग यहीं आते थे। उन्होंने इसी पर्वत की सबसे ऊँची चोटी पर महादेव के एक विशाल मन्दिर की स्थापना की थी और उसके आस–पास अत्यन्त मनोरम उद्यानों का एक सात्विक संसार रचा था। उससे कुछ नीचे उतरकर उस मार्ग का निर्माण किया गया था, जो रैवतक की परिक्रमा के उपभोग में आता था। परिक्रमा का यह मार्ग मानो लौकिक और अलौकिक सुखों की सीमा–रेखा थी। लौकिक सुख, समारोह, आयोजन, भोग और वैभव–प्रदर्शन...सबके सब, उस पथ के नीचे ही रह जाते थे। ऊपर के क्षेत्र में केवल धार्मिक समारोह होते थे और उसमें भाग लेने के लिए, लौकिक भावों को नीचे ही त्याग कर जाना होता था।...परिक्रमा–पथ से नीचे उतरकर क्रीड़ा के अनेक आयोजन दिखायी देते थे। वहाँ वैभवशाली यादवों के अनेक निजी प्रासाद थे, जिनका उपयोग एकान्तवास के लिए भी होता था और निजी उत्सवों के लिए भी। सार्वजनिक उत्सवों, मेलों और समाजों के लिए विस्तृत

क्रीड़ा–भूमि और विलास भवनों का निर्माण किया गया था...रैवतक–क्षेत्र में कृष्ण का भी अपना भवन था। कृष्ण के सेवकों को यह सूचना थी कि उनके स्वामी अपने किसी अत्यन्त सम्मानित अतिथि के साथ भवन में पधार रहे हैं और यहाँ वे कुछ दिन निवास करेंगे। सेवकों ने अर्जुन की वेशभूषा के प्रति तनिक भी आश्चर्य प्रकट नहीं किया था। उनका व्यवहार अत्यन्त सहज और सामान्य था, जैसे इस प्रकार के लोग यहाँ प्रायः आया–जाया करते हों।

"तुम प्रायः यहाँ आकर रहते हो क्या?" अर्जुन ने पूछा।

"जब कोई समाज नहीं होता तो एकान्तवास के लिए यह बहुत अच्छा स्थान है।" कृष्ण ने बताया।

...तो यह एक प्रकार से द्वारका से बाहर कृष्ण का गुप्त स्थान था। गुप्तचर यहीं उनसे भेंट करते होंगे। वे विभिन्न प्रकार की वेश–भूषाओं में आते होंगे।...पर कृष्ण अपनी दार्शनिक चर्चाओं के लिए विद्वानों, ऋषि–मुनियों, चिन्तकों–बुद्धिजीवियों तथा साधकों के साथ भी तो गोष्ठियाँ करते होंगे। उनके लिए भी वह बहुत उपयुक्त स्थान था...नगर से दूर, पर्वत के ऊपर, जहाँ के गवाक्षों से सागर की लहरें दिखायी देती हों और उनका गर्जन सुनायी देता हो...

"और जब कोई समाज होता है?"

"तो द्वारका का सारा वैभव, विलास, सुख और उन्माद यहीं एकत्रित हो जाता है। विश्वकर्मा ने इन्द्रप्रस्थ में खाण्डव–वन के साथ–साथ यमुना–तट पर क्रीड़ा–भूमि और विलास–भवन का निर्माण तो किया है, किन्तु समाज–समारोह के लिए स्थान नहीं बनाया।"

"हाँ! वारणावत में उसकी व्यवस्था थी।" अर्जुन बोला, "मुझे तुम्हारे रैवतक–पर्वत से वारणावत का ही स्मरण हो आया। हाँ! यह ऊँचाई पर है और वह समतल भूमि पर स्थित है। ...क्रीड़ाओं के लिए कुछ थोड़ी–सी व्यवस्था प्रमाणकोटि में भी थी। कुरुओं के पास सागर–तट नहीं है, इसलिए उन्होंने सरिता–तट पर ही अपने क्रीड़ा–स्थल बनाये हैं। किन्तु हमारा दुर्भाग्य है, कि उन क्रीड़ा–स्थलों को हमारे लिए मृत्यु–स्थलों में परिवर्तित कर दिया गया।"

"वस्तुतः वे हमारे क्रीड़ा–स्थल नहीं थे, वे दुर्योधन के क्रीड़ा–स्थल थे और दुष्टों की क्रीड़ा भी दुष्टतापूर्ण ही होती है। सज्जन पुरुष की क्रीड़ा, जीवन को प्रोत्साहित करने तथा जिजीविषा में वृद्धि करने में है...और दुर्योधन जैसे लोगों की क्रीड़ा मृत्यु का ताण्डव करने में है।" कृष्ण की वाणी प्रसन्न प्रवाहयुक्त थी, "प्रकृति तो है ही क्रीड़ामयी। ये दोनों उसी के रूप हैं।...मैं समझता हूँ कि अभी न तो पूर्णरूपेण पाण्डवों का राज्य स्थापित हुआ है, न इन्द्रप्रस्थ का निर्माण पूरा हुआ है। जब तुम भी खाण्डव–वन से कुछ और भूमि प्राप्त करोगे तो यमुना–तट पर अपने और अपनी प्रजा के लिए एक सुन्दर और विस्तृत क्रीड़ा–भूमि का निर्माण करना।"

वे लोग रैवतक पर्वत पर दो दिन निवास कर द्वारका आ गये थे। कृष्ण ने ठीक ही कहा था, इन दो दिनों में अर्जुन ने अपना वेश द्वारका के अनुकूल बना लिया था, और द्वारका अर्जुन के लिए सुसज्जित हो गयी थी। जब तक रैवतक पर्वत से उतरकर कृष्ण के साथ अर्जुन द्वारका आया, तब तक द्वारका में यह सूचना पर्याप्त प्रचार पा चुकी थी कि पंचाल की राजधानी काम्पिल्य में, धनुर्विद्या की कठोरतम प्रतिज्ञा को पूर्ण कर महाराज द्रुपद की पुत्री, वीर्यशुल्का पांचाली कृष्णा को जय करने वाला संसार का प्रसिद्ध धनुर्धारी तथा वसुदेव की बहन कुन्ती का पुत्र अर्जुन द्वारका आ रहा है। नगर सायास सजाया हुआ प्रतीत हो रहा था। स्थान–स्थान पर तोरण बनाये गये थे और प्रायः सारे ही मार्ग में रंग–बिरंगे ध्वज लहरा रहे थे। मार्ग के दोनों ओर नर–नारी खड़े थे और जहाँ–जहाँ भवनों की अटारियाँ दिखायी देती थीं, लोगों से आकण्ठ भरी हुई प्रतीत होती थीं। भय होता था कि कहीं गवाक्षों से लोग बाहर न गिर पड़ें।...

अर्जुन को आश्चर्य हो रहा था...क्या यह सब उसके स्वागत के लिए था? उसके लिए, जो अपनी प्रतिज्ञावश एक अज्ञात पथिक की भाँति सारे जम्बूद्वीप की यात्रा कर रहा था?...यदि यही स्वागत मातुल

वसुदेव के घर में होता तो वह मान लेता कि यह मातुल का स्नेह था, किन्तु सारे नगर के लोग उसके स्वागत को इस प्रकार व्यग्र क्यों थे?...और कुछ नहीं, यह सारा तो कृष्ण का ही प्रेम था, जिसने यह रूप धारण कर लिया था। वह चमत्कारी पुरुष है। उसके एक कथन से नगरियाँ सज्जित हो सकती हैं, उसकी इच्छा जान कर राज्य पलट सकते हैं, राजवंश बन और मिट सकते हैं...तो फिर अपने ही नगर में वह ऐसा क्यों नहीं कर सकता। वस्तुतः द्वारका अर्जुन के लिए नहीं, कृष्ण के लिए सजी थी...कृष्ण की इच्छा जान कर, कृष्ण को रिझाने के लिए...अर्जुन को कृष्ण का कृतज्ञ होना चाहिए...

वे लोग मार्ग में कहीं भी नहीं रुके। रथ चलता गया और कृष्ण के भवन में आ कर ही रुका। रुक्मिणी, सत्यभामा और जामवती ने उसकी आरती उतारी और सत्कारपूर्वक उसे भवन के भीतर ले गयीं।...

कृष्ण की पत्नियों से अर्जुन की यह पहली भेंट थी। उसने सुना था कि अपने पिता सत्राजित की शतधन्वा द्वारा हत्या के पश्चात् कृष्ण को खोजती हुई सत्यभामा हस्तिनापुर आयी थी, किन्तु उस समय अर्जुन अपनी माता और भाइयों के साथ शायद हिडिम्ब वन में था।

"आप पांचाली कृष्णा को अपने साथ नहीं ला सकते थे पार्थ! तो उलूपी अथवा चित्रांगदा को ही ले आते।" रुक्मिणी ने मुस्कुराकर कहा, "अब एक ऐसा सुदर्शन युवा, ब्रह्मचारियों के समान अकेला द्वारका में आये, तो द्वारका के पुरुष किसके दर्शन करेंगे?"

"ऐसा परिहास मत करो वैदर्भी! बेचारा पहली बार आया है। कहीं संकोच के मारे कुछ खा–पी ही न सका, तो तुम्हारे बनाये वे सारे पकवान निरर्थक हो जायेंगे।" कृष्ण ने हस्तक्षेप किया।

अर्जुन कुछ कहता, उससे पहले ही वार्तालाप की बागडोर सत्यभामा ने सँभाल ली, "यह तो वीर पुरुषों की रीति ही नहीं है कि अपने साथ सुन्दरी पत्नी लाओ और नगर के पुरुषों की दृष्टि को परितृप्त करो। वीर पुरुष तो एकाकी आते हैं और नगर की सुन्दरियों को अवसर देते हैं कि वे अपना भाग्य–परीक्षण कर लें।"

उसने रुक्मिणी की ओर देखा, "तुमने ध्यान नहीं दिया दीदी! ये जिस नगर में जाते हैं वहीं से अपने लिए एक पत्नी प्राप्त करते हैं, यदि अपने साथ उलूपी और चित्रांगदा को ले आते, तो द्वारका को वह सौभाग्य कैसे मिलता, जो गंगा–द्वार और मणिपूर को मिला?"

"ओह! आज तो व्यूह–रचना बड़ी सुदृढ़ है।" कृष्ण मुस्कुराये, "किन्तु पार्थ! यह युद्ध तो तुम्हें स्वयं ही करना होगा। मैं शस्त्र धारण नहीं करूँगा।"

"मुझे तो युद्ध नहीं करना है।" अर्जुन भी परिहास की मुद्रा में आ चुका था, "जब मैं ही शस्त्र धारण नहीं करूँगा, तो तुम्हें क्या आवश्यकता है शस्त्रबद्ध होने की।"

"ओह! यह तो बड़ी विचित्र स्थिति है," रुक्मिणी बोली, "जिसके विरुद्ध व्यूह–रचना है, न वह शस्त्र धारण करेगा, न उसका मित्र शस्त्र उठायेगा। तो फिर आख़िर युद्ध किससे होगा?"

"अरे भाई। पार्थ अथवा उसके किसी मित्र को शस्त्र उठाने की आवश्यकता ही क्या है।" सत्यभामा बोली, "यहाँ तो लगता है पार्थ का ही स्वयंवर होगा। उन्हें प्राप्त करने के लिए प्रयत्नशील सुन्दरियाँ स्वयं ही शस्त्रबद्ध होकर परस्पर निर्णय करेंगी।"

अर्जुन ने हाथ जोड़ दिये, "मुझे क्षमा करें देवि! मैं अपने लिए पत्नियाँ बटोरने के लिए निकला हुआ कोई राजकुमार नहीं हूँ, जिसका स्वयंवर रचा कर आप सुन्दरियों को परस्पर युद्ध करती हुई देखना चाहती हैं। मैं तो वचन–भंग के अपराध में राज्य–निष्कासित, दण्डित मनुष्य हूँ। सोचा था कि यह समय साधना में व्यतीत करूँगा। ब्रह्मचर्य का पालन करता हुआ वनवास करूँगा, किन्तु गंगा–द्वार में ही उलूपी ने मुझे अपने निश्चय से विरत कर दिया। फिर चित्रांगदा के आकर्षण ने मुझे बाँध लिया। यहाँ आकर कृष्ण के मोह में नगर में चला आया, और अब आप मेरा स्वयंवर रचा रही हैं।"

"तो इसमें चिन्तित होने की क्या बात है।" सत्यभामा पुनः बोली, "तुम्हें कुछ नहीं करना होगा। हमें तो तुम्हारी प्रदर्शनी–भर लगानी है। फिर देखना द्वारका की सुन्दरियाँ अपने–आप तुम्हें चुन लेंगी।"

"वैसे भी अगले सप्ताह रैवतक पर्वत पर यादवों का समाज जुटने ही वाला है," रुक्मिणी ने जोड़ा, "वहाँ पार्थ को सुसज्जित कर किसी ऊँचे टीले पर खड़ा कर देंगे। बस! आगे की प्रक्रिया अपने–आप चल पड़ेगी।"

"तुमने ठीक कहा रुक्मिणी!" कृष्ण ने अपना मौन तोड़ा, "वह एक बहुत ही उपयुक्त अवसर है। उस दिन अर्जुन अधिकांश यादवों से मिल पायेगा।"

"चलिये! अघोषित स्वयंवर ही सही।" सत्यभामा ने टिप्पणी की।

2

रैवतक पर्वत पर बहुत समारोह था।

अर्जुन भी कृष्ण के साथ आया था। उसने पिछले सप्ताह–भर में द्वारका के कई रूप और कई स्थान देखे थे। इतनी भीड़ तो उसने द्वारका में भी एक स्थान पर नहीं देखी थी। सम्भवतः द्वारका में यह भीड़ बिखरी हुई अपने–अपने घरों के भीतर छिपी होती होगी। यहाँ सब लोग एक ही स्थान पर एकत्रित हो गये थे। सारे मार्ग वाहनों से अटे पड़े थे। अनेक लोग अपने बच्चों के साथ पैदल भी चल रहे थे। यदि वे भी अपने वाहन लाये होते, तो शायद यहाँ खड़े होने का भी स्थान न बच पाता।...नारी, पुरुष, बच्चे, बूढ़े...सब असीम उत्साह से तरंगायित थे। उनकी वेश–भूषा, आभूषण और साधन इत्यादि देखकर तो लगता था कि द्वारका में कोई व्यक्ति निर्धन है ही नहीं...शायद आज का उत्सव उन्होंने अपने वैभव–प्रदर्शन के निमित्त ही रखा था।...

प्रत्येक व्यक्ति अथवा परिवार सबसे पहले मन्दिर में जाकर पूजा–अर्चना करता था। वहाँ से वापसी पर वह ब्राह्मणों के भोजन की व्यवस्था करता था। उसके पश्चात् वह इस विस्तृत क्षेत्र में अपने परिचितों को ढूँढ़ता और उनसे भेंट करता था। अनेक लोगों की रुचि अस्थायी हाट में अधिक थी, जो उनके स्थानीय तथा बाहरी

व्यापारियों के प्रयत्न से आज खुले मैदान में उग आया था। कुछ लोग खाने–पीने की व्यवस्था में लगे थे। कोई दल किसी क्रीड़ा में मग्न हो गया था...और अनेक स्थानों पर नृत्य और संगीत मण्डलियाँ अपनी कला का प्रदर्शन कर रही थीं।

तभी अर्जुन की दृष्टि रेवती और बलराम पर पड़ी। बलराम आज मांगलिक वेश में थे और प्रसन्नता की उत्ताल तरंगों पर तैरते क्षीव–से लग रहे थे। रेवती ने स्वर्ण–आभूषणों के स्थान पर पुष्प गुच्छों से शृंगार किया था। दोनों एक विचित्र मस्ती में झूमते–से लग रहे थे। उनके साथ–साथ गन्धर्वों का एक दल भी था, जो निरन्तर गाता–बजाता चल रहा था।...बलराम को देखकर लोग प्रणाम कर मार्ग दे देते थे। बलराम उनको अभिवादन का उत्तर तो दे रहे थे, किन्तु उन्होंने एक बार भी यह देखने का प्रयत्न नहीं किया कि कौन उन्हें प्रणाम कर रहा है और कौन उनके लिए मार्ग छोड़ रहा है। वे रेवती का हाथ थामे अपनी धुन में आगे बढ़ते जा रहे थे।

पीछे से एक रथ असाधारण वेग से आ रहा था। अर्जुन का ध्यान शायद उसकी ओर न भी जाता, किन्तु एक तो उसका वेग ही इतना अनियन्त्रित और असावधान था, और फिर बलराम के दल के मार्ग से न हटने पर उस सारथि को अकस्मात ही अपना रथ रोकने के लिए तत्काल जितना प्रयत्न करना पड़ा और उसने अपने अश्वों को नियन्त्रित करने के लिए जिस अद्‌भुत कौशल का प्रदर्शन किया, उससे अर्जुन का ध्यान अनायास ही उस ओर खिंच गया...उसने ध्यान से देखा, रथ का सारथ्य एक स्त्री कर रही थी। यद्यपि क्षत्रियों में सामान्यतः स्त्रियाँ भी पुरुषों के ही समान स्वावलम्बी थीं, किन्तु युद्ध तथा सारथ्य जैसे विषयों में वे ऐसी रुचि नहीं लेती थीं कि उनमें से कोई दक्ष योद्धा अथवा इतनी कुशल सारथि बन जाती।...किन्तु यह तरुणी तो सचमुच अद्‌भुत थी!...उसका सारथ्य–कौशल ही नहीं उसका रूप भी आकर्षक था। वहाँ उपस्थिति अन्य स्त्रियों के समान उसका प्रसाधन और शृंगार रेखांकित नहीं था, उसका तेज अधिक मनोरम था। उसका वेश मांगलिक अवसरों के अनुकूल तो था, किन्तु यह भी

स्पष्ट था कि उसने समारोह के लिए अपना शृंगार नहीं किया था। उसका नैसर्गिक रूप ही इतना मोहक था कि...

"क्या बात है अर्जुन! वनवासी का भी मन नियन्त्रण में नहीं है?"

अर्जुन ने कृष्ण की ओर देखा, वे अत्यन्त मधुर ढंग से मुस्कुरा रहे थे। उनके नयनों, अधरों तथा वाणी में कहीं रंच मात्र भी विरोध अथवा अप्रसन्नता का भाव नहीं था।

अर्जुन कुछ आश्वस्त हुआ, यह कृष्ण की उदारता ही थी कि उन्होंने अर्जुन के मन के भाव को पहचान कर भी, उसमें किसी प्रकार का दोष नहीं देखा।...अन्यथा वे सोच सकते थे कि यह अर्जुन कितना पतित है कि वनवासी के रूप में ब्रह्मचर्य का पालन करने का संकल्प करने के पश्चात् भी न अपनी वासना को नियन्त्रित कर पाया है, न अपने मन पर ही उसका कोई वश है।...और फिर कृष्ण इसलिए तो उसे अपने साथ द्वारका नहीं लाये थे कि वह यादव कन्याओं को देखे और उनके रूप और यौवन पर मुग्ध हो...वैसे शायद अर्जुन का रैवतक पर्वत के इस समाज में आना ही उचित नहीं था। इस प्रकार के समारोहों में, जहाँ चारों ओर लौकिक सौन्दर्य और उल्लास बिखरा हो, सुख के साधन पुकार रहे हों, लोग उन्मुक्त विहार कर रहे हों, वह अपनी कामनाओं का दमन नहीं कर पाता। पता नहीं उन लोगों का मन कैसा होता है, जो इस विपुल मात्रा में यौवन और सौन्दर्य का उन्मुक्त प्रदर्शन देखकर भी विचलित नहीं होते। अर्जुन के तो न नयन उसकी उपेक्षा कर सकते हैं, न उसके मन की गति ही कुछ थमती है...वह वन के किसी एकान्त कोने में ही रहा होता तो ठीक रहता...

"कुछ और भी देखोगे या उस यादव कन्या को ही समारोह का पुंजीभूत स्वरूप मान लिया है!" कृष्ण के स्वर में अब भी परिहास ही था।

"चलो! कहीं और चलो कृष्ण!" अर्जुन ने कहा, "लगता है मेरा मन फिर से मुँहज़ोर तुरंग का रूप धारण कर रहा है।"

"चलो! जहाँ तुम्हारी इच्छा हो, वहीं चलो।" कृष्ण ने गम्भीर वाणी में कहा, "कहो तो महादेव के मन्दिर में चल कर बैठें। सम्भव है, महादेव के भय से तुम्हारा मन नियन्त्रित हो जाये।"

अर्जुन समझ नहीं पाया कि यह भी गम्भीरता के छद्म में कृष्ण का परिहास ही था, अथवा वे वस्तुतः गम्भीर थे।

"मुझे लगता है कृष्ण! कि मेरे भीतर दो विरोधी धाराएँ निरन्तर प्रवाहित होती रहती हैं।" अर्जुन कृष्ण के साथ–साथ चल पड़ा, "जब मैं किसी देवालय में जाता हूँ, जब किसी तीर्थस्थान में पहुँचता हूँ, तो मेरा मन जैसे आरोहण की स्थिति में आ जाता है। जीवन के ये छोटे–मोटे साधारण सुख और भोग अत्यन्त नगण्य लगने लगते हैं और मन में कहीं उनका लेश भी नहीं होता। मन व्याकुल होने लगता कि किसी प्रकार संसार के इस सारे प्रपंच को तोड़ कर मैं उस सत्य के दर्शन पा जाऊँ, जो शाश्वत है, सृष्टि का आधार है, जो मूल अस्तित्व है, जो सत्, चित् और आनन्द है। उस समय सारी कामनाएँ, सारी वासनाएँ, सारे सुख भोग, सारी सांसारिक उपलब्धियाँ मलिन दीखने लगती हैं। उनसे वितृष्णा होने लगती है। मन उन्हें त्यागने को आतुर होने लगता है। उस त्याग में कितना सुख है...और...।"

कृष्ण ने प्रश्नवाचक दृष्टि से उसकी ओर देखा।

"और फिर सहसा ही मैं बदल जाता हूँ, मेरा मन बदल जाता है। मन में कामनाएँ उठने लगती हैं। भोग और सुख आकर्षक लगने लगते हैं। न उनमें कोई दोष दिखायी देता है, न उन्हें ग्रहण करने की आतुरता बुरी लगती है। लगता है ईश्वर ने यह सृष्टि, सुख–भोग त्यागने के लिए तो नहीं की है। कामनाओं का प्रवाह कुछ इतना वेगवान होता है कि मैं थम नहीं पाता और उनके साथ बहने लगता हूँ..." अर्जुन ने रुककर कृष्ण की ओर देखा, "एक ओर वनवासी के रूप में ब्रह्मचर्य का पालन करने का संकल्प लेकर निकला था और दूसरी ओर इसी यात्रा में दो–दो विवाह कर लिए और अब...।"

कृष्ण ने उसकी ओर न देखकर अपनी दृष्टि दूर किसी पर्वत शिखर पर टिका दी। बोले तो इस बार उनकी वाणी अत्यन्त गम्भीर थी, "योगी न तो वे होते हैं अर्जुन! जो बहुत खाते हैं, और न वे जो बहुत कम खाते हैं।"

अर्जुन ने चौंक कर उनकी ओर देखा, "मेरी समस्या खाने–पीने की नहीं है।"

"जानता हूँ।" कृष्ण मुस्कुराये, "तुम्हारी समस्या भोग और त्याग की है। मैं भोग को ही बहुत अधिक खाना और त्याग को बहुत कम खाना कह रहा हूँ।"

"तो क्या व्यक्ति को तपस्या नहीं करनी चाहिए?" अर्जुन ने चौंक कर पूछा।

"व्यक्ति को सहज होकर जीना चाहिए।" कृष्ण बोले, "स्वयं को तपाना, और व्यर्थ कष्ट देना निरर्थक होता है, जैसे तुम्हारे साथ हो रहा है। तुमने अपनी इन्द्रियों का दमन किया। विषयों से उनको दूर रखा। उन्हें अतृप्त रखा। ...किन्तु जैसे ही किन्हीं कारणों से वह दमन कुछ हल्का पड़ा कि वे इन्द्रियाँ पीछे खींचे गये धनुष के समान दुगुने वेग से प्रहार करेंगी।...इसलिए कहता हूँ, सहज रूप से जीवन जीओ। न इन्द्रियों का दमन करो, न विषयों को छोड़कर वन में भागो। संसार के बीच रहो...।"

"किन्तु यह तो भोग का दर्शन है।" अर्जुन बोला, "भोग से तृष्णा की अग्नि और प्रज्वलित होती है। तृष्णा मनुष्य को अधर्म की ओर ले जायेगी। फिर न संयम रहेगा, न नियन्त्रण, न अनुशासन, न...।"

"मैं तो इन्द्रियों को तृप्त करने को कह रहा हूँ, न फिर उन्हें अतृप्त रख, उनकी मृत्यु की प्रतीक्षा करने को," कृष्ण ने मुस्कुराकर उसे देखा, "भोग से मुक्ति पाने को बहुत व्यग्र हो फाल्गुनी! तो मन को अनासक्त कर लो। तुम्हें न विषयों को जीतना है, न इन्द्रियों का दमन करना है...जीतना है तो अपनी आसक्ति को। अनासक्त होकर विषयों के मध्य रहो...वे तुम्हें तनिक भी बाँध नहीं पायेंगे।"

अर्जुन मौन ही रहा। वह कृष्ण की बात पर विचार कर रहा था...ठीक ही तो कह रहे थे कृष्ण! काम नारी में तो नहीं है, काम तो उसके अपने मन में है। अपने मन के इस काम को जय किये बिना, वह वन–पर्वतों पर कितना भी भटक ले, क्या लाभ होगा। ...और एक बार वह काम अनासक्त हो जाये, तो इन्द्रलोक की अप्सराएँ भी उसे मोहित नहीं कर पायेंगी...

"तुम कह सकते हो अर्जुन! कि अनेक संन्यासी वन में कठोर तपस्याएँ करते हैं। वे तो पुनः अपनी उन दमित इन्द्रियों से पीड़ित नहीं होते।..." कृष्ण ने पुनः कहा, किन्तु उनकी दृष्टि अब भी अर्जुन की ओर नहीं घूमी थी। वे पहले के ही समान क्षितिज की ओर देख रहे थे, "इसका विरोध करना हो तो कहा जा सकता है कि कठोर तपस्या के पश्चात् लौटकर तपस्वियों के भोगी और अहंकारी होकर राक्षस हो जाने के भी अनेक उदाहरण हमें उपलब्ध हैं। राक्षस न भी हुए तो ऋषियों के तपस्या–स्खलित होकर पतित होने की घटनाएँ हमारे लिए अपरिचित नहीं हैं...किन्तु मैं उनकी बात नहीं कह रहा।" कृष्ण ने अपनी दृष्टि अर्जुन पर टिका दी, "मैंने कहा है सहज होकर जीओ।...और व्यक्ति सहज होता है केवल अपनी स्वाभाविक स्थिति में। इसलिए अपने स्वभाव को जानो, अपनी प्रकृति को समझो। तुम्हारा स्वभाव ही तुम्हारा स्वधर्म है। उसे पहचानो! तुम क्षत्रिय हो, वंशानुक्रम, प्रशिक्षण और कर्म से नहीं, अपने स्वभाव से भी। तुम किसी तपस्वी के अनुकरण में अपने क्षत्रिय–भाव को त्यागने का प्रयत्न करोगे, तो सफल नहीं हो पाओगे। क्षत्रिय होकर अपने स्व–धर्म में युद्ध–क्षेत्र में प्राण त्यागना ही तुम्हारे लिए श्रेयस्कर होगा, भिक्षा माँग कर जीवनयापन करना अथवा संन्यासी होकर एकान्तवास करना नहीं। प्रयत्न करोगे, तो असफल रहोगे। तुम्हें अपना स्व–धर्म परिवर्तित नहीं करना है, उसका त्याग भी नहीं करना है। तुम्हें उसका विकास करना है, परिष्कार करना है। तुम्हें अपने स्वार्थ में आसक्त होकर शस्त्रबल से दमन और अपहरण नहीं करना है, अनासक्त होकर अपने शस्त्र–कौशल से आर्त्त–त्राण करना है, समाज को अनुशासित करना है, धर्म–राज्य की स्थापना करनी है...।"

"पर तुम तो मुझे योगी बनने के लिए कह रहे हो!" अर्जुन ने उनकी आँखों में देखा, "क्या संसार का त्याग किये बिना कोई योगी हो सकता है?"

"तन से मत त्यागो, मन से त्यागो। विषयों के मध्य रहकर भी उनके होकर मत रहो।" कृष्ण की वाणी में जाने कैसा संगीत जाग

रहा था, "कर्म करते हुए भी उसमें लिप्त न होना योग है। लेखनी से लिखो, किन्तु मसि से तुम्हारे हाथ काले न हों। कर्म–कौशल ही तो योग है।" कृष्ण की दृष्टि घूमी तो अर्जुन को लगा कि वह उसमें बँध ही गया है, "विषयों से दूर रहने के लिए संसार–त्याग, संन्यास ग्रहण करोगे, तो कर्म से भी भागोगे। ऐसे में तुम विषयों का त्याग नहीं कर रहे, कर्म का त्याग कर रहे हो...।"

"कर्म का त्याग?" अर्जुन ने कृष्ण की ओर देखा।

"हाँ! कर्म का त्याग।" कृष्ण की वाणी में पुनः प्रवाह आ गया, "किसी नाम से किया जाये, कर्म का त्याग अनिष्टष्कारी है। अकर्म में प्रीति नहीं होनी चाहिए। वह तुम्हें तमोगुण के महा–अन्धकार में धकेल देगी।...कर्म तो करना ही है। कर्म के बिना मनुष्य जीवित नहीं रह सकता। कर्म के अभाव में सृष्टि का अस्तित्व नहीं रहेगा।"

"कर्म करेंगे, तो कर्म–बन्धन भी तो हमें ही बाँधेगा।" अर्जुन ने कुछ मन्द स्वर में आपत्ति की, "हमने इन्द्रप्रस्थ का निर्माण किया, तो हमें उसकी रक्षा भी तो करनी होगी, उसका पालन–पोषण भी तो करना होगा। फिर तो हम बँध गये, उसी नगर से।"

"बन्धन कर्म का नहीं होता अर्जुन! आसक्ति का होता है।" कृष्ण की वाणी जैसे आदेश का रूप धारण करती जा रही थी, "तुम्हें इन्द्रप्रस्थ में आसक्ति होती, तो उसे छोड़ बारह वर्ष तक भटकने के लिए नहीं निकल पड़ते। तुम्हें कर्म के फल में आसक्ति होती, तो ब्राह्मण के गोधन की रक्षा कर, तुम उससे अपने शुल्क के रूप में पशु अथवा धन वसूल कर रहे होते और वहीं कहीं उन गोओं का पालन–पोषण कर रहे होते। यदि कर्म–फल में आसक्ति न हो, तो कर्म तुम्हारा बन्धन नहीं हो सकता। मैंने और भैया बलभद्र ने कंस का वध किया, यादवों को मुक्त किया और द्वारका का निर्माण किया...किन्तु न हमें द्वारका बाँध सकी, न द्वारका का राजसिंहासन। वह अनासक्त कर्म था। निष्काम कर्म। निष्काम कर्म बन्धन नहीं होता। वह घोर कर्म के मध्य भी अकर्म की स्थिति उत्पन्न करता है...।"

अर्जुन के पग कृष्ण के साथ चल रहे थे, किन्तु उसका मन जैसे आत्मलीन होता जा रहा था...घोर कर्म में भी अकर्म की स्थिति? ...काम्पिल्य में यही तो हुआ था। द्रौपदी का स्वयंवर...देश–विदेश के राजाओं का आगमन...पाण्डवों को खोज कर निकालना...कृष्ण द्रुपद की सहायता कर रहे थे, पाण्डवों की रक्षा कर रहे थे, पाण्डवों को पुनर्जीवित कर रहे थे, दुर्योधन और जरासन्ध जैसे राजाओं का दमन कर रहे थे...और इतने पर भी कैसे शान्त होकर एक ओर बैठे थे, जैसे वे कुछ कर ही न रहे हों...उनका उस सारे घोर कर्म से कुछ लेना–देना ही न हो...घोर कर्म में अकर्म...

अर्जुन को लग रहा था, कृष्ण उसके समवयस्क सखा तो हैं, किन्तु वे उससे कहीं अधिक बड़े हैं, महान हैं। उन्होंने तो जीवन के सत्य का जैसे साक्षात्कार कर लिया है।...अर्जुन को लगा, कृष्ण के प्रति उसका स्नेह जैसे स्नेह न रहकर श्रद्धा में परिणत हो रहा है...कृष्ण उसके सखा नहीं थे, उसके गुरु थे, मार्ग–दर्शक। अर्जुन को शायद ऐसे ही गुरु की आवश्यकता थी, जो उसके सम्मुख शास्त्र–वचन को उद्धृत न करे, उन सिद्धान्तों को अपने जीवन में मूर्तिमान करके दिखाये...अर्जुन को अमूर्त धर्म–वाक्यों से क्या लेना...वह तो ऐसा ही मार्गदर्शक चाहता है, जो समस्याओं के मध्य में उसकी बाँह पकड़ कर उसे निकाल ले जाये। जिसकी भुजा का सहारा, साक्षात् उपलब्ध हो, जिसकी शरण में अर्जुन को किसी घने–वृक्ष की छाया का–सा अनुभव हो...उसकी इच्छा हुई की वह इसी क्षण कृष्ण के चरणों में नत हो जाये...

"क्या सोच रहे हो सखा?"

अर्जुन सजग हुआ। उसने कृष्ण की ओर देखा, वे उसके प्रिय सखा के रूप में सामने खड़े मुस्कुरा रहे थे। इस समय वे सर्वथा आत्मीय लग रहे थे। उनमें कुछ भी असाधारण नहीं था, कुछ भी भिन्न नहीं था। उसका दिव्य–भाव जाने कहाँ तिरोहित हो गया था... साधारण मनुष्य के समान अधरों पर नटखट मुस्कान लिए उसे देख रहे थे, जैसे कह रहे हों, 'देखा, तुम्हें छकाया।...' कृष्ण यह कैसे कर लेते हैं...कभी तो वे इतने निकट, इतने आत्मीय,

इतने अपने होते हैं, और कभी वे इतने दिव्य, इतने विराट, इतने दूर होते हैं, जैसे आकाश पर खड़े हों, जिन्हें छूना अर्जुन के लिए सम्भव न हो...

"मैं सोचता हूँ कृष्ण! जिस अनासक्ति की चर्चा तुम कर रहे हो, क्या इस संसार में रहकर वह सम्भव है?..."

"क्यों? सम्भव क्यों नहीं?" कृष्ण ने कहा, "मिट्टी का साधारण-सा खिलौना टूट जाने पर, एक छोटा बालक जिस प्रकार गला फाड़ कर चिल्लाता है, उसी प्रकार किसी वयस्क को रोते देखा है तुमने?"

"नहीं!"

"क्यों नहीं रोता वयस्क? इसलिए कि उसका परिपक्व और प्रौढ़ मन, अपने चिन्तन-मनन, ज्ञान तथा अनुभव से यह समझ चुका है कि मिट्टी का खिलौना इतना मूल्यवान नहीं कि उसके लिए इस प्रकार रोया जाये।" कृष्ण ने अर्जुन की ओर देखा, "क्या उसी प्रकार कुछ और अधिक प्रौढ़ नहीं हुआ जा सकता, जिससे सांसारिक सुखों की वास्तविकता भी मिट्टी के उस खिलौने के समान हमारे सामने प्रकट हो जाये?"

"सम्भव क्यों नहीं!" अर्जुन जैसे अपने-आपसे बोला।

"उन सुखों की निरर्थकता का साक्षात्कार हम कर लेंगे, तो उनके प्रति आसक्ति अपने-आप ही समाप्त हो जायेगी।" कृष्ण ने कहा।

"तुम ठीक कह रहे हो। मेरा ध्यान कभी इस ओर गया ही नहीं।" अर्जुन पुनः अपने भीतर कहीं बहुत गहरे डूब गया था।

रात को अर्जुन सोने के लिए लेटा तो प्रातः रैवतक पर्वत पर देखी उसी तरुणी का बिम्ब पुनः उसके सम्मुख आ खड़ा हुआ। कौन थी वह?...उसके मन में जैसे संघर्ष छिड़ गया...क्यों सोच रहा है अर्जुन उसके विषय में? प्रातः भी कृष्ण ने परिहास किया था...'वनवासी का भी मन नियन्त्रण में नहीं है?'...हाँ! नहीं है, वनवासी का मन नियन्त्रण में!...

कैसे हो सकता है?...कृष्ण ने ठीक ही कहा था, इन्द्रियाँ विषयों का भोग न करें और मन उनमें रमा रहे, तो क्या लाभ? होना तो यह चाहिए कि इन्द्रियाँ विषयों के सम्पर्क में भी हों, तो मन उनसे अनासक्त रहे...

"कृष्ण!"

"क्या बात है, नींद नहीं आ रही क्या?" कृष्ण ने पूछा।

"नहीं। ऐसी तो कोई बात नहीं।" अर्जुन अपने उत्साह का दमन करता हुआ बोला, "ऐसे ही मन में जिज्ञासा उठी कि प्रातः रैवतक पर जिस तरुणी को अपने रथ का सारथ्य करते देखा था, वह कौन थी?"

"ओह वह! तुम उसे नहीं जानते क्या?"

अर्जुन ने अपनी दृष्टि पुनः उस बिम्ब पर टिकाई...कौन है वह? पहले कभी उसे देखा है क्या?...पर देखा कहाँ होगा, वह तो पहली बार द्वारका आया है।...द्वारका में नहीं, हस्तिनापुर में? काम्पिल्य में?... इन्द्रप्रस्थ में? पर इन्द्रप्रस्थ से निकले हुए भी उसे कई वर्ष हो चुके हैं...तब वह तरुणी नहीं, बालिका रही होगी...

"नहीं! लगता तो नहीं कि उसे पहले कभी देखा हो।" अर्जुन बोला, "कौन है वह?"

"मेरे पिता वसुदेव की लाड़ली पुत्री, मेरी भगिनी और सारण की सहोदरा। उसका नाम सुभद्रा है।"

सुभद्रा!...अर्जुन ने उसका नाम ही सुना था...साक्षात्कार का कभी अवसर ही नहीं आया...तो यह है सुभद्रा...मातुल की लाड़ली पुत्री ही नहीं, कृष्ण और बलराम की लाड़ली बहन भी...परम स्वतन्त्र तथा आत्मनिर्भर! उसका पालन-पोषण ही द्वारका के उन्मुक्त वातावरण में कुछ इस ढंग से हुआ था, जहाँ व्यक्ति अपने निर्णय स्वयं करता है।...अर्जुन ने कृष्ण से ही सुना था कि सुभद्रा ने अश्वारोहण में दक्षता प्राप्त कर ली थी। वह खड्ग चला लेती थी, धनुष-बाण उसके प्रिय सहचर थे, सारथ्य-कर्म तो उसने स्वयं कृष्ण से ही सीखा था...तो यह सुभद्रा थी वह...

3

कल ही कृष्ण ने कुछ समय इसकी चर्चा में नहीं, इसकी चिन्ता में व्यतीत किया था...आजकल उसके परिवार में सुभद्रा के विवाह की बड़ी चर्चा थी। वसुदेव चाहते थे कि अब सुभद्रा का विवाह हो जाये। उसकी शिक्षा–दीक्षा हो चुकी थी और विवाह के लिए वह उपयुक्त वय भी प्राप्त कर चुकी थी...माता रोहिणी और देवकी भी चाहती थीं कि अब सुभद्रा अपने ससुराल जाये। बलराम भी उसके लिए चिन्तित थे...चारों ओर से उसके लिए सम्बन्ध भी आ रहे थे...और स्थिति जटिल होती जा रही थी।..."यदि तुम लोग उसका विवाह करना चाहते हो और सम्बन्ध भी आ रहे हैं, तो इसमें जटिलता क्या है?" अर्जुन ने कुछ चकित होकर पूछा था।

कृष्ण हँसे थे, "किसी महत्त्वपूर्ण विषय में निर्णय लेना बड़ा कठिन काम और समयापेक्षी होता है मित्र।"

"क्यों?"

"यदि विधाता ही किसी बात का निर्णय कर दे मनुष्य के लिए कोई विकल्प ही न रखे तो मनुष्य चाहे शिकायत करता रहे कि उसे निर्णय का अवसर ही नहीं मिला, किन्तु निर्णय तत्काल होता है।...और जब स्थिति यह हो कि चुनाव के सारे मार्ग खुले हों, प्रत्येक विकल्प सुन्दर और आकर्षक हो...साथ ही निर्णय करने का अधिकार अनेक लोगों को हो तो निर्णय करना कठिन हो जाता है।..."

"तो सुभद्रा के विवाह के सम्बन्ध में निर्णय करने का अधिकार किसी एक व्यक्ति को नहीं है क्या?" अर्जुन के मन में स्थिति स्पष्ट नहीं हो रही थी, "क्या मातुल स्वयं यह निर्णय नहीं कर सकते?...या फिर स्वयंवर...सुभद्रा स्वयं भी तो अपने वर का चयन कर सकती है।"

"सुभद्रा परिवार में सबसे छोटी है। इसी से माता–पिता के अतिरिक्त हम, उसके भाई भी उसके अभिभावक के समान हो गये हैं। और हम सब लोग, विभिन्न प्रत्याशियों के विषय में अपनी–अपनी

स्वतन्त्र धारणाएँ बनाये हुए हैं।" कृष्ण मुस्कुरा रहा था, "सुभद्रा पर सब ओर से दबाव है कि वह उनका अनुरोध स्वीकार करे।..."

"तो सुभद्रा किसकी ओर से अधिक प्रवृत्त है?" अर्जुन की उत्सुकता जाग रही थी।

"यही तो सबसे रोचक पड़ाव है, इस यात्रा का!" कृष्ण जैसे उस स्थिति का आनन्द उठा रहे थे, "सुभद्रा ने यह सारी बिसात ही उलट दी है। वह कहती है कि इस सन्दर्भ में किसी का भी निर्णय उसे स्वीकार नहीं है। वह अपना निर्णय स्वयं करेगी। वह स्वयंवर चाहती है।"

"तो तुम लोग उसकी बात मान क्यों नहीं लेते?" अर्जुन बोला, "स्वयंवर कोई ऐसी असम्भव शर्त तो नहीं।"

"नहीं! असम्भव क्या है! वह तो कठिन भी नहीं है...और ऐसी कोई अशोभनीय माँग भी नहीं है।" कृष्ण ने उत्तर दिया, "बात तो यह है कि हमारा परिवार अपने ही द्वन्द्व में फँस गया है। स्वतन्त्रता और आत्मनिर्भरता की जितनी शिक्षा सुभद्रा को दी गयी है, स्वावलम्बन का जितना गौरव–गान उसके सम्मुख किया गया है, अब वही स्वतन्त्रता, आत्मनिर्भरता और अधिकार हम लोग उसे देना नहीं चाहते।"

"क्यों?"

"उससे उसके अभिभावकों की स्वतन्त्रता सीमित होती है। इसका अर्थ है कि उसके अभिभावक उस पर से अपना सारा अधिकार समाप्त मान लें।" कृष्ण ने रुककर अर्जुन की ओर देखा, "वास्तविकता यह है कि सब लोग डरे हुए हैं कि जाने सुभद्रा के मन में क्या है। वह किसी भी प्रस्ताव के विषय में किसी से कोई चर्चा ही नहीं करना चाहती और स्वयंवर के लिए हठ पकड़े हुए है, तो कहीं ऐसा तो नहीं कि उसने अपने मन में कोई ऐसा भयंकर निर्णय कर रखा हो, जो परिवार के अन्य लोगों को स्वीकार्य ही न हो।"

"क्या तुम्हारे मन में भी ऐसी कोई आशंका है?" अर्जुन ने पूछा, "क्या तुम्हें भी अपनी इस छोटी बहन पर भरोसा नहीं है?"

"मुझे अपनी बहन पर तो भरोसा है, उसकी बुद्धि और रुचि पर भी मैं विश्वास कर सकता हूँ, किन्तु उसके वय की उद्दण्डता तथा परम्परा–भंजन की आतुरता से मैं भी बहुत आश्वस्त नहीं हूँ।"

अर्जुन का ध्यान पिछले कुछ दिनों की घटनाओं की ओर चला गया। द्वारका में अपने मातुल से सम्बन्धित विभिन्न परिवारों में वह आमन्त्रित होता रहा था। कृष्ण के साथ तो वह उसके भवन में रह ही रहा था। बलराम, सारण और वसुदेव के घर भी आमन्त्रित किया गया था। वहाँ वह परिवार के विभिन्न लोगों से मिला और परिचित हुआ था...किन्तु सुभद्रा से उसकी भेंट कहीं नहीं हुई थी। सुभद्रा अन्य किसी घर में तो आयी ही नहीं, अपने घर पर भी नहीं मिली। वह अन्यत्र व्यस्त थी। उसकी अपनी रुचियाँ थीं, अपनी व्यस्तता थी। उसके पास न तो इतना समय था कि वह स्वयं किसी से मिलने जाती और न ही उसे अपने परिवार की इस सामाजिकता से कोई मोह था, कि उसके लिए वह अपनी जीवन–पद्धति की उपेक्षा करती...वसुदेव प्रसन्न नहीं थे...वे इसे सुभद्रा की व्यस्तता नहीं, उद्दण्डता मानते थे...

"तो तुम भी चाहते हो कि वह परिवार के बड़ों की बात मान ले?" अर्जुन ने कुछ–कुछ आपत्तिजनक स्वर में पूछा था।

"यदि परिवार के सब बड़े एकमत हो जाते तो फिर कोई संकट ही नहीं था।" कृष्ण ने कहा, "मूल समस्या तो यह है कि सुभद्रा के अभिभावक ही एकमत नही हैं। इसलिए मैं भी आशंकित हूँ कि कहीं वह किसी दबाव में बलराम भैया की बात न मान ले।"

"बलराम भैया ने भी किसी को चुन रखा है?" अर्जुन ने विस्मय से पूछा, "मेरी धारणा थी कि परिवार की ऐसी समस्याओं में उनकी कोई रुचि नहीं है।"

"बलराम भैया तो बस फिर बलराम भैया ही हैं।" कृष्ण बोले, "न दिखाएँ तो बड़ी–से–बड़ी बात में अपनी कोई रुचि न दिखाएँ...युद्ध हो जाये, राज्य बन और बिगड़ जायें, राजवंशों के भाग्य का निबटारा हो जाये, वे किसी से एक प्रश्न भी नहीं पूछेंगे। आपके मन में जो आये, वह कर लीजिए।...पर यदि उनके मन में कोई बात आ गयी,

तो उसका जितना विरोध होगा, वे उस पर उतना ही अड़ते चले जायेंगे। आप उन्हें समझाने का जितना प्रयत्न करेंगे, उनका मस्तिष्क तर्क की ओर से अपने कान उतने ही बन्द करता चला जायेगा... कभी तो अपने कृष्ण की एक बात पर अपने प्राण न्यौछावर करने को आतुर दिखायी पड़ेंगे, और कभी इस बात पर ही धरना देकर बैठ जायेंगे कि सारी बातें कृष्ण की ही क्यों मानी जायेंगी। कृष्ण बहुत बुद्धिमान है और बलराम एकदम मूर्ख है?...बस अड़ते जायेंगे तो अड़ते ही चले जायेंगे। ...बच्चों की-सी हठ पकड़ लेंगे और किसी की एक नहीं सुनेंगे...।"

"तो उन्होंने सुभद्रा के लिए किसे चुन लिया है?"

"दुर्योधन को!"

"दुर्योधन को?" अर्जुन के वक्ष पर जैसे किसी ने तप्त शलाका रख दी थी, "क्यों? दुर्योधन को क्यों? क्या बलराम भैया नहीं जानते कि दुर्योधन कितना अधर्मी है?"

"जानते क्यों नहीं।" कृष्ण के अधरों पर मुस्कान तो अब भी थी, किन्तु उसमें विषाद का बहुत हल्का-सा रंग घुला हुआ था, "क्या तुम्हारे पितामह भीष्म नहीं जानते कि दुर्योधन और धृतराष्ट्र कैसे मनुष्य हैं? किन्तु क्या उन्होंने उनका त्याग कर दिया? क्या वे उन्हें अपना आत्मीय नहीं मानते?...बलराम भैया भी सम्बन्धों की दृष्टि से धृतराष्ट्र के परिवार को पराया नहीं मानते। साथ ही वे भीम तथा दुर्योधन को अपना समान रूप से प्रिय मानते हैं। शायद उन्हें दुर्योधन, भीम से कुछ अधिक योग्य शिष्य लगता है। अपने शिष्य की योग्यता के लिए उनके मन में पर्याप्त आकर्षण है। वैसे वे भी पितामह भीष्म के समान स्वयं को मध्यस्थ ही मानते हैं...।"

"वह सब ठीक है। उनकी जो इच्छा हो, वे मानते रहें।..." अर्जुन को लगा उत्तेजना के कारण उसकी वाणी जैसे लड़खड़ा रही है, "किन्तु उस पापी, अधर्मी और आततायी के साथ सुभद्रा कैसे रह पायेगी?"

"वह सब ठीक है। वे मानते हैं कि जिन्हें वह अपना शत्रु मानता है, उनके विरुद्ध वह क्रूरता की किसी भी सीमा तक जा सकता है,

किन्तु अपनी पत्नी के लिए वह अच्छा पति है, अपनी सन्तान के लिए अच्छा पिता है, भाइयों के लिए अच्छा भाई है और माता–पिता के लिए एक योग्य और आज्ञाकारी पुत्र है।..."

"और मनुष्य के रूप में?"

"यही तो समझने से वे इनकार करते हैं।"

अर्जुन ने कुछ नहीं कहा। उसके हृदय में जैसे विकट मन्थन चल रहा था...आख़िर क्या था यह सब? बलराम भैया यदि सम्बन्धों को ही इतना महत्त्व देते हैं, तो उन्हें यह क्यों स्मरण नहीं रहता कि पाण्डव उनकी सगी बुआ के पुत्र हैं...और दुर्योधन पाण्डवों का घोर शत्रु है...ऐसे में उन्हें दुर्योधन से इतनी सहानुभूति क्यों है?...वे शायद इन सम्बन्धों को नहीं मानते। गुरु के रूप में केवल अपने शिष्य की योग्यता पर ही दृष्टि रखते हैं।...हाँ, गुरु को शिष्य प्रिय होता है, उसके गुण प्रिय होते हैं...आचार्य द्रोण को भी अर्जुन प्रिय था...और शायद आज भी प्रिय है, किन्तु उन्होंने अर्जुन को अश्वत्थामा से अधिक कभी नहीं माना...पर सबसे बढ़कर तो धर्म है। क्या बलराम भैया धर्म के विषय में कभी नहीं सोचते?...कृष्ण तो दिन–रात धर्म के विषय में ही चिन्तन करता रहता है...

"और मैं सोचता हूँ कि यदि कहीं यह सम्बन्ध हो गया," कृष्ण कह रहे थे, "तो मैं उसे वह सम्मान नहीं दे पाऊँगा, जो सुभद्रा के पति को मिलना चाहिए।"

"कृष्ण! तुम क्या बलराम भैया के सम्मुख इतने असहाय हो?" अर्जुन समझ नहीं पाया कि उसके मुख से यह वाक्य कैसे निकल गया।

कृष्ण ने पहले तो अर्जुन की ओर देखा–भर...और अर्जुन के मन में आया कि वह कृष्ण से अपने इस वाक्य के लिए क्षमा माँग ले...किन्तु तभी कृष्ण की आँखों में एक अद्‌भुत मुस्कान उभरी...लहर के समान यात्रा करती हुई उनके अधरों पर आयी, और फिर सहसा सारी सागर–बेला पर ही नहीं, सारे परिवेश में फैल गयी। उसके छींटे अर्जुन पर भी पड़े...

"मैंने यह तो नहीं कहा कि मैं असहाय हूँ। किन्तु बलभद्र मेरे बड़े भाई हैं। उनकी मर्यादा की रक्षा करना भी तो मेरा धर्म है।

कृष्ण तो केवल धर्म के सम्मुख असहाय है।...किन्तु वह असहायता नहीं है, धर्म ही तो सबसे बड़ा सम्बल है। हम धर्म की रक्षा करेंगे, तो धर्म हमारी रक्षा करेगा।"

अर्जुन अपने सखा की ओर देखता रहा, देखने में कृष्ण चंचल थे, चतुर थे। बाह्य जीवन में वे योजनाएँ बनाते और कार्यान्वित करते दिखायी देते थे। किसी का पक्ष लेते थे, किसी का विपक्ष।...किन्तु वस्तुतः वे केवल धर्म की रक्षा कर रहे थे।...और अर्जुन का मन कहता था, जहाँ धर्म है, वहीं जय है...

4

कल इतनी चर्चा हुई थी सुभद्रा की और अर्जुन ने उसे देखा तक नहीं था...और आज जब वह रैवतक के समारोह में इस सीमा तक लीन था कि सुभद्रा सम्बन्धी कोई विचार मस्तिष्क के किसी कोने में भी नहीं था, तो सुभद्रा स्वयं आकर उसके सामने खड़ी हो गयी थी...

...तो यह है वह सुभद्रा...अर्जुन अपना मन एक विचित्र प्रकार से ऐंठ रहा था...और इसका विवाह बलराम, दुर्योधन से कर देना चाहते हैं।...सम्भव है मातुल वसुदेव ने भी उसके लिए कोई योग्य वर विचार कर रखा हो। परिवार में इतने लोग और हैं...इसकी माताएँ, इसके भाई...सबने कुछ–न–कुछ सोचा होगा...सबका कोई–न–कोई मत होगा...अर्जुन को यह सब तनिक भी अच्छा नहीं लग रहा था...उसका सुभद्रा पर कोई अधिकार क्यों नहीं है? वह उसके विषय में निर्णय क्यों नहीं कर सकता?...

अर्जुन समझ नहीं पा रहा था कि उसका मन इतना विह्वल क्यों था।

"अर्जुन।" कृष्ण ने मुस्कुराकर उसकी ओर देखा, "क्या तुम सुभद्रा से विवाह करना चाहोगे? मैं देख रहा हूँ कि प्रातः से अब तक तुम उसी के विषय में सोच रहे हो।"

"नहीं! मैं उसके विषय में नहीं सोच रहा।" अर्जुन कृष्ण के प्रश्न की स्पष्टता और आकस्मिकता से जैसे विचलित हो गया था, "मैं वस्तुतः उसके विवाह सम्बन्धी तुम्हारी चर्चा पर विचार कर रहा था।"

"जानता हूँ, तुम विचार कर रहे थे।" कृष्ण मुस्कुरा रहे थे, "तुम्हारे उस मनन को देखकर ही मैं भी विचार करने लगा था कि क्या तुम सुभद्रा से विवाह करना चाहोगे?"

अर्जुन कुछ सँभला। उसे लगा, जैसे कृष्ण वरदाता की मुद्रा में उसके सम्मुख खड़े, कह रहे हों, "माँग अर्जुन! क्या चाहिए। जो तुझे सर्वाधिक प्रिय हो, वह माँग ले। जो सबसे मूल्यवान हो, वह माँग ले। जो पाना तुझे असम्भव लगता हो, वही माँग ले।"

"क्या यह सम्भव है कृष्ण?"

"क्यों नहीं।"

"मैं विवाहित हूँ।"

"दुर्योधन भी तो विवाहित है।" कृष्ण ने आश्वस्त भाव से कहा, "वैसे तुम्हारी पहली पत्नी पांचाली कृष्णा केवल तुम्हारी पत्नी नहीं है। पिछले कितने ही वर्ष भी तुमने उसके बिना ही बिताये हैं और भविष्य में भी ऐसे अवसर आ सकते हैं। उलूपी से तुम्हारा सम्बन्ध मात्र एक रात्रि का ही रहा। भविष्य अभी बहुत अनिश्चित है, और चित्रांगदा भी कदाचित् मणिपूर छोड़कर शायद ही तुम्हारे इन्द्रप्रस्थ आये। ऐसी स्थिति में एक रानी ऐसी भी तो चाहिए, जो तुम्हारे साथ इन्द्रप्रस्थ में रहे।"

"यदि देवी सुभद्रा मेरी पत्नी बन सके, तो मेरा इससे बड़ा सौभाग्य और क्या होगा।" अर्जुन की वाणी जैसे स्वयं अपने शब्दों पर विश्वास नहीं कर पा रही थी।

"यह तो तुम्हारी आकांक्षा की तीव्रता पर निर्भर करता है।" कृष्ण अत्यन्त सहज ढंग से कह रहे थे, जैसे इस विषय में कुछ भी अस्वाभाविक न हो, "सुभद्रा सरलता से तो नहीं मिलेगी।"

"मेरी आकांक्षा के बल को परखने के लिए क्या प्रमाण चाहिए तुम्हें?"

"केवल तुम्हारा शब्द ही प्रमाण है।" कृष्ण ने कहा, "तुम चाहो तो मैं पिताजी से चर्चा करूँ।"

अर्जुन के लिए अपने विह्वल मन को सँभालना कठिन हो रहा था। बोला, "कृष्ण! तुमने मुझ पर और मेरे भाइयों पर बहुत सारे उपकार किये हैं, किन्तु यह तुम्हारा सबसे बड़ा उपकार होगा।"

किन्तु कृष्ण का ध्यान अर्जुन के कृतज्ञता–ज्ञापन की ओर नहीं था। वे जैसे मन–ही–मन अपनी योजना बना रहे थे, अथवा बना चुके थे, "मेरा विचार है कि तुम सुभद्रा के साथ सुखी रहोगे, और मैं यह भी सोचता हूँ कि सुभद्रा के लिए भी तुमसे श्रेष्ठतर पति दूसरा नहीं हो सकता। तुम्हारी पत्नी के रूप में वह हम दोनों के कुलों के सम्मान की रक्षा कर पायेगी।...किन्तु अब हमें यह तय करना है कि यह विवाह किस प्रकार हो।"

"तुमने कहा न कि तुम मातुल से चर्चा करोगे!" अर्जुन बोला।

"हाँ! कहा तो था...किन्तु उस पर विचार करने से लगता है कि तुम्हारे लिए सुभद्रा को प्राप्त करने का यह निश्चित मार्ग नहीं हो सकता।"

"क्यों?"

"क्योंकि यह सुभद्रा के लिए आये सम्बन्ध...प्रस्तावों में से एक प्रस्ताव और होगा। पिताजी जैसे अन्य प्रस्तावों पर विचार कर रहे हैं, वैसे इस पर भी करेंगे। सुभद्रा के भाई अन्य प्रस्तावों के समान, इस पर भी आपत्तियाँ करेंगे। सुभद्रा एक और प्रस्ताव से विद्रोह करेगी। अपने विरोध में वह और भी दृढ़ होगी।...नहीं मित्र! यह सुभद्रा–प्राप्ति का निश्चित मार्ग नहीं है।..."

"पर कृष्ण! मैं समझता हूँ कि मेरे विषय में सुनते ही मातुल अन्य प्रस्तावों का तत्काल तिरस्कार कर देंगे।" अर्जुन बोला, "वे हमसे इतना प्रेम करते हैं।"

कृष्ण ने जिस दृष्टि से अर्जुन को देखा, वह कह रही थी, 'कितने अबोध और अनजान हो तुम। मानव–मनोविज्ञान को तनिक भी नहीं समझते।'...वे बोले तो उनका स्वर सुविचारित निष्कर्ष गम्भीरता

लिए हुए था, "मातुल के रूप में वे तुमसे बहुत प्रेम करते हैं, किन्तु कन्या के पिता के रूप में जब वे सम्बन्ध–प्रस्तावों पर विचार करेंगे, तो उस समय वे तुम्हारे मातुल नहीं होंगे।...वे यह आपत्ति भी कर सकते हैं, कि तुम सुभद्रा के समवयस्क नहीं हो, अवस्था में उससे बड़े हो।...वे यह भी कह सकते हैं कि तुम किसी राज्य के न राजा हो, न युवराज! तुमसे विवाह कर, सुभद्रा अपने जीवन में कभी रानी नहीं बन सकती, जबकि दुर्योधन, शिशुपाल अथवा ऐसे ही किसी अन्य राजा अथवा युवराज से विवाह होने पर वह निश्चित रूप से महारानी बनेगी।..." कृष्ण ने अर्जुन की ओर देखा, "वे यह भी कह सकते हैं कि पाण्डवों का राज्य बहुत छोटा है....मात्र इन्द्रप्रस्थ नगर तक सीमित है वह। बहुत समृद्ध नहीं है। पांचालों, यादवों तथा इन्द्र की सहायता न होती तो शायद तुम लोग इन्द्रप्रस्थ का भी निर्माण न कर पाते...।"

"ऐसा सोचते हैं मातुल?"

"नहीं। तुम्हारे मातुल ऐसा नहीं सोचते।" कृष्ण ने निश्चयात्मक स्वर में कहा, "किन्तु वर का चयन करते हुए, किसी भी कन्या का पिता इस प्रकार विचार कर सकता है।...इसलिए कह रहा हूँ मित्र! कि सुभद्रा प्राप्ति का यह निश्चित मार्ग नहीं है।...और यदि कोई निश्चित मार्ग हो तो अनिश्चित मार्ग क्यों स्वीकार किया जाये?..."

"तो क्या कोई निश्चित मार्ग है?"

"चलो निश्चित न सही, प्रायः निश्चित मार्ग तो है," कृष्ण ने उत्तर दिया, "हम उसे सर्वाधिक सुरक्षित मार्ग मान सकते हैं।"

"क्या है वह सुरक्षित मार्ग?"

"तुम सुभद्रा का हरण कर उसे इन्द्रप्रस्थ ले जाओ...।"

अर्जुन की आँखें आश्चर्य से फैल गयीं...क्या हो गया है कृष्ण को...वे अपनी बहन के हरण का परामर्श दे रहे हैं उसे...

"अपने मातुल की कन्या का हरण करूँ? सुभद्रा का?" अर्जुन समझ नहीं पा रहा था कि वह कृष्ण से पूछ रहा था, अथवा अपने–आप से, "तुम्हारे, द्वारका के, यादवों के आतिथ्य, सम्मान और सत्कार का इस प्रकार तिरस्कार करूँ?"

कृष्ण अपने लीलामय नेत्रों से अर्जुन की बौखलाहट देखते रहे ...अर्जुन चुप हुआ तो वे बोले, "तुम समझ लो कि मैं किसी से पूछे बिना, बिना किसी से परामर्श किये, बिना किसी को सूचना दिये सुभद्रा का स्वयंवर आयोजित कर रहा हूँ..."

"स्वयंवर?"

"हाँ! स्वयंवर! सुभद्रा को वीर्य–शुल्का समझो। उसके स्वयंवर की प्रतिज्ञा है शौर्य, साहस, शस्त्रास्त्र–परिचालन तथा रथ–संचालन की अद्भुत दक्षता।" कृष्ण के चेहरे पर अगम्भीरता का कोई लक्षण नहीं था, "तुम्हें शारीरिक संकट भी झेलना होगा और असफल होने पर तिरस्कार और अपमान का जोख़िम भी उठाना होगा...और यदि तुम सफल हो गये तो मैं तुम्हें विश्वास दिलाता हूँ कि सुभद्रा तुम्हारी होगी, हमारे सम्बन्ध पहले से कहीं अधिक दृढ़ और मधुर होंगे, द्वारका में तुम्हारा सम्मान बढ़ेगा...और कोई यादव स्वयं को अपमानित अनुभव नहीं करेगा।..."

"यह सब कैसे सम्भव है कृष्ण!"

"सम्भव है।" कृष्ण का स्वर दृढ़ था, "किसी स्वयंवर में प्रतिज्ञा पूर्ति का अवसर सारे योद्धाओं को एक साथ नहीं मिलता। वे लोग बारी–बारी ही अपना सामर्थ्य–परीक्षण करते हैं। कोई पहले आता है और कोई बाद में। पूर्वापर के बिना कोई स्वयंवर होते देखा है तुमने? द्रौपदी के स्वयंवर में तुम्हें सर्वथा अन्त में अवसर मिला था। मैं चाहता हूँ कि सुभद्रा के स्वयंवर में तुम्हें सबसे पहले अवसर मिले।...यदि तुम असफल हो जाओ, तो अन्य वीर अपने भाग्य की परीक्षा कर सकते हैं।"

"किन्तु स्वयंवर में कन्या की इच्छा का भी समावेश होता है, उसके अभिभावक प्रतिज्ञा निश्चित करते हैं। प्रतिज्ञा की घोषणा होती है...।"

"वह सब कुछ सत्य है।" कृष्ण ने अर्जुन को बीच में ही टोक दिया, "इसे एक प्रकार का अघोषित स्वयंवर समझो। सुभद्रा के बड़े भाई के रूप में मैंने प्रतिज्ञा निश्चित की है। तुम पहले अपनी क्षमता का परिचय दो...उसके पश्चात् आयेगी सुभद्रा की इच्छा...।"

"मैं समझा नहीं।" अर्जुन बोला, "और वैसे भी मैं हरण जैसे संकटपूर्ण कार्य की तैयारी करके नहीं आया। तुम रुक्मिणी का हरण करने गये थे, तो कैसी तैयारी से गये थे। मेरे पास तो युद्धक रथ क्या, साधारण यात्री–रथ भी नहीं है। अपहरण कर यादव योद्धाओं की चुनौती को पार कर जाने के लिए शस्त्रास्त्र तो दूर एक साधारण खड्ग भी लेकर नहीं चला हूँ मैं..."

"अर्जुन! मैं तुम्हें अपना रथ दूँगा, अपने ही घोड़ों से जुता हुआ, किन्तु कोई सारथी नहीं होगा। तुम्हें अपना सारथ्य स्वयं ही करना होगा।" कृष्ण मानो स्वयंवर का सारा स्वरूप स्पष्ट कर रहे थे, "रथ में एक बड़े युद्ध के लिए पर्याप्त शस्त्रास्त्र होंगे, किन्तु तुम्हारे साथ कोई योद्धा नहीं होगा। तुम्हें अपना युद्ध स्वयं ही लड़ना होगा।" कृष्ण ने रुककर अर्जुन की ओर देखा, "सुभद्रा रैवतक पर्वत पर पूजा और देवदर्शन के लिए जायेगी। उसके साथ कुछ सशस्त्र रक्षक भी होंगे। वे रक्षक विशेष योद्धा नहीं होते। सुभद्रा का अपहरण कर तुम उसे अपने रथ में बैठाओगे। वे रक्षक प्रतिरोध करेंगे। तुम उन्हें पराजित कर रथ निकाल ले जाओगे।...किन्तु सावधान रहना, यदि अनिवार्य न हो, तो उनका वध मत करना। अपने रक्षकों के वध से यादव कुपित हो उठेंगे।...यदि तुम वहाँ से सफलतापूर्वक निकल गये, तो पर्वत से नीचे उतरते ही द्वारका के सीमा–रक्षकों से तुम्हारा सामना होगा। सावधान! वे पूर्ण सैनिक तथा योद्धा होते हैं। सम्भव है उनसे दुर्धर्ष युद्ध करना पड़े। उस अवरोध को पार कर सके तो मार्ग पर यादवों की कुछ सैनिक चौकियाँ मिलेंगी...और अन्ततः द्वारका से बाहर निकलते हुए पुनः सीमा–रक्षकों का गुल्म मिलेगा।" कृष्ण ने क्षण–भर रुककर अर्जुन की ओर देखा, "उनमें से किसी को सूचना नहीं होगी कि तुम स्वयंवर की प्रतिज्ञा पूरी कर रहे हो। वे यही जानेंगे कि तुम, यादव–कन्या, वसुदेव–पुत्रि तथा कृष्ण–भगिनी देवी सुभद्रा का उसकी इच्छा के विरुद्ध अपहरण कर रहे हो। वे प्राण–पण से लड़ेंगे। केवल सुभद्रा को छुड़ा लेने का नहीं, तुम्हारे वध का प्रयत्न करेंगे। तुम यदि उनसे बचकर सुरक्षित निकल गये और सुभद्रा को

अपने साथ ले जा सके, तो मेरा विश्वास करो कि यादव सेना तुम्हारा पीछा नहीं करेगी। तुम स्वयंवर की प्रतिज्ञा पर खरे उतरे मान लिए जाओगे और वीर्य–शुल्का सुभद्रा तुम्हारी होगी।"

"किन्तु सुभद्रा की इच्छा?"

"मैंने कहा न कि यदि तुम सुरक्षित द्वारका से बाहर निकल गये और सुभद्रा को अपने साथ ले जा सके...।"

"किन्तु सुभद्रा की इच्छा?" अर्जुन अब भी चकित भाव से कृष्ण की ओर देख रहा था।

"सुभद्रा की इच्छा!" कृष्ण लीलापूर्वक मुस्कुराये, "वह अपनी इच्छा तुम्हें रथ में ही बतायेगी। बस समझ लो कि यदि उसकी इच्छा न हुई तो तुम उसे अपने साथ नहीं ले जा पाओगे।" कृष्ण रुक गये, "पर एक बात के लिए सजग ही नहीं सावधान भी रहना...।"

"क्या?"

"सुभद्रा की स्वीकृति पाने के लिए तुम बलप्रयोग नहीं करोगे।..." कृष्ण की मुद्रा पर कैसा तो कठोर भाव आ गया था, "बोलो! है स्वीकार?"

अर्जुन ने तत्काल कोई उत्तर नहीं दिया...यह सारा कुछ उसके लिए इतना आकस्मिक और अनपेक्षित था कि किसी निश्चय पर पहुँचना, उसके लिए सम्भव नहीं हो पा रहा था।...उसके अपने मन ने तो सुभद्रा की कामना मात्र की थी। कृष्ण की सहमति से वह कामना प्रबल होकर उसके हृदय का चीत्कार बन गयी थी। अब सुभद्रा को पाने की इच्छा त्याग देना उसके लिए सरल नहीं था... किन्तु इच्छा हो या कामना...वह स्वयंसिद्ध तो नहीं होती, उसका औचित्य सिद्ध करना पड़ता है।...अभी तो उसका अपना मन ही इस हरण के औचित्य को पूर्णतः ग्रहण नहीं कर पाया था...मातुल की अनुमति के बिना?...और फिर माँ क्या सोचेंगी कि उनका पुत्र काम के हाथों इतना विवश हो गया कि कन्या की इच्छा के विरुद्ध उसका अपहरण कर लाया...

"तुमने उत्तर नहीं दिया अर्जुन!" कृष्ण ने पुनः कहा।

"मुझे मातुल की ओर से, सुभद्रा के बड़े भाई के रूप में तुम्हारी अनुमति प्राप्त है।" अर्जुन बोला, "वैसे ही मैं चाहता हूँ कि मैं माँ और ज्येष्ठ से भी अनुमति प्राप्त कर लूँ...। यदि वे मुझे अनुमति दे दें, तो फिर इस स्वयंवर में मुझे कोई आपत्ति नहीं है।"

कृष्ण को निर्णय में निमिष मात्र ही लगा होगा। बोले, "अच्छा प्रस्ताव है। तुम युधिष्ठिर के नाम पत्र लिखो।...या तुम बूआ को पत्र लिखना चाहते हो?"

"नहीं! पत्र तो महाराज युधिष्ठिर के ही नाम जाये तो अच्छा है।" अर्जुन ने उत्तर दिया, "वे हमारे राजा हैं। उनकी अनुमति हर प्रकार से आवश्यक है। वैसे, यदि माँ की अनुमति न हुई, तो महाराज भी अनुमति नहीं देंगे। माँ के लिए यह तनिक भी आवश्यक नहीं है, कि वे अपने पुत्रों से अनुमति लें, किन्तु पुत्र माँ से अनुमति लिए बिना कोई निर्णय नहीं करेगा।"

"तो फिर धर्मराज को ही पत्र लिखो। मैं किसी पत्र–वाहक को भेज दूँगा।" अर्जुन को कुछ कहने को आतुर देखकर कृष्ण ने अपने हाथ के संकेत से उसे रोका, "निश्चिन्त रहो, पत्र का सन्देश गुप्त ही रहेगा, कोई विशेष आडम्बर करने की आवश्यकता नहीं है। पत्र–वाहक अपने दैनन्दिन कार्य के रूप में ही पत्र ले जायेगा।...और अर्जुन! धर्मराज का उत्तर आने तक तुम चाहो तो ब्रह्मचारी के रूप में वनवास कर सकते हो।...मेरे मित्र के रूप में द्वारका का सत्कार ग्रहण कर सकते हो। इच्छा हो तो शस्त्रास्त्रों का अभ्यास कर स्वयं को अधिक सक्षम बना सकते हो। या...।"

"बस! बस! इससे अधिक विकल्प सुझाने की आवश्यकता नहीं है। मैं इनमें से ही कोई चुन लूँगा।" अर्जुन पुनः गम्भीर हो गया, "एक शंका मेरे मन में और भी उठी है।"

"वह भी कह डालो। शंका सागर!" कृष्ण हँसे, "जाने तुम्हारे मन में इतनी शंकाएँ क्यों उठती हैं।"

"पितामह भीष्म ने जब काशीराज की पुत्रियों का हरण किया था, तो शाल्व ने राजकुमारी अम्बा से कहा था कि धर्मतः हरण के क्षण से ही वह भीष्म की पत्नी हो गयी...।"

"तो?"

"वैसे ही यदि मैं सुभद्रा हरण करता हूँ। लोक–मान्यता यह हो कि धर्मतः उसी क्षण से वह मेरी पत्नी हुई, और उसके पश्चात् मुझे ज्ञात हो कि सुभद्रा मुझसे विवाह नहीं करना चाहती, तो हम दोनों के लिए धर्म–संकट उत्पन्न नहीं हो जायेगा?"

कृष्ण ने अर्जुन को देखा। उनके नयन कह रहे थे, 'अर्जुन। तुम इतनी विपरीत परिस्थितियों की कल्पना क्यों करते हो?' किन्तु मुख से यह कहा नहीं। बोले, "जब कह दिया कि रथ पर सुभद्रा अपनी इच्छा प्रकट कर देगी।"

"पर तुम उससे पूछ क्यों नहीं लेते?" अर्जुन ने कुछ झल्लाकर पूछा, "तुम एक साधारण–सी स्थिति को इतना जटिल क्यों बना रहे हो?"

"साधारण स्थिति को जटिल मैं नहीं बना रहा, तुम बनाना चाहते हो।" कृष्ण मुस्कुराये, "सुभद्रा से पूछना, पिताजी से अनुमति लेना अथवा बलराम भैया से चर्चा करना...ये सब एक ही समस्या के विभिन्न रूप हैं। जैसे ही द्वारका में यह चर्चा, हम दोनों के अतिरिक्त किसी तीसरे तक पहुँची, यह एक सार्वजनिक सूचना हो जायेगी, सभी सम्बद्ध पक्षों को ज्ञात हो जायेगा कि सुभद्रा से विवाह करने के प्रसंग में अर्जुन द्वारका पहुँचा हुआ है। द्वारका के भीतर–बाहर हलचल मच जायेगी। सारे सम्बन्ध–प्रस्ताव सजीव होकर प्रेतों के समान हमारे चारों ओर मँडराने लगेंगे।...और तुम्हें पता है न बलराम भैया की हठ का। पिताजी सचेत और सक्रिय हो जायेंगे।...और सुभद्रा! वह फिर इस बात पर अड़ जायेगी कि उसके लिए स्वयंवर का आयोजन क्यों नहीं किया जा रहा।...परिणाम समझते हो न? और कुछ हो या न हो, सुभद्रा का विवाह तुमसे नहीं होगा।"

"ओह! हाँ!" अर्जुन कुछ अनमना–सा हो गया...कृष्ण ठीक कह रहे थे...इस समय जो अर्जुन यादवों का आत्मीय बना, उनके सत्कार का भाजन था...वही अर्जुन पराया हो जायेगा।...उसकी विभिन्न राजकुमारों से तुलना की जायेगी...उसकी त्रुटियाँ ढूँढ़ी जायेंगी।...वह, जो आज तक उनके घर का व्यक्ति है, अकस्मात ही निकालकर बाहर खड़ा कर दिया जायेगा।...

"ठीक है! तुम्हारी ही योजना रही! मैं ज्येष्ठ को पत्र लिखता हूँ।"

अर्जुन के मन में अनेक प्रश्न थे...क्या–क्या लिखे वह युधिष्ठिर को और क्या न लिखे?...क्या वह लिखे कि वह सुभद्रा में इतना अनुरक्त हो उठा है कि उसके बिना नहीं रह सकता, इसलिए वह उससे विवाह करना चाहता है। मातुल की यह इच्छा नहीं है, बलभद्र भी इस सम्बन्ध के लिए सहमत नहीं हैं...सुभद्रा के मन का भी उसे पता नहीं है...फिर भी वह विवाह करना चाहता है।...यदि युधिष्ठिर पूछे कि उसने उलूपी और चित्रांगदा से विवाह करने से पहले तो उससे नहीं पूछा था। अब ऐसा क्या विशेष हो गया है कि युधिष्ठिर से पूछने की आवश्यकता आ पड़ी है?...क्या वह वे सारी परिस्थितियाँ लिखे, जिसमें वे विवाह हुए थे? उलूपी ने स्वयं अर्जुन को पाने की इच्छा प्रकट की थी। इच्छा क्या प्रकट की थी, वह तो अर्जुन का अपहरण करके ही ले गयी थी। वह कामातुरा थी...चित्रांगदा से भी उसका विवाह चित्रांगदा और उसके पिता की इच्छा से हुआ था, उनकी शर्तों पर हुआ था। चित्रांगदा शायद इन्द्रप्रस्थ आनेवाली भी नहीं थी...किन्तु सुभद्रा को साथ लेकर वह इन्द्रप्रस्थ आ रहा था। यदि वह सुभद्रा को जय कर सका तो वह उनके साथ, परिवार की सदस्या होकर उन्हीं के भवन में उनके साथ इन्द्रप्रस्थ में रहेगी। परिवार के प्रत्येक सदस्य को उसे स्वीकार करना होगा, उससे व्यवहार रखना होगा।... इस सम्बन्ध से, सम्भव है मातुल के साथ सम्बन्ध बिगड़ें। सम्भव है, यादव वंश इससे कुपित होकर ससैन्य इन्द्रप्रस्थ पर आक्रमण करें।...तब पाण्डवों को उनसे युद्ध करना होगा...इन्द्रप्रस्थ में सुभद्रा और अर्जुन की सुरक्षा का ही नहीं, इन्द्रप्रस्थ की ही सुरक्षा का प्रबन्ध करना होगा। पारिवारिक, सामाजिक और राजनीतिक सम्बन्धों के समीकरण बदल जायेंगे...जो मित्र हैं, वे शत्रु हो जायेंगे।...इसलिए महाराज युधिष्ठिर की अनुमति आवश्यक है। क्या वे राजनीतिक और सामरिक संकट झेलने को तैयार हैं?...

और यदि धर्मराज ने पूछा कि इतना संकट है, तो वह इस सम्बन्ध के लिए इतना आतुर ही क्यों है? क्या वह अपनी कामनाओं का इतना–सा संयमन नहीं कर सकता? क्यों वह अपने परिवार और राज्य को अपनी कामनाओं की ज्वाला में दग्ध करना चाहता है?...तो क्या अर्जुन लिख दे महाराज युधिष्ठिर को कि द्वारका में आकर उसने अनुभव किया कि द्रौपदी, उलूपी और चित्रांगदा जैसी पत्नियाँ होते हुए भी वह वस्तुतः पत्नीविहीन है।...कह दे वह कि सुभद्रा ने उसके मन को कुछ उसी प्रकार विह्वल कर रखा है, जैसा किसी समय द्रौपदी ने किया था! बता दे वह अपने भाइयों को कि द्वारका आकर ही उसने अनुभव किया है कि कृष्ण की मैत्री, स्नेह और सौहार्द के होते हुए भी उनके सबसे बड़े मित्र और सहायक यादव, पाण्डवों को इस योग्य नहीं मानते कि वे अर्जुन को अपनी कन्या के योग्य स्वीकार करें। पाण्डव उनकी दया के पात्र हैं, स्पृहा के नहीं। इन्द्रप्रस्थ उनके लिए बहुत छोटा–सा राज्य है। महत्त्वहीन और समृद्धिशून्य।...यदि पाण्डवों को राजाओं और राजवंशों की बिरादरी में सिर उठाकर सम्मानपूर्वक, बराबरी के आधार पर जीना है, तो उन्हें अपने राज्य का विस्तार करना होगा, धन–धान्य और सम्पन्नता की दृष्टि से कुछ और समृद्ध होना होगा। यादवों के निरीह और असहाय सम्बन्धी नहीं, उनके योग्य और सक्षम सम्बन्धी बनना होगा...वैसे धर्मराज से इन तथ्यों को गोपनीय रखने का कोई औचित्य भी नहीं है। उन्हें यह सब ज्ञात होना चाहिए! वे राजा हैं और राजा को अपने राज्य से सम्बद्ध सारी सूचनाएँ होनी चाहिए। उन्हें यह मालूम होना चाहिए कि उन्हें धृतराष्ट्र ने किस प्रकार वंचित किया है, जैसे कोई अपने किसी निर्धन सम्बन्धी को उसकी आजीविका के लिए दयावश कोई उपेक्षित भूखण्ड दे दे। यदि यादवों की दृष्टि में भी हस्तिनापुर का राज्य इन्द्रप्रस्थ से इतना अधिक समृद्ध और महत्त्वपूर्ण है कि वे पापी, अधर्मी और आततायी दुर्योधन से अपनी कन्या का सम्बन्ध करने का न केवल विचार कर सकते हैं वरन स्वयं अपनी पहल पर इसका प्रस्ताव हस्तिनापुर भेज सकते हैं...किन्तु अर्जुन की तीव्र इच्छा होने पर, कृष्ण की इस मैत्री के

बावजूद वे अर्जुन के प्रस्ताव का तिरस्कार कर सकते हैं, तो पाण्डव किस आधार पर आश्वस्त बैठे हैं?...आख़िर कब तक वे यादवों की मैत्री और पांचालों के सम्बन्धी होने के आश्वासन पर जीवित रहेंगे...

सहसा अर्जुन का चिन्तन रुक गया...यद्यपि उसकी माता का सम्बन्ध शूरसेन के परिवार से है...किन्तु शायद अब वह शूरसेन की कन्या नहीं, कुन्तिभोज की पुत्री होकर ही रह गयी है। वह द्वारका वालों की पुत्री नहीं है। इसलिए पाण्डव उनके उतने आत्मीय नहीं हैं, जितने काम्पिल्य वालों के हैं। द्रौपदी का कष्ट हरण करने के लिए जैसे द्रुपद, धृष्टद्युम्न तथा शिखण्डी दौड़ेंगे, वैसे द्वारका से सिवाय कृष्ण के और कोई पाडवों की सहसयता को नहीं आयेगा...बलराम भैया भी नहीं...किन्तु यदि सुभद्रा का विवाह अर्जुन से हो जाता है तो शायद मातुल–वसुदेव, बलभद्र और अन्य यादव भी वैसी ही आतुरता से आकर उनके पक्ष में खड़े हो जायेंगे...

पर कहीं यह अर्जुन के मन का काम मात्र ही तो नहीं है, जो उसे इस प्रकार अनेक तर्क सुझा रहा है?...कहीं उसका यह कृत्य यादवों को उनका मित्र बनाने के स्थान पर शत्रु ही तो नहीं बना देगा?...पर नहीं। यदि ऐसी कोई सम्भावना होती तो कृष्ण उसे इस प्रकार का परामर्श ही नहीं देते...और वह धर्मराज से अनुमति तो माँग ही रहा है। उनके मन में तो काम नहीं है। वे तो सोच–विचार कर ही उसे अनुमति देंगे...

युधिष्ठिर को अर्जुन का सन्देश मिला तो वे चकित रह गये।...

अर्जुन द्वारका में था, यह उनके लिए सुखद समाचार था। वह सुभद्रा से विवाह करना चाहता था इसमें भी उन्हें कोई आपत्ति नहीं थी...किन्तु सुभद्रा–हरण?...ठीक है कि उन लोगों के वंश पृथक् थे किन्तु कृष्ण के परिवार को युधिष्ठिर ने सदा अपना ही परिवार समझा था।...अपने परिवार में कन्या–हरण! यह उचित था क्या? ऐसे में कौन किसका विश्वास करेगा? अर्जुन को ऐसा कोई काम नहीं करना चाहिए, जिससे यादव अपने–आपको अपमानित अनुभव करें...किन्तु यादवों को

भी तो कोई ऐसा काम नहीं करना चाहिए, जिससे पाण्डव स्वयं को उपेक्षित अनुभव करें...युधिष्ठिर ने कभी कल्पना भी नहीं की थी कि यादव उन्हें इतना हीन समझते हैं, कि अर्जुन जैसे पुरुष से वे अपनी कन्या का सम्बन्ध नहीं...और उनमें से भी स्वयं मातुल वसुदेव?...पर यदि मातुल पहले से ही उनके विषय में अच्छी धारणा नहीं रखते,...और अब अर्जुन ने सुभद्रा का हरण किया तो मातुल के मन पर और गहरा आघात होगा, मातुल को बुरा लगा तो माँ को भी बुरा लगेगा। माँ...

युधिष्ठिर कुन्ती के पास पहुँचे, "माँ!" उन्होंने अर्जुन का पत्र आगे बढ़ा दिया।

कुन्ती ने पत्र पढ़ा। दो क्षण मौन रहकर विचार किया और निर्द्वन्द्व मन से स्पष्ट शब्दों में बोली, "अर्जुन को लिख दो, वह निर्भय होकर सुभद्रा को ले आये। मुझे न सुभद्रा को पुत्र–वधू मानने में कोई आपत्ति है, न उसके हरण में।"

"किन्तु माँ! हरण जैसा नृशंस कार्य!" युधिष्ठिर बोले, "मातुल को अच्छा लगेगा क्या?"

"मातुल को अच्छा न लगने की भला इसमें क्या बात है?" कुन्ती के स्वर में कुछ कठोरता थी, "उन्हें सुभद्रा के लिए वर नहीं चाहिए क्या?"

"किन्तु उनकी इच्छा? सुभद्रा की इच्छा?"

"सुभद्रा की इच्छा नहीं होगी तो अर्जुन उसे इन्द्रप्रस्थ नहीं ला पायेगा।" कुन्ती पर्याप्त दृढ़ स्वर में बोली, "और यदि सुभद्रा को अर्जुन अपने पति के रूप में स्वीकार्य है, तो तुम्हारे मातुल की इच्छा–अनिच्छा का कोई महत्त्व नहीं रह जाता।"

"मैं अर्जुन की सहायता के लिए जाऊँ माँ?" भीम ने आतुरता से पूछा, "वह वहाँ अकेला है और यादवों के इतने महारथी और अतिरथी! कहीं... ।"

"नहीं! यह पराक्रम अर्जुन को ही करने दो।" कुन्ती हँस पड़ी, "तुम्हारा क्या भरोसा है, अभी अर्जुन की सहायता करने जाओ और बाद में कहो कि तुमने और अर्जुन ने मिलकर सुभद्रा का हरण किया, इसलिए... ।"

"माँ! तुम तो...।"

भीम कुछ और कहना चाहता था कि युधिष्ठिर बीच में ही बोले, "शायद तुमने मातुल के पक्ष से विचार नहीं किया माँ! उनके मन में हमारा क्या सम्मान रह जायेगा?"

"पराक्रम से सम्मान बढ़ता है, कम नहीं होता।" कुन्ती बोली, "उसने ठीक लिखा है कि द्वारका के यादवों के मन में हमारे प्रति दया और सहानुभूति तो है, किन्तु सम्मान नहीं है। हमें वह सम्मान तो अर्जित करना ही पड़ेगा।"

"तुम क्या कहती हो पांचाली?" युधिष्ठिर ने पूछा।

द्रौपदी मुस्कुरायी, "लोग अपनी पत्नियों से पूछकर, राजकुमारियों का हरण नहीं करते।"

"फिर भी इस सन्दर्भ में तुम्हारा परामर्श क्या है?"

"उन्होंने अपने राजा की अनुमति माँगी है, ताकि सैनिक संघर्ष हो, तो राजा को ज्ञात हो कि उसका धर्म क्या है।" द्रौपदी अब भी पर्याप्त तटस्थ दिखायी दे रही थी।

"मैं तुमसे तुम्हारी व्यक्तिगत प्रतिक्रिया जानना चाहता हूँ।" युधिष्ठिर के स्वर में आग्रह था, "अर्जुन अपने साथ सुभद्रा जैसी पत्नी लायेगा, तो तुम्हें कैसा लगेगा?"

"बड़ी विचित्र स्थिति है क्षत्रिय–पत्नी की।" द्रौपदी गम्भीर ही नहीं, कुछ–कुछ अन्यमनस्क भी हो चुकी थी, "सपत्नी का कोई स्त्री स्वागत नहीं करती, किन्तु वीर–पत्नी अपने पति के पराक्रम में बाधा नहीं डालती...और मैं तो स्वयं पाँच पतियों की भार्या हूँ। मैं उन पर एकाधिकार की कल्पना भी कैसे कर सकती हूँ।"

द्रौपदी उठकर अपने भवन में चली आयी। जो कुछ युधिष्ठिर उससे पूछ रहे थे, वह तो कदाचित् गृह–कलह से बचने के लिए उसकी औपचारिक सहमति प्राप्त करने का प्रयत्न था, किन्तु उसे भी तो अपने–आप से बहुत कुछ पूछना था...इन परिस्थितियों में अर्जुन का धर्म क्या था...यह प्रश्न अपने स्थान पर महत्त्वपूर्ण था...किन्तु द्रौपदी की प्रतिक्रिया? उसकी भावनाएँ? उसकी इच्छा?...ठीक ही

कहा था उसने, क्षत्रिय–पत्नी की विचित्र स्थिति थी...सपत्नी की चर्चा भी भयानक थी। वह उसके पति को उससे छीन लेगी। वह उसके प्रति अर्जुन का प्रेम क्षीण नहीं तो मन्द अवश्य कर देगी...और फिर यह जो आ रही थी, साधारण राजकुमारी नहीं थी। यह सुभद्रा थी! कृष्ण की चंचला भगिनी! यादव–कन्या।...सुन्दर, बुद्धिमती, सुशिक्षित, रण–कुशल। अर्जुन को तो वह मुग्ध करेगी ही...बहुत सम्भव है, वह पूरे परिवार की ही लाड़ली हो जाये।...किन्तु द्रौपदी का उससे क्या विरोध? वह उसके सखा की भगिनी थी। छोटी बहन–सरीखी! और इन पाँचों भाइयों की ऐसी–ऐसी रानियों की महारानी होगी...द्रौपदी! ...उसका अपना ही साम्राज्य समृद्ध हो रहा है...और सबसे बड़ी बात तो वीर पति के पराक्रम और कुल गौरव की थी...द्रौपदी का सुभद्रा से विरोध ही क्या हो सकता था?...

5

अर्जुन ने रथ का निरीक्षण किया : न केवल कृष्ण के इस रथ में उनके अपने अश्व...शौव्य तथा सुग्रीव...जुते हुए थे; बाहुक ने रथ को काफ़ी सुसज्जित भी कर दिया था। जाने क्या सोचकर बाहुक ने रथ को सजाया था...निश्चित रूप से कृष्ण ने उसे अर्जुन के अभियान के विषय में कुछ नहीं बताया होगा। इन्द्रप्रस्थ से युधिष्ठिर की अनुमति आ जाने पर द्वारका में अर्जुन के अकेले आखेट पर जाने की सूचना कृष्ण ने अवश्य प्रचारित कर दी थी।...किन्तु आखेट पर जाने के लिए कोई रथ को सज्जित नहीं करता...अब बाहुक के मन की तो बाहुक ही जाने...

रथ का सारा पृष्ठभाग शस्त्रास्त्रों से अटा पड़ा था, जैसे अर्जुन दिग्विजय के लिए जा रहा हो! कृष्ण ने बड़ी सावधानी से विभिन्न प्रकार के ये शस्त्रास्त्र रखवाये थे...हाथी को गदा से मारना, सिंह को बाण से। मृग के लिए तो ये हल्के बाण ही पर्याप्त होंगे, किन्तु अरना

भैंसा आये तो इन सारी बाणों की आवश्यकता पड़ेगी।...बाघ झपट पड़े तो बाणों से क्या होगा, तब यह शूल उत्तम रहेगा, और यह त्रिशूल...। वन में जितने प्रकार के पशुओं की कल्पना की जा सकती है उतने ही प्रकार के शस्त्र रथ में रखवा दिये थे...

अर्जुन ने कवच धारण कर लिया था और कटि में एक भारी खड्ग बाँध लिया था।...अब विलम्ब का कोई कारण नहीं था।

"जाओ मित्र! सफल होकर मिलो।" कृष्ण ने कहा, "चिन्ता मत करना, पराक्रम करना!"

अर्जुन का कण्ठ अवरुद्ध हो आया...कृष्ण जैसा सखा कहाँ मिलेगा उसे! उसके ऋण से उऋण होना सम्भव है क्या!...

रथारूढ़ होकर अर्जुन ने वल्गा सँभाली तो उसका मन अपनी योजना बुनने लगा...द्वारका में प्रचारित किया गया था कि अर्जुन आखेट के लिए जा रहा है। इसलिए द्वारका से बाहर निकल वन अथवा रैवतक पर्वत की ओर जाने में उसे कोई कठिनाई नहीं थी। वह तो आखेट के लिए जानेवालों का स्वाभाविक मार्ग था...किन्तु रैवतक पर्वत पर रथ सहित उसका देव–स्थानों तक जाना किसी के भी मन में शंका उत्पन्न कर सकता है...उसे रैवतक पर नहीं जाना है, किन्तु वह रैवतक से दूर भी नहीं रह सकता। सुभद्रा मन्दिर में पूजा कर रैवतक की परिक्रमा करेगी। परिक्रमा के पश्चात् वह द्वारका के जितनी निकट होती जायेगी, उतनी ही अर्जुन की कठिनाई बढ़ती जायेगी।...इसका अर्थ है कि उसे उस स्थान पर सुभद्रा की प्रतीक्षा करनी चाहिए, जहाँ वह परिक्रमा के पश्चात् पर्वत से नीचे उतरेगी और नगर की ओर मुड़ेगी...मार्ग में रुकने का सबसे सरल उपाय था घोड़ों को रथ से खोलकर सुस्ताने के लिए छोड़ देना, अथवा उनके सामने चारा डाल देना।...किन्तु वह अश्वों को खोल नहीं सकता। सुभद्रा को देखते ही, निमिष–भर में उसे स्फूर्तिपूर्वक सुभद्रा को उठाकर अपने रथ में बैठा लेना था और चल पड़ना था...किन्तु अश्वों को खोल देने पर यह इतना सरल नहीं होगा। अश्वों को जोतने में भी तो कुछ समय लगेगा...उसे इसी प्रकार प्रतीक्षा करनी होगी...किन्तु ऐसे में क्या

यह उचित नहीं है कि वह रथ को मार्ग से उतारकर वृक्षों के पीछे खड़ा कर दे...इस प्रकार एक तो वैसे आते-जाते नागरिकों की उस पर दृष्टि नहीं पड़ेगी, और यदि किसी ने देख भी लिया तो यही माना जायेगा कि आखेट के लिए वन में प्रवेश करने से पूर्व वह किसी की प्रतीक्षा कर रहा है...

रैवतक पर हुए समारोह के पश्चात् अर्जुन की सुभद्रा से कई बार भेंट हो चुकी थी...कभी स्वयं कृष्ण के भवन में, कभी बलराम के घर, कभी मातुल वसुदेव के घर! अर्जुन ने जितनी बार उसे देखा, उससे चर्चा की, अथवा उसे शस्त्रास्त्रों का अभ्यास करते देखा, उसकी कामना तीव्र होती गयी। किन्तु सुभद्रा ने उसमें अतिरिक्त रुचि कभी नहीं दिखायी...हाँ! उसकी उपेक्षा अथवा अनादर भी नहीं किया। कृष्ण के घर में कई बार तो ऐसे एकान्त अवसर भी आये कि अर्जुन का मन अनायास ही अपनी बात कह देने के लिए आतुर हो उठा, किन्तु उसे हर बार लगा, यह उचित नहीं होगा। कृष्ण ने उसे सुभद्रा का हरण करने के लिए कहा था, उसका मन जीतने का परामर्श कभी नहीं दिया था।...यदि उसका कोई अवकाश होता तो कृष्ण हरण की बात ही क्यों करते। ऐसा न हो कि वह अपने मन की बात कहकर कृष्ण की योजना में कोई विघ्न उपस्थित कर दे...

सुभद्रा को आते देखकर अर्जुन सचेत हो गया।

सुभद्रा के साथ चार खड्गधारी रक्षक थे। उसके अपने हाथ में पूजा की थाली थी और उसके आस-पास अनेक दासियाँ हाथों में फल, फूल अथवा मिष्ठान्न इत्यादि लिए चल रही थीं। यह सुभद्रा का वह तेजस्वी और जुझारू रूप नहीं था, जो उत्सव के दिन अर्जुन ने देखा था। आज वह पर्याप्त कोमल और भीरु लग रही थी।...जाने क्यों आज वह बहुत आत्मलीन दिखायी पड़ रही थी। उसका रूप आकर्षक था एक सीमा तक उत्तेजक भी। उसके मुख-मण्डल पर छायी सात्विकता, देखनेवाले के मन को शान्ति अवश्य देती थी, किन्तु उसे और भी अधिक कमनीय बना रही थी।...अर्जुन को लगा, जैसे स्वयं देवी पार्वती अपने आराध्य को पाने के लिए तपस्या कर हिमालय

से उतरकर नीचे आ रही थी...और देखो, साक्षात् वरदान–सा स्वयं अर्जुन वहाँ खड़ा था। यदि सुभद्रा को ज्ञात होता कि भगवान महादेव ने उसकी मनोकामना पूरी कर दी है, तो उसे रैवतक पर जाने की आवश्यकता ही क्या थी?...

किन्तु तभी अर्जुन के मन में दूसरे विचार ने सिर उठाया... वह तो जानता भी नहीं कि सुभद्रा के मन में क्या है। यदि कहीं उसके मन का वरदान अर्जुन न हुआ तो?...यदि अर्जुन के पराक्रम को उसने उसका दुस्साहस माना तो?...किन्तु अब सोचने का समय नहीं था।...उसे सुभद्रा को प्राप्त करना था, तो यह सारा जोखिम तो उसे उठाना ही था...कृष्ण ने कहा था कि सुभद्रा उसे अपने रथ में ही बतायेगी...

उसने रथारूढ़ हो घोड़ों को आगे बढ़ाया और रथ ला कर सुभद्रा के ठीक सामने खड़ा कर दिया...

सुभद्रा ने चौंककर रथ को देखा, इस रथ को वह पहचानती थी...यह कृष्ण का रथ था। रथी का रूप भी कृष्ण से कुछ समानता रखता था, किन्तु वह कृष्ण नहीं था। यह उसके भैया का वेश नहीं था...

अर्जुन रथ से कूदकर उसके सामने आया।

"ओह पार्थ!" सुभद्रा सस्मित बोली, "आपने तो मुझे चौंका ही दिया।"

और तभी अर्जुन ने झुककर सुभद्रा को अपनी भुजाओं में उठाया और रथ में बैठा दिया। सुभद्रा ने कुछ नहीं कहा, केवल विस्मित दृष्टि से उसे देखती रही।

रक्षकों की समझ में नहीं आया कि उनकी आँखों के सम्मुख क्या घटित हो रहा था। सुभद्रा जिस रथ में आयी थी, वह भी थोड़ी दूरी पर खड़ा था। सारथि स्वामिनी के आने की प्रतीक्षा कर रहा था। यदि देवी सुभद्रा को अपने रथ में न जाकर, पार्थ के साथ रथ में जाना था, तो वे उन्हें पूर्व सूचना भी दे सकती थीं।...यदि यह पूर्व–नियोजित नहीं था, तो अधिक स्वाभाविक था कि पार्थ आकर देवी सुभद्रा से निवेदन करता, या उन्हें आमन्त्रित करता।...किन्तु पार्थ ने तो उन्हें

अपनी भुजाओं में उठा कर रथ में बैठा दिया था। देवी सुभद्रा ने भी विस्मय प्रकट किया था...

अर्जुन ने बायें हाथ में वल्गा पकड़, दायें हाथ से खड्ग खींच लिया, "मार्ग से हट जाओ। जाकर द्वारका में सूचना दे दो, मैंने देवी सुभद्रा का हरण कर लिया है।"

निमिष-भर में सब कुछ स्पष्ट हो गया। रक्षक खड्ग लेकर झपटे और दासियाँ चीत्कार कर गिरती-पड़ती भाग गयीं।...किन्तु चार रक्षकों के लिए अर्जुन को रोक पाना सम्भव नहीं था। खड्गों की दो-चार टकराहटों के पश्चात् ही अर्जुन को मार्ग मिल गया और उसका रथ पूरे वेग से दौड़ पड़ा।

अर्जुन सतर्क था कि उसके हाथों द्वारका के इन साधारण खड्गधारी रक्षकों में से भी किसी का वध न हो, उसका रथ कितने ही वेग से क्यों न चले, किन्तु मार्ग में आये किसी साधारण व्यक्ति को भी चोट न आये। वह नहीं चाहता था कि यादव उसे आक्रामक अथवा अन्यायी मानें। सुधर्मा सभा में उस पर यह आरोप न लगाया जा सके कि वह क्रूर तथा आततायी है। वे लोग उसके शौर्य, साहस और वीरता की जितनी और जैसी परीक्षा लेना चाहें ले लें, किन्तु न तो वह उनका विरोधी घोषित हो, न उन्हें वह अत्याचारी प्रतीत हो...

हरण करते समय तो उन चार रक्षकों से एक छोटी-सी झड़प भी नहीं हुई। बस ऐसा ही लगा, जैसे उन्हें खड्ग दिखाकर धमका-भर दिया हो और वे अपना सामर्थ्य पहचान कर पीछे हट गये हों। उनके लिए अर्जुन से लड़ने से कहीं सुरक्षित मार्ग था, जाकर सुधर्मा सभा में शोर मचाना। इस प्रकार वे अपने धर्म का पूर्ण निर्वाह भी कर लेंगे और उनके प्राण भी सुरक्षित रहेंगे...

किन्तु अब सामने सैनिक चौकी थी। सम्भव है यहाँ सौ-पचास सशस्त्र सैनिक हों और वे लोग युद्ध करने का साहस दिखाएँ। वैसे तो शायद उन्हें अभी तक इस हरण की सूचना भी न मिली हो, किन्तु वे रथ को अवश्य रोकेंगे। उन्हें यही निर्देश है कि यहाँ स्वयं महाराज उग्रसेन का रथ भी रुकेगा।...किन्तु अर्जुन रथ रोक नहीं सकता।

रथ के रुकने से विलम्ब होगा। सैनिकों को कहीं से सूचना मिल सकती है। सुभद्रा, जो अब तक स्तब्ध–सी चुपचाप बैठी है, चिल्ला सकती है, सैनिकों को अपनी सहायता के लिए पुकार सकती है, अथवा रथ से कूद सकती है...अर्जुन को इन सैनिकों अथवा उनकी सहायता के लिए आ सकनेवाली सेनाओं का भय नहीं था। उसके मन में न तो यादव वीरों से पराजित होने का भय था, न अपने प्राण गँवाने का।...उसकी सारी घबराहट केवल एक ही बिन्दु पर टिकी हुई थी...रैवतक पर्वत से भागते हुए सुभद्रा के वे रक्षक किसी भी क्षण सुधर्मा सभा में पहुँच कर दुहाई मचा सकते हैं। ऐसे में यदि यादव वीरों ने उसका पीछा किया,...स्वयं मातुल अथवा भैया बलभद्र आकर उसके सम्मुख धनुष तान कर खड़े हो गये तो? वह मातुल अथवा बलराम पर आक्रमण कर पायेगा क्या? वह सारण, उद्धव अथवा सात्यकि का वध कर पायेगा क्या? वह अक्रूर, कृतवर्मा अथवा अन्य वीरों को अपना शत्रु मानकर उनसे युद्ध कर पायेगा क्या?...केवल इसलिए कि वह सुभद्रा के रूप को देखकर उसमें आसक्त हो गया है? अपनी कामनाओं को पूर्ण करने के लिए, एक स्त्री को प्राप्त करने के लिए वह अपने इन आत्मीय जनों से युद्ध कर पायेगा? उनका वध कर पायेगा?...

'ओह कृष्ण! तुमने किस धर्म–संकट में फँसा दिया मुझे।'

रथ वायु–वेग से दौड़ रहा था और अर्जुन का मन उससे भी अधिक वेगवान हो गया था...वह सहस्रों कल्पनाएँ कर रहा था, असंख्य सम्भावनाओं पर विचार कर रहा था, अनेक जटिल परिस्थितियों की सृष्टि कर उनका समाधान कर रहा था...बस उसका ध्यान नहीं था, तो एक सुभद्रा की ओर ही नहीं था।...

अर्जुन को अकस्मात ही अपने सामने खड़े देखकर सुभद्रा केवल विस्मित ही हुई थी।...उसने सुन रखा था कि अर्जुन आखेट के लिए जानेवाला है।...किन्तु वह यहाँ खड़ा क्या कर रहा है? भैया कृष्ण और बलराम के घर उसने उसे कई बार देखा था। कई बार वह उनके घर

पिताजी से मिलने भी आया था...किन्तु उसकी सुभद्रा से कभी कोई विशेष बात नहीं हुई थी। भैया कृष्ण और बलराम दोनों ही सुभद्रा को स्वयं से इतनी छोटी मानते थे कि उनकी किसी गम्भीर बात में वह सम्मिलित ही नहीं हो पाती थी। तो ऐसे में कृष्ण के इस मित्र से वह क्या बात कर पाती।...

पर यहाँ तो जैसे वह उसके लिए ही खड़ा था। कुछ कहना था क्या? कहीं भैया कृष्ण ने ही तो उसे कोई सन्देश नहीं भेजा?... नहीं। भैया को सन्देश ही भेजना होता तो अपने इस सम्मानित मित्र को क्यों भेजते? उनके पास सन्देशवाहकों का कोई अभाव था क्या?...नहीं, सन्देश नहीं। वैसे ही जाते–जाते सुभद्रा को देखकर रुक गया होगा।...

और तभी अर्जुन ने उसे अपनी भुजाओं में उठाकर रथ में बैठा लिया। यदि अर्जुन ने उसके हरण की घोषणा न की होती, तो भी वह यही मानती कि भैया के ही समान वह उसे छोटी बच्ची समझ कर, उसके साथ उन्हीं के समान व्यवहार कर रहा है...पर उसने तो उसके हरण की घोषणा की थी...सुभद्रा के मन में विचारों के असंख्य बवण्डर एक साथ उठ खड़े हुए थे।...अर्जुन का वह स्पर्श! कैसा कमनीय था वह। पुरुष के उस एक स्पर्श ने उसके भीतर की नारी को चैतन्य कर दिया था।...नारी के चैतन्य होते ही उसकी लज्जा और आत्म–रक्षा की भावनाएँ भी सजग हो गयी थीं। उसे अर्जुन के इस दुस्साहस पर जैसे क्रोध आया। वह उसका हरण कर रहा है। उसे असहाय पाकर, उसकी इच्छा के अभाव में, उसके माता–पिता से पूछे बिना, बलात हरण कर रहा है। इस समय सुभद्रा का कोई रक्षक नहीं है। उसे अपनी रक्षा स्वयं करनी होगी...

उसकी आत्मरक्षा की भावना अंकुरित हुई, तो उसके भीतर विलुप्त क्षत्राणी भी साक्षात् हो उठी...उसे स्मरण हो आया कि वह खड्ग चला सकती है। धनुष–बाण का प्रयोग कर सकती है, इतने सारे शस्त्र रखे हैं रथ में। वह उसकी ओर से निश्चिन्त रथ हाँक रहा है। अभी वह एक शूल या शक्ति उठाकर भोंक दे तो उसके वक्ष के आर–पार

हो जायेगी...खड्ग का एक वार अभी इस धनंजय को बता देगा कि किसी यादव–कन्या का अपहरण क्या अर्थ रखता है।

सुभद्रा ने दृष्टि घुमाकर शस्त्रों की ओर देखा : कितना असावधान था अर्जुन!...और तभी सुभद्रा का मन जैसे पलट गया...वह स्वयं असावधान नहीं थी क्या?...वह क्यों नहीं समझ पा रही थी कि अब वह युवती हो गयी है। पुरुष मन उसकी ओर आकृष्ट होता है। अर्जुन जैसा योद्धा, जिसने काम्पिल्य में भीषण प्रतिज्ञा पूरी कर द्रौपदी जैसी नारी को प्राप्त किया था, वह स्वयं उसका हरण कर रहा था...उसने सुभद्रा को इस योग्य समझा था और उसके लिए अपने प्राणों का पण लगाने यहाँ आया था। यादवों की नगरी में से वह वसुदेव की पुत्री तथा कृष्ण और बलराम की बहन का हरण कर रहा था...

सहसा सुभद्रा का मन चौंक कर खड़ा हो गया...कृष्ण के इस मित्र ने, कृष्ण की बहन के हरण का साहस कैसे किया? नहीं जानता यह भैया कृष्ण को?...और तभी उसका ध्यान रथ की ओर चला गया... यह भैया का ही रथ था, भैया के ही घोड़े थे...और निश्चित रूप से ये सारे शस्त्र भी भैया के ही थे। भैया ने यह रथ अर्जुन को न सौंपा होता तो अश्व अर्जुन के चलाये चलते ही नहीं। भैया ने ये शस्त्रास्त्र स्वयं इस रथ में न रखवाये होते तो अर्जुन स्वयं मास–भर भी लगा रहता तो ये सारे शस्त्र रथ में सजाये न जा सकते।...इतने शस्त्रास्त्र दिये हैं भैया ने कि अर्जुन सारी यादव सेना के विरुद्ध अकेला ही कई दिन लड़ता रहे...

तो भैया ने भेजा है अर्जुन को, सुभद्रा के हरण के लिए। यह रथ और शस्त्रास्त्र ही भैया ने नहीं दिये, यह साहस भी भैया का ही दिया हुआ है।...

पर भैया ने उसकी इच्छा–अनिच्छा की चिन्ता क्यों नहीं की? उसकी इच्छा?...और उसकी आँखें पुनः शस्त्र–भण्डार पर जा टिकीं... ये शूल और शक्तियाँ...यही तो वे शस्त्र थे, जिनका अभ्यास पिछले दिनों सुभद्रा करती आ रही है। उन्होंने अर्जुन को भेजा है कि वह सुभद्रा का हरण कर ले, तो वे शस्त्र भी साथ रख दिये हैं जिनसे

सुभद्रा अपनी रक्षा कर सके...अर्थात सुभद्रा को यह निर्णय आज और अभी करना होगा कि उसे अर्जुन का वरण करना है या नहीं।...यदि उसे अपने पति के रूप में अर्जुन स्वीकार नहीं है, तो उसे तत्काल शस्त्र उठा लेने चाहिए और यादव सैनिकों की चौकियों के निकट सहायता की गुहार करनी चाहिए।...अभी इस मार्ग पर यादव वीरों की भीड़ लग जायेगी और अर्जुन के लिए पग–भर चलना भी दूभर हो जायेगा।...और यदि उसे अर्जुन स्वीकार है, तो उसे कुछ करने की आवश्यकता नहीं है। वह चुपचाप बैठी रहे...अर्जुन ही उसका पति होगा।...

तो भैया कृष्ण ने उसे बाध्य कर दिया है कि वह इसी क्षण निर्णय करे। बहुत दिनों से वह टाल रही है उन्हें! अब नहीं टाल सकती। यही निर्णय का क्षण है। उसे निर्णय करना ही होगा...पर भैया क्यों बाध्य कर रहे हैं उसे? क्यों उसे मनोनुकूल अवसर नहीं दिया जा रहा? यदि भैया उसे बाध्य कर, उससे 'हाँ' करवाना चाहते हैं, तो वह इसके विरुद्ध विद्रोह करेगी। वह इस आरोपित पुरुष को अपना पति स्वीकार नहीं करेगी...

उसने हाथ बढ़ाकर शूल उठा लिया और अर्जुन की ओर देखा : अर्जुन की दृष्टि मार्ग पर ही लगी हुई थी। सामने द्वारका की अन्तिम सैनिक चौकी थी। इसका अर्थ है कि मार्ग की दो चौकियों को अर्जुन पार कर आया था और इस चौकी के पश्चात् तो वे द्वारका से बाहर होंगे।...यदि सुभद्रा शूल का प्रहार कर अर्जुन को आहत कर देती है और रथ पर से कूदकर सुरक्षित अपने घर पहुँच जाती है, तो उसका अर्थ होगा अर्जुन का तिरस्कार। उसके रक्षक अब तक सुधर्मा सभा में पहुँच चुके होंगे। यादवों की सेना अपने वीरों के नेतृत्व में आ रही होगी। यदि वह अर्जुन को इस प्रकार बाधित कर लेगी तो वे लोग इतने में आ ही लेंगे। बलराम भैया, अर्जुन को बाँधकर द्वारका ले जायेंगे। उसे दण्डित करेंगे...वे उसे बन्दी बना सकते हैं, उसका अंग–भंग कर सकते हैं।...और उसकी हत्या भी कर सकते हैं। यदि इतना कठोर दण्ड नहीं भी दिया गया तो अर्जुन का तिरस्कार तो

होगा ही और फिर वह अर्जुन को अपने पति के रूप में कभी नहीं पा सकेगी...कभी नहीं। कभी नहीं...

सैनिक चौकी निकट आ गयी थी। नायक आगे बढ़ आया था और रथ को रुकने का संकेत कर रहा था...सुभद्रा जानती थी कि नायक कृष्ण का रथ पहचान लेगा और तत्काल उन्हें आगे बढ़ जाने का संकेत करेगा...किन्तु अर्जुन जिस वेग से रथ दौड़ा रहा था और उसके मन्थर होने का कोई भी लक्षण नहीं था, उससे तो सैनिकों को सन्देह हो ही जायेगा और वे तत्काल मार्ग में अवरोध खड़ा करने का प्रयत्न करेंगे...बहुत सम्भव है कि वे मार्ग बन्द करने के लिए अस्थायी फाटक का भी प्रयोग करें...पहले ऐसा नहीं होता था। यादवों के रथ द्वारका के भीतर ही अबाध गति से नहीं चलते थे, द्वारका में उनके प्रवेश और निष्क्रमण पर भी किसी प्रकार का कोई प्रतिबन्ध नहीं था। ...किन्तु सत्राजित की हत्या कर शतधन्वा के द्वारका के बाहर भाग जाने के बाद से ही इस प्रकार के नियम बना दिये गये थे...

सुभद्रा का अनुमान ठीक था। वह देख रही थी कि रथ के वेग को कम न होते देख नायक ने अपने सैनिकों को संकेत किया था और वे भागते हुए काष्ठ के बड़े–बड़े अवरोधक उठा लाने का प्रयत्न कर रहे थे...तभी सुभद्रा ने एक चमत्कार देखा...सहसा अर्जुन ने अश्वों की वल्गा अपने दाँतों में थाम ली थी और दोनों हाथों से धनुष्–बाण परिचालन आरम्भ कर दिया था।...पर यह बाण चलाना मात्र नहीं था। यह तो उसके धनुष से जैसे बाणों की एक नदी प्रवाहित होने लगी थी। बाणों की वह धारा धनुष के छूटते ही दो वर्गों में विभाजित हो रही थी। एक वर्ग मार्ग की बायीं ओर जा रहा था, दूसरा दायीं ओर! मार्ग के दोनों ओर जैसे बाणों की प्राचीरें खड़ी हो गयी थीं, जिनके मध्य से रथ सुचारु गति से निर्विघ्न निकलता जा रहा था। साधारण सैनिक तो क्या सुभद्रा को लगा बड़े–बड़े महारथी भी इन बाण–प्राचीरों के मध्य धँसने का साहस नहीं कर सकते। अर्जुन के रथ के सम्मुख कोई बाधा खड़ी नहीं की जा सकती। उसकी गति को कोई रोक नहीं सकता।...और अद्‌भुत तथ्य यह था कि एक भी

सैनिक घायल तक नहीं हुआ था। अर्जुन ने उन्हें बाणों के मध्य आने का अवसर ही नहीं दिया था...

और तब सुभद्रा का ध्यान इस ओर भी गया कि इसके पूर्व के द्वारका के दो अवरोध–द्वार भी अर्जुन ने कुछ इसी प्रकार पार किये होंगे। जाने तब उसका ध्यान कहाँ था कि उसने यह अलौकिक चमत्कार देखा ही नहीं। शायद यह वही समय रहा होगा, जब सुभद्रा अर्जुन पर शस्त्र से प्रहार कर, उसे आहत कर रथ से नीचे फेंक देने की योजना बना रही थी।...यदि कहीं उसने यह चमत्कार देखे बिना ही प्रहार कर दिया होता?...

सुभद्रा का उठा हुआ हाथ झुक ही नहीं गया, उसके हाथ से शूल स्वतः छूट कर गिर पड़ा।

खटके से अर्जुन का ध्यान मार्ग से हटकर सुभद्रा की ओर भटक आया।...सुभद्रा को अपनी भुजाओं में उठाकर रथारूढ़ कराने के पश्चात् से ही उसका ध्यान सुरक्षा–समस्या को लेकर कुछ इस प्रकार एकाग्र रहा था कि वह भूल ही बैठा था कि रथ में उसके अतिरिक्त कोई और भी है...उसकी चेतना ने एक साथ ही कई तथ्यों को ग्रहण किया...वह द्वारका की अन्तिम सैनिक चौकी पार कर आया था। सैनिक, रक्षक, प्रहरी...सब पीछे छूट गये थे और अब कोई अश्व अथवा रथ उसका पीछा नहीं कर रहा था।...साथ ही उसने देखा कि सुभद्रा के हाथ से शूल छूटकर नीचे गिर पड़ा था।....इसका अर्थ था कि सुभद्रा ने रथ में पड़े शस्त्रास्त्रों में से शूल उठाया था। वह शूल उसने निश्चित रूप से द्वारका के सैनिकों के आक्रमण से अपनी रक्षा के लिए नहीं उठाया था। वह अवश्य ही उसने अर्जुन से अपनी रक्षा करने अथवा उससे मुक्त होने का प्रयत्न करने के लिए ही उठाया होगा...तो फिर उसने उसे फेंक क्यों दिया? उसने अर्जुन पर आक्रमण क्यों नहीं किया?

...सहसा उसे स्मरण हो आया, कृष्ण ने कहा था, रथ में ही सुभद्रा उसे अपनी इच्छा बतायेगी...तो सुभद्रा ने उठाया हुआ शूल फेंक कर अपनी इच्छा ही प्रकट की है।...क्या कृष्ण ने इतनी दूर तक यह सब कुछ अपने अनुमान से ही दृश्यमान कर लिया था? वे सुभद्रा के

चरित्र को इतनी गहराई से समझते हैं कि वे पूर्ण आत्मविश्वास से बता सकते हैं कि किन परिस्थितियों में उसकी प्रतिक्रिया क्या होगी! यदि वे सुभद्रा से पूछते कि वह किससे विवाह करना चाहती है, तो बहुत सम्भव था कि उसके मन में कोई भी नाम न होता, अथवा नाम होता भी तो वह उन्हें न बताती। यदि अर्जुन के नाम का प्रस्ताव करते, तो स्वयं को परम स्वतन्त्र मानने वाले युवा मन की तत्काल प्रतिक्रिया उसके तिरस्कार की ही होती। कृष्ण उसे अर्जुन के गुण बताते, तो शायद वह उन गुणों को सुनती ही नहीं, सुनती तो उन पर ध्यान न देती। अर्जुन उसके सामने खड़ा होता, तो उसकी ओर आँखें न उठाती। उठाती तो उसके रूप को न देखकर अपने मन के आक्षेपों से उसका चेहरा ढँक देती...

...शायद इसीलिए कृष्ण ने उसे इन परिस्थितियों में डाला था, ताकि वह बाध्य होकर अर्जुन का रण–कौशल देखे, शस्त्रास्त्र परिचालन में उसकी दक्षता देखे, उसकी कोमल और कठोर मुद्राएँ देखे...और तत्काल निणर्य करे कि उसे अर्जुन से विवाह करना है अथवा किसी और से?...अब तक उसने निर्णय कर ही लिया होगा...

अर्जुन ने शान्त मन से उसकी ओर देखा : सुभद्रा अत्यन्त सहज भाव से मुस्कुरा रही थी, जैसे कुछ भी उसकी इच्छा के विरुद्ध न हुआ हो...और जो कुछ हुआ था, उसमें न कुछ उसके मन के प्रतिकूल था, न उसमें उसकी तनिक भी अवहेलना अथवा अवमानना थी।...

अर्जुन ने वल्गा बायें हाथ में सँभाली और अपना दाहिना हाथ सुभद्रा की ओर बढ़ा दिया। आतुर प्रेमिका–सी सुभद्रा उसके कन्धे से आ लगी।

6

सुभद्रा के रक्षकों को सुधर्मा सभा के सभापाल के पास पहुँचने में अधिक समय नहीं लगा।

"क्या बात है, इतने घबराये हुए क्यों हो?" सभापाल को उनका इस प्रकार आना अपनी मर्यादा का उल्लंघन लग रहा था।

"सभापाल! कौन्तेय अर्जुन ने देवी सुभद्रा का अपहरण कर लिया है।" नायक ने हाँफते हुए बताया, "हमने उसे वहाँ खड़े अवश्य देखा था, किन्तु हम तो कल्पना भी नहीं कर सकते थे कि वासुदेव कृष्ण के घर आया हुआ पाहुना, जिसका कल तक सारी द्वारका ने सत्कार किया था, देवी सुभद्रा का अपहरण कर लेगा। इसीलिए हम सावधान नहीं थे। उसने जब अपनी भुजाओं से उठाकर देवी सुभद्रा को अपने रथ में बैठा लिया, तो भी हमें सन्देह नहीं हुआ कि यह अपहरण था।..."

"क्यों? तुम्हें सन्देह क्यों नहीं हुआ?" सभापाल ने कुछ तीखे स्वर में पूछा।

"मैंने सोचा कि दोनों कहीं भ्रमण के लिए जा रहे होंगे, और बहुत सम्भव है कि अर्जुन, देवी को उनके घर ही ले जा रहा हो।" नायक बोला, "यहाँ तक कि जब अर्जुन ने स्वयं अपनी जिह्वा से कह दिया कि वह देवी का हरण कर रहा है, तब भी कुछ क्षणों तक मैं यही सोचता रह गया कि कहीं यह उसका परिहास ही तो नहीं था।"

"तुम्हारा दोष यह है नायक! कि तुम सोचते बहुत हो।" सभापाल कुछ रुष्ट स्वर में बोला, "और सोचने के नाम पर भी चिन्तन और विश्लेषण कम करते हो, आधारहीन कल्पनाएँ और अनुमान ही अधिक भिड़ाते हो।...वह दुष्ट अपहरण कर रहा था और तुम सोचते रहे कि प्राघुण परिहास कर रहा है। अब बलभद्र का क्रोध तुम्हीं झेलना, मैं तुम्हारी रक्षा नहीं कर सकता।..."

सभापाल के आदेश से, सुधर्मा सभा के चारों ओर लगे हुए, बड़े–बड़े घण्टे बजा दिये गये। उनकी ध्वनि सुनकर नगर के अन्य स्थानों पर लगे हुए घण्टे भी टनटना उठे। सारे नगर में जैसे कोलाहल मच गया... प्रहरी, रक्षक, दण्डधर, सैनिक, रथी, महारथी और अतिरथी सब–के–सब सुधर्मा सभा की ओर भागने लगे।...सब ही जानते थे कि

सभापाल के द्वारा इस प्रकार घण्टे बजवाये जाने का अर्थ क्या है। निश्चित रूप से कोई ऐसी आकस्मिक घटना हो गयी थी, जिसके प्रतिकार के लिए तत्कालीन सैनिक अभियान की आवश्यकता थी, अन्यथा सारी द्वारका के घण्टे इस प्रकार उग्र निनाद न कर रहे होते।...

अपने भवन में कृष्ण ने भी वह निनाद सुना...उन्हें सन्तोष हुआ।... अर्जुन अपने अभियान में सफल हो गया लगता था।...वस्तुतः कृष्ण को तो, प्रातः अर्जुन को विदा करने के क्षण से ही इन ध्वनियों की प्रतीक्षा थी। इन ध्वनियों को सुनने के पश्चात् सुधर्मा सभा के लिए तत्काल प्रस्थान की तैयारी भी थी। बाहुक रथ तैयार कर बाहर खड़ा प्रतीक्षा कर रहा था।...किन्तु अन्य लोगों से पहले सभा में पहुँचकर कृष्ण को करना भी क्या था। इतना समय तो दिया ही जाना चाहिए था कि प्रमुख यादव–गण सभा में पहुँच लें, घटना की सूचना प्राप्त कर, परस्पर विचार–विमर्श भी कर लें, सम्भव हो तो किसी निश्चय पर भी पहुँच लें, किन्तु उनका अभियान आरम्भ होने से पहले कृष्ण को वहाँ पहुँच जाना चाहिए था...

रुक्मिणी ने कुछ आश्चर्य से कृष्ण की ओर देखा : वे प्रातः से ही कहीं जाने को तैयार थे, किन्तु जा नहीं रहे थे। उसे कुछ–कुछ आभास था, शायद वे किसी सूचना की प्रतीक्षा कर रहे थे। अब जब सारी द्वारका घण्ट–ध्वनि से निरन्तर निनादित हो रही थी, तो रुक्मिणी समझ गयी कि कृष्ण कदाचित् इसी सूचना की प्रतीक्षा में रहे होंगे।...किन्तु वे तो अब भी हिल नहीं रहे थे।...द्वारका के जीवन में जिस किसी व्यक्ति का तनिक–सा भी महत्त्व था, वह भी सुधर्मा सभा की ओर भागा चला जा रहा था...और कृष्ण थे कि निश्चिन्त घर में बैठे थे।...

"क्या आपको सभा में नहीं जाना है?" रुक्मिणी से पूछे बिना नहीं रहा गया।

"जाना तो है।"

"तो फिर जा क्यों नहीं रहे?"

"प्रत्येक कार्य के लिए उपयुक्त समय होता है, देवि! उसी को हम शुभ–मुहूर्त कहते हैं।" कृष्ण ने मुस्कुराकर कहा, "उतावली तो श्रेष्ठ पुरुषों का गुण नहीं है।"

कृष्ण को परिहास की इस मुद्रा में देखकर, रुक्मिणी के मुख से अनायास ही निकला, "किन्तु यह तो किसी आकस्मिक संकट की सूचना है।"

"सूचना तो आकस्मिक संकट के समान ही है, किन्तु वस्तुतः कोई संकट है नहीं।" कृष्ण का स्वर पूर्णतः आश्वस्त था, "सभापाल ने रज्जू को सर्प समझ लिया है।"

"तो आपको जाकर उसे समझाना चाहिए कि यह रज्जू है, सर्प नहीं।"

"जाऊँगा। उसे तथा अन्य यादवों को समझाने जाऊँगा, किन्तु पहले उन्हें उसे सर्प समझकर उस पर प्रहार करने की तैयारी तो करने दो। यदि उन्हें पहले ही समझ में आ गया कि वह सर्प नहीं है, तो उन्हें कुछ समझाने की आवश्यकता ही क्या है?"

बलराम ने सभा में प्रवेश किया तो कोई भी देख सकता था कि उनका क्रोध अपनी पराकाष्ठा पर था। चेहरा तमतमाया हुआ था, आँखें जैसे चिनगारियाँ बरसा रही थीं, और नथुने रह–रहकर फड़क रहे थे। उन्हें अपने भवन में ही सुभद्रा के एक रक्षक से सारी घटना की सूचना मिल गयी थी।

उन्होंने दृष्टि उठा कर इधर–उधर देखा : अभी सभा आरम्भ नहीं हुई थी। लोग इधर–उधर छोटे–बड़े दलों में बँटे हुए खड़े, उत्तेजित स्वर में चर्चा कर रहे थे। बलराम को लगा कि एक ओर तो ये लोग निष्क्रिय खड़े चर्चा कर रहे हैं और दूसरी ओर उस सारी चर्चा में कहीं आक्रोश भी नहीं है, वे तो जैसे उसमें रस ले रहे थे। बलराम के फट पड़ने के लिए इतना ही पर्याप्त था।

"हम लोग इस प्रकार खड़े हुए, यहाँ किस बात की प्रतीक्षा कर रहे हैं?" उन्होंने कुद्ध स्वर में पूछा, "अर्जुन के इन्द्रप्रस्थ पहुँच जाने की?"

"इन्द्रप्रस्थ पहुँच भी जाये तो क्या?" कृतवर्मा उतने ही उत्तेजित स्वर में बोला, "क्या इन्द्रप्रस्थ में प्रवेश कर जाने मात्र से वह हमारे प्रतिशोध से बच जायेगा?"

"वह प्रश्न ही और है।" बलराम बोले, "मैं तो यह पूछ रहा हूँ कि हम लोग इस प्रकार निठल्ले क्यों खड़े हैं। क्या मैं यह मान लूँ कि अपहरण मेरी ही बहन का हुआ है, यादवों की पुत्री का नहीं, इसलिए उसे उस विश्वासघाती अर्जुन से मुक्त कराने के लिए अकेले मुझे ही जाना है? शेष लोग पथों तथा वीथियों में खड़े केवल चर्चा का रस लेंगे?"

"नहीं! ऐसा कुछ नहीं है आर्य बलभद्र!" सभापाल अपने भय को सम्मान के आवरण में लपेटकर बोला, "हम लोग महाराज उग्रसेन के आने की प्रतीक्षा कर रहे हैं...।"

"क्यों? क्या सेना का नेतृत्व महाराज उग्रसेन करनेवाले हैं, या उनके आदेश से अर्जुन के रथ के पहिये रुक जायेंगे?" बलराम ने उद्दण्ड भाव से पूछा।

बलराम की इस मुद्रा का कोई उत्तर सभापाल के पास नहीं था। वस्तुतः यह संवाद की स्थिति तो थी ही नहीं, जिसमें बलराम से तर्क सम्भव हो सकता। बलराम क्रोध में थे और अपने उस क्रोध को वे अभिव्यक्त कर रहे थे। ऐसे में वे किसी की कोई बात सुनने वाले नहीं थे...

सहसा सभापाल का ध्यान कृष्ण की ओर चला गया, "और फिर अभी तो कृष्ण भी नहीं आये। वे लोग आ जायें तो हम सभा आरम्भ करें।"

"आपके सभा आरम्भ कर लेने भर से कोई अमोघ बाण नहीं छूटने लगेंगे कि अर्जुन आहत होकर रथ से गिर पड़ेगा, और न ही आपकी सभा के आह्वान से उसके मार्ग में भूमि से कोई सागर उगकर उसका मार्ग रोक लेगा।" बलराम का क्रोध कुछ और उग्र हो गया, "और फिर यह क्या बात हुई कि जो लोग अपनी असावधानी के कारण या तो आ नहीं रहे, या आने में विलम्ब कर रहे हैं, उनकी प्रतीक्षा में उन लोगों को काम करने से रोका जा रहा है, जो कुछ करने के लिए व्यग्र हैं।" उन्होंने उपस्थित लोगों पर एक दृष्टि डाली और आवेश भरे स्वर में कहा, "मैं तो एक ही बात जानता हूँ, अर्जुन ने यादवों का

अपमान किया है। हमें उसका प्रतिशोध लेना है। अपने अपमान का कलंक धो डालने की जिनकी इच्छा हो, वे चलें मेरे साथ। अर्जुन अभी बहुत दूर नहीं गया होगा। हम अभी उसे बाँध कर ले आयेंगे। उसे मालूम तो हो कि यादवों का अपमान करने का अर्थ क्या होता है।"

"वह तो ठीक है।" सभापाल बोला, "किन्तु सैनिक अभियान से पहले महाराज की अनुमति तो लेनी होगी न?"

"अपने अपमान का प्रतिशोध लेने के लिए मुझे राजा की अनुमति लेनी होगी? अन्याय का प्रतिकार करने के लिए मुझे राजा से पूछना होगा?" बलराम की उग्रता विकट हो गयी थी, "किन्तु कंस को मारने के लिए हमें किसी की अनुमति की आवश्यकता नहीं पड़ी थी।"

"मैं तो चकित हूँ," अक्रूर ने सबको सुनाते हुए, जैसे अपने–आप से कहा, "कुन्ती का पुत्र इस प्रकार का कार्य करने का साहस कर ही कैसे सकता है।..."

"यह सब कृष्ण के प्रेम का परिणाम है।" कृतवर्मा ने उग्र स्वर में कहा, "वह समझता है कि वह कृष्ण का दुलारा है, तो कोई उससे कुछ कहेगा ही नहीं।"

सात्यकि को लगा बलभद्र मर्यादा को तोड़ कर कुछ अधिक ही आगे बढ़ रहे हैं। यद्यपि उसे बलराम द्वारा अर्जुन का विरोध अच्छा नहीं लग रहा था, किन्तु इसमें तो एक प्रकार से कृष्ण की भी अवमानना थी।...वैसे यह कोई नयी बात नहीं थी। अपने आक्रोश में बलराम कई बार कहनी–अनकहनी बहुत कुछ कह जाया करते थे, किन्तु यह मान लिया जाता था कि बलराम क्रोध में यह सब कह रहे हैं, वस्तुतः उनके मन में कृष्ण के प्रति कोई विरोध नहीं है...और यदि कोई छोटा–मोटा विरोध होगा भी तो कृष्ण की एक मुस्कान से वह सब मिट जायेगा... सबसे बड़ी बात तो यह थी कि बलराम ऐसी बातें सार्वजनिक रूप से नहीं कहते थे...पर आज तो स्थिति कुछ बदली हुई लगती थी...वे सुधर्मा सभा में, सारे यादव–प्रमुखों के सम्मुख ऐसी बातें कह रहे थे।

सहसा सात्यकि का ध्यान स्यमंतक मणि की ओर चला गया... स्यमंतक मणि को लेकर बलराम ने कृष्ण पर सन्देह किया था।

तब वे इतना क्रुद्ध हो गये थे कि कृष्ण के सारे विरोधी उनको अपने मित्र तथा कृष्ण के सारे मित्र अपने परमशत्रु लगने लगे थे।...इसीलिए उन्होंने पाण्डवों के शत्रु दुर्योधन को अपना शिष्य मान कर, उसे गदा–युद्ध सिखाया था...आज फिर बलराम के मन में सुभद्रा–हरण को लेकर कृष्ण और अर्जुन दोनों का ही विरोध जाग उठा था।

"भैया बलराम!" सात्यकि अपने स्वर को ऊँचा उठाता हुआ बोला, "आप कृष्ण को आ तो जाने दें। उनसे बात करके ही मालूम होगा कि वास्तविक घटना क्या है। बहुत सम्भव है कि इसमें सुभद्रा की अपनी इच्छा भी हो...और यदि सुभद्रा अपनी इच्छा से अर्जुन के साथ गयी है, तो अर्जुन के प्रति रोष का कोई कारण ही नहीं रह जाता है।..."

बलराम ने अपनी क्रुद्ध आँखें सात्यकि की ओर फेरीं, "सुभद्रा अभी बच्ची है। उसे अपने भले–बुरे का ज्ञान नहीं है, इसलिए उसकी इच्छा–अनिच्छा का कोई अर्थ ही नहीं है।..."

कृतवर्मा की न तो अर्जुन में अधिक रुचि थी, न सुभद्रा में। वह शायद चुप ही रहता, किन्तु सात्यकि के विरोध का ऐसा अवसर वह छोड़ना नहीं चाहता था।...और फिर यहाँ तो बलराम को सात्यकि के विरुद्ध भड़काने का सुनहरा अवसर था।

"बलभद्र! कन्याएँ अपनी इच्छा से ही सही, जब हरण–कर्ता के साथ चली जाती हैं, तो क्या वह हरण, हरण नहीं रहता, या उससे कन्या–पक्ष आहत और अपमानित नहीं होता?" कृतवर्मा बोला, "सात्यकि से पूछो तो ज़रा कि रुक्मिणी अपनी इच्छा से कृष्ण के साथ आयी थी या नहीं। साथ आना तो क्या, उसने तो सन्देश–वाहक के हाथ पत्र भेजकर कृष्ण को बुलाया था। तो भी भीष्मक ने उसका विरोध किया था या नहीं? रुक्मी के नेतृत्व में विदर्भ की सेनाएँ लड़ने आयी थीं या नहीं? यादव क्या विदर्भों से भी गये–बीते हैं कि अपने अपमान का प्रतिशोध लेने का प्रयत्न भी नहीं करेंगे?"

"विदर्भों ने क्या किया, इससे हमें क्या लेना–देना।" बलराम पूर्णतः उन्माद की स्थिति में थे, "यादव–कन्या का अपहरण करनेवाला मनुष्य जीवित नहीं बच सकता। यादवों का अपमान करना इतना सरल नहीं है।

चलो! अपने शस्त्र बाँधो। रथ और अश्व तैयार करो। हम अर्जुन के पीछे जायेंगे। मार्ग में नहीं मिला, तो इन्द्रप्रस्थ तक जायेंगे। जिस इन्द्रप्रस्थ का निर्माण अपने हाथों किया है, उसे अपने इन्हीं हाथों से नष्ट भी कर आयेंगे।"

सात्यकि को लगा, अब उन्माद को रोका नहीं जा सकता...और कृष्ण अभी तक नहीं आये। सम्भव है कि वे भी अभियान की तैयारी कर रहे हों।...नारायणी सेना के नायकों को सूचनाएँ भिजवा रहे हों, शस्त्रास्त्र एकत्रित करवा रहे हों, अपनी अश्वशालाओं से अश्व मँगवा रहे हों...पर यदि बलराम और कृतवर्मा उन्माद के इस ज्वार मुकुट बनकर चल पड़े और उन्होंने अर्जुन को बाँध ही लिया, तो फिर कृष्ण आ कर भी क्या करेंगे?...किन्तु तभी सात्यकि का चिन्तन जैसे स्तम्भित होकर खड़ा हो गया।...क्या इतना ही सरल है अर्जुन को बाँध कर ले आना?...यदि ऐसा ही होता तो अर्जुन इस प्रकार का दुस्साहस करता? कृष्ण ने सात्यकि को अर्जुन से धनुर्विद्या सीखने का परामर्श क्यों दिया था?...इसका अर्थ था कि यादवों में कोई भी ऐसा धनुर्धारी नहीं था, जिसे सात्यकि अपना गुरु मानता।...कृतवर्मा जान–बूझ कर बलराम को उत्तेजित कर रहा था।...कहीं ऐसा तो नहीं कि वह कृष्ण और बलराम को परस्पर ही उलझा देना चाहता हो?...उसका कोई भरोसा नहीं है, कहीं वह कृष्ण का भक्त प्रतीत होने लगता है और कहीं उनका परम शत्रु। पता नहीं वह किसका मित्र है और किसका शत्रु। पता नहीं वह स्वयं भी इस बात को समझता है या नहीं। बस किसी बात पर अड़ जाता है तो अड़ ही जाता है...परिणाम कुछ भी हो!

"चलो। जिस–जिसको यादवों का सम्मान प्रिय हो, वह चले मेरे साथ!" बलराम ने द्वार की ओर पग बढ़ाये।

"आर्य बलभद्र!" सभापाल अपने असमंजस में कोई निर्णय नहीं ले पा रहा था, "आप महाराज उग्रसेन के आने तक तो रुक जायें... या...या..." वह हकलाया, "कृष्ण को तो आ लेने दें।"

"मैं उनके आने की प्रतीक्षा नहीं कर सकता।" बलराम बोले, "वे आ जायें तो आप ही उनसे पूछ लीजिएगा कि संकट के इस काल में उनसे

यह प्रमाद कैसे हो गया कि वे सुधर्मा सभा के घण्टनाद को सुनकर भी घर में ही बैठे रहे। किसी राज्य अथवा समाज का नेतृत्व प्रमाद तथा आलस्य से नहीं होता। उन्हें अपने आचरण पर एक बार गम्भीरता से विचार करना चाहिए।...मैं उन आलसियों के लिए रुक नहीं सकता।"

"पर ऐसे में आपका यह निर्णय सुधर्मा–सभा का निर्णय नहीं माना जा सकता।" सभापाल बोला, "यह आपका व्यक्तिगत निर्णय है और अपने आचरण के लिए आप स्वयं उत्तरदायी होंगे।"

अपनी इस क्षुब्ध स्थिति में भी बलराम हँसे, "महाराज उग्रसेन को कंस के कारागार से मुक्त कराने का निर्णय सुधर्मा सभा अथवा यादवों का निर्णय नहीं था। वह भी मेरा और कृष्ण का व्यक्तिगत निर्णय ही था। और श्रीमन्!" वे सभा की ओर घूमे, "अपने आचरण के लिए सदा मैं स्वयं उत्तरदायी रहा हूँ। मेरे आचरण के लिए आप उत्तरदायी कैसे हो सकते हैं?..."

बलराम शायद अभी कुछ और भी कहते किन्तु तभी द्वारपाल ने महाराज उग्रसेन के आने की सूचना दी। महाराज के साथ–साथ वसुदेव भी आये थे। उनके पीछे ही कृष्ण और उद्धव भी आ पहुँचे थे।

बलराम पर उग्रसेन से अधिक अपने पिता की उपस्थिति का प्रभाव पड़ा। उनकी उग्रता कुछ मर्यादित हुई, किन्तु वे अधिक धैर्य नहीं रख सके। उग्रसेन के आसन पर विराजमान होते ही वे उच्च स्वर में बोले, "महाराज! अर्जुन ने सुभद्रा का अपहरण किया है। यह यादवों का घोर अपमान है। मेरा प्रस्ताव है कि यादवों को तत्काल रण–सज्जित होकर, अर्जुन का पीछा कर, उसे बन्दी कर, यहाँ ला, दण्डित करने का आदेश दिया जाये।" कुछ सोचकर वे कुछ थमे और बोले, "हाँ! इस विषय में कृष्ण का मत भी जान लें। इतना बुद्धिमान होकर भी वह इस समय तनिक भी सक्रिय नहीं लग रहा है। इतने विलम्ब से आया है और शान्ति से एक ओर बैठ गया है।..."

उग्रसेन ने कृष्ण की ओर देखा, "वासुदेव! क्या विचार है तुम्हारा? क्या हमें अर्जुन अथवा युधिष्ठिर से सम्पर्क कर किसी प्रकार की चर्चा नहीं करनी चाहिए? उस पर तत्काल आक्रमण ही कर देना चाहिए?"

"आक्रमण नहीं करेंगे तो क्या करेंगे महाराज?" कृतवर्मा बोला, "यादव अब अपराधियों को दण्डित भी नहीं करेंगे? अपने अपराध का प्रतिशोध भी नहीं लेंगे?"

उग्रसेन ने पुनः कृष्ण की ओर देखा!

"यदि अर्जुन ने यादवों का अपमान किया है, तो उसे अवश्य दण्डित किया जाना चाहिए।" कृष्ण ने अत्यन्त शान्त स्वर में कहा, "हमें पूर्ण गम्भीरता से इस तथ्य का विश्लेषण करना चाहिए कि क्या सचमुच ही अर्जुन के इस कार्य से यादवों का अपमान हुआ है? क्या अर्जुन ने सचमुच अधर्मरत हो, मर्यादा का खण्डन किया है?"

कृतवर्मा का मुख आश्चर्य से खुल गया, "सुभद्रा के अपहरण से यादवों का अपमान नहीं हुआ है क्या? अपनी कन्या को छुड़ाना और हरणकर्ता को दण्डित करना हमारा धर्म नहीं है क्या?"

कृष्ण तनिक भी विचलित नहीं हुए। उसी प्रकार शान्त भाव से बोले, "क्षत्रियों में विवाह के लिए हरण का प्रचलन नहीं है क्या? आपको पहले तो यह निर्णय करना चाहिए कि वह हरण है अथवा अपहरण? यदि यह हरण है और अर्जुन सुभद्रा से विवाह करना चाहता है तो इसमें यादवों का सम्मान है या अपमान?"

"सम्मान कैसे?" बलराम के मुख से अनायास ही निकल गया।

"पांचालराज द्रुपद के जामाता, विश्व के सर्वश्रेष्ठ धनुर्धर अर्जुन ने यादवों को इतना सम्मानित, प्रतिष्ठित तथा अपना सम्बन्धी होने के योग्य माना है तभी तो उनकी कन्या से विवाह का प्रस्ताव रखा है।..."

"होगा वह द्रुपद का जामाता!" बलराम आक्रोश से उबल पड़े, "किन्तु हमने सदा पाण्डवों की रक्षा की है। उन्हें सहारा हमने ही दिया है। हमने उनके लिए इन्द्रप्रस्थ का निर्माण न किया होता, तो वे उसी वन में कुटीर बनाकर रह रहे होते अथवा दस्युओं से दुखी होकर कहीं चले गये होते। और आज वही अर्जुन हमारी बहन का अपहरण कर हमें सम्मानित कर रहा है?"

"है क्या पाण्डवों के पास...चारों ओर अपने शत्रुओं से घिरा हुआ, धन–धान्य से शून्य इन्द्रप्रस्थ का एक छोटा–सा राज्य?"

कृतवर्मा बोला, "उनकी हैसियत ही क्या है कि वे यादवों के इस समृद्ध और शक्तिशाली वंश से सम्बन्ध जोड़ने का स्वप्न देखें? न उनके पास यादवों जैसी सम्पत्ति, न वैसा राज्य, न वैसी सेना!..."

"मैं जानता हूँ कि यादवों के पास समृद्धि का बहुत बल है।" कृष्ण ने अपना दाहिना हाथ उठाकर कृतवर्मा को बीच में ही चुप करा दिया, "हम राज्य और राजवंशों के समाज में श्रेष्ठ स्थिति को प्राप्त हैं, इसलिए हमें उसका लाभ होना चाहिए, हमें सुभद्रा के लिए श्रेष्ठ वर चुनने का अवसर मिलना चाहिए।"

"वह तो है ही।" बलराम ने जैसे कृष्ण को अपने ही विचारों की पुष्टि करते हुए पाकर कहा, "इसीलिए तो हम सुभद्रा के लिए श्रेष्ठतम वर चुनना चाहते हैं।"

"आप श्रेष्ठतम वर नहीं चुनना चाहते, आप केवल धनी वर चुनना चाहते हैं। आप अपने सामर्थ्य का लाभ उठाने के स्थान पर हानि उठाना चाहते हैं। आप धनी हैं, इसलिए धन के दुर्गुणों से युक्त पापी, आततायी, अधार्मिक और अन्यायी वर चुनना चाहते हैं, अपनी बहन के लिए।" कृष्ण के स्वर में ऐसा तेज था कि सारी सभा मानो हतप्रभ होकर उनकी ओर देख रही थी, "आप धनी हैं, शक्तिशाली हैं, स्वतन्त्र हैं, समर्थ हैं...इसलिए आपको अपनी बहन के लिए ऐसा वर चुनना चाहिए, जो धर्म के मार्ग पर चलता हुआ, स्वच्छ जीवन व्यतीत करता हो, दुर्योधन जैसा पापी नहीं जो पर–सम्पत्ति और पर–नारी पर दृष्टि गड़ाये हो, जो षड्यन्त्र कर अपने सत्वगुणी भाइयों की हत्याएँ करवाता हो, जो अपने लोभ, अहंकार, ईर्ष्या और धन, सत्ता और शक्ति के मद में मातुल कंस के समान राक्षस हो गया हो।..."

"अवसर पड़ने पर अर्जुन भी वैसा नहीं हो जायेगा, इसका क्या प्रमाण है तुम्हारे पास?" अक्रूर स्वयं समझ नहीं पाये कि यह एक तटस्थ व्यक्ति की मात्र जिज्ञासा थी अथवा वह कृष्ण का अस्पष्ट विरोध करने का प्रयत्न था।

"प्रमाण यह है कि समर्थ होने पर भी भीम ने अपनी हत्या का प्रयत्न करनेवाले दुर्योधन का वध नहीं किया।" कृष्ण बोले,

"युवराज बन जाने पर भी युधिष्ठिर ने धृतराष्ट्र, दुर्योधन तथा उसके साथियों को अपदस्थ कर उनकी हत्या करना तो दूर, उन्हें तनिक–सी क्षति पहुँचाने का भी कोई प्रयत्न नहीं किया। द्रुपद को पराजित कर भी पाण्डवों ने उनका राज्य छीनने अथवा उनसे किसी प्रकार का लाभ उठाने की कोई चेष्टा नहीं की। वारणावत जाने के संकट को जानते हुए भी अपने पितृव्य की आज्ञा का उल्लंघन नहीं किया। काम्पिल्य और हस्तिनापुर में अवसर मिलने पर भी वारणावत काण्ड का प्रतिशोध लेने का प्रयत्न नहीं किया। कुरु–राज्य के बँटवारे के नाम पर खाण्डवप्रस्थ पाकर भी न विरोध किया, न लोभ दिखाया। द्रौपदी जैसी स्त्री पाकर भी अर्जुन का धर्मविरुद्ध काम नहीं जागा। राजा और भाई के क्षमा करने पर भी वह प्रतिज्ञा के अनुसार बारह वर्षों के लिए इन्द्रप्रस्थ छोड़ आया।...कितने प्रमाण चाहिए आपको...।"

"यह पाण्डवों की कायरता भी तो हो सकती है।" कृतवर्मा पुनः बोला।

"कायरता धर्म से डिग जाने में होती है, धर्म पर स्थिर रहने में नहीं।" कृष्ण का स्वर पहले से भी अधिक दृढ़ हो गया था, "इतनी विकट विरोधी परिस्थितियों में, प्राणों का भय होने पर भी जिन्होंने अपना धर्म नहीं छोड़ा, वे कायर नहीं हो सकते।..."

"यदि वह इतना ही वीर है तो सुभद्रा का अपहरण कर भाग क्यों गया?" बलराम ने कटु स्वर में कहा, "सामने खड़ा हो, चुनौती देता तो मैं देखता उसकी वीरता।" और जैसे बलराम ने पुनर्विचार के रूप में जोड़ा, "और वैसे भी अभी ऐसा क्या बिगड़ गया है। हम अभी तीव्रगामी रथों में उसके पीछे जाते हैं और देखते हैं कि वह कितना वीर है।..."

"अवश्य जाइये!" कृष्ण के अधरों पर वक्रता थी, "मैं न किसी को अर्जुन के पीछे जाने से रोक रहा हूँ, न किसी को उससे युद्ध करने से हतोत्साहित कर रहा हूँ। उसके पास इस समय मेरा युद्धक रथ है, शस्त्रास्त्रों का विशाल भण्डार है और अपना युद्ध कौशल एवं पराक्रम है। जिसमें साहस हो, जाकर लड़ ले, उसे पराजित कर सुभद्रा को लौटा लाये।"

"तुम यादवों को उसका भय दिखा रहे हो?" अक्रूर ने पूछा।

"नहीं! यादवों को अपनी वीरता के परीक्षण का अवसर दे रहा हूँ।"

"तुम साथ नहीं जाओगे?" कृतवर्मा ने पूछा।

"मैं अधर्म–युद्ध में किसी का साथ नहीं दे सकता।" कृष्ण ने कहा, "यादवों का भी नहीं।"

"अपने अपमान का प्रतिशोध अधर्म है?" बलराम की दृष्टि फिर से कठोर हो गयी थी।

"नहीं! किन्तु अपने अहंकार के मद में उचित–अनुचित की सूक्ष्म रेखा को मिटा देना अधर्म अवश्य है।" कृष्ण का स्वर शान्त था, "यह आपको सोच लेना चाहिए भैया कि आप अपने अहंकार का पोषण कर रहे हैं, अथवा अपमान का प्रतिशोध ले रहे हैं।..."

"मेरा तुमसे कोई विरोध नहीं है कृष्ण!" वसुदेव ने सारी चर्चा में पहली बार मुख खोला, "किन्तु तुम मुझे यह बताओ कि यदि अर्जुन सुभद्रा के योग्य वर भी है, पाण्डव हमारे कुल के तुल्य प्रतिष्ठा–सम्पन्न भी हैं....सुभद्रा की कामना में कोई अनौचित्य भी नहीं है, तो अर्जुन ने मुझसे सुभद्रा की याचना क्यों नहीं की? उसने मुझसे क्यों नहीं कहा कि वह सुभद्रा से विवाह करना चाहता है? उसने सुभद्रा का हरण क्यों किया?"

"वह शुल्क देकर सुभद्रा को प्राप्त करना चाहता तो आप उसकी इच्छा पूरी नहीं करते, क्योंकि धन के विपर्यय में कन्या प्रदान करना श्रेष्ठ पुरुषों की प्रवृत्ति नहीं है। यादवों में कन्या–विक्रय सर्वथा अशोभनीय माना जाता है।" कृष्ण बोले, "दान के रूप में कन्या को स्वीकार करना पौरुषहीनता है। जिसमें सामर्थ्य हो, वह क्यों बैठकर अनिश्चित काल तक प्रतीक्षा करेगा, कि कब उस पर दया कर कन्या के अभिभावक उसे कन्या–दान करेंगे।"

"किन्तु इन दो के अतिरिक्त और मार्ग भी तो हैं।" वसुदेव बोले।

"हैं! क्षत्रियों के लिए एक मार्ग है स्वयंवर और दूसरा हरण।" कृष्ण मुस्कुराये, "स्वयंवर सर्वथा अनिश्चित है। भैया बलभद्र स्वयं स्वीकार कर चुके हैं कि सुभद्रा की चयन–बुद्धि पर आश्रित रहना

विवेक–संगत नहीं है। स्वयंवर में सुभद्रा जाने किसका चयन करती। अर्जुन ने अनिश्चित को छोड़ निश्चित मार्ग चुना। हरण में अनिश्चय के लिए कोई अवकाश नहीं था।"

"किन्तु सुभद्रा की इच्छा! उसका कोई महत्त्व नहीं है?"

"उसकी इच्छा को न आप महत्त्व दे रहे थे, न अर्जुन ने दिया।" कृष्ण ने उत्तर दिया, "किन्तु मैं पूर्ण निश्चय से कह सकता हूँ कि यदि अर्जुन सुभद्रा के मनोनुकूल न होता, तो सुभद्रा शूल अथवा खड्ग से उसका वक्ष चीर कर कब से घर लौट आयी होती!..."

"उसके पास शस्त्र कहाँ थे?"

"मेरे उस रथ में पर्याप्त शस्त्र हैं। सुभद्रा उनमें से किसी का भी उपयोग कर सकती थी।" कृष्ण मुस्कुराये, "आप यह समझिए कि अर्जुन ने सुभद्रा का हरण किया है और सुभद्रा ने अपने स्वयंवर में अर्जुन को वरमाला पहनायी है।"

वसुदेव ने कोई उत्तर नहीं दिया। वे सिर झुकाकर जैसे अपने मन में झाँक रहे थे : क्या कृष्ण सत्य कह रहा था? यादवों ने समृद्ध और समर्थ होकर क्या धर्म और अधर्म का भेद भुला दिया?...उनके लिए समृद्धि, धर्म से भी अधिक महत्त्वपूर्ण हो गयी है?...अभी उन्होंने सुभद्रा के वर का चयन नहीं किया था, किन्तु दुर्योधन के नाम पर विचार तो चल ही रहा था। यदि उन लोगों ने धर्म की दृष्टि से विचार किया होता, तो उस आततायी के नाम पर विचार ही न किया होता।...अब उनकी समझ में स्पष्ट रूप से आ रहा था कि धन के साथ कीटाणुओं के समान लगे हुए दुर्गुणों को वे देख नहीं पाये थे। वे लोग सुविधाजीवी हो गये थे। कष्ट में रहने की बात नहीं सोच सकते थे।...और एक वह है पांचालराज द्रुपद! उसने तो निर्धन और वनवासी अर्जुन के साथ अपनी राजकुमारी विदा कर दी थी।...क्या हो गया है यादवों को?...पर इस कृष्ण को कोई प्रमाद नहीं छूता। वह ऐश्वर्य के मध्य रहकर भी जैसे उससे अछूता ही है। उसे धनी किन्तु अधर्मी व्यक्ति का अधर्म तो दिखायी देता है, उसका धन नहीं। वह कंगाल–से–कंगाल व्यक्ति को भी उसकी सात्विकता के अनुपात में गले से लगा सकता है...

"तुम क्या कहते हो बलराम!" वसुदेव ने पूछा।

"मुझे पता था कि कृष्ण आ गया तो कोई–न–कोई ऐसी बात अवश्य कह देगा, जिससे सबका उत्साह मन्द पड़ जायेगा।" बलराम का अनुत्साह उनके चेहरे पर प्रकट हो गया था।

"तुम क्या कृष्ण से सहमत नहीं हो?" उग्रसेन ने प्रश्न किया।

"मुझे इस प्रकार अर्जुन द्वारा सुभद्रा का हरण अच्छा नहीं लग रहा है, किन्तु कृष्ण के तर्क के सम्मुख, मैं अर्जुन को अपराधी भी नहीं ठहरा पा रहा हूँ।" बलराम बोले, "इसलिए समझ नहीं पा रहा हूँ कि क्या करना मेरे लिए उचित है?"

"हमारे सम्मुख दो ही विकल्प हैं भैया।" कृष्ण बोले, "या तो हम सेना लेकर जायें और अर्जुन से युद्ध करें, या फिर अपना समाज लेकर जायें और उसे ससम्मान द्वारका ले आयें तथा सुभद्रा से उसका विवाह कर उन दोनों को विदा करें। आप इन दोनों में से कुछ भी करने को स्वतन्त्र हैं, किन्तु परिणाम दोनों का एक ही होगा।"

बलराम के चेहरे पर खीझ झलकी, "तुम मुझसे इस प्रकार पहेलियाँ मत बुझाया करो। किसी से युद्ध कर उसे दण्डित करने का प्रयत्न और किसी को ससम्मान आग्रहपूर्वक आमन्त्रित कर लाने के अभियान का परिणाम एक ही कैसे हो सकता है?"

"परिणाम तो एक ही होगा।" कृष्ण मुस्कुरा रहे थे, "किन्तु एक में परिस्थितियाँ आपके लिए सुखद होंगी और दूसरे में त्रासद। अब यह आपकी इच्छा है कि आप उन दोनों में से किसका चुनाव करते हैं।"

बलराम के चेहरे के भाव बता रहे थे कि अब यदि कृष्ण ने अपनी बात शीघ्र स्पष्ट नहीं की, तो वे फट पड़ेंगे।...उग्रसेन ने बलराम को बोलने का अवसर नहीं दिया। कहा, "अपनी बात स्पष्ट कर कहो, कृष्ण।"

"हमारे जो योद्धा अर्जुन से युद्ध करने जायेंगे, वे निश्चित रूप से पराजित होंगे।" कृष्ण बोले, "ऐसे में अर्जुन सुविधा से सुभद्रा को इन्द्रप्रस्थ ले जा सकेगा। वहाँ उन दोनों का विवाह होगा।...यदि आप सत्कारपूर्वक अर्जुन को द्वारका में लौटा लायेंगे, तो भी अर्जुन और

सुभद्रा का विवाह होगा।" कृष्ण ने सभा पर एक दृष्टि डाली, "दोनों स्थितियों में परिणाम एक ही हुआ या नहीं।...किन्तु पहली परिस्थिति में हम सुभद्रा से यह भी नहीं पूछ पायेंगे कि क्या वह अर्जुन से विवाह करना चाहती है? क्या वह उसे पति के रूप में पाकर प्रसन्न है? हम विवाह के समारोह में सम्मिलित भी नहीं हो पायेंगे। हमारे लिए सुभद्रा का विवाह, अनन्त काल तक एक यादव–कन्या का अपमानजनक हरण ही रह जायेगा। पाण्डवों से हमारे सम्बन्ध सुधर नहीं पायेंगे और वे धर्मप्राण योद्धा सदा के लिए हमसे पृथक् हो जायेंगे।...किन्तु दूसरी स्थिति में हम जान पायेंगे कि सुभद्रा अर्जुन को पा कर प्रसन्न है या नहीं। यदि वह प्रसन्न है तो हम उनके विवाह में सम्मिलित होंगे। हम उस समारोह के अंग होंगे। यह प्रसंग हमारे लिए अपहरण का अपमान लिए हुए नहीं होगा, उत्सव और समारोह का अवसर होगा। पाण्डवों से हमारे सम्बन्ध बिगड़ेंगे नहीं, और घनिष्ठ होंगे। परिणाम यह होगा कि जम्बूद्वीप में धर्म–राज्य की स्थापना करने में वे हमारे सबसे बड़े सहायक होंगे।"

उग्रसेन और वसुदेव दोनों ही मौन थे। अक्रूर उनके चेहरों की ओर देख रहे थे, और कृतवर्मा की दृष्टि बलराम पर जा टिकी थी। सात्यकि विस्मय और प्रशंसापूर्ण उत्सुकता से कृष्ण की ओर देख रहा था...कृष्ण की वाणी सारे यादव योद्धाओं के शस्त्रों से शक्तिशाली, प्रखर और धारदार थी। उद्धव सदा के समान मुग्ध–भाव से कृष्ण को निहार रहा था। कभी–कभी उसकी यह मुग्धावस्था भक्ति को छूने लगती थी।

"मुझे तो लगता है वसुदेव! कि सुभद्रा तथा हमारा हित इसी में है कि हम अर्जुन को जामाता के रूप में स्वीकार करें।" उग्रसेन ने धीरे–से कहा, "इसी में सुभद्रा का हित है और इसी में यादवों का कल्याण है।"

"महाराज का विचार ठीक ही है," कृतवर्मा ने अपना स्वर कुछ ऊँचा उठाते हुए कहा, "किन्तु हमें देखना यह है कि कहीं हम स्वयं को दुर्बल पाकर एक अत्याचारी के अधर्मपूर्ण कृत्य को तो स्वीकृति नहीं दे रहे। जिन यादवों ने कंस, जरासन्ध तथा कालयवन जैसे

अत्याचारियों की सेनाओं के सम्मुख सिर नहीं झुकाया, वे अर्जुन की उद्दण्डता को इसलिए स्वीकार कर लें, क्योंकि अपनी धनुर्विद्या के बल से वह हम पर भारी पड़ता है।"

"हाँ! यह प्रश्न तो मुझे भी पूछना है।" अक्रूर ने कहा, "हम स्वयं को दुर्बल पाकर अधर्म के सम्मुख नतमस्तक हो रहे हैं?"

"नहीं!" कृष्ण का तेजस्वी स्वर सभा–भवन में गूँज गया, "मैंने अर्जुन से युद्ध करना इसलिए अस्वीकार नहीं किया, क्योंकि मैं उसके सम्मुख अक्षम हूँ। मैं युद्ध से विमुख इसलिए हुआ क्योंकि वह मात्र हमारा अहंकार होगा। धर्म उसकी ओर है, इसलिए मैं उससे युद्ध करना नहीं चाहता। मैं धर्म के विरुद्ध लड़ना नहीं चाहता, क्योंकि जहाँ धर्म है, वहीं जय भी है।"

"कृष्ण से अधिक धर्म के मर्म को कोई नहीं जानता!" वसुदेव ने अत्यन्त शान्त स्वर में कहा, "इसलिए मैं कृष्ण के वचन को प्रमाण मानकर यह स्वीकार करता हूँ कि अर्जुन का कृत्य पापपूर्ण नहीं है। उसने अधर्म नहीं किया है, इसलिए हमें उसके विरुद्ध शस्त्र उठाने की कोई आवश्यकता नहीं है।"

"यदि आप लोग वसुदेव से सहमत हैं, तो उनके मत को सभा का निश्चय मान लें?" उग्रसेन ने कहा।

"हम सहमत हैं।" अनेक स्वरों ने कहा।

निश्चय ही बहुमत ने अपनी सहमति नहीं दी थी, किन्तु उसके विरुद्ध एक भी स्वर नहीं उठा।

"तो ठीक है!" उग्रसेन ने अपना निर्णय दिया, "हमारे योद्धा तीव्रगामी अश्वों को लेकर अर्जुन के पीछे जायें और उसे सभा के निर्णय से अवगत कराएँ। अर्जुन और सुभद्रा को ससम्मान द्वारका लौटा लायें। द्वारका में उनका विवाह हो। विवाह के पश्चात् जितने समय तक वे लोग द्वारका में रहना चाहें, रहें। उनके लिए पृथक् भवन का प्रबन्ध किया जाये।...और जब अर्जुन सुभद्रा को लेकर इन्द्रप्रस्थ पहुँचे तो यादव वीर उनके सम्मान के योग्य उपहार लेकर इन्द्रप्रस्थ जायें, और इस सम्बन्ध की पुष्टि कर आयें।"

7

अर्जुन द्वारका में अपने भवन के गवाक्ष पर खड़ा सागर की लहरों को देख रहा था : कैसा आकर्षण था इन लहरों में कि एक बार मनुष्य देखना आरम्भ करता था तो देखता ही चला जाता था। जाने कहाँ, इस अनन्त सागर के किस छोर से लहर उठती और फिर तट पर आकर उसी में विलीन हो जाती थी।...अर्जुन को लग रहा था, सागर की ये लहरें भी समय के समान ही थीं...जाने हमारा भविष्य कहाँ उगता था, अनन्त काल की कितनी यात्रा करके, हमारे सामने तब ही प्रकट होता था, जब वह हमारा वर्तमान बन जाता था, और फिर अतीत बनते–बनते उसी महाकाल में जाने कहाँ समा जाता था।... समुद्र से तो इस काल–यात्रा का कोई विशेष ही सम्बन्ध लगता था। काल के सबसे बड़े मापक उस सूर्य को सागर प्रतिदिन इसी स्थान पर उगलता था और फिर सन्ध्या होते–होते उसे किसी अन्य तट पर लील भी लेता था।...

जब अर्जुन प्रभास क्षेत्र से कृष्ण के साथ द्वारका आया था, तो यही मानकर आया था कि वह अधिक–से–अधिक दो–चार सप्ताह कृष्ण के साथ व्यतीत कर आगे बढ़ जायेगा। वह अपनी यात्रा का चक्र प्रायः पूर्ण कर चुका था...और निष्कासन का समय भी अधिक शेष नहीं था...पर तब वह क्या जानता था कि यहाँ सुभद्रा नाम की एक तरुणी उसे इतना मुग्ध कर लेगी कि उसकी कोई योजना पूर्ववत् नहीं रह जायेगी।...

कैसा संयोग था कि वह कृष्ण के साथ रैवतक के उत्सव में गया और वहाँ सुभद्रा भी आ गयी। आ क्या गयी, आकर उसके ठीक सामने खड़ी हो गयी। उसका मन कैसा मुग्ध हो उठा था, उस पर।...और उसे देखते ही कृष्ण समझ गये थे कि उसके मन में क्या था!...उसके पश्चात् तो सारी प्रेरणा ही कृष्ण की थी, सारी योजनाएँ...

अर्जुन का चिन्तन सहसा ही स्तम्भित रह गया...उसके बाद की योजनाएँ?...कौन कह सकता है कि उस दिन अर्जुन को रैवतक पर्वत

पर ले जाना और ठीक उस स्थान पर खड़ा कर देना, जहाँ सुभद्रा को आकर रुकना था, कृष्ण की योजना नहीं थी?...कृष्ण! जाने कृष्ण अपनी योजनाएँ कब बनाते हैं और कैसे बनाते हैं कि काल को उनकी आज्ञा का पालन करना पड़ता है। काम्पिल्य में पाण्डवों को प्रकट करने की योजना भी कृष्ण ने ही बनायी थी।...कहीं प्रभास में ही...या इन्द्रप्रस्थ के निर्माण के समय ही कृष्ण ने सुभद्रा के साथ उसके विवाह की योजना तो नहीं बना ली थी?...

"भैया और भाभी आये हैं!"

अर्जुन ने मुड़कर देखा : सुभद्रा खड़ी उसकी ओर देख रही थी।

"कौन? कृष्ण?"

"हाँ! बाहर रथ रुका है। आते ही होंगे।"

अर्जुन उत्साहपूर्वक द्वार की ओर बढ़ा। कृष्ण और रुक्मिणी तब तक भवन में प्रवेश कर चुके थे। कृष्ण ने आगे बढ़कर अर्जुन को अपनी भुजाओं में बाँध लिया।

"मैं तुम्हारे ही विषय में सोच रहा था।" अर्जुन बोला।

"तो क्या सोचा?"

"सोचना क्या था। मन में बार–बार आ रहा था कि तुम्हारे स्नेह के बन्धनों की उपेक्षा कर अब मुझे द्वारका से चल पड़ना चाहिए।"

"क्यों? अभी तो इन्द्रप्रस्थ से तुम्हारा निष्कासन पूरा नहीं हुआ है।" कृष्ण ने आसन पर बैठते हुए कहा, "तुम्हें निष्कासन का शेष समय कहीं–न–कहीं तो व्यतीत करना ही है। तो द्वारका ही क्या बुरी है?"

अर्जुन हँस पड़ा, "जब द्वारका आया था, तो मन में यही था कि अपने मातुल के घर जा रहा हूँ। नहीं तो अपने मित्र से भेंट करने जा रहा हूँ, किन्तु...अब लगने लगा है कि मैं अपने श्वसुर–कुल में रह रहा हूँ।"

"नये सम्बन्ध की आड़ में पुराने सम्बन्धों को भुला देना चाहते हो?" कृष्ण ने उसे नटखट दृष्टि से देखा, "किन्तु ऐसा तो द्वारका में टिकने के लिए करना चाहिए, यहाँ से भागने के लिए नहीं।"

"वस्तुतः मैं सोच रहा था," अर्जुन बोला, "कि इन्द्रप्रस्थ से मेरा निष्कासन दण्ड–स्वरूप हुआ था, इसलिए नहीं हुआ था कि मैं द्वारका में राजसी सत्कार ग्रहण करूँ।"

"वह ठीक है। अधिकांश समय तुमने तपस्या और तीर्थाटन में ही बिताया है।" कृष्ण ने कहा, "किन्तु अब तुम अकेले नहीं हो। तुम्हारे साथ सुभद्रा भी है। इसलिए हम लोग नहीं चाहेंगे कि तुम वन–वन भटकते फिरो, या किसी एकान्त स्थान पर समाधि लगाकर बैठ जाओ, और सुभद्रा पत्थरों और वृक्षों से अपना सिर फोड़ती फिरे।"

"तो क्या तुम चाहोगे कि मैं निष्कासन की समाप्ति तक द्वारका में ही डेरा डाले रहूँ?"

"नहीं! मैं चाहूँगा कि जितना समय उचित समझो, द्वारका में व्यतीत करो, और जब लगे कि अब तुम्हें द्वारका से चल ही देना चाहिए, तो यहाँ से पुष्कर चले जाओ और निष्कासन का शेष समय वहीं व्यतीत करो, ताकि तुम्हारी साधना भी चलती रहे और सुभद्रा को अधिक कष्ट भी न उठाना पड़े। तुम अपनी नव–विवाहिता को दण्डित तो नहीं करना चाहोगे न?"

"तुम्हारा सुझाव ठीक ही है।" अर्जुन चिन्तनशील स्वर में बोला, "समय पूरा होने पर पुष्कर से इन्द्रप्रस्थ जाने में अधिक समय भी नहीं लगेगा, और पुष्कर में थोड़ी–बहुत साधना भी कर पाऊँगा।"

"साधना करना," कृष्ण ने उत्तर दिया, "किन्तु कुछ मेरी बातों पर भी विचार करना।"

"कौन–सी बात?"

"अब इन्द्रप्रस्थ का राज्य इतना नगण्य और महत्त्वहीन नहीं रहना चाहिए कि उनके अपने सम्बन्धी पांचालों और यादवों को भी उन्हें अपना सम्बन्धी मानने में संकोच हो।" कृष्ण ने कहा।

"तो क्या इन्द्रप्रस्थ अन्य दुर्बल राज्यों का निगरण करे? निगल जाये उनको?" अर्जुन का स्वर कुछ उत्तेजित था, "धर्म–स्थापना और प्रजा–पालन के लिए सीखी हुई यह रण–विद्या, दुर्बलों को नष्ट कर उनके अधिकार छीनने में लगायी जाये?"

"नहीं।" कृष्ण मुस्कुराये, "धर्मराज के राजा बनने का लाभ प्रजा को हो, इसलिए सारे जम्बूद्वीप को अन्याय समाप्त करने तथा धर्मराज्य की स्थापना की प्रेरणा इन्द्रप्रस्थ से मिले। इसके लिए इन्द्रप्रस्थ को शक्तिशाली और समृद्ध बनना होगा।"

"ऐसा हो तो मुझसे अधिक प्रसन्नता और किसको होगी।" अर्जुन बोला, "किन्तु तुम धर्म स्थापना का केन्द्र द्वारका को क्यों नहीं बनाना चाहते। यादव तो समर्थ हैं, तुम उनसे यह काम क्यों नहीं लेना चाहते?"

"यादवों में अब बहुत अन्तर आ चुका है अर्जुन!" कृष्ण ने चिन्ता–दग्ध स्वर में कहा, "अब वे पहले जैसे यादव नहीं हैं, जो कंस के क्रूर शासन से पीड़ित थे, जो जरासन्ध से आतंकित और त्रस्त थे। अब उन्हें न कालयवन का भय है न जरासन्ध का, न शिशुपाल, न रुकमी का। अब वे साधारण कृषक अथवा पशु–पालक भी नहीं हैं। अब वे स्वतन्त्र हैं, महाराज उग्रसेन का शासन उन पर नाममात्र का ही है। उनके कृषकों के पास विशाल भूखण्ड हैं। भूमि उपजाऊ है। जल का कोई अभाव नहीं है। वे स्वेच्छा से मनमानी फ़सलें उपजा सकते हैं। पशु–पालकों के पास सुदीर्घ बाड़े हैं। असंख्य गोधन है। योजनों तक फैली हुई गोचर–भूमि है। उद्योगों की भी कमी नहीं है। प्रत्येक घर में कोई–न–कोई उद्योग भी हो ही रहा है। वे सागर–तट पर बसे हैं। विभिन्न देशों के व्यापारियों से कर लेते हैं। सागर के वक्ष पर उनकी बड़ी–बड़ी नौकाएँ और जलपोत चलते हैं। उनके पास अपार सैन्य–शक्ति है। उन्हें किसी का भय नहीं है...।"

"यह तो अच्छा ही हुआ कृष्ण!" अर्जुन प्रसन्न मन से बोला, "समृद्धि तो सौभाग्य है। यादव अपने कष्ट के दिनों को भूल कर सुख की नींद सो सकेंगे। यह सब वस्तुतः तुम्हारे अक्लान्त प्रयत्नों का परिणाम है।"

"यही तो सृष्टि का रहस्य है।" कृष्ण मुस्कुराये, "आततायी के भय से मुक्त होकर मनुष्य स्वयं ही आततायी बनने की प्रक्रिया आरम्भ कर देता है। अपने कष्टों से मुक्त होकर, वह दूसरों के कष्टों के प्रति

असंवेदनशील हो जाता है। दूसरों के शासन से मुक्त होकर, वह स्वयं दूसरों पर शासन करने की आकांक्षा पालने लगता है।"

अर्जुन ने उसे आश्चर्य से देखा, "पर क्या यादवों के विषय में भी यह सत्य है?"

"क्यों, सत्य क्यों नहीं?" कृष्ण का स्वर गम्भीर था, "उन्हें तो अब धर्म के स्थान पर धन दिखायी देने लगा है। वे भी अब तपस्या से अधिक महत्त्व भोग को देने लगे हैं। स्वयं मेरे परिवार में अर्जुन तथा दुर्योधन समान तुला पर तुलने लगे हैं...और वैभव के आधिक्य के कारण दुर्योधन अधिक वरेण्य होने लगा है।"

"मैं उन्हें दोष नहीं देता।" अर्जुन निश्छल भाव से बोला, "कन्या का विवाह करने से पूर्व परिवार–जन वर की धन–सम्पत्ति के विषय में विचार तो करते ही हैं।"

"मैं कब कहता हूँ कि वे विचार न करें।" कृष्ण बोले, "विचार करें, वर की योग्यता पर, उसके कुल–शील पर, उसके चरित्र और आचरण पर, उसकी धन–सम्पत्ति पर, किन्तु यह भी देख लें कि उनकी कन्या को पति–गृह में धर्म भी मिलेगा या वह अधर्म की वृद्धि के लिए ही वहाँ जा रही है।...नहीं अर्जुन!" कृष्ण मानो गम्भीरता से चिन्ता की ओर बढ़ रहे थे, "मैं जिस धर्म–राज्य की कल्पना करता हूँ उसकी स्थापना अब यादवों द्वारा नहीं हो सकती।...महाराज द्रुपद से कुछ अपेक्षा की जा सकती थी, किन्तु वे धर्म से अधिक प्रतिशोध के हो चुके हैं। न वे अपना अहंकार छोड़ पायेंगे, न धर्म को निरपेक्ष भाव से देख पायेंगे।...यह कार्य तो धर्मराज युधिष्ठिर को ही करना होगा, पाण्डवों को अपना कर्तव्य समझना होगा। तुमने देख ही लिया है कि इन्द्रप्रस्थ का राज्य अभी इतना छोटा और अल्प–शक्ति–सम्पन्न है कि उनके अपने मित्र यादव भी राजकुमार अर्जुन को अपने सम्बन्ध–योग्य नहीं समझते।" कृष्ण ने अर्जुन की ओर देखा, "धर्म को इतना दुर्बल और नगण्य तो नहीं होना चाहिए मित्र! इन्द्रप्रस्थ इतना दुर्बल रहकर जम्बूद्वीप को धर्म का मार्ग कैसे दिखायेगा? अन्य राजा यदि उसकी श्रेष्ठता स्वीकार नहीं करेंगे तो उसे अपना

आदर्श तथा अनुकरणीय कैसे मानेंगे। वह पापियों और अधर्मियों को आतंकित कैसे करेगा? उन्हें पाप से विरत कैसे करेगा? नहीं अर्जुन! धर्मराज को कुछ उद्यम करना होगा। उन्हें चक्रवर्ती सम्राटों के लिए आदर्श, अनुकरणीय तथा त्रास...तीनों बनाना होगा...।"

अर्जुन मौन बैठा कृष्ण की ओर देखता रहा, फिर धीरे–से बोला, "तुम जानते हो कृष्ण! धर्मराज को न राज्य में रुचि है, न वैभव में। यदि अपनी माता और भाइयों का विचार न होता तो कदाचित् वे इन्द्रप्रस्थ का राज्य भी ग्रहण न करते! अब यदि उन्हें राज्य के विस्तार हेतु युद्ध करने के लिए कहा जायेगा, तो वे कभी सहमत नहीं होंगे। वे मानते हैं कि शासन तो केवल अपना होना चाहिए। दूसरों पर शासन करने की इच्छा उनके लिए सत्वगुणी नहीं है।..."

"ठीक है! मैं भी दूसरों पर शासन करने का समर्थक नहीं हूँ, किन्तु स्वयं दूसरों के शासन से मुक्त होने की इच्छा तो सत्वगुणी है। स्वशासन तो सांसारिक इच्छा नहीं है। धर्म का राज्य होगा, तो प्रत्येक व्यक्ति स्वशासित होगा।" कृष्ण ने कहा, "वस्तुतः जिन्हें राज्य में आसक्ति है, वे धर्म–शासन कर ही नहीं सकते। वे अपना स्वार्थ देखेंगे, भोग देखेंगे। यदि आज यादवों को यह अवसर दिया गया तो या तो वे धन, वैभव, सम्पत्ति और सत्ता के लिए परस्पर एक–दूसरे से लड़कर पृथक् हो जायेंगे, या फिर जरासन्ध के ही समान एक क्रूर अत्याचारी शासन स्थापित करेंगे।"

"किन्तु महाराज उग्रसेन तो ऐसे लोभी और अन्यायी नहीं लगते।"

"महाराज उग्रसेन का शासन अब है ही कहाँ?" कृष्ण बोले, "उनकी तो मात्र छत्र–छाया ही है। यादवों में स्वतन्त्रता भी है और प्रतिद्वन्द्विता भी। यदि द्वारका के राज्य का विस्तार हुआ तो साम्राज्य का विस्तार होगा, धर्म–राज्य का नहीं। वह राज्य दूसरों के अधिकार–हनन के लिए होगा, धर्म की स्थापना के लिए नहीं। मुझे लगता है कि नारायणी सेना ने अपना लक्ष्य प्राप्त कर लिया है, अतः अब उसकी उपयोगिता भी समाप्त हो चुकी है। अब कदाचित् धर्म–रक्षा के लिए युद्ध का कोई अवसर उसे नहीं मिलेगा!..."

"कृष्ण! यादव तुम्हारे अपने हैं, सगे–सम्बन्धी, नाते–रिश्तेदार! उनका और तुम्हारा रक्त एक है। तुम्हें उनसे प्रेम नहीं है क्या?" अर्जुन चकित था।

"मुझे किससे प्रेम नहीं है?" कृष्ण के चेहरे पर परम शान्ति का भाव था, "किन्तु आसक्ति किसी में नहीं है। मेरी आसक्ति केवल धर्म में है। मैं जानता हूँ कि यादवों ने यदि और ऐश्वर्य प्राप्त किया, तो उसमें न उनका हित है, न धर्म का। प्रेम को इतना संकीर्ण मत करो पार्थ! कि वह मोह अथवा आसक्ति का पर्याय हो जाये।" कृष्ण ने अर्जुन की ओर देखा, "इसलिए कहता हूँ कि शासन का अधिकार केवल उसे ही है, जिसे शासन में आसक्ति नहीं है, जो भोग के लिए, वैभव–विलास के लिए, अपने अधिकार और अहंकार के लिए शासन नहीं करता। शासन करता है तो केवल धर्म–स्थापना के लिए, और धर्म के लिए निमिष–भर में सम्पूर्ण संसार का साम्राज्य त्याग सकता है...और इस दायित्व के लिए मुझे धर्मराज युधिष्ठिर से अधिक उपयुक्त और कोई व्यक्ति दिखायी नहीं दे रहा।..."

8

चरण–स्पर्श कर प्रणाम करने के पश्चात् सुभद्रा खड़ी हुई तो उसने कुन्ती की आँखों में उमड़ती हुई अथाह ममता को पहचाना। वहाँ अस्वीकार अथवा परीक्षण का एक कण भी नहीं था। वहाँ तो स्वीकृति–ही–स्वीकृति थी।

कुन्ती ने अपनी तर्जनी से उसके चिबुक को ऊपर उठाया और उसे प्रशंसापूर्ण दृष्टि से निहारती हुई बोली, "इस घर में तुम्हारा स्वागत है बहू! सम्बन्ध तो हमारा पहले भी था, किन्तु अब वह और भी प्रगाढ़ हो गया है। तुम मेरे उस भाई की पुत्री हो, जिसके साथ मैं बहुत रही नहीं। जिसे मैंने स्नेह के प्रमाण–स्वरूप कभी कुछ दिया नहीं है, किन्तु उसने सदा भाई के धर्म का निर्वाह किया है।...

तुम उस कृष्ण की बहन हो, जो हमारा सबसे बड़ा सहायक है, हमारे राज्य का ही नहीं, हमारे जीवन का भी आधार है।" कुन्ती ने मौन होकर उसे निहारा, "मेरे घर में एक–से–एक सुन्दर पुत्रवधुएँ आयी हैं सुभद्रे! किन्तु तुम–तो–तुम ही हो। तुम्हारे समान दूसरी कोई नहीं है। आज से इस घर को अपना मानकर, यहाँ अधिकारपूर्वक रहो और अपने धर्म का निर्वाह करो। बड़ों का आदर करो। छोटों को स्नेह दो। तुम देखोगी सब तुमसे कितना प्रेम करते हैं। युधिष्ठिर राजा है क्योंकि वह बड़ा है, किन्तु अधिकार का भोग सारे भाई समान रूप से करते हैं। मेरे सारे पुत्र अपने–अपने गुणों के कारण महत्त्वपूर्ण हैं, किन्तु फिर भी अर्जुन विशिष्ट है। तुम उसकी पत्नी हो, अतः तुम्हारा भी विशेष महत्त्व है। तुम हमारे कुल का सौभाग्य हो, अतः इस कुल से कभी रुष्ट न होना। कोई असुविधा हो तो अपने पति से कहना। असुविधा दूर न हो तो निस्संकोच मेरे पास आ सकती हो। मेरे पास कोई अधिकार नहीं है, किन्तु मेरे पुत्र माँ के प्रति अपने स्नेह के कारण मेरा कहा कभी नहीं टालते।"

कुन्ती ने सुभद्रा के माथे का चुम्बन किया, उसे निहारा और अपने वक्ष से लगा लिया!

"माँ! सारा वात्सल्य बहू पर ही ढाल दोगी, तो मेरे लिए क्या बचेगा?" अर्जुन बोला, "मैं भी तो खड़ा हूँ, तुम्हारी एक आशीष के लिए।"

कुन्ती मुस्कुरायी, "वात्सल्य की कोई निश्चित मात्रा मान रखी है क्या तूने? और पुत्र यह भी तो तेरी अर्द्धांगिनी ही है। इसे दिया गया वात्सल्य, क्या तुम तक नहीं पहुँचता? इसे अपने वक्ष से लगाती हूँ, तो क्या तेरा वक्ष शीतल नहीं होता? पति–पत्नी में तो किसी प्रकार का कोई विभाजन नहीं होता पुत्र! स्वयं को समग्रता में पत्नी को सौंपेगा, तभी पत्नी को समग्र रूप में पायेगा। तुम अपनी माँ को सम्पूर्ण रूप से अपनी पत्नी को समर्पित नहीं करोगे, तो तुम्हारी पत्नी तुम्हारी माँ के प्रति सम्पूर्ण रूप से समर्पित कैसे होगी!"

अर्जुन ने कुन्ती के चरण–स्पर्श कर प्रणाम किया। कुन्ती ने आशीष देकर कहा, "जा अपने भाइयों से भेंट कर, पांचाली से भी मिलकर आ। तब तक सुभद्रा मेरे पास रहेगी।"

"ज्येष्ठ और मध्यम से मैं मिल चुका हूँ माँ।" अर्जुन बोला, "नकुल और सहदेव भी हमसे मिल गये हैं।"

"जाओ, फिर पांचाली से मिल आओ।"

अर्जुन जल्दी में था। न वह और ठहर सकता था, न अपने भवन तक पहुँचने में विलम्ब कर सकता था!

"क्या बात है आर्यपुत्र?" सुभद्रा ने पूछा, "इस शीघ्रता का कारण?"

"प्रिये! वही हुआ है, जिसकी आशंका मेरे मन में थी।" अर्जुन बोला, "पांचाली रुष्ट है। उसे मनाना होगा, अन्यथा इन्द्रप्रस्थ के राजवंश में कोई उल्लास पनप नहीं सकेगा। तुम मेरी एक इच्छा पूर्ण करोगी सुभद्रे?"

"आपकी सारी इच्छाएँ पूर्ण होंगी। आप आदेश तो करें।" सुभद्रा बोली, "मैं किसी से स्पर्धा करने नहीं आयी, न किसी की प्रसन्नता छीनने आयी हूँ। वे बड़ी हैं, योग्य हैं, सुन्दर हैं गुणवती है...सबसे बड़ी बात है कि वे आपके प्रति इतनी निष्ठावान हैं! मैं कृष्ण की बहन हूँ पार्थ! प्रतिभा की पूजा करती हूँ, और वरिष्ठता का सम्मान।"

"तुम मेरी बात समझ गयी हो प्रिये! अब तुमसे कुछ कहने की आवश्यकता नहीं।"

अर्जुन ने अपने हाथों से सुभद्रा का गोप–बाला का–सा वेश सजाया! सुभद्रा ने राजरानियों की–सी अपनी लाल साड़ी के स्थान पर ब्रजवासिनी गोपियों का घाघरा पहन लिया था। उन्हीं की–सी चोली और वैसे ही आभूषण भी धारण कर लिए थे।

"यह ठीक है।" अर्जुन ने अन्तिम रूप से उस पर निरीक्षक दृष्टि डाली, "अब सब कुछ तुम्हारे बुद्धि–कौशल पर छोड़ता हूँ प्रिये।"

"आप चिन्ता न करें आर्यपुत्र।"

सुभद्रा निःसंकोच चलती हुई द्रौपदी के कक्ष में आयी। उसने हाथ जोड़कर प्रणाम किया, "महारानी की जय हो!"

द्रौपदी ने उसे देखा : एक असाधारण रूपवती गोपी!...और कैसा तेज था उसके मुख–मण्डल पर!

"कौन हो?"

"आपकी दासी हूँ महारानी!"

"क्या चाहती हो?"

"आपका आश्रय।"

"क्यों? मेरा आश्रय क्यों चाहती हो? तुम्हारा पति तुम्हें आश्रय देने में समर्थ नहीं है क्या?"

"जो स्वयं आपके द्वार का याचक हो महारानी! वह मुझे क्या आश्रय देगा।" सुभद्रा ने वैसे ही विनीत भाव से कहा।

"क्या नाम है तुम्हारे पति का?"

"पाण्डुपुत्र कौन्तेय अर्जुन महारानी!"

"तुम? तुम?..."

"मैं सुभद्रा हूँ महारानी! ब्रज के गोपाल कृष्ण की छोटी बहन।"

द्रौपदी को रोमांच हो आया। कण्ठ में हूक–सी उठी और आँखें भीग गयीं। इस सुभद्रा से रूठी थी वह! इसे लाने के लिए अर्जुन के प्रति रोष से भर उठी थी? उसने दौड़कर सुभद्रा को अपनी भुजाओं में भर लिया, "तुम सुखी रहो बहन! तुम्हारे पति शत्रुरहित हों।"

सुभद्रा ने अपना मस्तक द्रौपदी के वक्ष से टिका दिया, "अपना घर छोड़कर तुम्हारे भरोसे आयी हूँ जीजी। निराश मत करना। मुझे आश्रय दो।"

द्रौपदी की भुजाएँ सुभद्रा के चारों ओर कस गयीं, उसने जैसे अपने सुख को सहेजने के लिए अपनी आँखें बन्द कर लीं।

9

इन्द्रप्रस्थ में यादवों का आशातीत स्वागत हुआ। धौम्य मुनि ने अपने शिष्यों के साथ स्वयं मन्त्रोच्चार कर उनकी अगवानी की। अतिथि भवन में उनका स्वागत करने धर्मराज युधिष्ठिर आये।

"पृथा नहीं आयी?" अक्रूर ने पूछा।

"वे आपके आतिथ्य का प्रबन्ध अपने भवन में कर, आपकी प्रतीक्षा कर रही हैं।" युधिष्ठिर ने बताया।

"हाँ भई, वर की माता हैं। हमें ही उसके पास जाना होगा।"

"नहीं, ऐसी बात नहीं है मातुल। उन्हें भय था कि व्यवस्था किसी और को सौंप कर वे आपकी अगवानी के लिए आ गयीं तो आपके योग्य तैयारी नहीं हो पायेगी।"

"मैंने तो विनोद में कहा पुत्र।" अक्रूर ने अपना उपालम्भ लौटा लिया, "हम अपनी पृथा को जानते नहीं क्या।"

"वैसे हमें ही बूआ के पास जाना चाहिए।" कृष्ण बोले, "सुभद्रा और धनंजय भी हमें वहीं मिलेंगे। क्यों भैया?"

"जैसा तुम उचित समझो।" बलराम ने उत्तर दिया, "हम जैसे पहले बूआ के बालक थे, वैसे ही आज हैं। सुभद्रा के लिए कुछ उपहार लेकर आये हैं, इससे स्थिति कुछ बदल तो नहीं जायेगी।"

"आप लोग आइए। रथ तैयार है।" नकुल ने आकर कहा।

"रथ हमारे पास हैं न।" उद्धव ने कुछ असमंजसपूर्ण स्वर में कहा।

"तुम्हारे अश्व लम्बी यात्रा करके आये हैं उद्धव!" युधिष्ठिर बोले, "उन्हें अब विश्राम करने दो। यहाँ जो कुछ है, वह तुम्हारा ही है। कृष्ण की सहायता न होती, तो न हमारा यह नगर बसता और न मैं यहाँ का राजा होता।"

"यह आपकी उदारता है धर्मराज!" उद्धव ने तत्काल हाथ जोड़ दिये, "हमारे लिए तो ऐसा सोचना भी पाप है।"

कुन्ती के भवन के द्वार पर उनका स्वागत स्वयं सुभद्रा और अर्जुन ने किया।

कृष्ण ने अर्जुन को अपनी भुजाओं में भर लिया और प्रद्युम्न, सांब, और चारुदेष्ण दौड़कर सुभद्रा से चिपट गये, "बूआ।"

सुभद्रा ने उन्हें अपनी भुजाओं में समेट लिया, "आओ। कितने दिनों में याद आयी तुम्हें अपनी बूआ।"

"बूआ! इस बार स्वयं आयी हो, या इस बार भी फूफा तुम्हें रथ में बैठा, रथ भगा लाये?" सांब ने सुभद्रा के कान में फुसफुसाकर पूछा।

"नहीं रे। इस बार तो मैं तेरे फूफा को रथ में डाल, भगा लायी।" सुभद्रा के अधरों पर मुस्कान थी और वह स्वयं समझ नहीं पायी कि उसकी आँखों में अश्रु क्यों आ गये।

"क्या कह रहा है यह दुष्ट?" बलराम ने निकट आकर पूछा।

"कुछ नहीं। हमारी आपस की बात है।" सुभद्रा ने अश्रु पोंछ लिए, "आइये भैया। आइए काका।"

भवन के भीतर प्रवेश करने पर सबसे पहले उन्हें कुन्ती दिखायी दी। कुन्ती ने जैसे एक दृष्टि में ही देख लिया कि कौन–कौन आया है। वह अक्रूर के कन्धे से जा लगी।

"पृथा! तुम अब हमारी समधन हो।" अक्रूर ने मुस्कुराने का प्रयत्न किया।

"तो क्या मैं तुम्हारी बहन नहीं रही?" कुन्ती बोली, "मैंने तो समझा था कि हमारा सम्बन्ध और प्रगाढ़ होगा और भैया! तुम!"

"चलो! तुम जीतीं।" अक्रूर बोले, "इस घर में हमारी बहन भी है और बेटी भी। ठीक तो है सुभद्रा!"

"हाँ काका।"

"जैसे सुभद्रा के भतीजे अपनी बूआ के गले मिले हैं, तुम अपनी बूआ से नहीं मिलोगे?" कुन्ती ने बलराम, कृष्ण, सारण और उद्धव की ओर देखा, "या अब तुम लोग भी मेरे भतीजे नहीं रहे, सुभद्रा के भाई ही रह गये हो?"

"नहीं बूआ। आप ऐसा क्यों सोचती हैं।" चारों भाई कुन्ती के चरण स्पर्श करने के लिए आगे बढ़े और कुन्ती ने उन्हें वक्ष से लगा लिया, "यह सारण है?"

"नहीं बूआ! यह उद्धव है।" कृष्ण ने बताया, "और यह है सारण।"

"अच्छा! मैं तुम्हारा अपनी बहुओं से भी परिचय कराऊँ।" कुन्ती बोली, "द्रौपदी को तुम जानते ही हो।...यह जो इन्दीवर के समान श्याम वर्ण वाली राजमहिला है यह काशी की राजकुमारी, भीम की

पत्नी बलन्धरा है। यह जो चम्पा की माला के समान गौर वर्ण वाली सुन्दरी बैठी है यह मद्रराज द्युतिमान की पुत्री विजया है। यह सहदेव की पत्नी है। यह नीलकमल के समान श्याम वर्ण वाली कमलनयनी, करेणुमती है, यह नकुल की पत्नी है।" कुन्ती ने कृष्ण की ओर देखा, "इनसे तो तुम भी नहीं मिले हो कृष्ण!"

"नहीं बूआ!" कृष्ण ने उत्तर दिया, "ये विवाह इन्द्रप्रस्थ के निर्माण के पश्चात् मेरे द्वारका जाने के बाद हुए हैं।"

"अच्छा बलभद्र! भैया वसुदेव क्यों नहीं आये? मुझे बहुत आशा थी कि सुभद्रा के व्याज से मैं भैया और भाभी से मिलूँगी।"

बलराम ने उत्तर नहीं दिया। उन्होंने कृष्ण की ओर देखा।

"वैसे तो वे कहीं भी आते–जाते नहीं हैं बूआ।" कृष्ण ने उत्तर दिया, "किन्तु आपके पास न आने का कारण यह नहीं है। वे आपको पूर्ववत अपनी भगिनी के रूप में ही देखना चाहते हैं, इसलिए सुभद्रा की सास को उपहार देने वे नहीं आये।"

"मुझे जो भेज दिया उन्होंने।" अक्रूर बोले, "बहुत लोभ मत कर पृथा! एक समय में एक ही भाई से भेंट को पर्याप्त मान।"

"भाइयों से मिलना भी कभी पर्याप्त हुआ है भैया!" कुन्ती की आँखें डबडबा आयीं।

10

सुभद्रा का मन कुछ बुझा–बुझा सा था, जैसे शरीर में ऊर्जा न रह गयी हो। बिस्तर से उठने की इच्छा ही नहीं हो रही थी। इच्छा होती थी कि दिनभर इसी प्रकार लेटी रहे और कोई उससे मीठी–मीठी बातें करता रहे। या फिर वह गहरी नींद सो जाये और मधुर स्वप्न देखती रहे। सृष्टि का सारा सुख और आनन्द उसके चारों ओर बिखरा रहे और कठोरता, क्रूरता तथा कुरूपता का अस्तित्व ही न रहे।...

अर्जुन को बाहर जाने की तैयारी करते देख, उससे रहा नहीं गया। पूछ ही बैठी, "आर्यपुत्र! कहीं जा रहे हैं क्या?"

"हाँ भाई। आखेट के लिए जाना है।"

सुभद्रा चौंक गयी, कहाँ वह सोच रही थी कि सम्पूर्ण सृष्टि में कठोरता, क्रूरता और कुरूपता का अस्तित्व ही न रहे, और यहाँ उसके अपने पति आखेट के लिए जा रहे थे। वे मृगों पर बाण चलायेंगे और मृगियाँ तथा मृगशावक देखते रह जायेंगे।...

"किसका आखेट करेंगे आप? मृगों का?"

अर्जुन ने स्नेह भरी दृष्टि से सुभद्रा को देखा, "नहीं, सिंह का आखेट करेंगे, व्याघ्र का करेंगे, वराह का करेंगे...।" एक बार तो अर्जुन के मन में आया कि वह कृष्ण के साथ हुई सारी वार्ता ही सुभद्रा को सुना दे, किन्तु फिर उसने स्वयं को संयत किया, "तुम तो इस प्रकार पूछ रही हो, जैसे इससे पहले कभी कोई क्षत्रिय आखेट खेलने ही न गया हो।"

"नहीं! क्षत्रिय तो आखेट के लिए जाते ही हैं। मेरा ही मन पहली बार इतना कोमल और करुणायुक्त हुआ है।" सुभद्रा हँस पड़ी, "क्या यह सम्भव नहीं कि मैं भी आपके साथ चलूँ। सम्भव है कि आपके साथ रहकर मेरा मन कुछ बदले।...यहाँ भवन के अवरोध में मन कैसा तो हो जाता है।"

"यह भवन के अवरोध के कारण नहीं है देवि! यह सारे परिवर्तन तो तुम्हारे गर्भ–धारण करने के कारण हैं।" अर्जुन हँसा, "तुम भूल गयीं कि माँ ने तुम्हें अश्वारोहण से भी मना किया है, और तुम मेरे साथ आखेट पर जाना चाहती हो।"

"आप ठीक कह रहे हैं, किन्तु मैं आपके बिना एकदम अकेली हो जाती हूँ।..."

"माँ अथवा पांचाली के पास चली जाना अथवा उन्हें बुला लेना। किसी देवरानी–जेठानी के पास चली जाना।"

"आप रुक नहीं सकते?"

"आज तो कठिन है प्रिये!" अर्जुन का स्वर मन्द और मधुर हो गया, "मैंने कृष्ण को वचन दे रखा है। तुम्हारे भैया मेरी प्रतीक्षा कर रहे होंगे।"

"मुझे अनुमान होता कि मेरी यह मनःस्थिति हो जायेगी, तो मैं प्रद्युम्न इत्यादि को यहाँ रोक लेती।" सुभद्रा बोली, "अच्छा जाइए। पर देखिए, निरीह मृगों को मत मारियेगा, व्याघ्र और सिंह का आखेट कीजियेगा, ताकि संसार में क्रूरता कम हो।"

"यदि आप अतिथि भवन में भैया के पास जा रहे हैं, तो मैं भी आपके साथ चलूँगी।" सुभद्रा ने कहा, "आज भी आखेट का बहाना बनाकर भागने का प्रयत्न मत कीजियेगा। आपका प्रतिदिन आखेट के लिए जाना आवश्यक नहीं है...वैसे भी इस ग्रीष्म में आखेट के लिए वन में भटकना... ।"

"पार्थ! कृष्ण से भेंट करने जा रहे हो, तो मैं भी चलूँगी।" द्रौपदी ने कहा, "गोविन्द मेरे भी सखा हैं।"

"गोविन्द तो सबका सखा है, किन्तु उसके साथ आखेट के लिए जाने की पूर्व–योजना है मेरी। वह मेरी प्रतीक्षा कर रहा होगा।" अर्जुन बोला, "तुम लोग वहाँ जाकर क्या करोगी?"

"रथ में बैठकर तुम्हें बाण चलाते देखेंगे हम।" द्रौपदी बोली, "क्या पहले कभी क्षत्रिय राजाओं की पत्नियाँ उनके साथ आखेट के लिए नहीं गयीं?"

"देखिए। इस स्थिति में आप मेरी उपेक्षा करेंगे तो मुझे बहुत दुःख होगा।..." सुभद्रा कुछ कहते–कहते रुक गयी।

अर्जुन सोच ही रहा था कि क्या उत्तर दे कि द्रौपदी बोली, "पार्थ! तुम्हें सुभद्रा की दोहद इच्छा पूर्ण करनी चाहिए। वह ठीक कहती है, उसे इस अवस्था में छोड़कर, हर दूसरे दिन इस प्रकार आखेट के लिए जाना उचित नहीं है।...और वैसे भी..." द्रौपदी ने उसे वक्र दृष्टि से देखा, "वह बेचारी यह सोच–सोच कर प्रसन्न होती रही

कि उसके भैया आये हुए हैं और तुम मधुसूदन को लेकर आखेट के लिए चले जाओ, यह तो उचित नहीं है धनंजय! तुम भाई–बहन के मध्य प्राचीर मत बनो।..."

"ओह पांचाली।" अर्जुन समझ रहा था कि द्रौपदी उसे इस प्रकार फन्दे में फँसाकर अपना मनोविनोद कर रही थी...

"अच्छा चलो। तुम दोनों ही चलो।" अर्जुन ने भी क्रोध और असहायता का अभिनय किया, "जब स्वयं कृष्ण तुम्हें कहेगा न कि हमें आखेट के लिए जाना है, और तुम लोग साथ नहीं जा सकतीं, तभी तुम्हारी बुद्धि ठिकाने आयेगी।"

कहा तो अर्जुन ने भी विनोद के ढंग से ही था, किन्तु मन–ही–मन उसे विश्वास भी था कि कृष्ण के पास इस समस्या का कोई–न–कोई समाधान होगा ही। द्रौपदी को मनाना कठिन नहीं था, किन्तु सुभद्रा...वह गर्भवती थी, शरीर कष्ट में था, मन अधिक द्रवितावस्था में था...और मायके के सम्बन्ध में स्त्री अधिक संवेदनशील भी होती है। सम्भव है अर्जुन का आग्रह उसे अनुचित लगे और उसका मन दुःख जाये, किन्तु कृष्ण का अनुरोध उसे कभी बुरा नहीं लगेगा...

"आओ! आओ!" कृष्ण ने स्वागत किया, "आज तो सखा! सारा रनिवास भी साथ ही ले आये तुम।"

"क्यों, सारा रनिवास क्यों?" अर्जुन के स्थान पर द्रौपदी ने उत्तर दिया, "अभी तो उलूपी और चित्रांगदा नहीं आयीं।"

यद्यपि द्रौपदी ने यह वाक्य पर्याप्त हँसकर कहा था, फिर भी उसमें निहित वक्रता अर्जुन से छिपी नहीं रह सकी।

"अरे हाँ। कृष्णा ने अच्छा स्मरण दिलाया।" कृष्ण की मुद्रा गम्भीर हो गयी, "उलूपी की कोई सूचना?"

"नहीं! मैं स्वयं चकित हूँ कि कोई सूचना क्यों नहीं है।"

"तुमने अपनी ओर से कोई सन्देश भेजा?"

"मैंने आते ही दोनों को अपने इन्द्रप्रस्थ पहुँचने का समाचार भिजवा दिया था।" अर्जुन बोला, "वैसे बड़े आश्चर्य की बात है कि उन दोनों की ओर से मुझसे सम्पर्क करने अथवा इन्द्रप्रस्थ पहुँचने का तनिक भी प्रयत्न दिखायी नहीं देता। ऐसा लगता है कि न वे मेरी पत्नियाँ हैं, न उन्हें मुझसे कोई लगाव है। वह सम्बन्ध जैसे मेरी ओर से बलात उन पर आरोपित किया गया था।..."

"भैया! यह क्या आरम्भ कर दिया आपने।" सुभद्रा उपालम्भ के स्वर में बोली, "हम आयी थीं कि कुछ हास–विलास और मनोविनोद रहेगा और आपने पार्थ को उनकी वियुक्ता पत्नियों का स्मरण दिला दिया। अब इस दो–दो पत्नियों के विरही पति से कोई आनन्ददायी चर्चा कैसे कर सकता है?"

"नहीं सुभद्रा! तुम्हें उनके प्रति भी वैसा ही भाव रखना चाहिए, जैसा तुमने कृष्णा के प्रति और कृष्णा ने तुम्हारे प्रति रखा है।" कृष्ण के स्वर में स्नेह भी था और वर्जना भी।

"मुझे उनसे कोई ईर्ष्या नहीं है भैया!" सुभद्रा ने उत्तर दिया, "मैं तो पार्थ की मनःस्थिति की बात कह रही थी।"

"अच्छा सुनो! पार्थ को भी आश्चर्य है कि उलूपी की ओर से सम्पर्क का कोई प्रयत्न क्यों नहीं हो रहा, जबकि उलूपी ने एक प्रकार से उनका अपहरण किया था और अपने पिता के आने की प्रतीक्षा किये बिना व्यग्रता में गन्धर्व–विवाह कर लिया था।" कृष्ण बोले, "यदि मैं परिस्थितियों का विश्लेषण करूँ तो यही कहूँगा कि शायद वह यह प्रयत्न करेगी भी नहीं...और निकट भविष्य में तो निश्चित रूप से नहीं करेगी।"

"क्यों? ऐसा क्यों?" द्रौपदी ने पूछा।

"मुझे लगता है कि उलूपी का पिता कौरव्य चाहे अपनी इच्छा से, अथवा परिस्थितियों के दबाव से तक्षक का समर्थक है।...और यदि ऐसा है तो तक्षक यह सम्बन्ध कभी होने नहीं देगा। सम्भव है कि उलूपी के मन में भी ऐसी कोई आशंका पहले से ही रही हो। इसलिए उसने पिता की अनुपस्थिति में यह विवाह किया, ताकि यदि पिता विरोध करें तो वह कह सके कि अब तो यह विवाह हो चुका है।"

"विवाह तो हो ही चुका है," द्रौपदी बोली, "अब वह उलूपी को कैसे रोक सकता है।"

"यही तो बात है।" कृष्ण हँसे, "जो हो भी चुका है, उसे मान्यता दे देना तक्षक की नीति नहीं है, अन्यथा वह धर्मराज को इस क्षेत्र का राजा मानकर, खाण्डव–वन छोड़ अन्यत्र चला न गया होता। वह तक्षक है, जो घटित को भी स्वीकार नहीं करता और निरन्तर उसे अघटित बनाने का प्रयत्न करता रहता है।...उलूपी अथवा उसके पिता की ओर से सम्पर्क करने के किसी भी प्रयत्न का न होना, क्या घटित को अघटित करने का ही प्रयत्न नहीं है?"

"तो क्या उलूपी कभी स्वाभाविक दाम्पत्य जीवन व्यतीत नहीं कर पायेगी?" इस बार सुभद्रा के मन में पर्याप्त करुणा थी।

"मैं कोई भविष्यवाणी नहीं कर रहा।" कृष्ण ने उत्तर दिया, "मैं तो केवल परिस्थितियों का विश्लेषण कर रहा हूँ। यदि उलूपी और उसके पिता साहस करें, तक्षक से विद्रोह करें, तो स्थिति इसके ठीक विपरीत भी हो सकती है।...पर उसकी सम्भावना बहुत कम है।"

"क्यों? क्या तक्षक का आतंक सर्वव्यापी और सार्वकालिक है?" अर्जुन का आक्रोश सिर उठा रहा था।

"जब पाण्डव अपने सारे शस्त्र कौशल, साहस और वीरता के रहते हुए, खाण्डव–वन से तक्षक का आतंक समाप्त नहीं कर पाये..."

"वह तो इसलिए, क्योंकि इन्द्र उसकी रक्षा कर रहा है, और इन्द्र से युद्ध करने के साधन हमारे पास नहीं हैं।" अर्जुन ने कहा।

"तो बेचारे कौरव्य नाग के पास ही कौन–से साधन हैं कि वह तक्षक अथवा उसके संरक्षक इन्द्र से लड़े।" कृष्ण बोले, "और वह तो अपनी सामाजिकता से भी बँधा हुआ है। उसे तक्षक के विरुद्ध सहायता कहाँ से मिलेगी?"

"गोविन्द! यदि पार्थ ही उलूपी के पास चले जायें?" द्रौपदी ने पूछा।

"तो भी स्थिति में विशेष परिवर्तन नहीं आयेगा।" कृष्ण ने कहा, "जिस किसी भय से बँधी उलूपी अर्जुन से सम्पर्क नहीं कर रही है,

अर्जुन के जाने से उलूपी का वह भय बढ़ जायेगा।...वस्तुतः मैं यह नहीं मानता कि उलूपी अपने प्रति किसी भय से अपने हाथ–पैर और जिह्वा को बाँधे पड़ी होगी।...तक्षक की कार्य–पद्धति यही है। उसकी सबसे बड़ी शक्ति है उसके विषधर, जो किसी भी व्यक्ति पर घात करते हैं। उसे दंश मारते हैं....।"

"वे सर्प हैं?" सुभद्रा ने आश्चर्य से पूछा।

"नहीं। नाग जाति के मनुष्य हैं।" कृष्ण बोले, "वे विभिन्न प्रकार के विष को, विशेषकर सर्प–विष को मनुष्य के शरीर में विभिन्न पद्धतियों से पहुँचाने में सिद्धहस्त हैं। वे अपना परिचय नहीं देते। अत्यन्त गोपनीयता से कार्य करते हैं और अत्यन्त धूर्त हैं। न उलूपी जानती होगी, न कौरव्य कि उनके सेवकों में से कौन तक्षक का विषधर है, उनके सैनिकों में से कौन उनसे भी अधिक तक्षक के प्रति निष्ठावान है। यह गुप्त तन्त्र है। उनमें से कितने ही तक्षक के विषधर होंगे, जिन्हें तक्षक ने कौरव्य की चौकसी के लिए नियुक्त किया होगा, और कौरव्य उन्हें अपना सैनिक समझकर अपनी ओर से वेतन देते होंगे।..."

"क्या वे उलूपी को भी डस सकते हैं?" द्रौपदी जैसे चकित थी।

"शायद वे उलूपी पर प्रहार न करें, उसे भयभीत करने के लिए वे उसके पिता, उसके पति और उसके पुत्र पर प्रहार कर सकते हैं...।"

"पुत्र?" अर्जुन उत्तेजना के मारे अपने स्थान से उठ खड़ा हुआ।

"ओह। तो तुम्हें शायद इसकी सूचना ही नहीं है।" कृष्ण बोले, "उलूपी ने तुम्हारे एक पुत्र को भी जन्म दिया है। इरावान नाम है उसका।"

"तुम्हें ये सारी सूचनाएँ कहाँ से मिलती हैं?" अर्जुन समझ नहीं पाया कि इस वाक्य में कृष्ण के प्रति प्रशंसा का भाव था अथवा संशय का।

"सूचनाएँ अपने–आप में एक शक्ति हैं, इसलिए स्वयं को शक्तिशाली बनाने के लिए जैसे मैं युद्ध का अभ्यास करता हूँ, शस्त्रों का निर्माण अथवा क्रय करता हूँ, वैसे ही सूचनाएँ प्राप्त करने का भी प्रयत्न करता हूँ।"

"ठीक है। प्रत्येक राजा अपने गुप्तचर नियुक्त करता है।" अर्जुन बोला, "किन्तु वह अपने राज्य के विषय में अथवा विशेष लोगों के विषय में सूचनाएँ प्राप्त करता है। तुम्हें सारे संसार की सूचनाएँ कैसे प्राप्त हो जाती हैं? द्वारका से गंगाद्वार का कोई सम्बन्ध नहीं। कौरव्य और उलूपी से तुम्हारा कुछ लेना–देना नहीं...फिर भी तुम जानते हो कि उलूपी की समस्या क्या है। मुझे कोई सूचना नहीं कि इरावान नाम का मेरा कोई पुत्र भी है, और तुम जानते हो कि अर्जुन का ज्येष्ठ पुत्र इरावान है, जो गंगाद्वार में पल रहा है... ।"

"हाँ!" कृष्ण हँसे, "मैं जानता हूँ, क्योंकि मेरा सम्बन्ध किसी एक राज्य से नहीं है, किसी एक राजवंश से नहीं है। मेरा कोई व्यक्तिगत मित्र नहीं है, कोई शत्रु नहीं है। मेरा सम्बन्ध केवल धर्म से है। इसलिए जहाँ धर्म है, वहाँ मेरे मित्र हैं, जहाँ अधर्म है, वहाँ मेरे शत्रु हैं। राजाओं ने धरती को अपने और पराये की सीमा में बाँटा है, मैं उन सीमाओं को स्वीकार नहीं करता, क्योंकि मैं कोई अपना और पराया स्वीकार नहीं करता। सब मेरे अपने हैं। मुझे किसी एक राज्य और राजवंश की चिन्ता नहीं है, मुझे प्रत्येक जीव की चिन्ता है। इसलिए जहाँ कहीं जो कुछ घटित हो रहा है, उन सबमें मेरी रुचि है।"...

"यही नहीं कि तुम्हें सबमें रुचि है," अर्जुन बोला, "मुझे तो लगता है, कि तुम प्रत्येक कण के भीतर विद्यमान हो। तुम सबके पेट में घुसे हुए हो। सबके विषय में सब कुछ जानते हो।"

कृष्ण हँसे, "सृष्टि वस्तुतः एक ही तत्त्व है, उसे विभाजित करना या तो अज्ञान है या स्वार्थ। और सत्य तो यह है कि स्वार्थ भी अज्ञान ही है। मेरा तादात्म्य सचमुच प्रत्येक कण से होता है। इतना विराट हूँ मैं। तो स्वयं को अहंकार की सीमाओं में बाँधकर संकुचित क्यों करूँ?"

अर्जुन की इच्छा हुई, पूछे, 'तुम प्रत्येक कण में हो, तो क्या तुम ईश्वर हो?' किन्तु उसने पूछा नहीं। यह चर्चा वह कृष्ण से फिर किसी समय भी कर सकता था...किन्तु आज तो उन्हें आखेट के लिए जाना था। अग्नि–सैनिकों का वह अधिकारी...

"तुम्हें नहीं लगता कृष्ण! आज ऊष्मा कुछ अधिक ही हो गयी है... ।"

"हाँ। जब ग्रीष्म ऋतु आ पहुँची है, तो ऊष्मा से कहाँ तक बचोगे?" कृष्ण बोले, "तो आखेट के लिए चलें? पर इस ऊष्मा में आखेट कुछ कष्टप्रद होगा। फिर ये महिलायें भी साथ चलना चाहेंगी।..."

"तो?"

"यमुना में जल–विहार के लिए चलते हैं।" कृष्ण बोले, "मुझे भी अपनी यमुना से बिछड़े बहुत दिन हो गये हैं। यमुना–तट के क्रीड़ा भवन में चलते हैं। कुछ जल–विहार हो जायेगा, कुछ नृत्य और संगीत... ।"

अर्जुन समझ रहा था कि कृष्ण ने अपनी योजना कदाचित बदल दी थी। यदि वे लोग जल–विहार, नृत्य और संगीत की योजना बनाकर चलें तो किसी को यह आभास ही नहीं होगा कि वे लोग वस्तुतः खाण्डव–वन में किसी विशेष अभियान पर निकले हैं। उस अग्नि–सैनिक ने गोपनीयता, आकस्मिकता तथा त्वरित प्रहार पर बल दिया था...

"यदि नृत्य और संगीत की इच्छा है तो फिर तुम्बरु गन्धर्व के शिष्यों की टोली को भी साथ ले लेते हैं।" अर्जुन ने प्रस्ताव रखा।

"हाँ! अच्छा ही है।" कृष्ण सहमत हो गये, "हम जल–विहार के लिए दूर निकल गये अथवा वन की ओर चले गये तो कृष्णा और सुभद्रा का मनोरंजन करने के लिए वे गन्धर्व बालायें तो होंगी..."

"तो फिर मैं अपनी कुछ सखियों को भी साथ ले लेती हूँ।" द्रौपदी बोली।

"अवश्य!" कृष्ण बोले, "सुभद्रा! तुम भी जिसे चाहो बुला लो।"

अंगरक्षकों और सैनिकों को विहार भूमि में विभिन्न स्थानों पर नियुक्त कर वे लोग क्रीड़ा–भवन में चले गये।

"सुभद्रा! तुम अधिक ऊधम नहीं मचाना, और कृष्णा! तुम इसका ध्यान रखना!" कृष्ण ने कहा, "जब तक नृत्य और गायन की तैयारी आरम्भ होती है, हम यमुना में नहाकर आते हैं।"

"हो आइए! नृत्य और संगीत की ही नहीं, मैं भोजन की तैयारी भी करवाती हूँ।" द्रौपदी बोली, "जहाँ इतनी सारी महिलायें एकत्रित हों, वहाँ पाकशाला न खुल जाये, तो बात ही क्या।"

11

नृत्य और संगीत की तैयारी की धूम मच गयी। तम्बुरु की शिष्य नर्तकियाँ नेपथ्य में व्यस्त हो गयीं। वाद्य–यन्त्रों को बाँधकर सुर–ताल में लाया गया। कौन क्या गायेगा और किस नृत्य में कौन भाग लेगा यह विवाद भी अपने–आपमें बहुत प्रबल था।...

सुभद्रा और द्रौपदी की व्यस्तता इतनी बढ़ी कि वह अस्त–व्यस्तता में परिणत हो गयी। एक लम्बे समय तक उन्हें ध्यान ही नहीं आया कि कृष्ण और अर्जुन, यमुना में जल–विहार के लिए गये थे और वे अभी तक लौटे नहीं हैं। वस्तुतः द्रौपदी ने भोजन तैयार करवाने का जो प्रबन्ध अपने हाथ में ले लिया था, उसके कारण वह नहीं चाहती थी कि वे लोग शीघ्र लौटें। वे लौट आये तो उसके प्रबन्ध में बाधा पड़ने की सम्भावना थी। उसकी इच्छा थी कि वह भोजन तैयार करवा ले, ताकि जब कृष्ण और अर्जुन लौटें तो उन्हें भोजन परोसा जा सके और तन्मय होकर संगीत और नृत्य का आनन्द लिया जा सके।

सुभद्रा ने कुछ देर तो संगीत का आनन्द लिया। वह चाहती थी कि यहाँ भी एक बार रैवतक पर्वत पर होनेवाले उत्सवों का–सा समा बँध जाये, वे ही आनन्द के दिन लौट आयें और वह अपने कष्ट और वर्तमान परिवेश भूलकर उसमें लीन हो जाये...किन्तु आधे प्रहर के ही बाद वह चौंक उठी, जैसे किसी की सुहानी नींद टूट जाये...कहाँ चले गये पार्थ। वह इतना आग्रह कर इसलिए तो उनके साथ नहीं आयी थी कि वे उसे इन नर्तकियों के बीच छोड़कर, स्वयं भैया के साथ विहार करते फिरें। इन नर्तकियों का नृत्य ही देखना था, तो अपने भवन में भी देखा जा सकता था...

उसकी व्याकुलता कुछ बढ़ गयी तो उसने द्रौपदी से चर्चा की, "वे लोग अभी तक आये नहीं।"

"आ जायेंगे। तुम उनकी चिन्ता मत करो।" द्रौपदी ने कहा और पुनः अपने प्रबन्ध में व्यस्त हो गयी।

...किन्तु वह भी अधिक समय तक आत्मलीन नहीं रह सकी।... सुभद्रा ने ठीक ही कहा था कि उन्हें गये बहुत देर हो गयी थी।...दोनों मित्र या तो तैरते–तैरते दूर निकल गये होंगे, या यमुना–तट पर किसी वृक्ष के नीचे बैठे किसी गम्भीर चर्चा में व्यस्त हो गये होंगे...यहाँ भोजन ठण्डा होता रहेगा और वे वहाँ अपने विवाद में उलझे बैठे रहेंगे...

सहसा अंगरक्षकों का नायक उसके सम्मुख आ उपस्थित हुआ, "महारानी! कुछ ऐसा आभास मिला है, जैसे खाण्डव–वन में आग लग गयी है।"

"किसी ने चूल्हा जलाया होगा।" द्रौपदी ने इस सूचना को तनिक भी गम्भीर नहीं माना, "मैंने सुना है कि इस वन में बहुत सारे लोग निवास करते हैं। तो वे अपना भोजन भी तो पकाते ही होंगे। इसमें चिन्तित होने की क्या बात है।"

"नहीं देवि! यह अग्नि चूल्हा जलने से नहीं है।" नायक ने कहा, "यह दावानल है, जो क्रमशः प्रबल होता जा रहा है। आप तनिक बाहर निकलकर देखें, तो आपको भी उसकी भयंकरता का अनुमान हो जायेगा।"

"मुझे क्या करना है उसका अनुमान करके।" द्रौपदी उसी प्रकार उल्लसित स्वर में बोली, "जल जाने दो निगोड़े को। सारे पाण्डव इस खाण्डव–वन को लेकर बहुत चिन्तित हैं।"

अब नायक अपनी घबराहट छिपा नहीं पाया, "महारानी। राजकुमार अर्जुन और वासुदेव कृष्ण वन की ओर ही गये हैं। उनका रथ हमें इस ओर के सुरक्षित क्षेत्र में कहीं नहीं मिला है।..."

"तो जाओ। उन्हें खोजो।" सुभद्रा ने घबराकर कहा, "वे वहाँ दावानल में घिरे बैठे होंगे और तुम यहाँ हमें सूचना देने चले आये।"

"आप लोगों को इस क्षेत्र में छोड़कर हम कहीं नहीं जा सकते।" नायक बोला, "राजकुमार ने इसका निषेध किया है..."

"वे लोग चाहे वहाँ किसी संकट में फँस जायें," सुभद्रा ने तड़पकर कहा, "तुम लोग यहाँ हमें सूचनाएँ ही देते रहोगे।" वह उठ खड़ी हुई, "जाओ! रथ ले आओ! मैं स्वयं उन्हें देखने जाऊँगी।"

"नहीं देवि! इसकी आवश्यकता नहीं है।" नायक विनीत भाव से बोला, "आप लोग भोजन कर लें। आपको प्रासाद में सुरक्षित पहुँचा कर हम लोग युवराज को सूचित करेंगे।"

"नहीं करना है हमें भोजन...।" सुभद्रा के स्वर में आक्रोश था।

द्रौपदी ने हाथ के संकेत से उसे धैर्य रखने का संकेत किया और बोली, "दासियों से कहो, सबको भोजन करा दें, ताकि हम वापस इन्द्रप्रस्थ चल सकें।"

नायक चला गया।

"ये लोग एकदम नहीं सोचते कि पीछे हमारी क्या दशा होगी।" सुभद्रा अब भी झल्लायी हुई थी।

"धैर्य धारण करो सुभद्रा।" द्रौपदी शान्त स्वर में बोली, "मुझे लगता है कि जो कुछ भी घटित हो रहा है, वह आकस्मिक नहीं है। यह कृष्ण तथा अर्जुन की योजना ही होगी।" उसने रुककर सुभद्रा की ओर देखा, "तुम उनके लिए चिन्तित हो, जो सदा दूसरों की चिन्ता करते हैं। यदि यह सब आकस्मिक होता तो वे लोग हमारी सुरक्षा के लिए चिन्तित होकर यहाँ भागे आते और हमें सुरक्षित स्थान पर पहुँचाने का प्रबन्ध करते...।"

"पर यदि वे स्वयं ही सुरक्षित न हों तो?" सुभद्रा बोली।

"ऐसा सम्भव नहीं है।" द्रौपदी के चेहरे पर परम शान्ति थी, "मुझे तो लगता है कि क्रीड़ा के लिए यहाँ आना तो छद्म मात्र था, उनकी वास्तविक योजना तो कुछ और ही थी।"

"पर कोई मध्यम को सूचित क्यों नहीं करता?"

"मैं देखती हूँ कि क्या करना है।" द्रौपदी बाहर निकल आयी... वस्तुतः सारा आकाश इस प्रकार लाल हो रहा था, जैसे खाण्डव–वन एक बड़े से भाड़ में बदल गया हो...

"महारानी!" द्रौपदी को देखकर नायक आगे बढ़ आया, "अभी–अभी देव अग्नि का एक सैनिक, राजकुमार का सन्देश लाया है कि वे व्यस्त हैं और अभी लौटकर नहीं आ सकते। उन्होंने आदेश दिया है कि आप लोगों को सुरक्षित इन्द्रप्रस्थ पहुँचा दिया जाये!"

"कहीं यह कोई षड्यन्त्र तो नहीं नायक?" द्रौपदी बोली, "तुमने कैसे मान लिया कि वह देव अग्नि का सैनिक था और सन्देश पार्थ का ही था?"

"लिखित आदेश है महारानी!" नायक बोला, "हमें राजधानी से भी आदेश मिला है कि हमारी सेनाएँ नगर प्राचीर से बाहर निकल खाण्डव–वन को प्रायः घेर चुकी हैं। युवराज भीम स्वयं सेना का नेतृत्व कर रहे हैं। मेरा अनुमान है महारानी कि यह अग्नि शीघ्र नहीं बुझेगी, दावानल को शान्त करना वैसे भी कठिन है, और इसे तो शायद युवराज बुझने ही न दें।"

द्रौपदी को लगा कि उसे कृष्ण तथा अर्जुन की योजना कुछ–कुछ समझ में आ रही थी।

"अच्छा। तुम प्रयाण की तैयारी करो।" उसने नायक से कहा।

"हमें वहाँ नृत्य और गान में लगा स्वयं कहाँ चले गये थे?" सुभद्रा ने रोषपूर्ण दृष्टि से अर्जुन को देखा, "आपको पता भी है, पीछे हमारी क्या स्थिति हुई।"

"गये कहाँ थे।" अर्जुन का स्वर विनोदपूर्ण था, "वहीं यमुना–तट पर मैं और कृष्ण कुछ चर्चा कर रहे थे।"

"अच्छा! फिर तुम्हारी उस चर्चा से खाण्डव–वन में आग लग गयी। काफ़ी गरमागरम चर्चा हो रही होगी।" द्रौपदी ने कहा, "और वे जो कुछ जीव–जन्तु चीत्कार कर रहे थे, वे तुम्हारे वाग्वाणों से ही आहत हुए होंगे।...हाँ। तुम्हारा व्यंग्य काफी धारदार है न।"

अर्जुन हँस पड़ा, "क्या जानना चाहती हो? युद्ध–प्रसंग?"

"हमें क्या पता कि वहाँ युद्ध हुआ या मात्र चर्चा ही हुई।" सुभद्रा ने अज्ञान का अभिनय किया, "हमें तो केवल यह पता है हम लोग यमुना–तट पर गये थे। सुना था कि वहाँ विहार–भूमि है, क्रीड़ा–भवन है। यही मानकर लोग विभिन्न क्रीड़ाओं में लग गये थे...नृत्य और संगीत भी आरम्भ हो गया था। सहसा ही वीणा, वेणु और मृदंग की ध्वनियों

में कोलाहल आ मिला। सेनाओं और सैनिक–समूहों के आदेश–निर्देश और युद्ध–अभियान की ध्वनियाँ मिश्रित हो गयीं। गोधूलि के पश्चात् जो थोड़ा–सा अन्धकार छाया था, उसमें अग्नि की लपटें उठने लगीं... और फिर चीत्कार–ही–चीत्कार! कभी लगता था दावाग्नि, प्रलय का रूप धारण कर रही है, कभी लगता था कि प्लावन के मेघ आ गये हैं, सारा संसार वर्षा के जल में डूबने वाला है। कभी विद्युत चमकती थी और कभी सागर का उद्घोष सुनायी देता था।...।"

"और तुम्हें लगा होगा कि तुम इन्द्रप्रस्थ में नहीं, द्वारका में हो जहाँ सागर में असाधारण झंझावात आ गया है और बड़वानल अपने पगों पर चलकर धरती के तल पर पहुँच गया है।" अर्जुन मुस्कुरा रहा था।

"यह क्या कोई परिहास है।" द्रौपदी ने भी कृत्रिम क्रोध जताया, "यह नहीं सोचा कि कोमलांगी राज–कन्याएँ वहाँ विहार कर रही हैं। यदि युद्ध–अभियान पर गये थे तो हमें साथ लेकर जाने का क्या प्रयोजन था? और यदि युद्ध छिड़ ही गया था, तो हमारी सुरक्षा का भी प्रबन्ध होना चाहिए था। खाण्डव–दाह करने से पहले यह तो सोचना चाहिए था कि कोई सिंह या व्याघ्र अपने प्राण बचाने के लिए विहार भूमि में आ जाता तो हमारा क्या होता?"

"यह भूल तो हमसे हुई कि तुम लोगों को पूर्णतः असुरक्षित छोड़ दिया।" अर्जुन बोला, "इसीलिए तो सिंह और व्याघ्र तो क्या, एक सियार तक को तुम लोगों के निकट नहीं आने दिया।"

"हाँ। यह बात तो है।" सुभद्रा कुछ–कुछ सहज हो गयी थी, "मुझे आश्चर्य भी हुआ कि खाण्डव–वन धू–धू जल रहा था, युद्ध और संघर्ष की ध्वनियाँ भी आ रही थीं, किन्तु कोई मनुष्य अथवा मनुष्येतर प्राणी इस ओर क्यों नहीं आ रहा। ऐसा लगता था, जैसे खाण्डव–वन और इन्द्रप्रस्थ के मध्य यमुना नदी आ गयी हो।"

"हाँ। यह कैसे हुआ पार्थ?" द्रौपदी ने पूछा, "यह जानते हुए भी कि तक्षक और उसके सहयोगी तथा अन्य अपराधकर्मी वहाँ छिपे बैठे हैं, जिस खाण्डव–वन में पाण्डव–वीर घुसने का साहस नहीं कर पाये, उसी खाण्डव–वन को इस प्रकार चुटकियों में नष्ट कर तुम

और कृष्ण लौट आये।...इसका क्या अर्थ हुआ? अब तक क्या उसकी भयंकरता की जो सूचनाएँ हमारे सैनिकों ने दी थीं...वे मिथ्या थीं? या पाण्डव ही अपनी भीरुता के कारण उस वन में प्रवेश करने का साहस नहीं कर पा रहे थे?"

"नहीं। ऐसा कुछ नहीं था।" अर्जुन आसन पर विश्राम की मुद्रा में बैठ गया, "सचमुच हमारे पास खाण्डव-वन को नष्ट करने के लिए साधन नहीं थे। वस्तुतः यह सारा अभियान तो अग्नि का ही था। हमारा कार्य तो केवल इतना ही था कि इन्द्र तथा किसी अन्य शक्ति की सैनिक सहायता को खाण्डव-वन में न पहुँचने देते, और न ही वन में छुपे अपराधियों को सुरक्षित इन्द्र तक पहुँचने देते।..."

"अच्छा! तनिक विस्तार से बताओ कि हुआ क्या?" द्रौपदी सुनने की मुद्रा में बैठ गयी थी।

"वस्तुतः मैं और कृष्ण युद्ध के लिए तो वहाँ गये ही नहीं थे। हम तो यही मानकर वहाँ पहुँचे थे कि देव अग्नि की सेना के किसी सेनापति से हमारी भेंट हो जायेगी, कुछ चर्चा होगी...और सम्भव है कि कोई योजना बन जाये।" अर्जुन बोला, "हम क्या जानते थे कि स्वयं अग्नि आयेंगे और चर्चा की नहीं, युद्ध की पूर्ण सन्नद्धता के साथ आयेंगे।"

"युद्ध की सन्नद्धता?"

"हाँ।" अर्जुन बोला, "उन्होंने अपना अभिप्राय कहकर हमारी सहायता माँगी। हमने साधनों का अभाव बताया। उन्होंने तत्काल शस्त्र तथा रथ प्रस्तुत कर दिये और पूछा अब? हमने कमर कस ली, दस्ताने पहन लिए और धनुष की प्रत्यंचा चढ़ा ली। वस्तुतः हमें वन के भीतर जाना ही नहीं था। वन के भीतर का सारा अभियान अग्नि के अपने सैनिकों के हाथों में था। हमें तो बाहर का ही व्यापार सँभालना था। पहले तो मुझे लगा कि यह एक परिहास ही है कि वरुण द्वारा दिया गया ऐसा श्रेष्ठ रथ और गाण्डीव जैसा धनुष लेकर, दावानल से भयभीत होकर वन से निकल आये सियारों को मारने का काम करना पड़ रहा है, किन्तु थोड़ी ही देर में स्थिति बदल गयी।..."

"क्या बदला?" सुभद्रा की व्यग्र उत्सुकता उसकी आँखों से साक्षात् झाँक रही थी।

"पहले तो तक्षक के नाग अपने शस्त्रास्त्रों से सज्जित होकर बाहर निकले और उन्होंने हम पर आक्रमण किया। निश्चित रूप से ये वे नाग–सैनिक थे, जिन्होंने वन के भीतर या तो अग्नि के सैनिकों को पराजित कर दिया था, या उनसे बचकर निकल आये थे। पहले तो मेरे मन में आया भी कि अपने प्राण बचाकर भागते हुए इन असहाय सैनिकों से क्या युद्ध करना?...पर फिर स्मरण हो आया कि ये ही तो वे अपराधी हैं, जो प्रतिदिन हमारी प्रजा का रक्त पीते हैं। अब ये ही जीवित बच गये, तो प्रजा सुरक्षित कैसे रहेगी।" अर्जुन ने रुककर उन दोनों की ओर देखा... "वस्तुतः अपनी क्रूरता में अत्यन्त भयानक लोग भी, अपनी दयनीय स्थिति में करुणा के पात्र लगने लगते हैं।...किन्तु वे दया के पात्र नहीं होते। मेरा क्षत्रियत्व जागा और मैंने उनका संहार करना आरम्भ कर दिया। मैंने सोचा कि यदि मैंने उनका संहार न किया तो वे समर्थ होकर जब लौटेंगे, तो इससे भी कहीं अधिक क्रूर होंगे, जितने वे अब तक हैं।..."

"क्या वन में केवल नाग ही थे?" द्रौपदी ने पूछा, "आज तक तो इन्द्रप्रस्थ में यह चर्चा थी कि उसमें विभिन्न शक्तियों के अनुयायी और विभिन्न वर्गों के अपराधकर्मी अपना बसेरा बनाये बैठे थे।"

"नहीं। केवल नाग नहीं थे।" अर्जुन ने उत्तर दिया, "जैसे–जैसे खाण्डव–वन धधकता चला गया और अग्नि के सैनिकों का अभियान प्रखरतर होता चला गया, वन के भीतर निर्मित विभिन्न छोटे–बड़े दुर्ग और स्कन्धावार ढहते चले गये, अनेक जातियों और वर्गों के अपराधकर्मी और भृतक सैनिक बाहर आने को बाध्य हुए।...मुझे यह देखकर आश्चर्य हुआ पांचाली! कि परस्पर एक–दूसरे के शत्रु कहलानेवाले नाग और गरुड़ मिलकर हम पर आक्रमण कर रहे थे।..."

"गरुड़ आक्रमण कर रहे थे, भैया कृष्ण पर?" सुभद्रा चकित थी।

"हाँ। पता नहीं कैसे लोग अपनी जाति के शत्रुओं के समर्थक होकर अपनी ही जाति के **बैरी** हो गये हैं।..."

"छोटे–छोटे स्वार्थों और अदूरदर्शिता का परिणाम है यह, और क्या?" द्रौपदी बोली, "तुम दोनों...तुम और कृष्ण, एक ही स्थान पर व्यूह रचना करके खड़े थे क्या?"

"अरे नही।" अर्जुन ने उत्तर दिया, "यदि व्यूह–रचना कर एक ही स्थान पर खड़े रहना था, तो फिर ऐसे विराट रथ की मुझे क्या आवश्यकता थी।...हम दोनों अपने–अपने रथ पर थे और निरन्तर वन के चारों ओर सन्नद्ध तथा तत्पर प्रहरी के समान दौड़ रहे थे। कभी एक साथ मिलकर खड़े हो जाते थे और कभी विपरीत दिशाओं में भागते चले जाते थे।" अर्जुन जैसे कुछ स्मरण करने के लिए रुका, "पहले तो लगा कि अपना आश्रय जल जाने अथवा ध्वस्त कर दिये जाने के कारण वन में से निकलकर आनेवाले असुर, गन्धर्व, यक्ष, राक्षस और नाग...अपने प्राण बचाने के लिए ही भाग रहे हैं, किन्तु हमारा यह भ्रम थोड़ी ही देर में मिट गया। वे लोग तो योजना–बद्ध रूप से हम पर आक्रमण कर रहे थे। उनके पास हमारी अपेक्षाओं से कहीं अधिक समर्थ और शक्तिशाली शस्त्रास्त्र थे। वे निकट आकर ही नहीं, दूर से भी हम पर प्रहार कर रहे थे और युद्ध की मुद्रा में वे तनिक भी दीन नहीं लग रहे थे।"

"तुमसे उनकी क्या शत्रुता थी।" द्रौपदी बोली, "वन का दाह तो अग्नि और उसके सैनिक कर रहे थे।"

"हमसे उनकी कोई आज की शत्रुता थी।" अर्जुन हँसा, "हमसे तो वे उस दिन से शत्रुता पाल रहे हैं, जिस दिन से हम यहाँ आकर बसे हैं। और फिर आज तो हम अग्नि के सहायक थे। उन्हें सुरक्षित निकल भागने से रोक रहे थे और न उन्हें इन्द्र तक पहुँचने दे रहे थे, न इन्द्र की सहायता उन तक आने दे रहे थे।"

"इन्द्र और उसके सहायक कितनी देर में पहुँचे वहाँ?" द्रौपदी ने पूछा।

"मुझे तो इस बात का आश्चर्य हो रहा है कि जब आप लोगों ने एक सियार तक को तो वहाँ से निकलने नहीं दिया, तो इन्द्र तक यह सूचना कैसे पहुँची?" सुभद्रा बोली, "यह कोई योजना–बद्ध युद्ध

तो था नहीं। न इस युद्ध की किसी भी पक्ष से घोषणा हुई, न सेनाओं के प्रयाण हुए, न...।"

"तुम ठीक कह रही हो सुभद्रा!" अर्जुन बोला, "मैं स्वयं चकित हूँ कि इन देव शक्तियों के पास ऐसा कौन–सा तन्त्र है, जिससे इन्द्र को तत्काल यह सूचना पहुँच गयी कि यहाँ उसके मित्र संकट में हैं।" वह रुका, "इतना ही नहीं, मुझे तो इन देव–शक्तियों की राजनीति भी समझ में नहीं आती। एक ओर तो वरुण ने वे सारे शस्त्र ला कर अग्नि को समर्पित किये, जो अग्नि ने हमें दिये, और दूसरी ओर वह इन्द्र के सहायक के रूप में युद्ध करने के लिए आ खड़ा हुआ।"

"इन्द्र का भय। और क्या।" द्रौपदी बोली, "अपनी सत्ता के मद में इन्द्र किसी की भावना की चिन्ता तो करता ही नहीं।"

"तो इन्द्र ने आप पर आक्रमण किया?" सुभद्रा ने पूछा।

"इन्द्र का आक्रमण आकस्मिक भी था और भयंकर भी।" अर्जुन बोला, "वस्तुतः वह किसी भी प्रकार मुझे और कृष्ण को पराभूत कर वन में घुस जाना चाहता था। पर हम दोनों भी यह जानते थे कि यदि इन्द्र वन में पहुँच जाता तो फिर यह सारा अभियान व्यर्थ हो जाता। इसलिए किसी भी मूल्य पर हम उसे मार्ग नहीं दे सकते थे।"

"तो इन्द्र आपसे पराजित हो गया?" सुभद्रा के स्वर में असाधारण उल्लास था।

"नहीं! यह तो मैं नहीं कहूँगा।" अर्जुन बोला, "किन्तु युद्ध अत्यन्त भयंकर था। जितनी देर युद्ध हुआ, यह कहना कठिन था कि कौन–सा पक्ष किस पर भारी पड़ रहा है। न मैं और कृष्ण उन्हें तिल–भर डिगा सके, न वे हमें क्षण–भर हटा सके।"

"जब कोई पराजित ही नहीं हुआ, किसी ने समर्पण ही नहीं किया, तो युद्ध स्थगित कैसे हो गया?" द्रौपदी बोली, "तुम लोगों ने युद्ध की कोई अवधि निर्धारित की थी क्या? समय पूरा हो गया तो युद्ध समाप्त?"

"नहीं।" अर्जुन बोला, "कहीं इस प्रकार भी युद्धों का निर्णय होता है?"

"तो?"

"अपने मन की बात तो इन्द्र ही जानें, किन्तु मुझे लगता है कि उनके साथ हमारा सम्बन्ध बड़ा ही विचित्र है।" अर्जुन कुछ चिन्तनशील स्वर में बोला, "एक ओर वे हमसे शत्रुता नहीं मोल लेना चाहते, और दूसरी ओर वे हम पर मन से विश्वास भी नहीं कर पाते। इन्द्रप्रस्थ के निर्माण में उन्होंने हमें सहायता भी दी और हमारी ही नाक के नीचे, वे हमारे शत्रुओं को संरक्षण भी देते रहे।...कल उन्होंने देवास्त्रों से हम पर इतने घातक आक्रमण भी किये, और फिर युद्ध के अन्त में अपना वात्सल्य भी जताते रहे।..." अर्जुन रुका, "कृष्ण के साथ उनका सम्बन्ध फिर भी एक स्थिर रूप ले चुका है, किन्तु मेरे साथ..."

"भैया के साथ क्या सम्बन्ध है उनका?" सुभद्रा ने जिज्ञासा की।

"मुझे ऐसा लगता है कि गोवर्धन–पूजा के सन्दर्भ में देवराज, कृष्ण से पर्याप्त पीड़ित हो चुके हैं। वे उससे डरते हैं। उसे रुष्ट करना नहीं चाहते, किन्तु उसे अपना स्नेह भी नहीं दे सकते।...जबकि मुझे अपना स्नेह तो दे सकते हैं, किन्तु मुझ पर विश्वास नहीं कर सकते...।"

"इस विश्लेषण को छोड़ो और बताओ कि युद्ध कैसे स्थगित हो गया?" द्रौपदी बोली।

"निश्चित बात तो देवराज ही जानें।" अर्जुन बोला, "किन्तु मेरा अनुमान है कि अग्नि के सैनिक–अभियान और हमारे सामर्थ्य को देखकर, यह तो वे समझ ही गये थे कि खाण्डव–वन को वे बचा नहीं सकते, इसलिए उनका सारा प्रयत्न इस बात पर केन्द्रित हो गया कि वे किसी प्रकार अपने मित्र तक्षक और उसके परिवार को इस संकट से सुरक्षित निकालकर ले जायें। वे वस्तुतः टिककर युद्ध करना नहीं चाहते थे, क्योंकि उसमें उनकी पराजय निश्चित थी। बहुत सम्भव था कि उन्हें दुर्बल पड़ते देख, उनके साथ की कुछ देव–शक्तियाँ अग्नि के पक्ष में आ खड़ी होतीं।...इसलिए उनका आक्रमण एक प्रकार का सुरक्षा–अभियान था...यह बात आरम्भ में तो स्पष्ट नहीं थी, किन्तु उनके बाद के व्यवहार से खुलकर सामने आ गयी।"

"कैसे?"

"हुआ यह कि जब वे एक के पश्चात् एक भयंकर देवास्त्रों का प्रयोग कर हमें विचलित करने का प्रयत्न कर रहे थे, उन्हें उनके चरों ने यह सूचना दी कि उनका मित्र तक्षक उस समय खाण्डव–वन में उपस्थित ही नहीं था। किन्हीं कारणों से वह उस समय कुरुक्षेत्र गया हुआ था।" अर्जुन ने रुककर उन दोनों की ओर देखा, "मुझे लगता है कि उनके युद्ध का उत्साह उसी समय से आधा रह गया। इसी बीच एक और घटना घट गयी...।"

"वह क्या?"

"युद्ध के उस कोलाहल में जब हमारा ध्यान किसी अन्य ओर केन्द्रित था, तक्षक का पुत्र अश्वसेन हमारी आँख बचाकर निकल भागा और सुरक्षित इन्द्र तक जा पहुँचा..."

"इसका अर्थ तो यह हुआ कि तुम लोग अपने उद्देश्य में असफल हो गये।" द्रौपदी बोली, "लक्ष्य तो था कि वन में अवस्थित कोई भी जीव सुरक्षित इन्द्र तक न पहुँच पाये। वह तो पूरा नहीं हुआ।"

"पर आर्यपुत्र! यह हुआ कैसे?" सुभद्रा बोली, "लक्ष्य–वेध के लिए पक्षी आँख पर दृष्टि टिकाने के पश्चात् जिस पार्थ को और कुछ दिखायी ही नहीं पड़ता था, वह आज अपने लक्ष्य से कैसे चूक गया?"

"ओह! वह!" अर्जुन जैसे एक दोराहे पर खड़ा था? सुभद्रा उसकी एकाग्रता की प्रशंसा कर रही थी या उसके युद्ध–कौशल में छिद्रान्वेषण कर रही थी?

"आपने बताया नहीं।"

"वस्तुतः तक्षक की पत्नी अपने शरीर के चारों ओर अनेक ढीले वस्त्रों को लपेट अपने प्राण बचाने के लिए अस्त–व्यस्त निकल भागी थी।" अर्जुन ने बताया, "कृष्ण उस समय किसी अन्य स्थान पर था। मेरा मन उसे देखकर क्षण–भर को द्वन्द्वग्रस्त हो उठा था कि अपने प्राण बचाने के लिए भागती हुई एक निरीह स्त्री के प्राणों का हरण करना क्षत्रिय धर्म है क्या?...बस उसी क्षण मेरी आँख लक्ष्य–वेध से चूकी...।"

"पर अश्वसेन कैसे बच निकला?" सुभद्रा ने व्यग्रता से पूछा।

"उधर देवराज ने प्रबल आघात किया। लगा कि निमिष–भर में ही देवराज ने अपने बाणों की छाया में अश्वसेन की माँ को उस युद्ध की ज्वाला से निकाल लिया...।"

"पर अश्वसेन?..." सुभद्रा पुनः बोली।

"वही बता रहा हूँ।" अर्जुन पूर्णतः शान्त स्वर में बोला, "यह तो बाद में पता चला कि अश्वसेन की माता के अनेक ढीले वस्त्रों तथा उसकी अस्त–व्यस्त चाल का रहस्य क्या था। वस्तुतः उसने अपने उन्हीं ढीले वस्त्रों में अश्वसेन को भी लपेट रखा था।... तक्षक वन में था नहीं और अश्वसेन सुरक्षित इन्द्र के पास पहुँच चुका था। खाण्डव–वन को अब देवराज नहीं बचा सकते थे। शायद इन्हीं कारणों से देवराज की रुचि युद्ध में तनिक भी नहीं रह गयी थी। वे अपने मित्र और उसके परिवार को बचाने आये थे। उनका अभियान पूरा हो चुका था, तो फिर वे व्यर्थ ही श्रम क्यों करते? अपने दिव्यास्त्रों और देवास्त्रों को नष्ट क्यों करते?"

"तब ही आपके प्रति उनका वात्सल्य जाग उठा होगा।" सुभद्रा के अधरों पर एक वक्र मुस्कान थी।

"हाँ! उन्होंने युद्ध स्थगित किया। मेरी और कृष्ण की प्रशंसा की। हमारे युद्ध कौशल की सराहना की। देव अग्नि के प्रति कोई उद्‌गार प्रकट नहीं किया, किन्तु मुझे कोई वरदान माँग लेंने को कहा।"

"उन्हें लगा होगा कि कहीं स्थायी रूप से आप उनके विरुद्ध अग्नि से न मिल जायें।" सुभद्रा बोली, "तो क्या माँगा आपने?"

मैंने कहा, "यदि वे प्रसन्न ही हैं तो ऐन्द्रास्त्र तथा कुछ अन्य देवास्त्र मुझे प्रदान करें।" अर्जुन बोला, "तो उन्होंने कहा कि मैं अपनी क्षमता बढ़ाऊँ। जिस दिन महादेव शिव मुझसे प्रसन्न हो जायेंगे, इन्द्र मुझे देवास्त्र प्रदान कर देंगे।"

"तो अब खाण्डव–वन में कौन है? उस पर किसका आधिपत्य है?" द्रौपदी ने पूछा।

"खाण्डव–वन का तो अब अस्तित्व ही नहीं रह गया।" अर्जुन ने उत्तर दिया, "फिर भी अग्नि और उसके सैनिक उस क्षेत्र के भीतर हैं और मध्यम पाण्डव महावीर भीम के नेतृत्व में हमारी सेना ने उसे बाहर से घेर रखा है। अग्नि के सैनिक शत्रुओं के छिपे हुए ठिकानों को पूर्णतः ध्वस्त कर लें तो फिर पाण्डव सेनाएँ उसका अधिग्रहण करेंगी।...तब ही यह पता चलेगा कि देव अग्नि अपनी सन्धि का किस सीमा तक पालन करते हैं।"

"और यदि उन्होंने पालन न किया तो?"

"अब कोई संकट नहीं है। खाण्डव–वन के स्थान पर उग आये उस क्षेत्र को वे हमसे लड़कर नहीं जीत पायेंगे।" अर्जुन बोला, "उसका उन्हें कोई लाभ भी नहीं है।..."

तभी दासी ने हाथ जोड़कर सूचना दी, "राजकुमार! वासुदेव कृष्ण पधारे हैं।"...

तीनों के चेहरों पर उल्लास जागा।

"बुलाओ उन्हें।" अर्जुन बोला, और फिर द्रौपदी और सुभद्रा को अपने स्थान से उठते देख, स्वयं भी उठ खड़ा हुआ, "मैं स्वयं ही चलता हूँ।"

कृष्ण की अगवानी कर अर्जुन उन्हें भीतर ला बैठाया।

"क्या चर्चा हो रही है भाई!"

"खाण्डव–दाह की चर्चा चल रही थी।" अर्जुन ने बताया, "मुझे अनुमान होता कि इन लोगों की इस सारे अभियान में इतनी रुचि है, तो इन्हें क्रीड़ा–भवन में न छोड़कर अपने साथ ही न ले चलते। सारा वृत्तान्त अपनी आँखों से देख लेतीं।"

"तुमने मयदानव के विषय में क्या सोचा है अर्जुन?" कृष्ण ने विषय बदल दिया।

"मयदानव?" सुभद्रा चौंकी, "इस बीच मयदानव का प्रसंग कहाँ से आ गया?"

"ओह! तो अर्जुन ने तुम्हें मयदानव के विषय में नहीं बताया।" कृष्ण ने कहा, "मयदानव भी खाण्डव–वन में तक्षक नाग के दुर्ग में ठहरा हुआ था। यह तो वही जाने कि वह वहाँ क्या करने आया था,

किन्तु जब तक्षक का दुर्ग नष्ट हो गया, तो मयदानव अपने प्राण बचाने के लिए भागा। एक ओर से अग्नि उसे भस्म करने के लिए दौड़े और दूसरी ओर अपनी दाहिनी तर्जनी पर सुदर्शन चक्र धारण किये मैं आया।...और उस दानव की चतुराई तो देखो : वह तत्काल अर्जुन के पैरों पर लोट गया और अर्जुन ने तत्काल उसके सिर पर अभय का हाथ रख दिया।..."

"क्यों आर्यपुत्र! उस दानव पर इतनी दया क्यों आ गयी?" सुभद्रा हँसी, "इतना बड़ा खाण्डव–वन जल गया, किसी को क्षमा नहीं किया गया। तो फिर मयदानव पर यह कृपा कैसे हो गयी?"

"उस समय तो कोई सोच–विचार नहीं किया था," अर्जुन जैसे अपने–आपसे बातें कर रहा था, "देखा कि अग्नि और कृष्ण के क्रोध के बीच मयदानव खड़ा है, क्षण–भर का भी विलम्ब हो गया तो वह मृत्यु की चादर ओढ़कर सो जायेगा। शायद इसीलिए तत्काल उसके सिर पर हाथ रख दिया। किन्तु अब सोचता हूँ तो...।"

"तो क्या?"

"लगता है कि उस समय भी मेरे मन में कहीं गहरे यह बात थी कि मयदानव को नष्ट होने में एक क्षण भी नहीं लगेगा, किन्तु वैसा कलाकार, वैसा वास्तुशिल्पी बनाने में काल को जाने कितने युग लग जायेंगे।...वस्तुतः मैंने मयदानव को नहीं, उसकी कला को, वास्तुशिल्प को अभय दिया था... ।"

"अब क्या सोचा है तुमने?" कृष्ण ने पूछा।

"सोचना क्या है। सोचने का क्षण तो बीत चुका।" अर्जुन बोला, "उसके प्राण बच गये हैं। अब वह जहाँ जाना चाहे, चला जाये। मेरा विचार है कि उसे क्षमा करने में महाराज युधिष्ठिर को भी कोई आपत्ति नहीं होगी।"

"महाराज युधिष्ठिर तो उसे क्षमा कर ही देंगे," कृष्ण ने कहा, "वस्तुतः उसने तो ऐसा कोई अपराध भी नहीं किया है जिसके कारण वह दण्डित हो सके। उसका अपराध तो मात्र इतना ही है कि वह तुम्हारे शत्रु का अतिथि था..."

"क्यों? हम यह क्यों नहीं मान सकते कि वह भी अन्य अपराधकर्मियों के समान किसी दुष्ट योजना को कार्यान्वित करने का विचार मन में लिए तक्षक के पास छिपा बैठा था?" द्रौपदी के स्वर में कुछ आवेश था।

"कल्पना तो हम कुछ भी कर सकते हैं कृष्णे! किन्तु यह कल्पना युक्तियुक्त नहीं है।"

"क्यों?"

"क्योंकि मयासुर, असुर होने पर भी सृजनकर्ता कलाकार है। वह ध्वंस नहीं करता, निर्माण करता है, उसके पास नये प्रासादों, दुर्गों, मन्दिरों अथवा उद्यानों की योजनाएँ हो सकती हैं।" कृष्ण ने रुककर अर्जुन की ओर देखा, "पार्थ, क्या तुमने कभी यह सुना है कि ध्वंस, विनाश, हत्या अथवा अपहरण के लिए कभी किसी ने किसी वास्तुशिल्पी को अपने घर पर आमन्त्रित किया हो?" कृष्ण मुस्कुरा रहे थे।

"नहीं, कलाकार तो निर्माण ही कर सकता है।" अर्जुन गम्भीर स्वर में बोला, "किन्तु शत्रु पक्ष का निर्माण करनेवाला कलाकार क्या हमारा शत्रु नहीं हो जाता। यदि वह तक्षक के लिए सैनिक–दृष्टि से किसी अप्रतिहत रक्षा–कवच का निर्माण कर रहा था, तो क्या वह हमारे विरुद्ध व्यूह–रचना में सहायक नहीं था।" अर्जुन मुस्कुराया, "वैसे मैं यह तर्क ही दे रहा हूँ। मेरा किंचित् भी यह विश्वास नहीं है कि मयदानव तक्षक के पास इस प्रकार कोई योजना लेकर गया होगा।"

"मैं यह मानता हूँ कि कलाकार अपनी प्रेरणा से जो भी निर्माण करता है वह किसी के अहित के लिए नहीं होता। कभी–कभी कोई दुष्ट मस्तिष्क कलाकार की उस प्रतिभा का दुरुपयोग करने का प्रयत्न करता है तो कलाकार स्तब्ध रह जाता है कि उसकी रचना का लक्ष्य तो यह नहीं था। वैसे मयदानव ने तो दुर्गों का नहीं, प्रासादों और उद्यानों का ही निर्माण किया है। मुझे नहीं लगता है कि तक्षक खाण्डव–वन में प्रासाद अथवा उद्यान बनाने की कल्पना भी कर सकता था।...पर मान लो यदि ऐसा कोई प्रमाण मिल भी जाये कि

वह धन के लोभ में तुम्हारे शत्रु के आदेश पर सैनिक–महत्त्व की किसी निर्माण–योजना में लगा हुआ था तो भी तुम्हारा शत्रु नहीं हो जाता। निर्माण उसका व्यवसाय है, निर्माण उसका धर्म है, निर्माण उसका जीवन है। यदि तक्षक ने उसे बुलाकर कोई निर्माण–योजना उसके सम्मुख रखी भी थी तो वह उसे युद्ध के व्यूह रूप में नहीं देखता होगा...।"

"इसमें इतने तर्क–वितर्क की क्या आवश्यकता है," सुभद्रा ने कृष्ण की बात काट दी, "आप लोग उसी से क्यों नहीं पूछ लेते कि वह वहाँ क्या करने आया था।"

"पूछ तो हम सकते ही हैं," अर्जुन बोला, "किन्तु मेरा और कृष्ण का विचार है कि यदि वह तक्षक का कोई कार्य करने आया भी था तो इतने मात्र से वह हमारा अपराधी नहीं हो जाता।"

"वह हमारा अपराधी नहीं है, किन्तु उस युद्ध में उसकी मृत्यु हो सकती थी...वरन मृत्यु होने ही जा रही थी कि तुमने उसे जीवन–दान दिया। अब वह तुम्हारे पास है। उसे अपना अतिथि समझो, बन्दी समझो या अपना दास समझो। प्रश्न यह है कि तुम उससे कोई लाभ उठाना चाहते हो या नहीं?"

"इस विषय में सोचने का अवकाश ही कहाँ मिला है? मैंने तो केवल यही जाना है कि मेरे मन में उसके विरुद्ध कुछ नहीं है, इसलिए उसे मुक्त कर दिया जाना चाहिए।"

"तुम ठीक कह रहे हो पार्थ!" कृष्ण बोले, "किन्तु वह तुम्हारा कृतज्ञ है। तुम उसे अपनी कृतज्ञता व्यक्त करने का अवसर दो। ऐसा क्यों नहीं हो सकता..." कृष्ण ने दृष्टि उठाकर बारी–बारी उन सबको देखा, "कि हम उससे उसकी कृतज्ञता की अभिव्यक्ति के रूप में इन्द्रप्रस्थ में एक असाधारण महत्त्व के निर्माण का आग्रह करें?"

"क्या तुम नहीं समझते कृष्ण! कि यह उसके साथ अत्याचार होगा।" अर्जुन बोला, "एक ओर तो हम यह स्वीकार कर रहे हैं कि उसका कोई अपराध नहीं है और दूसरी ओर हम उससे दण्ड–स्वरूप निर्माण करवाने की योजना भी बना रहे हैं।"

"नहीं।" कृष्ण बोले, "तुम कलाकार के मन को नहीं समझते। यदि तुम इस प्रकार मुक्त कर देते हो तो उससे तुम्हारी कृतज्ञता का बोझ उठाया नहीं जायेगा। यदि तुम उसे इन्द्रप्रस्थ में निर्माण का अवसर देते हो तो उसके लिए दण्ड नहीं होगा। उसे तो कहीं–न–कहीं निर्माण करना ही है। यहाँ निर्माण करेगा तो आत्माभिव्यक्ति का अवसर भी पायेगा, सृजन का सुख भी प्राप्त करेगा और तुम्हारी कृतज्ञता के बोझ से मुक्त भी हो जायेगा।"

"वैसे पार्थ! इसमें आपत्तिजनक तो कुछ भी नहीं है।" द्रौपदी ने धीरे–से कहा, "यह संयोग ही है कि यहाँ इन्द्रप्रस्थ का निर्माण होने के पश्चात् तुम बारह वर्षों के प्रवास के लिए चले गये और तुम्हारे लौटने के पश्चात् का समय कुछ उत्सवों में बीता और कुछ खाण्डव–प्रस्थ के दुष्टों से मुक्ति पाने की योजनाओं में। शायद हमें यह सोचने का अवसर भी नहीं मिला कि हमें इन्द्रप्रस्थ में कुछ सुन्दर और उत्कृष्ट प्रासादों का निर्माण भी कराना है। यदि इस प्रकार की योजनाओं पर विचार किया जाता और उसके लिए श्रेष्ठ शिल्पियों के नाम सोचे जाते तो बहुत सम्भव है कि हममें से ही किसी के मन में मयदानव का विचार आता। अब, जब यह सब संयोगवश ही हो गया है और मयदानव जैसा शिल्पी इन्द्रप्रस्थ में वर्तमान है तो तुम धर्मराज से इस विषय में चर्चा क्यों नहीं करते।" द्रौपदी ने मुस्कुरा कर विनोदपूर्ण दृष्टि से कृष्ण की ओर देखा, "गोविन्द ने द्वारका का निर्माण करवाया है तो देखो वे यहाँ भी सुन्दर प्रासाद बनवाने के लिए कितने उत्सुक हैं।"

"मैं तो विनाश में से निर्माण की बात सोच रहा हूँ।" कृष्ण की हँसी बड़ी लीलामयी थी, "मैं जानता हूँ कि मयासुर ने खाण्डव–वन में साक्षात् मृत्यु को अपनी आँखों से देखा है और अपने प्राणों में उसका त्रास अनुभव किया है, इसलिए उसके लिए सौन्दर्य के सृजन और जीवन के माधुर्य का महत्त्व कहीं अधिक बढ़ गया है। इस समय वह जो निर्माण करेगा वह सचमुच अद्भुत और असाधारण होगा।"

"पर भैया! उसके लिए भी धर्मराज से पूछना तो होगा।" सुभद्रा ने कहा।

"हाँ! धर्मराज से पूछना तो होगा, वरन उनके सम्मुख प्रस्ताव रखना होगा।"

कृष्ण बोले, "वैसे वे भी अभी अर्जुन से बहुत कुछ पूछेंगे।"

"क्या?" अर्जुन ने चकित दृष्टि से कृष्ण की ओर देखा।

कृष्ण मुस्कुराये, "धर्मराज तुमसे पूछेंगे कि तुमने उनके खाण्डव–वन का दाह क्यों किया? वे तुमसे पूछेंगे कि खाण्डव–वन में इतर जीवों की निरीह हत्या क्यों की गयी?"

अर्जुन हँस पड़ा, "मैं कई बार भैया के द्वन्द्वों के विषय में सोचता हूँ तो मुझे लगता है कि उनके लिए अपने स्वधर्म और राजधर्म दोनों का निर्वाह कितना कठिन हो रहा है। वे तनिक भी नृशंस नहीं होना चाहते और उन्हें राजदण्ड ग्रहण कर दुष्ट–दलन करना पड़ता है। जिस अपराधी के लिए उनका हृदय 'क्षमा' 'क्षमा' पुकार रहा होता है उसको उनका विवेक मृत्यु दण्ड भी देता है। क्या ऐसी स्थिति से कोई मुक्ति नहीं है कृष्ण?"

कृष्ण की मुद्रा गम्भीर हो गयी। बोले, "द्वन्द्व के मूल में अहंकार है पार्थ! कर्ता का अहंकार। अहंकार के मूल में आसक्ति है। हम अनासक्त हो जायें तो न हमारा अहंकार रहेगा और न द्वन्द्व।"

और अकस्मात् ही कृष्ण का भाव परिवर्तित हो गया, "सुनो पार्थ! इस सारी घटना को मैं एक नये रूप में देख रहा हूँ।"

सबने निःशब्द कृष्ण की ओर देखा।

"मैंने तुमसे कहा था कि धर्मराज के नेतृत्व में पाण्डव धर्म–साम्राज्य की स्थापना करें। मुझे लगता है कि उसके लिए एक प्रकार से राजसूय यज्ञ आरम्भ हो गया है। खाण्डव–वन उस यज्ञ की पहली आहुति है। हमें उस यज्ञ को शान्त नहीं होने देना चाहिए। इस विजय की स्मृति में मयदानव द्वारा प्रासाद बनाया जाना चाहिए। वह प्रासाद धर्मराज के चक्रवर्ती पद की घोषणा करे।...और उसी प्रासाद से पाण्डवों की सेनाएँ राजसूय–यज्ञ के लिए प्रेरित हों।

मुझे पूरा विश्वास है कि इस खाण्डव–दाह में अनेक राजाओं का विरोध जल गया होगा, अनेक का साहस और अनेक की दुष्टता। लोहा इस समय गर्म है। उसके ठण्डा होने के पूर्व ही पाण्डवों को उस पर प्रहार कर देना चाहिए।"

अर्जुन की आँखों में कृष्ण के प्रति श्रद्धा घनीभूत हो आयी : 'कितनी दूर तक देखता है कृष्ण।'

12

वासुदेव कृष्ण, यादव महारथियों के साथ यज्ञ में भाग लेने के लिए इन्द्रप्रस्थ पहुँच गये थे। उनके साथ बलराम, सारण, गद, कंक, उल्मुक, निशठ अंगावह, प्रद्युम्न, सांब तथा चारुदेष्ण भी अपनी सैनिक साज–सज्जा के साथ आये थे। लगता था, वे लोग किसी यज्ञ में नहीं, युद्ध में सम्मिलित होने के लिए आये हैं। सात्यकि पहले से ही इन्द्रप्रस्थ में था। वह भी जाकर उनमें सम्मिलित हो गया था।

कृष्ण को यह देखकर सुखद आश्चर्य हुआ कि इन्द्रप्रस्थ में मयदानव द्वारा आरम्भ किये गये भवन बनकर पूर्णतः तैयार हो चुके थे। सभा–भवन तो अपने सौन्दर्य और विशालता में अद्‌भुत था। राजसूय यज्ञ की तैयारियाँ लगभग पूरी हो चुकी थीं। युधिष्ठिर ने अतिथियों के आवास के लिए जितना व्यापक प्रबन्ध किया था, उसके पीछे इन्द्रप्रस्थ की सम्पन्नता दिखायी दे रही थी। कृष्ण को पूर्ण विश्वास था कि चारों पाण्डव चारों दिशाओं से जब दिग्विजय करके लौटेंगे, तो उनके पास इस यज्ञ के लिए पर्याप्त धन संचित हो जायेगा। फिर भी यदि किसी प्रकार की कोई कमी रह जाती, अथवा पाण्डवों के गौरव के अनुकूल धन संचित न होता तो उसकी पूर्ति के लिए पर्याप्त धन कृष्ण अपने साथ लाये थे।...समग्रतः स्थिति उनके अनुमान से कुछ श्रेष्ठतर ही थी।...वे तो सोचकर आये थे कि यादवों की वाहिनियाँ इन्द्रप्रस्थ प्राचीर के बाहर यमुना–तट पर

शिविर में रहेंगी, किन्तु नकुल उन्हें सीधे स्कन्धावार ले गया था, जहाँ सब प्रकार की सुविधाओं से सम्पन्न आवास की पूर्ण व्यवस्था थी। स्वयं कृष्ण, उनके भाइयों तथा पुत्रों के लिए वही भवन सुरक्षित रखा गया था, जिसमें वे पहले भी प्रायः ठहरा करते थे। ऐसा एकदम नहीं लगता था कि यादव किसी अन्य राज्य में प्रवास की स्थिति में हैं। उन्हें अपने स्थायी निवास जैसी प्रायः सारी सुविधाएँ उपलब्ध करा दी गयी थीं।

धौम्य मुनि तथा महर्षि वेदव्यास को आगे कर, भीम, अर्जुन, नकुल तथा सहदेव को साथ लेकर युधिष्ठिर उनसे मिलने आये।

कृष्ण ने उन सबका विधिवत अभिवादन कर, उन्हें बैठाया और कहा, "धर्मराज! मैं तो स्वयं आपके दर्शनार्थ आनेवाला था। मेरी इच्छा थी कि यादवों की ओर से आपके लिए भेजे गये उपहार भी विधिवत आपको समर्पित कर आता। एक कार्य पूरा हो जाता और मेरे मन से उसका बोझ उतर जाता।"

युधिष्ठिर अपना स्थान छोड़कर, कृष्ण के निकट आ गये, "जनार्दन! आपने मुझे क्या नहीं दिया। क्या नहीं है इस समय पाण्डवों के पास। आपकी कृपा से मेरे चारों भाई चारों दिशाओं में विजयी हो, करद राजाओं द्वारा दिये गये उपहारों के रूप में विपुल धन–धान्य लेकर लौटे हैं। कहीं भी हमारी सेनाओं का कोई गम्भीर विरोध नहीं हुआ है। जहाँ कहीं सैनिक टकराव हुए भी हैं, वहाँ शत्रुओं को पराजित करने में पाण्डवों को अधिक कठिनाई नहीं हुई। मैं इस यज्ञ के कारण मन–ही–मन भयभीत भी था कि इसमें अनावश्यक मानव–रक्त बहेगा, सहस्रों सैनिकों के प्राण जायेंगे, किन्तु वैसा कुछ नहीं हुआ है।..."

"मैं जानता था कि पाण्डव वीरों के सम्मुख कोई राजा टिक नहीं पायेगा।" कृष्ण बोले, "किन्तु धर्मराज ! हस्तिनापुर की नीति क्या रही?"

"भैया ने हमें हस्तिनापुर पर आक्रमण करने का निषेध कर दिया था।" भीम ने कुछ–कुछ आपत्ति के रूप में कहा, "अन्यथा..."

"तो क्या दुर्योधन ने कर भिजवा दिया?" कृष्ण ने पूछा।

"नहीं।" युधिष्ठिर बोले, "मैंने उसकी आवश्यकता नहीं समझी।"

"हस्तिनापुर यदि पराजित भी नहीं हुआ और उसने कर भी नहीं दिया तो वह धर्मराज के अधीन कैसे माना जा सकता है?" कृष्ण बोले, "और यदि एक भी राज्य धर्मराज से स्वतन्त्र है, तो धर्मराज सम्राट कैसे माने जा सकते हैं?"

"मैंने उसकी आवश्यकता नहीं समझी।" युधिष्ठिर ने पुनः कहा।

"क्यों?"

"हस्तिनापुर में हमारे पितामह और पितृव्य राजा हैं। इन्द्रप्रस्थ तथा हस्तिनापुर दो पृथक् राज्य नहीं हैं। इनमें से किसी एक को राजसूय करने के लिए दूसरे को पराजित करना अथवा उसे करद राज्य घोषित करना आवश्यक नहीं है। हम एक ही परिवार की दो शाखाएँ हैं। वे लोग परिवारजन के रूप में यज्ञ में सम्मिलित होंगे।"

"क्या दुर्योधन इस स्थिति को इसी रूप में स्वीकार करेगा?" कृष्ण ने पूछा।

"मुझे दुर्योधन पर नहीं, पितामह तथा पितृव्य पर विश्वास है।" युधिष्ठिर ने कह तो दिया किन्तु उनकी वाणी में पर्याप्त आत्मबल नहीं था।

"आपने उन्हें आमन्त्रित करने के लिए अपना दूत भेज दिया है?"

"नहीं। अभी तो नहीं भेजा।"

"क्यों?"

"मैं तुम्हारी अनुमति की प्रतीक्षा कर रहा था वासुदेव।" युधिष्ठिर ने कहा, "अब तुम आ गये हो, हमें अनुमति दो कि हम यज्ञ की तैयारी करें। मैं तो महर्षि को कह रहा था कि वासुदेव कृष्ण ही यज्ञ दीक्षा लें। तुम्हारे यज्ञ करने से हम सब कृतार्थ हो जायेंगे।"

"नहीं धर्मराज!" कृष्ण का स्वर गम्भीर था, "सम्राट के लिए पाँच गुण होने चाहिए : शत्रुविजय, प्रजापालन, तपःशक्ति, धन–समृद्धि तथा उत्तम नीति। शत्रुओं को जीत कर मान्धाता ने सम्राट का पद प्राप्त किया था, भगीरथ ने प्रजा का पालन करके, कार्तवीर्य ने तपोबल से, राजा मरुत ने अपनी समृद्धि से, राजा भरत सहज बल से सम्राट बने थे।

आप में तो ये पाँचों गुण एक साथ हैं। सम्राट तो आपको ही होना है। आप अपने इस अभीष्टि यज्ञ को आरम्भ कीजिए। मैं आपका कल्याण करने के लिए अपने परिवारजनों और सेना के साथ उद्यत हूँ। मुझे आवश्यक कार्य में लगाइए, मैं आपकी सब आज्ञाओं का पालन करूँगा।"

"वासुदेव! मेरी इच्छा है कि यज्ञ सम्बन्धी अनेक बातों का निर्णय अभी हो जाये।" महर्षि वेदव्यास ने पहली बार मुँह खोला, "युधिष्ठिर यज्ञ करने को तो अत्यन्त आतुर है, किन्तु सम्राट बनने की महत्त्वाकांक्षा उसके मन में नहीं है।"

"यह कैसा विरोधाभास?" कृष्ण हँस पड़े, "सम्राट नहीं बनना चाहते तो यज्ञ करने को आतुर क्यों हैं?"

"पाण्डवों के राजकोष में अथाह धन एकत्रित हो गया है।" युधिष्ठिर चिन्तित स्वर में बोले, "उसका तत्काल धर्मपूर्ण वितरण न हुआ तो यह कोष अनर्थ को जन्म देगा। यह संचय प्रजा के पालन के लिए है, दुष्टों के दलन के लिए, विप्रों तथा विद्वानों के सम्मान के लिए है, कृषि के विकास के लिए है, व्यापारी के संरक्षण के लिए है, कलाओं के गौरव को स्थापित करने के लिए है...यह पाण्डवों के भोग के लिए नहीं है जनार्दन। इससे पहले कि यह धन पाण्डवों को लुब्ध कर दिग्भ्रमित करे, मेरी इच्छा है कि राजसूय के माध्यम से इसका वितरण हो जाये, ताकि यह अपने उपयोग के उपयुक्त स्थान पर पहुँच जाये।"

"तो सम्राट क्यों नहीं बनना चाहते राजन्?" कृष्ण ने पूछा, "वस्तुतः सम्राट होने के योग्य वही व्यक्ति है, जो संचित धन पर लुब्ध नहीं होता, उससे चिन्तित होता है।"

"संचित धन यदि मुझे भोग की ओर ले जायेगा, तो संचित अधिकार मुझे राजमद की ओर प्रेरित करेगा। मैं अपनी परीक्षा लेने का दुस्साहस नहीं करना चाहता।" युधिष्ठिर बोले, "धन वितरण करूँगा, तो जिन्हें मिलेगा वे तो प्रसन्न होंगे ही, मेरा प्रतिस्पर्धी राजन्य समाज भी ईर्ष्याविहीन होकर प्रसन्न होगा कि मेरा धन–बल क्षीण हो रहा है और मैं दुर्बल हो रहा हूँ, किन्त सम्राट पद धारण करने से उनकी

ईर्ष्याग्नि भड़केगी। उनका अभिमान आहत होगा। मेरी आज्ञा के अधीन कार्य करना उन्हें अच्छा नहीं लगेगा। सम्भव है उससे संसार का हित होने के स्थान पर अहित हो। महत्त्वपूर्ण मेरा सम्राट होना नहीं है केशव! महत्त्वपूर्ण तो संसार का हित है।"

सहसा कृष्ण की मुद्रा परिवर्तित हो गयी। उनके मुख–मण्डल पर हास्य के स्थान पर क्षात्र–तेज लहराया, "मैं भी संसार के हित की ही चिन्ता कर रहा हूँ धर्मराज।" कृष्ण बोले, "इस युग के अधिकांश राजा, शासन के अधिकारी नहीं हैं। उन्होंने प्रजा पर आधिपत्य अवश्य जमा रखा है। हमें इस अधर्मपूर्ण अन्यायपूर्ण आधिपत्य को समाप्त करना है और अधिकारियों को अधिकार सौंपना है। आपके इस यज्ञ में जो राजा भृत्य के समान काम नहीं करेगा, संसार का बन्धु मेरा यह सुदर्शन चक्र उस राजा के शरीर को कबन्ध बना देगा।" वे रुके, "और जहाँ तक मेरा सम्बन्ध है, मेरी इच्छा है कि आप मुझे विद्वान ब्राह्मणों और विप्रों के चरण पखारने का कार्य दें।"

"वासुदेव।" व्यास कुछ उत्कंठित स्वर में बोले, "हम आपको तन्त्र–स्वामी बनाना चाहते हैं। यज्ञ की सारी व्यवस्था आप देखें।"

"यह सम्मान आप कुलवृद्ध पितामह भीष्म को तथा कौरवों के गुरु आचार्य द्रोण को दें।" कृष्ण मुस्कुराये, "मुझसे मेरा सुख न ही छीनें तो अच्छा है महर्षि।"

युधिष्ठिर अवाक् बैठे रह गये। वह कृष्ण की बातें सुन–सुनकर इस प्रकार मुग्ध होते जाते थे कि वे उनकी प्रशंसा में कुछ कहने से पूर्व ही विह्वल होकर बोलने के अयोग्य हो जाते थे। वासुदेव कृष्ण के पास अपने ही इतने साधन थे कि वे जिस दिन चाहते राजसूय यज्ञ कर डालते, किन्तु न वह राजा बनना चाहते हैं, न राजसूय यज्ञ करना चाहते हैं।...और वह युधिष्ठिर को सम्राट के रूप में प्रतिष्ठित करने को इतने आतुर हैं कि उसका विरोध करनेवाले राजा का वध कर देंगे।...क्या महत्त्व मिलेगा उन्हें, युधिष्ठिर को सम्राट बनाकर?...क्या महत्त्व चाहते हैं वे इस राज–समाज में? वह राजाओं का शासन करना नहीं चाहते, विप्रों के चरण धोना चाहते हैं।...अहंकार का ऐसा विगलन।

विनय की ऐसी चरमावस्था।...कृष्ण मनुष्य नहीं हैं...मानवीय सीमाओं और दुर्बलताओं पर ऐसी विजय कोई मनुष्य पा सकता है क्या?....

"वासुदेव। तुमने तन्त्र–स्वामी की नियुक्ति तो कर दी, अब बताओ यज्ञ का ब्रह्मा किसे बनाया जाये?" महामुनि ने अपनी गम्भीर वाणी में पूछा।

"आपकी उपस्थिति में और किसी के ब्रह्मा बनने का प्रश्न ही नहीं उठता।" कृष्ण बोले, "आप हमारे जीवन–यज्ञ के निरीक्षक हैं, तो क्या इस राजसूय–यज्ञ के निरीक्षक नहीं होंगे।"

"वासुदेव। तुम जिस दैवी अधिकार से बोलते हो, उसका विरोध सम्भव नहीं है।" महामुनि ने अपनी स्वीकृति दी, "अब बताओ उद्‌गाता कौन होगा?"

कृष्ण हँस पड़े, "महर्षि। यज्ञ के ब्रह्मा आप होंगे और उसके उद्‌गाता की नियुक्ति मैं करूँगा?"

"ओह वासुदेव! तुमने तो एक ही युक्ति में मुझे पूर्णतः बाँध दिया।" व्यास ने मुग्ध दृष्टि से कृष्ण की ओर देखा, "अच्छा! मैं धनंजय गोत्री ऋषि सुसामा को उद्‌गाता नियुक्त करता हूँ। वह यज्ञ में सामगान करेंगे। अध्वुर्य का कार्य यजुर्वेद ऋत्विक याज्ञवल्क्य करेंगे। होता के रूप में धौम्य और पैल की नियुक्ति करता हूँ। वे लोग ऋचाओं का गान करेंगे। ऋग्वेद का इन दोनों से अधिक ज्ञाता कौन है।"

"उत्तम निर्णय है।" युधिष्ठिर ने अपनी सहमति दे दी।

"तो पुत्र! अब तुम यज्ञस्थान का पूजन करो।" वेदव्यास बोले, "और सबसे पहले यज्ञ के लिए आवश्यक सामग्री मँगवाने का प्रबन्ध किसी पटु–प्रबन्धक को सौंपो और समस्त अतिथियों, आगन्तुकों तथा अभ्यागतों की भोजन–व्यवस्था के लिए अन्न की आपूर्ति का दायित्व किसी को दो।"

"सहदेव से श्रेष्ठतर प्रबन्धक और कौन होगा। वह अपने मन्त्रियों के साथ यज्ञ–सम्बन्धी सामग्री एकत्रित करे।" युधिष्ठिर बोले, "अन्न की आपूर्ति प्रबन्ध मेरे सारथि इन्द्रसेन, भीम के सारथि विशोक तथा अर्जुन के सारथि पुरु करें।"

"उत्तम चयन है।" कृष्ण बोले, "धर्मराज! अब आप राजाओं, विद्वानों, विप्रों, प्रमुख श्रेष्ठियों तथा कलाकारों को आमन्त्रित करने के लिए अपने दूत भेज दीजिए।"

"मुझे कुछ कहना है कृष्ण।" भीम ने सहसा कुछ असहज ढंग से कहा।

सबने चौंककर उसकी ओर देखा : वह सहज नहीं था। उसके मन का द्वन्द्व उसके चेहरे पर भी लिखा हुआ था।

"क्या बात है मध्यम?" अर्जुन से पूछे बिना नहीं रहा गया।

"मेरा धर्मराज से कुछ मतभेद है।" भीम ने धीरे–से कहा, "क्या दुर्योधन, कर्ण और शकुनि को इन्द्रप्रस्थ आने का निमन्त्रण दिये बिना हमारा यज्ञ नहीं हो सकता?"

"हम पितामह, पितृव्य धृष्तराष्ट्र तथा विदुर काका को आमन्त्रित करें और दुर्योधन इत्यादि को आमन्त्रित न करें तो यह हमारी अभद्रता नहीं मानी जायेगी क्या?" युधिष्ठिर ने कहा।

"तो मत बुलाइए हस्तिनापुर से किसी को।" भीम बोला, "क्या आवश्यकता है उन्हें यहाँ बुलाने और अनावश्यक वितण्डावाद करने की। वे लोग न केवल यहाँ आयेंगे, वरन परिजनों के समान आयेंगे। मन में ईर्ष्या लिए हुए, ऊपर से स्नेह जतायेंगे। परिवारजनों के रूप में आयेंगे, तो उन्हें महत्त्व दिया जायेगा और अधिकार भी...जिसके वे सर्वथा अयोग्य हैं।"

"हस्तिनापुर जैसे महत्त्वपूर्ण और शक्तिशाली राज्य की उपेक्षा कर राजसूय यज्ञ की शोभा नहीं होगी।" कृष्ण बोले, "इस यज्ञ में सार्वभौमिकता तो होनी ही चाहिए। हस्तिनापुर वालों को परिवारजनों तथा परिजनों के रूप में नहीं बुलाना चाहते तो माण्डलिक अथवा करद राजा के रूप में बुलाओ। बुलाना तो उन्हें चाहिए ही।"

"वासुदेव का कथन उचित ही है।" वेदव्यास बोले, "किन्तु उसके साथ यह भी ध्यान रखो कि राजसूय की दीक्षा ग्रहण करनेवाला राजा एक सार्वभौम पद पर प्रतिष्ठित होने जा रहा है, इसलिए उसका दृष्टिकोण भी सार्वभौमिक होना चाहिए। उसे अपने शत्रुओं और

विरोधियों को क्षत्रिय राजा के रूप में युद्ध–क्षेत्र में पराभूत करने का अधिकार है, किन्तु सार्वभौमता को संकीर्ण तथा संकुचित करने और सम्मेलन में सम्मिलित होने के लिए आये राजाओं के प्रति समदृष्टि न रखने का अधिकार नहीं है।" महामुनि ने रुककर युधिष्ठिर की ओर देखा, "इस यज्ञ का राजनीतिक महत्त्व अवश्य है पुत्र। किन्तु यह यज्ञ है और यज्ञ एक आध्यात्मिक अनुष्ठान है। यज्ञ में दीक्षित राजा को केवल धर्म को दृष्टि में रखना है, व्यक्तिगत सम्बन्धों तथा राग–द्वेष को नहीं। यदि युधिष्ठिर के मन में यह आशंका है कि दुर्योधन तथा उसके मित्र उसे सम्राट नहीं मानेंगे और यहाँ आकर उपद्रव करेंगे तो उसके लिए दो ही मार्ग हैं कि वह क्षत्रिय राजा के समान अपनी सेना भेजे और हस्तिनापुर के राजा को पराजित करे, क्षात्र–धर्म के आधार पर उनसे अपने लिए सम्राट की मान्यता प्राप्त करे, अथवा यज्ञ–दीक्षित राजा के समान आध्यात्मिक धरातल पर मन से उनके प्रति विरोध, घृणा, द्वेष, आशंका इत्यादि को दूर कर उसी दृष्टि से उनको देखे और प्रमाणित करे कि उसके मन में किसी के प्रति कोई भेदभाव नहीं है। सम्राट को समदृष्टि युक्त होना चाहिए। सारे माण्डलिक राजा उसकी प्रजा के समान हैं, इसलिए किसी के भी प्रति उसके मन में पूर्वाग्रह नहीं होना चाहिए।"

"मेरे मन में वैसे भी उनके प्रति कोई भेदभाव नहीं है महात्मन्।" युधिष्ठिर बोले, "मैं किसी भी क्षण परीक्षा देने को प्रस्तुत हूँ। मेरे मन में दुर्योधन के प्रति घृणा नहीं है। यदि मेरे मन में उसके प्रति भाइयों का–सा प्रेम न भी हो तो मानवीय स्नेह अवश्य है। ऐसे लोगों के प्रति तो हमारे मन में करुणा का भाव ही होना चाहिए, जो राज–मद और राज्य–मोह में कभी शान्त और सुखी नहीं रह सकते। सारे भोगों के होते हुए भी उनका भोग नहीं कर सकते। मेरे लिए दुर्योधन ईर्ष्या का पात्र नहीं, दया का पात्र है, महामुनि। उसे मैं क्या दण्ड दूँ, जो पहले से प्रकृति के द्वारा दण्डित है। वह मानसिक रोगी है।..."

"ज्येष्ठ ठीक कह रहे हैं। हमारी समस्या यह है कि इसके जोख़िम समझते हुए भी हम इस प्रकार के उदार चिन्तन का विरोध नहीं कर सकते।"

भीम बोला, "मुझे भय तो यही है, कि वह मानसिक रोगी, वह विक्षिप्त कहीं हम पर पुनः प्रहार न कर बैठे। जानते–बूझते हम किसी विक्षिप्त व्यक्ति को स्वस्थ लोगों के समान अपने समारोह में तो नहीं बुला सकते, कि वह आकर यहाँ जैसा चाहे, उत्पात करे।"

"भीम से इस विषय में मेरी पर्याप्त चर्चा हो चुकी है।" युधिष्ठिर ने पूर्णतः शान्त स्वर में कहा, "यह दुर्योधन के पिछले व्यवहार को बार–बार स्मरण करता है, किन्तु इस तथ्य पर विचार नहीं करता कि दुर्योधन सदा से आशंकित था कि हम उसका राज्य, अधिकार तथा धन–सम्पत्ति उससे छीन लेंगे। यदि कोई आशंकित तथा भयभीत व्यक्ति अपनी आशंका से पीड़ित होकर अपनी रक्षा के प्रयत्न में किसी पर भ्रमवश आघात कर बैठे तो उसे इतना बड़ा पापी नहीं समझ लेना चाहिए कि आजीवन उसमें सुधार ही न हो सके। अब वह स्थिति नहीं है। हम यहाँ आ चुके हैं। हस्तिनापुर का राज्य पूर्णतः उसका है। अब वह यहाँ स्वस्थ मनःस्थिति में आयेगा, तो क्यों उत्पात करेगा।...और फिर बहुत कुछ हमारे व्यवहार पर निर्भर है। यदि हम उसे आत्मीय परिजन के रूप में स्वीकार करेंगे तो वह क्यों परायापन दिखायेगा। स्नेह में इतनी शक्ति होती है कि वह पशु को भी सुधार...।"

"बस! यही बात तो बार–बार कहता हूँ।" भीम ने युधिष्ठिर का कथन बीच में ही काट दिया, "पशु को हम सुधार सकते हैं, क्योंकि पशु को हमसे ईर्ष्या नहीं होती, स्पर्धा नहीं होती, घृणा नहीं होती। वह तो केवल आवश्यकताओं की पूर्ति चाहता है। पशु तो केवल पशु होता है, वह नीच और उच्च प्रकृति का नहीं होता।"

"यदि पशु को सुधारना हो तो हम उसके गले में रस्सी डाल कर खूँटे से बाँध देते हैं। वह उत्पात करे तो उसे दण्ड देते हैं।..." नकुल बोला, "दुर्योधन को सुधारने का भी यदि यही एक मार्ग है, तो हमें पहले हस्तिनापुर पर सैनिक अभियान करना चाहिए।"

"नहीं।" युधिष्ठिर का स्वर कुछ आवेशपूर्ण हो गया था, "हस्तिनापुर पर आक्रमण करने का कोई कारण नहीं है। हम अपने गुरुजनों और बन्धुओं के विरुद्ध शस्त्र क्यों उठाएँगे।"

"तो युधिष्ठिर! यदि तुम्हें राजसूय यज्ञ करना है तो..."

"यज्ञ तो करना ही है।" कृष्ण ने महामुनि की उक्ति पूरी नहीं होने दी, "जो निश्चित हो चुका, उस पर पुनर्विचार करने की आवश्यकता नहीं है। हम यज्ञ के संकल्प से पीछे नहीं हट सकते।"

"तो युधिष्ठिर! तुम्हें दुर्योधन को अपने अधीन करना ही होगा, शस्त्र से करो अथवा अपने प्रेम से।" वेद व्यास बोले, "अन्यथा राजसूय यज्ञ नहीं हो सकेगा।"

"मैं उसे अपने प्रेम से जीत लूँगा, आप चिन्ता न करें।" युधिष्ठिर बोले, "मुझे भय है तो यही कि कहीं भीम अपनी आशंकाओं से पीड़ित होकर दुर्योधन को आहत न कर दे।"

"हमारे ज्येष्ठ भी अद्भुत हैं। वे अपने प्रेम के प्रभाव से दुर्योधन जैसे पशु को तो जीत सकते हैं, किन्तु भीम जैसे महामानव को नहीं जीत सके।" भीम ने अट्टहास किया।

"मैं मध्यम की आशंकाओं से असहमत नहीं हूँ, किन्तु यज्ञ के अवसर पर मैं धर्मराज की नीति अंगीकार करना ही उत्तम समझता हूँ।" कृष्ण बोले, "हस्तिनापुर निमन्त्रण जाये, और उन्हें पृथक् राजा के रूप में नहीं परिवारजनों के रूप में ही आमन्त्रित किया जाये। बहुत सम्भव है कि कुलवृद्ध तो हमारा निमन्त्रण स्वीकार कर इन्द्रप्रस्थ आ जायें किन्तु दुर्योधन और उसके मित्र आयें ही नहीं। और यदि वे आयें तो उन्हें परिवारवालों के समान ही स्नेह दिया जाये, उस पर भी यदि वह उत्पात करे, तो युधिष्ठिर शस्त्र नहीं उठाएँगे। शस्त्र मैं उठाऊँगा। यज्ञ को अनुशासित रखने का दायित्व मेरा होगा।"

"अब जाकर मैं निश्चिन्त हुआ वासुदेव।" व्यास बोले, "अब किसी विघ्न–बाधा की आशंका मुझे नहीं है। यज्ञ–भूमि–पूजन के पश्चात् युधिष्ठिर यज्ञ की दीक्षा ले लें।"

"और आपकी अनुमति हो महर्षि तो हम लोग भी सुभद्रा से मिलकर उसके पुत्र अभिमन्यु को आशीर्वाद दे आयें।" कृष्ण भी उठ खड़े हुए।

13

कृतवर्मा ने बलराम के घर में प्रवेश किया तो देखा वहाँ उद्धव पहले से ही बैठा था। उसका मन कुछ बुझ–सा गया। उद्धव के सामने वह खुलकर बात नहीं कर पायेगा। यद्यपि उसका न उद्धव से कोई विरोध था, न कृष्ण से, किन्तु उद्धव हो या सात्यकि, ये लोग न तो उसकी बात ठीक से समझ पाते थे और न ही वह उनके सामने अपनी बात कह पाता था। जाने क्यों वे लोग उसे कृष्ण–विरोधी सिद्ध करने पर तुले रहते थे; और यह उसे एकदम अच्छा नहीं लगता था। जाने वे क्यों यह मानते थे कि कृष्ण के प्रति सारी सद्‌भावना उन्हीं तक सीमित है। इतना ही नहीं, वे तो यह भी मानते थे कि कृष्ण से तनिक–सा मतभेद प्रकट करना भी जैसे कोई अपराध था।...पता नहीं कि वे ऐसा मानते थे या नहीं मानते थे; किन्तु कृतवर्मा को तो ऐसा ही लगता था।...

"आओ कृतवर्मा!" बलराम ने उल्लसित मन और वाणी से उसका स्वागत किया। कृतवर्मा ने, जितना उसके लिए सम्भव था, उतना विनीत होकर बलराम का अभिवादन किया और आसन पर बैठ गया। उसने प्रयत्नपूर्वक मुस्कुराकर उद्धव की ओर भी देखा, "कैसे हो उद्धव?"

उद्धव ने भी मुस्कुराकर सिर हिला दिया, विशेष कुछ कहा नहीं।

उसके आने से पहले, वे लोग शायद किसी गम्भीर विषय पर चर्चा कर रहे थे और कृतवर्मा के आ जाने पर न उस विषय से मुक्त हो पा रहे थे और न ही उसके सामने उस विषय की चर्चा करना चाह रहे थे।

"सुना है कि अपना अज्ञातवास का समय व्यतीत करने के लिए पाण्डव यहाँ, द्वारका में आ रहे हैं।" कृतवर्मा से और चुप नहीं रहा गया।

"तो इसमें आश्चर्य की क्या बात है? यहाँ नहीं आयेंगे तो कहाँ जायेंगे?" बलराम सहज भाव से बोले, "यहाँ जैसी सुरक्षा उन्हें और कहाँ मिलेगी। न यहाँ दुर्योधन के गुप्तचर झाँक सकते हैं, न यहाँ उन्हें

किसी प्रकार का शारीरिक आघात पहुँचाया जा सकता है। कृष्ण के होते कोई उनकी ओर आँख उठाकर नहीं देख सकता। और सुभद्रा तथा पाण्डवों के पुत्र तो पहले ही यहाँ हैं। सारे परिवार का मिलन यहीं तो हो सकता है।"

"द्यूत प्रसंग के पश्चात् जब सुभद्रा द्वारका आ गयी थी, तो मैं तब ही समझ गया था कि पाण्डवों की द्वारका में अज्ञातवास की योजना बन गयी है।" कृतवर्मा बोला, "और क्यों न हो। उनका ससुराल द्वारका में। उनके पिता का ससुराल द्वारका में। तो फिर और कहीं जाने की आवश्यकता ही कहाँ है।"

"ऐसा लगता है कृतवर्मा! कि तुम पाण्डवों के द्वारका आने से प्रसन्न नहीं हो।" उद्धव ने अपनी चिरपरिचित मुस्कान के साथ कहा, "तुम्हारी वाणी में उल्लास के स्थान पर परिहास है।"

"क्यों? इसमें मेरी प्रसन्नता और अप्रसन्नता का प्रश्न कहाँ से आ गया।" कृतवर्मा अपने चेहरे पर सायास एक आक्रामक मुस्कान ले आया, "न वे मेरे घर आ रहे हैं, न उनकी रक्षा का दायित्व मुझ पर है।"

"क्यों, ऐसा कैसे कह सकते हो तुम?" बलराम बोले, "क्या द्वारका के अतिथि तुम्हारे अतिथि नहीं हैं? यदि वे तुम्हारे घर न आकर कृष्ण के घर आ रहे हैं, तो इसका अर्थ यह है कि उनकी रक्षा का दायित्व तुम्हारा नहीं है? तुम जाकर दुर्योधन को सूचना दे दोगे कि पाण्डव किसी छद्म वेश में यहाँ अज्ञातवास कर रहे हैं?"

कृतवर्मा को लगा कि अपने कुछ असावधान शब्दों के कारण वह व्यर्थ ही फँसता जा रहा है। उद्धव और सात्यकि के विरोध की उसे कोई चिन्ता नहीं है; किन्तु न वह बलराम को रुष्ट करना चाहता है, न उनका विरोध मोल लेना चाहता है।

"नहीं ऐसी तो कोई बात नहीं है, किन्तु अब तक यही मानता आया हूँ कि दुर्योधन और युधिष्ठिर के सन्दर्भ में हमारी स्थिति मध्यस्थ की सी है। कौरवों का झगड़ा कौरवों का ही रहे। उसमें यादवों को टाँग अड़ाने की क्या आवश्यकता है। यादवों के अपने ही झगड़े कम हैं क्या।"

"यही तो अन्तर है हममें और कृष्ण में," उद्धव कृतवर्मा का सीधा विरोध टाल गया, "कृष्ण के लिए कोई झगड़ा किसी कुल, समाज अथवा राज्य का नहीं होता। वे तो प्रत्येक विवाद को, प्रत्येक मतभेद को, प्रत्येक संघर्ष को मात्र धर्म और अधर्म की दृष्टि से देखते हैं। वे कहीं भी मध्यस्थ नहीं हैं। वे सदा धर्म के साथ हैं।"

"उद्धव हो या सात्यकि, इनके सम्मुख कुछ भी ऐसा नहीं बोलना चाहिए, जो कृष्ण से कुछ भिन्न होने का आभास भी देता हो।" बलराम हँसे, किन्तु स्पष्ट था कि उस हँसी में परिहास की नहीं उपहास की ही ध्वनि अधिक थी, "तुम निश्चिन्त रहो उद्धव! कृतवर्मा ऐसा कुछ नहीं करने जा रहा है जिसमें पाण्डवों अथवा कृष्ण की कोई हानि होती हो।"

"मैं फिर वही कहूँगा बलराम भैया!" उद्धव अपनी मधुर मुस्कान के साथ बोला, "प्रश्न कृष्ण अथवा पाण्डवों की हानि का नहीं है, प्रश्न है धर्म की हानि का। हमारा आरम्भ से यही दृष्टिकोण रहा है कि किसी की हानि हो जाये किन्तु धर्म की रक्षा होनी चाहिए।"

"अच्छा उठो! चलकर देखते हैं कि पाण्डवों के रथ आ पहुँचे हैं या नहीं।" बलराम उठ खड़े हुए। निश्चित रूप से उनकी इस वाग्युद्ध में कोई रुचि नहीं थी।

कृष्ण के प्रासाद के बाहरी भाग में खड़े वे लोग पाण्डवों के रथों को आते हुए देखते रहे। रथ इस समय भी बड़ी अच्छी स्थिति में थे। अश्व भी हृष्ट–पुष्ट और प्रसन्न थे। पाण्डवों के वनवास तथा उनकी निर्धनता का उन पर कहीं कोई प्रभाव दिखाई नहीं पड़ रहा था। लगता था कि उनकी वैसी ही देखभाल हो रही थी, जैसी उनके अच्छे दिनों में हुआ करती होगी।

रथों में से उतर–उतरकर बहुत सारे लोग आये...दास–दासियाँ, रसोइये, सारथि, अनुचर, वन के साथी...किन्तु उनमें से एक भी वह व्यक्ति नहीं उतरा, जिसकी बलराम प्रतीक्षा कर रहे थे। अन्त में जब

इन्द्रसेन ने आकर उन्हें प्रणाम किया तो बलराम ने कुछ चकित स्वर में पूछा, "जिनको आना था, वे सब आ गये क्या? या अभी कुछ लोग पीछे आ रहे हैं?"

"नहीं महाराज! बस इतने ही लोग मेरे साथ थे।"

"तो क्या पाण्डव काम्पिल्य चले गये?" कृतवर्मा कुछ कुटिल स्वर में बोला, "उन्हें यादवों पर चाहे विश्वास न हो; किन्तु उन्हें श्रीकृष्ण तथा बलराम भैया पर तो विश्वास करना ही चाहिए, या उन्हें वासुदेव बलराम पर भी विश्वास नहीं है। पर चलो कोई बात नहीं। वह भी तो उनका ससुराल है। इस दृष्टि से वह स्थान भी पर्याप्त सुरक्षित है।" वह कुछ रुका, "पर इस व्यवहार से सुभद्रा को यह नहीं लगने लगेगा कि पाण्डवों के लिए उसके मायके से अधिक द्रौपदी का मायका विश्वसनीय है!"

"धर्मराज अपने भाइयों तथा महारानी द्रौपदी के साथ अज्ञातवास के लिए गये हैं आर्य!" इन्द्रसेन आदरपूर्वक बोला।

"हाँ! हाँ! गये तो अज्ञातवास के लिए ही हैं, किन्तु तुम्हें तो बता कर ही गये होंगे कि कहाँ जा रहे हैं।" कृतवर्मा बोला।

इन्द्रसेन हँस पड़ा, "मुझे बताकर गये होते तो अज्ञातवास ही क्या होता आर्य!"

"ओह! बहुत अच्छी प्रकार पढ़ा कर गये हैं।" कृतवर्मा की हँसी में कुछ–कुछ खिसियाहट का भाव था।

"नहीं आर्य! आप मेरा विश्वास करें। हममें से कोई भी नहीं जानता कि वे लोग कहाँ गये हैं।" इन्द्रसेन पूरी निष्ठा से उन्हें विश्वास दिला रहा था।

"तुम व्यर्थ ही इन्द्रसेन को उलझाने का प्रयत्न कर रहे हो कृतवर्मा।" उद्धव इन्द्रसेन की सहायता के लिए आगे बढ़ आया, "वे लोग सचमुच किसी को कुछ बताकर नहीं गये होंगे।"

बलराम ने कृतवर्मा को संकेत से मौन रह जाने का आदेश दिया। उन्होंने इन्द्रसेन की पीठ पर हाथ रख उसकी सराहना की, "ठीक है। जाओ। बहुत दूर से यात्रा करके आये हो। जाओ विश्राम करो।"

वे कृतवर्मा को एक ओर ले गये, "तुम भी क्या मूर्खता का काम कर रहे हो। यदि वह इस प्रकार जिज्ञासा का उत्तर देने लगा तो कैसे तो पाण्डव अज्ञातवास करेंगे और कैसा वह आज्ञाकारी सेवक होगा।..."

"नहीं। मैंने सोचा कि हमसे क्या दुराव। वैसे वे नहीं बताना चाहते तो उनकी इच्छा। जिसे ज्ञात होगा कि वे कहाँ हैं, वही तो उनकी रक्षा का दायित्व भी पूरा कर सकता है।"

"उसकी चिन्ता तुम्हें नहीं करनी है। तुम जाओ अब।"

कृतवर्मा समझ नहीं पाया कि बलराम उसे जाने के लिए क्यों कह रहे हैं। पर जब उनकी रुचि उसे वहाँ और ठहराने में नहीं है तो उसे भी वहाँ रुककर क्या करना है। वह सबको अभिवादन कर चुपचाप चला गया।

बलराम ने दृष्टि उठाकर देखा : वे जब कृतवर्मा को एक ओर ले गये थे, शायद उसी समय कृष्ण आ गये थे और उद्धव उन्हीं के पास चला गया था।

कृष्ण बहुत ध्यान से पाण्डवों के रथों और अश्वों को देख रहे थे, जैसे उनमें से कोई गोपनीय सन्देश पढ़ रहे हों। फिर उन्होंने आये हुए प्रत्येक व्यक्ति से उसका समाचार पूछा।

बलराम आज तक समझ नहीं पाये थे कि कृष्ण यह क्या करते हैं। किसी सम्राट् की वे उपेक्षा कर जायें तो कर जायें; किन्तु कर्मकरों, सारथियों, सेवकों से उनका समाचार अवश्य पूछेंगे, जैसे वे लोग सबसे अधिक महत्त्वपूर्ण हों...और उस जिज्ञासा में कहीं कोई कृत्रिमता नहीं होती, कोई औपचारिकता नहीं होती। वैसा स्नेह होता है, जैसे वे ही उनके सबसे प्रिय लोग हों...पता नहीं कृष्ण प्यार जताता भर है या प्यार लुटाता भी है। बलराम को तो आश्चर्य यही है कि कृष्ण एक साथ इतने लोगों से प्यार कैसे कर पाता है, इतने लोगों की चिन्ता कैसे कर लेता है...पर कृष्ण के लिए यह कोई नयी बात तो नहीं। वह तो! अपने शैशव से यही करता आया है।

कुछ एकान्त देखकर बलराम कृष्ण के पास पहुँच गये, "पाण्डव नहीं आये?"

कृष्ण ने कुछ चकित दृष्टि से उनकी ओर देखा, "क्या आप यह अपेक्षा कर रहे थे कि पाण्डव अपने अज्ञातवास का समय व्यतीत करने के लिए यहाँ आयेंगे! यहाँ तो एक–एक बच्चा उन्हें पहचानता है। यहाँ वे अज्ञातवास कैसे कर सकते थे।" कृष्ण कुछ रुके, "वे यहाँ आये होते तो वह उनके जीवन की सबसे बड़ी भूल होती।"

"तो वे कहाँ गये हैं?"

"यह तो वे ही लोग जानें।" कृष्ण पूर्णतः आश्वस्त थे।

बलराम देख रहे थे कि पाण्डवों का जो निर्णय उनके लिए सर्वथा अनपेक्षित और अप्रत्याशित था, कृष्ण के लिए सहज और स्वाभाविक था। पता नहीं उनकी और कृष्ण की चिन्तन–पद्धति में इतना अन्तर क्यों था...

"जब हमें यह ज्ञात ही नहीं होगा कि वे लोग कहाँ हैं, तो उनकी रक्षा हम कैसे कर पायेंगे?"

"अज्ञातवास में उन्हें अपनी रक्षा स्वयं ही करनी है।" कृष्ण मुस्कुराकर बोले, "एक बार अज्ञातवास से वे सुरक्षित लौट आयें तो फिर उनकी रक्षा का दायित्व आपका ही है।"

बलराम को लगा कि जिस कृतवर्मा को उन्होंने अभी–अभी यहाँ से भेजा है, वह कहीं गया नहीं, उनके अपने ही मन में बैठा है। वे यह नहीं मानते कि पाण्डवों को उन पर विश्वास नहीं है, किन्तु कृतवर्मा कह रहा था कि अपने इस संकट–काल में पाण्डव, सुभद्रा के मायके न आकर, द्रौपदी के मायके गये हैं। कृतवर्मा कहता है कि पाण्डव यदि यादवों पर विश्वास नहीं करते तो उन्हें कृष्ण और बलराम पर तो विश्वास करना चाहिए। तो क्या पाण्डव सचमुच उन पर विश्वास नहीं करते?...नहीं वे ऐसा नहीं मान सकते, किन्तु कृतवर्मा ऐसा मानता है। वे उस पर विश्वास करें न करें, किन्तु वह ऐसा कहता है। और उसके ऐसा कहने का कोई आधार तो होगा। अभी कृतवर्मा यहाँ होता तो कहता कि वे व्यर्थ ही अपना सिर मार रहे हैं। कृष्ण उन्हें कुछ नहीं बताएँगे। वे नहीं मानते किन्तु कृतवर्मा तो यही मानता है कि कृष्ण उन्हें सब कुछ बताते ही कहाँ हैं। अपना काम निकलवाने के लिए

जितना आवश्यक होता है, उतना भर बता देते हैं। आज बताना नहीं चाहते हैं इसलिए कह दिया कि अज्ञातवास में पाण्डवों को अपनी रक्षा स्वयं करनी है, और कल जब युद्ध की स्थिति आयेगी तो कृष्ण कह देगा, आप नहीं लड़ेंगे तो कौन लड़ेगा। पाण्डवों की रक्षा कौन करेगा। ऐसा क्यों है कि पाण्डवों की रक्षा भी वे अपने मन से नहीं कर सकते, पाण्डवों की इच्छा से ही कर सकते हैं। जब कृष्ण कहेगा कि आओ हम पाण्डवों की रक्षा करें, तब वे भी कह देंगे कि अब पाण्डव अपनी रक्षा में समर्थ हो गये हैं, तो कर लें अपनी रक्षा। जब वे अज्ञातवास में अपनी रक्षा स्वयं कर सकते हैं तो साधारण वास में क्यों नहीं कर सकते। पता नहीं, वे लोग उनको इतना पराया क्यों समझते हैं।...

बलराम चौंके...क्या सोचते जा रहे हैं वे? कौन पराया समझता है उन्हें। सब उनके अपने हैं। क्या कृष्ण कभी उनके लिए पराया हो सकता है? नहीं, कोई उन्हें पराया नहीं समझता; किन्तु यदि कृतवर्मा यहाँ होता तो कहता।

...ठीक है, वे लोग उन्हें पराया भी न समझते हों, तो भी पाण्डवों की इस नीति से कभी सहमत नहीं हुआ जा सकता। उन्हें चाहिए था कि वे अपने मित्रों एवं शुभचिन्तकों को अपने पते–ठिकाने से अवगत रखते। अब अपने इस अज्ञातवास में उनका कोई अनिष्ट हो जाये तो कोई क्या कर सकता है। जब कोई अपने ही पैरों पर कुल्हाड़ी मारना चाहे तो हर क्षण उसकी बाँह तो नहीं पकड़ी जा सकती...। और पाण्डव तो हर क्षण कुएँ में कूदने जैसा कुछ–न–कुछ करते ही रहते हैं। इस समय यदि बलराम को पता होता कि पाण्डव कहाँ हैं तो वे चुपचाप थोड़े बैठे रहते। उनकी खोज–ख़बर रखते। उनकी सुरक्षा का प्रबन्ध करते। पाण्डव निश्चिन्त होकर एक वर्ष भर का अज्ञातवास कर सकते थे, पर किसी के भाग्य में ही सुख न हो तो कोई क्या कर सकता है।...

बलराम फिर एक बार चौंके...वे यह सब क्या सोच रहे हैं। वे पाण्डवों के प्रति ही नहीं कृष्ण के प्रति भी अपने मन में रोष पाल रहे हैं।...नहीं! उन्होंने अपने मन को समझाया, 'वे स्वयं यह सब कहाँ

सोच रहे थे। वे तो मात्र इतना सोच रहे थे कि यदि कृतवर्मा यहाँ होता तो यह सब कहता।...उन्हें यह सब नहीं सोचना है। उन्हें कृष्ण पर भी पूरा विश्वास है और पाण्डवों पर भी। कोई उन पर अविश्वास नहीं कर रहा और न ही उनसे कुछ छिपाया जा रहा है।...'

"अच्छा केशव! मैं चलता हूँ।" वे बोले।

"क्यों कुछ देर रुकेंगे नहीं?" कृष्ण ने बड़े स्नेह से पूछा।

"नहीं! वह तो मैं अर्जुन से मिलने के मोह में चला आया था।"

"कोई बात नहीं। अब आये हैं तो रुक्मिणी से भी मिलते ही जाइए। बच्चे भी प्रायः स्मरण करते हैं कि आज कल ताया जी इधर आते ही नहीं।"

"नहीं! इस समय चलूँगा। फिर किसी समय आऊँगा। मेरा मन भी बच्चों से मिलने का करता रहता है।"

बलराम वहाँ से तो चले आये, किन्तु अपने भवन में जाने का उनका मन नहीं हुआ। एक बार मन में आया कि कृतवर्मा के घर ही चलें। वह तो उनके पास ही आया था। जाना भी नहीं चाहता था। उन्होंने स्वयं ही उसे उसकी इच्छा के विरुद्ध विदा कर दिया था।...

पर अगले ही क्षण उनका मन फिर बदल गया। नहीं! वे कृतवर्मा के घर भी नहीं जायेंगे। कई बार उन्हें लगता है कि कृतवर्मा उनके मन को बहुत विषाक्त कर देता है। नहीं, उन्हें उसके घर नहीं जाना है। उन्हें कहीं भी नहीं जाना है।

और सहसा उन्होंने पाया कि वे कृष्ण के भवन के उस खण्ड में प्रवेश कर रहे हैं, जिसमें इन दिनों सुभद्रा निवास कर रही थी।

उनके मन में जैसे एक लम्बा एकालाप चल रहा था...कोई और करे–तो–करे, सुभद्रा उन पर अविश्वास नहीं कर सकती, और ऐसा हो नहीं सकता कि अर्जुन ने सुभद्रा को भी अपने अज्ञातवास के विषय में अँधेरे में रखा हो। पति के तो श्वास भी उसी ओर चलने लगते हैं, जिस ओर उसकी पत्नी हो। और सुभद्रा तो अपने ही नहीं

पाण्डवों के सारे ही पुत्रों का पालन–पोषण कर रही है। क्या अपने पुत्रों को भी नहीं बताएँगे कि वे कहाँ हैं। न बताएँ, किन्तु यह तो जानना चाहेंगे न कि उनके पुत्र कैसे हैं। और यदि जानना चाहेंगे तो उन्हें यह समाचार कहाँ भेजा जायेगा? किसी के पास तो उन्होंने अपना कोई सूत्र छोड़ा होगा।...

सुभद्रा ने इस प्रकार अकस्मात बलराम को आया देखा तो कुछ अटपटा गयी, "अरे भैया आप?"

"क्यों? क्या इस समय मुझे नहीं आना चाहिए था?" बलराम ने अपना असन्तोष व्यक्त किया।

"नहीं। ऐसी तो कोई बात नहीं है। आप सामान्यतः इस प्रकार आया नहीं करते न। यह तो कृष्ण भैया की शैली है किसी भी समय कहीं भी प्रकट हो गये।"

"ठीक है मैं कृष्ण जैसा मायावी तो नहीं हूँ किन्तु ऐसे छोटे–मोटे चमत्कार तो मैं भी कर ही सकता हूँ।"

"कर तो सकते हैं, पर करते नहीं हैं।" सुभद्रा हँसी, "यह समय आपकी मित्र–मण्डली के जुटने का है। आज यह व्यतिक्रम कैसे हो गया?"

"व्यतिक्रम होना तो नहीं चाहिए था, किन्तु सुना कि तुम्हारे पति आ रहे हैं तो उनसे मिलने चला आया।" बलराम आसन पर बैठकर मुस्कुरा रहे थे।

"मेरे पति!" सुभद्रा चकित स्वर में बोली, "यहाँ? पर उन्हें तो अज्ञातवास के लिए किसी अज्ञात स्थान पर जाना था।"

"कहाँ जाना था?"

"यह तो धर्मराज और उनके भाई ही जानते हैं या फिर कृष्णा दीदी जानती हैं, जो उनके संग हैं।" सुभद्रा सहज भाव से कह रही थी, "वे लोग द्वारका में आकर अज्ञातवास कैसे करेंगे, यहाँ का तो बच्चा–बच्चा उन्हें जानता है।"

बलराम का मुँह जैसे कड़वा हो गया : ठीक कृष्ण की शैली में कह रही है...'यहाँ का तो बच्चा–बच्चा उन्हें जानता है।

'सब एक ही उत्तर दे रहे हैं।...पर उनका मन था कि यह मानने को तैयार ही नहीं हो रहा था।...यह उनका अपना मन ही था कि यह उनके मन में बैठा कृतवर्मा था, जो यह मानना नहीं चाहता था?...शायद था तो यह कृतवर्मा ही, किन्तु वह इस समय आकर उनके मन में बैठ गया था...

"बात यह है सुभद्रे!" वे बोले, "कि जब मैंने सुना कि पाण्डवों के रथ द्वारका आ रहे हैं, तो यह कल्पना भी नहीं कर सका कि पाण्डवों के रथों में उनके सारथि और सेवक होंगे।" वे रुके, "अच्छा बताओ क्या पाण्डवों ने उचित किया कि किसी को भी नहीं बताया के वे कहाँ हैं। ऐसे में अब यदि शत्रु उनका कुछ अहित करते हैं तो उनके मित्र उनकी रक्षा कैसे कर पायेंगे?"

सुभद्रा मुस्कुरायी, "पाण्डव यदि मात्र एक वर्ष के लिए भी अपनी रक्षा नहीं कर सकते तो वे अपना राज्य कैसे वापस लेंगे।"

बलराम को झटका–सा लगा, कृष्ण ने कम–से–कम यह तो कहा था कि अज्ञातवास के पश्चात् पाण्डवों की रक्षा आप करेंगे। सुभद्रा को तो उसकी भी आवश्यकता नहीं लगी।

"और अपना राज्य भी वे अपने बल पर प्राप्त कर लेंगे?" वे समझ नहीं पाये कि यह उनका अपना आहत अपमान बोल रहा था अथवा यह भी उनके मन में बैठा कृतवर्मा ही सोच रहा था।

बलराम का यह प्रश्न सुभद्रा को आहत कर गया, "मैं आपको वचन देती हूँ भैया! कि यदि दुर्योधन अपने ही बल पर लड़ेगा तो पाण्डव भी किसी से सहायता माँगने नहीं जायेंगे। और फिर मेरे ये पुत्र किस दिन की प्रतीक्षा कर रहे हैं।"

सामने से अभिमन्यु आ रहा था।

"प्रणाम मातुल!" उसने बलराम के चरण स्पर्श किये।

बलराम ने अभिमन्यु को आशीर्वाद तो दिया, किन्तु उनके अपने मन का धुँधलका छँट नहीं पाया...सुभद्रा तो आरम्भ से कुछ चतुर और चंचल थी। वह सदा आत्मनिर्भर और स्वाधीन रही है। कभी–कभी तो वह उन्हें परम स्वतन्त्र भी लगी है;...किन्तु वह उन्हें उद्दण्ड कभी

नहीं लगी थी। वे अपने स्नेह में उसकी उच्छृंखलता की उपेक्षा कर जाते थे अथवा तब वह उच्छृंखल थी ही नहीं? आजकल उसकी वाणी में बलराम को कभी अपनी उपेक्षा, कभी उद्दण्डता, और कभी अहंकार क्यों सुनाई पड़ने लगा है? उनके मन में ही उसके प्रति अब वह बालकोंवाला स्नेह भाव नहीं रहा अथवा पाण्डवों के सम्पर्क में आकर वह ही बदल गयी है?...

"कैसे हो अभिमन्यु!" बलराम ने उस पर एक परीक्षक दृष्टि डाली, "कैसी चल रही है तुम्हारी शस्त्र–शिक्षा?"

"आपकी कृपा है मातुल!" अभिमन्यु बोला, "आजकल व्यूह–रचना सीख रहा हूँ। लगता है कि व्यूह रचने की तुलना में व्यूह तोड़ना कुछ अधिक कठिन है।"

"ऐसा क्यों सोचते हो पुत्र?" बलराम ने पूछा, "जरासन्ध से हुए अपने युद्धों में हम व्यूह रचते भी रहे हैं और तोड़ते भी। ऐसा कौन–सा व्यूह है, जो कृष्ण ने न तोड़ा हो।"

"आप ठीक कहते हैं मातुल!" अभिमन्यु बोला, "किन्तु मैं तो इसलिए कह रहा था कि व्यूह रचने से आपको कोई रोकता नहीं है; किन्तु व्यूह तोड़ने से आपको रोकने को लिए सेनाएँ की सेनाएँ सामने खड़ी होती हैं। और जहाँ तक मातुल कृष्ण का सम्बन्ध है, वे अपनी योजना के अनुसार चल रहे हैं। मैं चक्रव्यूह की रचना पहले सीखना चाहता हूँ और वे हैं कि उसे टालते जा रहे हैं। उसमें प्रवेश करना तो लगभग मुझे आता ही है; किन्तु उसमें से निकल आना अभी मेरे लिए कुछ कठिन है।"

"तुम चक्रव्यूह में प्रवेश कर सकते हो?" बलराम ने कुछ आश्चर्य से पूछा।

"हाँ मातुल। साथ कोई अच्छा सहायक हो, पीछे से आनेवाले प्रहारों को कोई किसी सीमा तक झेलता चल ले तो मैं भीतर प्रवेश कर सकता हूँ।"

"किसने सिखाया? तुम्हारे पिता ने?"

"नहीं! पिताजी से जब मैं पृथक् हुआ था, तब तो मैं मात्र तीन

ही वर्षों का था। तब वे कैसे सिखाते, किन्तु उन्होंने कभी माँ से इस व्यूह की चर्चा की थी। वह चर्चा किन्हीं कारणों से पूरी नहीं हो पायी थी, तो माँ ने भी केवल प्रवेश ही सीखा था। माँ ने वही मुझे सिखा दिया है। अब मातुल कृष्ण उसको तोड़कर बाहर आना सिखाएँ तो मेरा प्रशिक्षण पूरा हो।"

बलराम ने कुछ आश्चर्य से सुभद्रा की ओर देखा : उसकी क्षमताओं को वे जानते थे; किन्तु यह नहीं जानते थे कि वह चक्रव्यूह जैसे जटिल व्यूहों को वेधना भी जानती है और अपने इस बालक पुत्र को भी सिखा सकती है। उनकी इच्छा हुई कि वे पुराने समय के ही समान सुभद्रा के सिर पर अपनी हथेली रखकर उसकी सराहना करें...किन्तु जाने वह क्या था, जो उनकी भुजा और जिह्वा दोनों को ही थामे हुए था। सुभद्रा के मुख की उस मुस्कान में उन्हें पाण्डवों का अहंकार और अपनी अवगुंठित उपेक्षा दिखायी पड़ रही थी।

"तुम सीखने को इतने आतुर हो तो कृष्ण तुम्हें पहले चक्रव्यूह के विषय में ही शिक्षा क्यों नहीं देता?"

बलराम मुस्कुरा रहे थे। वे अपने प्रश्न का उत्तर जानते थे। वे जानते थे कि अभिमन्यु अभी छोटा था। वह चक्रव्यूह के वेग को झेल नहीं सकता था।

"मातुल कहते हैं कि माँ ने मुझे यह तब सिखाया था, जब मैं यहाँ अकेला था। शेष मेरे भाई काम्पिल्य में थे। अब, जब वे सब लोग यहीं हैं, मुझे अकेले को अलग से कुछ नहीं सिखाया जा सकता।"

"तो उन सबको भी सिखा दें।" बलराम बोले, "वास्तविक बात यह है कि या तो वह तुम्हें सिखाना नहीं चाहता, या फिर तुममें अभी उसे सीखने की क्षमता विकसित नहीं हुई है।"

बलराम की यह बात न सुभद्रा को अच्छी लगी, न अभिमन्यु को ही। वे दोनों ही समझ रहे थे कि यह बलराम का विनोद नहीं था। वे सचमुच ही अभिमन्यु की क्षमता को कम आँक रहे थे। सुभद्रा चुप रही; जाने क्यों इस समय बलराम अभिमन्यु की प्रशंसा करना नहीं चाहते थे।...किन्तु अभिमन्यु मौन नहीं रहा।

"नहीं मातुल! मातुल कृष्ण कहते हैं कि मेरे अन्य भाई पहले ही प्रशिक्षण में मुझसे पीछे चल रहे हैं। ऐसे में मुझ अकेले को और आगे का पाठ पढ़ाना उचित नहीं है। मेरे लिए भी इतना स्वार्थी होना शोभनीय नहीं है। जब वे लोग मेरे समकक्ष आ जायेंगे और मेरे साथ सीख सकेंगे तो मातुल मुझे चक्रव्यूह सम्बन्धी सारा ज्ञान दे देंगे। अभी तो बस मैं भीतर प्रवेश ही कर सकता हूँ।"

बलराम को अभिमन्यु का उत्तर अपनी धारणा के सर्वथा विरुद्ध लगा। निश्चित रूप से सदा अपनी प्रशंसा सुनने का अभ्यस्त अभिमन्यु यथार्थ को स्वीकार नहीं कर पा रहा था। उचित था कि बलराम उसे उसकी वास्तविकता बता ही दें।

"तुम ऐसा समझते हो कि चक्रव्यूह को वेध कर भीतर प्रवेश की क्षमता तुममें है; किन्तु वस्तुतः प्रवेश करके तुमने देखा तो नहीं है न! बहुत सम्भव है कि वास्तविक युद्ध में तुम्हारी यह विद्या सफल न हो पाये। तुमने न अभी किसी युद्ध में इसका प्रयोग करके देखा है, और न तुमने उसे किसी विश्वसनीय युद्धाचार्य से सीखा है।"

"भैया! आशीर्वाद न देना चाहें तो न दें; किन्तु ऐसा शाप तो न दें।" बहुत चाहने पर भी सुभद्रा अपने मन की कटुता छुपा न सकी।

"इसमें शाप की क्या बात है सुभद्रे! योद्धाओं को अपने विषय में भ्रम में नहीं रहना चाहिए। ऐसे भ्रम कभी–कभी बहुत घातक प्रमाणित होते हैं।" बलराम अपनी बात पर टिके रहे, "तुमने भी अर्जुन से इसकी चर्चा ही सुनी है। न अर्जुन ने युद्ध में इसका प्रयोग कर तुम्हें सिखाया, न तुमने किसी युद्ध में इसका प्रयोग करके देखा, तो फिर यह कैसे मान लिया जाये कि सिखानेवाले ने उसे त्रुटिहीन ढंग से सिखाया और सीखनेवाले ने उसे पूर्णता से सीखा।"

सहसा सुभद्रा हँस पड़ी। समझ गयी कि इस समय बलराम अपनी बात पर अड़ने की मुद्रा में हैं।

"अब तो एक ही विधि है भैया! अभिमन्यु की क्षमता प्रमाणित करने की।"

"क्या विधि हो सकती है?" बलराम अपनी सफलता पर प्रसन्न थे।

"आप चक्रव्यूह रचें और अभिमन्यु उसमें प्रवेश करके दिखाये।"

"ओह!" बलराम अट्टहास कर उठे, "तुम बहुत चतुर हो सुभद्रा! तुम चाहती हो कि इस विधि से अभिमन्यु चक्रव्यूह में प्रवेश करने का अभ्यास कर ले। फिर वह हठ कर, मुझसे चक्रव्यूह की शेष विधियाँ सीख ले। कृष्ण सिखाना नहीं चाहता, इसलिए उसकी इच्छा के विरुद्ध यह मुझसे सीख ले और कृष्ण को अँगूठा दिखा दे।"

"आपकी कल्पना तो इस समय असाधारण रूप से उर्वर हो रही है भैया!" सुभद्रा ने बलराम की बात में से कोई गम्भीर अर्थ ग्रहण नहीं किया, "जो कुछ कहनेवाले के भी मन में न हो, आप उसकी भी कल्पना कर सकते हैं।"

"हाँ! मैं यह कल्पना भी तो कर रहा हूँ कि पाण्डवों के अज्ञातवास सम्बन्धी सूचनाओं के चारों ओर तुमने चक्रव्यूह रच लिया है और मैं अपने सारे प्रयत्नों के पश्चात् भी उसे वेध नहीं पाया हूँ। किसी के रचे हुए चक्रव्यूह में अभिमन्यु प्रवेश कर सकता है; किन्तु तुम्हारे रचे हुए चक्रव्यूह का वेधन मुझसे नहीं हो सका।"

बलराम हँस रहे थे और हँसते–हँसते उठकर वे चले गये। सुभद्रा और अभिमन्यु चुपचाप खड़े उन्हें जाते हुए देखते रहे।

"आज मातुल का मन किस ओर चल पड़ा है?" अभिमन्यु बोला।

"कभी–कभी इनके साथ ऐसा भी होता है।" सुभद्रा ने उत्तर दिया, "मन हठ पकड़ लेता है तो हिलता ही नहीं। ऐसी दशा में इन्हें केशव ही सँभाल सकते हैं। सोचती हूँ तो डर जाती हूँ कि जिस दिन इन्होंने केशव की भी न मानी, उस दिन द्वारका का क्या होगा।"

अभिमन्यु ने माँ की ओर कुछ ऐसी दृष्टि से देखा, जो कह रही थी, कि न वह मातुल की बात समझ पाया था, और न वह अब अपनी माँ की बात समझ रहा था। उसने अपने कन्धे उचकाये और निश्चिन्त भाव से आगे बढ़ गया।

किन्तु सुभद्रा की चिन्ता दूर नहीं हुई। बलराम निश्चित रूप से अपने मन में एक गाँठ लेकर गये थे; और बलराम के मन की यह गाँठ उनमें से किसी के लिए भी हितकर नहीं हो सकती थी।

आत्मलीन.से बलराम चलते हुए कब सांब के भवन में प्रवेश कर गये, उन्हें पता ही नहीं चला। उन्होंने अपने आपसे पूछा भी कि वे सांब के भवन में क्या करने जा रहे हैं; किन्तु न ही उनके प्रश्न का कोई उत्तर मिला, और न ही उनके पग थमे। पग तब रुके, जब सांब की पत्नी, दुर्योधन–पुत्री लक्ष्मणा ने आकर उनके चरण स्पर्श कर उन्हें प्रणाम किया।

"कैसी हो बहू?"

"आपका आशीर्वाद है ताया जी।"

उसने आसन रख दिया और दासी के हाथ से लेकर, स्वयं जल का चषक उनकी ओर बढ़ाया।

"सांब कहाँ है?" बलराम ने जल का चषक थाम लिया।

"बताकर नहीं गये।" लक्ष्मणा बोली, "बस यही कह गये हैं कि सन्ध्या तक ही लौट पायेंगे।"

"ऐसा कौन–सा स्थान है, जहाँ वह जाता है और तुम्हें बताना नहीं चाहता। तुम्हें ध्यान नहीं रखना चाहिए कि किसी अनुचित स्थान पर तो नहीं जाता।"

"ध्यान रखती हूँ ताया जी! और यह भी ध्यान रखती हूँ कि इस प्रकार पति–पत्नी में झगड़ा करवाना आपकी क्रीड़ा है।" लक्ष्मणा हँसकर बोली।

"इसका अर्थ है कि उस दुष्ट ने तुम्हें मेरे विषय में वह सब भी बता दिया, जो मात्र उसके और मेरे बीच का रहस्य था।"

"नहीं ताया जी! अब यह उनके और आपके बीच का ही रहस्य नहीं है। अब तो इस रहस्य को सारी द्वारका जानती है।" लक्ष्मणा बोली।

"अच्छा! और मुझे पता भी नहीं चला कि द्वारकावासी मेरी क्रीड़ाओं में भी इतनी रुचि रखते हैं।" बलराम फिर से कुछ आत्मलीन हो गये, "हाँ! मैं भी तो दूसरों में इतनी रुचि रखता हूँ। अब प्रातः से इसी व्यसन में घूम रहा हूँ कि पाण्डव द्वारका आये या नहीं आये।"

"तो क्या पता लगा, ताया जी! पाण्डव द्वारका आये या नहीं आये?"

"पाण्डवों के रथ और सारथि तो द्वारका में आये हैं; किन्तु अभी पाण्डवों के दर्शन किसी को नहीं हुए हैं।"

"इसका क्या अर्थ है ताया जी!" लक्ष्मणा ने पूछा।

बलराम ने उसके प्रश्न की ओर ध्यान नहीं दिया। वे जैसे शून्य में कुछ खोजते रहे और सहसा लक्ष्मणा की ओर घूमे, "लक्ष्मणा, क्या तुम जानती हो कि अज्ञातवास के लिए पाण्डव कहाँ गये हैं?"

"नहीं ताया जी! मैं कैसे जानूँगी।" लक्ष्मणा सकपका गयी, "मेरा तात्पर्य है कि यह तो गोपनीय सूचना है। यह किसी को भी ज्ञात नहीं होना चाहिए। यदि यह सूचना भी प्रचारित हो गयी तो फिर अज्ञातवास ही क्या रहेगा।"

"हाँ है तो गोपनीय ही।" बलराम से कहे बिना नहीं रहा गया, "और तुम जानोगी भी कैसे। तुम तो दुर्योधन की पुत्री हो।"

अकबकायी–सी लक्ष्मणा, फटी–फटी आँखों से बलराम की ओर देखती रही...क्या कह रहे हैं वे। वे उसे सांब की पत्नी अथवा कृष्ण की पुत्रवधू न कहकर, दुर्योधन की पुत्री कह रहे हैं।...उसके मन में तो यह पूर्णतः स्पष्ट है कि अज्ञातवास सम्बन्धी सूचना, पाण्डवों की अत्यन्त गोपनीय निधि है। उस गोपनीयता से उनका सारा राज्य और धन सम्पत्ति ही नहीं, मान–सम्मान और कदाचित् उनके प्राण भी अनुबन्धित हैं।...ऐसे में वे सूचनाएँ, द्वारका में सार्वजनिक रूप से प्रचारित कैसे हो सकती हैं।...जहाँ तक लक्ष्मणा समझती थी, स्वयं बूआ सुभद्रा भी नहीं जानती थीं कि इस समय पाण्डव कहाँ हैं; तो लक्ष्मणा यह कैसे जान सकती थी।...तो फिर ताया जी यह सब क्यों कह रहे हैं?...

जब तक कि वह सँभलती, बलराम का दूसरा प्रश्न किसी तीक्ष्ण बाण के समान उसके वक्ष में आ लगा, "द्वारका में तो तुम्हें किसी ने कुछ नहीं बताया, तो क्या दुर्योधन ने भी तुम्हें कोई सूचना नहीं दी?"

लक्ष्मणा के मन और मस्तिष्क जैसे स्तब्ध खड़े कुछ समझने का प्रयत्न कर रहे थे।...यह भी ताया जी का कोई परिहास ही था, कोई क्रीड़ा थी, अथवा वे सचमुच विश्वास करते थे कि उसमें और उसके पिता में कोई ऐसा सम्पर्क था, जिसके माध्यम से उसे हस्तिनापुर से

सूचनाएँ भिजवाई जाती थीं, अथवा भिजवाई जा सकती थीं?...यह सन्देह था? आरोप था?? अथवा मात्र क्रीड़ा थी???

बलराम ने और कुछ नहीं कहा। बिना किसी पूर्व संकेत अथवा चेतावनी के वे अकस्मात् ही उठ खड़े हुए। जब तक कि लक्ष्मणा उनसे कुछ पूछने की बात सोच पाती, वे बाहर की ओर चल पड़े थे। वह चुपचाप खड़ी उन्हें जाते हुए देखती रही। वे द्वार से बाहर निकल गये और उनका अनुसरण करती हुई दासी ने, उनके पीछे कपाट भिड़ा दिये।

बाहर खुले में ठण्डी बयार बह रही थी। बलराम को लगा कि भवन के बाहर आकर, वे कुछ अधिक सुखद स्थिति का अनुभव कर रहे हैं। उनका मन भी कुछ अधिक सजग हो उठा था...यह वे क्या कह आये लक्ष्मणा को?...कहीं लक्ष्मणा के मन में यह बात जम गयी कि यादव उस पर विश्वास नहीं करते, क्योंकि वह दुर्योधन की पुत्री है तो क्या परिवार में कलह नहीं होगी?...वे अपने ही परिवार में ऐसा विभाजन क्यों कर रहे हैं?...

किन्तु अगले ही क्षण, मन का कोई अन्य अंश अधिक सबल हो उठा...वे विभाजन कर रहे हैं? वे कहाँ चाहते हैं कोई विभाजन?...पर कोई उन्हें क्यों नहीं बताता कि पाण्डव कहाँ हैं? क्या किसी ने उन्हें परिवार का अंग माना?

उन्होंने चकित होकर अपने मन में झाँका : यह क्या हो रहा है उन्हें? पाण्डवों के सबसे बड़े शत्रु दुर्योधन की पुत्री भी समझती है कि यह सारा प्रसंग गोपनीय है...तो उनका मन क्यों नहीं मान रहा कि यह पाण्डवों का अपना रहस्य है, जिसे और कोई नहीं जानता। अपनी रक्षा के लिए ही पाण्डव इस रहस्य की रक्षा कर रहे हैं। कोई बलराम से कुछ नहीं छुपा रहा। कोई उन्हें पराया नहीं समझ रहा। कोई उनकी उपेक्षा नहीं कर रहा?...

बलराम सोचते रहे और चलते रहे। कभी बाहर दृष्टि डाल लेते थे और कभी मन के भीतर झाँक लेते थे...वहाँ उन्हें कभी लक्ष्मणा बैठी दिखाई दे जाती थी कभी कृतवर्मा।...बलराम निर्णय नहीं कर

पा रहे थे कि दोनों में से कौन सत्य के अधिक निकट था...लक्ष्मणा या कृतवर्मा...या फिर उनका अपना मन ही किसको अपने अधिक निकट पा रहा था...

14

विराट अपने कक्ष में आये तो उनका मन और अधीर हो उठा था। केवल उत्तर जानता था कि कंक कौन है। कदाचित् वह यह भी जानता हो कि बल्लव कौन है।...पर वह बतायेगा नहीं और राजा उसे इस काम के लिए बाध्य भी नहीं कर सकते। वह कुछ अनुचित भी नहीं कह रहा। वस्तुतः राजा को भी उस देवपुरुष के प्रति कृतज्ञ होना चाहिए, जिसने अपने रणकौशल से उनके पुत्र के प्राण बचाये और उनके राज्य की भी रक्षा की। उसकी इच्छा का सम्मान उन्हें भी करना चाहिए था।...पर यह कंक है कौन?

राजा की समझ में कुछ नहीं आ रहा था। वे जितना सोचते जाते थे, उतना ही उलझते जाते थे। किसी क्षण उन्हें लगने लगता था कि कंक ही युधिष्ठिर है, बल्लव भीम है, तन्तिपाल और ग्रन्थिक, नकुल और सहदेव हैं, सैरन्ध्री पांचाली कृष्णा है...और अगले ही क्षण लगता था कि ऐसा नहीं हो सकता था।...युधिष्ठिर को द्यूत का ज्ञान नहीं था। भीम रसोई में होता तो सारा भोजन वही खा जाता; और किसी को तो मिलता नहीं। पांचाली कृष्णा किसी की सेवा नहीं कर सकती थी।...और अर्जुन तो यहाँ था ही नहीं।...

सहसा उनका ध्यान बृहन्नला की ओर चला गया। वह भी तो रणभूमि में गयी थी। एक षडक युद्धभूमि में जाये, एक योद्धा का सारथ्य करे, शरीर पर घाव खाये...क्या यह सब विचित्र नहीं था? उसने छह–छह कौरव महारथियों के साथ युद्ध करने वाले देवपुरुष का सारथ्य किया था। कहीं वही अर्जुन तो नहीं?...और राजा के अपने ही मन ने उसका विरोध किया...अर्जुन, और बृहन्नला के रूप में?

राजा की अपनी युवती दासियों ने उसकी परीक्षा की थी। उन्होंने प्रमाणित किया था कि वह पुरुष नहीं है। वह नपुंसक है। राजकुमारी उत्तरा और उसकी सखियाँ वर्ष भर उसके सम्पर्क में रही हैं। उसके वेश में कोई भी छद्म होता तो वह इतने समय तक अनुद्घाटित नहीं रह सकता था।...नहीं! न अर्जुन बृहन्नला बनकर रह सकता है और न बृहन्ला, वस्तुतः अर्जुन हो सकती है।...

राजा अपने मस्तिष्क में होनेवाले तर्क–युद्ध से थक गये थे।... उन्होंने तर्क करना छोड़ दिया। वे अब समझौता करने की स्थिति में आ गये थे।...अच्छा नहीं हैं वे पाण्डव। तो क्या हो गया; और यदि वे पाण्डव हैं, तो क्या हो गया? उन्होंने पाण्डवों का पालन ही तो किया था। किसी का पालन करना कोई अपराध तो नहीं है।...पर अगले ही क्षण उनका मन एक नये पक्ष पर मुड़ गया...इसे पालन करना कहते हैं? उन्होंने धर्मराज युधिष्ठिर को अपशब्द कहे। पासा फेंककर उन्हें मारा। उनकी नासिका से रक्त बहाया। उन्हें अपना साधारण कर्मचारी समझा। धिक्कार! भीम से भोजन पकाने का काम करवाया। वह सेवक के समान उनसे पूछता रहा, उन्हें परोसता रहा और वे खाते रहे।...

यह सब तो फिर भी क्षम्य था। वे सब उनके सेवक के रूप में रह रहे थे और उनकी सेवा कर रहे थे; किन्तु यदि सैरन्ध्री ही स्वयं पांचाली कृष्णा है, तो उसके प्रति तो निश्चित अत्याचार हुआ है। उनके अपने मन में भी उसके प्रति लोभ जागा था। रानी ने उसे उसकी इच्छा के विरुद्ध कीचक के घर भेजा था। स्वयं राजा की उपस्थिति में कीचक ने उसका अपमान किया था और राजा ने उसकी रक्षा नहीं की थी।...और अन्त में राजा ने उपकीचकों को यह अनुमति दी थी कि वे सैरन्ध्री को जीवित ही जला दें।...क्या पाण्डव उन्हें क्षमा कर सकेंगे? क्या द्रौपदी यह सब भुला देगी??...पर कंक, बल्लव, ग्रन्थिक, तन्तिपाल तथा बृहन्नला सब ने ही तो उनके लिए अपने प्राणों को जोखिम में डाला था। उनकी सहायता की थी। उनकी रक्षा की थी। उनके राज्य, उनके धन और उनके परिवार को सुरक्षित रखने में

उनका ही सामर्थ्य तो था।...तो वे निश्चित रूप से पाण्डव नहीं हो सकते।...पर यदि वे पाण्डव नहीं थे, तो कौन थे वे?

राजा की समझ में कुछ नहीं आ रहा था।

"दासी!" उन्होंने पुकारा।

"महाराज!" दासी हाथ जोड़ खड़ी थी।

"माधवी लाओ।"

"महाराज को निद्रा नहीं आ रही?"

"हाँ।" राजा बोले, "प्रश्न मत करो। माधवी लाओ। इस समय और कोई मेरी सहायता नहीं कर सकता।"

...यदि वे पाण्डव ही हुए तो? वे पाण्डव हुए तो भीम उन्हें जीवित ही नहीं छोड़ेगा। वही होगा सैरन्ध्री का रक्षक गन्धर्व। उसी ने कीचक की वह दुर्गत की होगी। वह विराट को भी उसी प्रकार रौंदकर मांस का लौंदा–सा बना देगा। भीम ने छोड़ भी दिया, तो अर्जुन उन्हें नहीं छोड़ेगा। क्या करेंगे वे? करना क्या है, अर्जुन से उत्तरा का विवाह कर देंगे। कीचक की पुत्री भीम को ब्याह देंगे। कुछ तो करना ही होगा...

पर वे पाण्डव थे, तो उनसे असन्तुष्ट तो नहीं थे। वे तो उनकी ओर से युद्ध कर उनकी रक्षा कर रहे थे। पता नहीं वे प्रसन्न थे कि अप्रसन्न। राजा की तो समझ में ही कुछ नहीं आ रहा था।...

"दासी! माधवी...।"

विराटनगर में दो दिन उत्सव–ही–उत्सव होते रहे। नगर को सजाया गया। निर्धनों को दान दिया गया। प्रजा के मनोरंजन के लिए नृत्य गान और संगीत हुआ। मल्लों ने राजा से पुरस्कार पाये। कलाविदों को राजा ने उपहार दिये।...और स्वयं राजा अपने एकान्त में माधवी पीते रहे। उनके मन को शान्ति नहीं थी। उन्हें अपने किसी प्रश्न का उत्तर नहीं मिल रहा था। वे नहीं जानते थे कि अगले कुछ दिनों में उनके साथ क्या घटित होनेवाला है।...उनकी दृष्टि निरन्तर उत्तर पर लगी हुई थी। राजकुमार तनिक भी चिन्तित दिखाई नहीं पड़ता था। इससे वे एक प्रकार से निश्चिन्त होने का प्रयत्न भी करते थे, किन्तु चिन्ता थी कि उनका साथ ही नहीं छोड़ रही थी।

माधवी के प्रभाव में वे अनेक प्रकार की योजनाएँ भी बनाते रहते थे। यदि उस देवपुरुष ने आकर उनसे कुछ माँगा तो वे क्या करेंगे।... सैरन्ध्री का रक्षक वह गन्धर्व प्रकट हो गया तो वे क्या करेंगे।...कंक युधिष्ठिर ही निकला तो वे क्या करेंगे।...पर इस दो दिन के विजयोत्सव में किसी ओर से कोई बाधा नहीं पड़ी। न राजा की ओर से, न उनके मित्रों अथवा शत्रुओं की ओर से।

तीसरे दिन राजा प्रातः राजसभा में आये तो देखकर चकित रह गये कि कंक अपने सर्वश्रेष्ठ वस्त्रों में उल्लसित मुद्रा में राजाओं के लिए नियत स्वर्ण आसन पर बैठे हुए थे। उनके पीछे, और उनके साथ, मानो उनकी रक्षा करते हुए से बैठे थे बल्लव, तन्तिपाल तथा ग्रन्थिक। ...उनके साथ एक और व्यक्ति भी था, जो भीम के समान दीर्घाकार तो नहीं था; किन्तु पर्याप्त बलिष्ठ दिखायी पड़ता था। विराट ने उसे ध्यान से देखा : हाँ! वह बृहन्नला ही था, किन्तु आज वह पुरुष के रूप में था। साथ ही सैरन्ध्री भी बैठी थी। विराट को लगा, रहस्योद्घाटन का समय आ गया था। आज वे सारे के सारे ही अपना छद्म छोड़कर बैठे थे। कदाचित्, वे अपनी वास्तविकता प्रकट करने वाले थे।...

"कंक! मैंने तुम्हें पासा फेंकने वाला सभासद बनाया था; किन्तु आज तुम मेरे कर्मचारियों में नहीं, राजाओं के लिए नियत आसन पर बैठे हो? लगता है, तुमने आज राजाओं के स्थान पर बैठने की योग्यता अर्जित कर ली है।"

उत्तर कंक ने नहीं, पुरुष वेशवाले बृहन्नला ने दिया, "राजन्! ये साधारण राजाओं की बात ही क्या, इन्द्र के आधे सिंहासन पर बैठने के अधिकारी हैं।" फिर जैसे उसने उनका परिचय देते हुए कहा, "ये मूर्तिमान धर्म हैं। पराक्रमी पुरुषों में श्रेष्ठ हैं। इस संसार में सर्वाधिक बुद्धिमान और तपस्या के आश्रय हैं। ये पाण्डवों में अतिरथी वीर हैं। बलवान, धैर्यवान, चतुर, सत्यवादी और जितेन्द्रिय हैं। ये ही कुरुवंश में सर्वश्रेष्ठ धर्मराज युधिष्ठिर हैं।"

सारी सभा जैसे स्तब्ध रह गयी। सभासदों के नेत्र आश्चर्य से कुछ अधिक खुल गये।

विराट स्वयं अपनी स्थिति समझ नहीं पा रहे थे। वे पिछले तीन दिनों से इसी क्षण की प्रतीक्षा कर रहे थे। वे पिछले तीन दिनों से इसी क्षण का साक्षात्कार करने से आतंकित थे। वे समझ नहीं पा रहे थे कि वे प्रसन्न थे अथवा भयभीत थे। वे प्रसन्नतावश विह्वल थे, अथवा त्रासवश उनकी टाँगें काँप रही थीं।...

उन्होंने स्वयं को सँभाला, "आपका स्वागत है धर्मराज! यदि आप युधिष्ठिर हैं, तो आपके भाई भीम, अर्जुन, नकुल और सहदेव कहाँ हैं? आपकी पटरानी पांचाली कृष्णा कहाँ है? द्यूत में हारने के पश्चात् से आप लोगों के विषय में मेरे पास कोई सूचना ही नहीं थी।"

अर्जुन ने अपने सारे भाइयों तथा द्रौपदी का परिचय कराया।

विराट कहना चाहते थे कि यह सब उनके लिए कितना आकस्मिक था और कितना सम्भावित भी। पिछले तीन दिनों से वे यही तो सोच रहे थे कि कहीं वे लोग पाण्डव ही तो नहीं हैं। उन्हें कितनी प्रसन्नता है कि पाण्डव उनके इतने निकट थे...

"पिताजी!" उत्तर बोला, "मैंने आपसे जिस देवपुरुष की चर्चा की थी, जिन्होंने छह कौरव–महारथियों को अकेले ही पराजित किया था, वे ये ही हैं, कुन्तीपुत्र अर्जुन! ये न होते, तो आज न मैं होता, न आपका गोधन लौटता और राज्य के विषय में तो मैं कुछ कह ही नहीं सकता।"

राजा के मन में पिछले तीन दिनों की सारी ऊहापोह कौंध गयी।

विराट अपने हाथ जोड़कर युधिष्ठिर के सम्मुख खड़े हो गये, "मेरा सौभाग्य है कि आप लोग वन से सुरक्षित लौट आये हैं और आपने एक वर्ष का अज्ञातवास भी सफलतापूर्वक पूर्ण कर लिया है। आप लोग मेरे घर में रहे, यह भी मेरा सौभाग्य है। आपके विषय में न जानने के कारण मुझसे तथा मेरे परिवारवालों से जो कोई भूल हुई हो, उसे उदारतापूर्वक क्षमा करें और मेरा राज्य, मेरा कोष तथा मेरी सेना को स्वीकार करें। अब यह सब कुछ आपका है।"

युधिष्ठिर मुस्कुराये, "महाराज! हम आपके कृतज्ञ हैं कि आपने एक वर्ष तक हमारा पालन किया। अब हम आपके राज्य का अपहरण कैसे कर सकते हैं। हमें आपका नहीं अपना राज्य, इन्द्रप्रस्थ का राज्य, दुर्योधन से प्राप्त करना है। आप उसमें हमारी सहायता करें।"

विराट के मन की जैसे सारी आशंकाएँ छँट गयीं।...युधिष्ठिर उनसे रुष्ट नहीं थे। वैसे चाहे कंक के ही रूप में ही सही, युधिष्ठिर ने कहा था कि उन्होंने अक्रोध का व्रत लिया है। वे क्रोध नहीं करते। तो वे विराट पर भी क्रोध नहीं करेंगे।...यही अवसर था, जब वे उनका स्वागत कर सकते थे। उनको प्रसन्न कर सकते थे। उनका मन जीत सकते थे और उनके साथ अपना स्थायी सम्बन्ध स्थापित कर सकते थे।

"धर्मराज!" विराट बोले, "आपके चरित्र के विषय में मैंने बहुत कुछ सुना है। अब आपकी महानता प्रत्यक्ष देख रहा हूँ। मुझ पर एक कृपा और करें। मेरा एक अनुरोध स्वीकार करें।"

"कहिए महाराज! क्या इच्छा है आपकी?"

"मेरी इच्छा है कि आपके भाई धनंजय, मेरी पुत्री उत्तरा को अपनी पत्नी के रूप में ग्रहण करें।" विराट बोले, "उन्होंने एक वर्ष तक उसे नृत्य और संगीत की शिक्षा दी है। वे उसके गुणों को जानते हैं। वह उनकी प्रिय शिष्या है। उत्तरा के मन में भी उनके लिए अत्यधिक श्रद्धा है।"

युधिष्ठिर की दृष्टि द्रौपदी पर जा टिकी : उसे निश्चित रूप से यह प्रस्ताव प्रिय नहीं लगा था। उन्हें स्मरण था कि सुभद्रा को लेकर अर्जुन जब इन्द्रप्रस्थ लौटा था, तब भी द्रौपदी ने अपना विरोध जताया ही था।...

उनकी दृष्टि अर्जुन की ओर घूमी। उसके चेहरे पर अप्रसन्नता का कोई लक्षण नहीं था; किन्तु वहाँ किसी कामना की पूर्ति का उल्लास भी नहीं था।

उनके कुछ पूछने से पूर्व ही अर्जुन बोला, "विराटराज! मैं आपकी पुत्री और अपनी प्रिय शिष्या उत्तरा को अपनी पुत्रवधू के रूप में

ग्रहण करने का इच्छुक हूँ। आप शायद जानते हों कि मेरा ज्येष्ठ पुत्र अभिमन्यु सुभद्रा का पुत्र और श्रीकृष्ण का भागिनेय है।"

"वैसे तो मुझे इस सम्बन्ध में भी कोई आपत्ति नहीं है; किन्तु मैं जानना चाहता हूँ कि आप उसे अपनी पत्नी के रूप में क्यों ग्रहण करना नहीं चाहते?" विराट ने कहा, "क्या आप उसे इस योग्य नहीं पाते?"

"महाराज! अब मेरी अवस्था विवाह योग्य नहीं है। मेरी मानसिकता भी ऐसी नहीं है। ये सब मेरी अयोग्यताएँ हैं, उत्तरा की नहीं।" अर्जुन ने कहा, "मैंने वर्ष भर उत्तरा को अपनी शिष्या के रूप में देखा है। उसके प्रति मेरे मन में वात्सल्य का भाव है। यदि मैं उसे अपनी पुत्रवधू के रूप में स्वीकार करता हूँ, तो यह उसके तथा मेरे दोनों के चरित्रों की शुद्धता का प्रमाण है। यदि मैं उसे अपनी पत्नी के रूप में स्वीकार करता हूँ, तो यह शंका सदा ही उठेगी कि उस वर्ष भर में भी हमारे सम्बन्ध पिता–पुत्री के से नहीं थे।"

और किसी ने देखा हो या न देखा हो, किन्तु युधिष्ठिर ने देखा कि द्रौपदी के चेहरे पर से सारी काली घटाएँ छँट गयीं और वहाँ प्रफुल्लता छा गयी।

"मेरा विचार है कि धनंजय का निर्णय सर्वमान्य है।" युधिष्ठिर बोले, "मैं अर्जुन के बड़े भाई के रूप में, और इस परिवार के मुखिया के रूप में यह सम्बन्ध स्वीकार करता हूँ।"

आज वे पाँचों भाई और द्रौपदी प्रकट रूप से युधिष्ठिर के भवन में एकत्र हुए थे। विराट की तो बहुत इच्छा थी कि वे लोग उनके प्रासाद में निवास करें, किन्तु युधिष्ठिर उसके लिए सहमत नहीं हुए थे।

"अब?" भीम ने पूछा, "हस्तिनापुर चलना है अथवा अपने यहाँ होने की सूचना भिजवानी है?"

"सूचना किसे भिजवाएँगे पितामह को? महाराज धृतराष्ट्र को अथवा सीधे दुर्योधन को???" नकुल ने पूछा।

"मत्स्यराज विराट का आग्रह है कि हम अभी हस्तिनापुर न जायें। वे हमें अपने नगर उपप्लव्य में निवास करने का निमन्त्रण दे रहे हैं।" अर्जुन ने कहा, "वे चाहते हैं कि हम उसे अपना अस्थायी निवास मान लें। अपने सारे सम्बन्धियों को वहीं आमन्त्रित करें और वहीं अभिमन्यु और उत्तरा का विवाह हो।"

"मैं तो युद्ध की बात सोच रहा था।" भीम बोला, "और यहाँ विवाह की चर्चा हो रही है। तुम्हें अभिमन्यु के विवाह की इतनी शीघ्रता क्या है। वह अभी सोलह वर्षों का ही तो हुआ है। गृहस्थ आश्रम में प्रवेश के लिए वह अभी कम–से–कम नौ वर्ष प्रतीक्षा कर सकता है।"

अर्जुन हँस पड़ा, "मुझे कोई शीघ्रता नहीं है मध्यम! यह आग्रह तो विराटराज का है। वे नहीं चाहते हैं कि इस विवाह में कोई विलम्ब हो। सम्भवतः वे समझते हैं कि हम लोग अपने संघर्ष में उलझ गये तो विवाह टलता जायेगा।"

"मेरा भी मन हो रहा है कि एक पुत्र का विवाह कर ही लूँ।" द्रौपदी बोली, "देखूँ तो सही कैसा लगता है सास बनना और नन्ही–सी प्यारी बहू को अपने घर लाना।"

सबने युधिष्ठिर की ओर देखा।

"भीम युद्ध की बात सोच रहा है। पांचाली भी अपने प्रतिशोध की प्रतीक्षा कर रही है; किन्तु पुत्रवधू को भी अपने घर ले आना चाहती है।" युधिष्ठिर बोले, "हम चाहते हैं कि हम हस्तिनापुर जायें, ताकि अपना राज्य प्राप्त कर सकें और महाराज विराट चाहते हैं कि हम उपप्लव्य में रहकर विवाह करें।...अब हमें देखना है कि हम इन सब इच्छाओं और योजनाओं को कैसे संयोजित कर सकते हैं।"

"मुझे लगता है कि कुछ बातें तो सब में समान हैं।" सहदेव ने कहा, "सबसे पहले तो हमें सबको अपने सम्बन्धियों, मित्रों तथा शत्रुओं को सूचना देनी है कि हमने अपना वनवास और अज्ञातवास सफलतापूर्वक पूरा कर लिया है। हमें अपना राज्य प्राप्त करने के लिए सबसे सम्पर्क करना है। हमें युद्ध में मित्र सेनाओं को एकत्रित करने के लिए सबसे सम्पर्क करना है। हमें विवाह में आमन्त्रित करने के लिए सबसे सम्पर्क करना है।"

"अर्थात् सबसे पहले तो हमें सम्पर्क करना है, तो वह विवाह के निमन्त्रण के व्याज से ही हो।" युधिष्ठिर बोले, "हम उपप्लव्य नगर में अपना शिविर स्थापित करते हैं। वहीं से सबको अभिमन्यु के विवाह का निमन्त्रण भेजते हैं। विवाह के अवसर पर हमारे सारे सम्बन्धी और मित्र एकत्रित होंगे और तब यह परामर्श और विचार–विमर्श भी हो सकता है कि हम बात कहाँ से आरम्भ करें...अपना राज्य माँगने से? प्रतिशोध में?? अथवा युद्ध से???"

"देखिए, युद्ध तो होगा ही।" भीम बोला, "यह तो सम्भव ही नहीं है कि आप हस्तिनापुर पहुँचकर कहें कि हमने द्यूत की सारी प्रतिज्ञाएँ पूर्ण कर दी हैं और दुर्योधन आपको आपका राज्य लौटा दे। हम इन्द्रप्रस्थ में स्थापित हो जायें और तब अपनी सेना सजा कर दुर्योधन और दुःशासन से अपना प्रतिशोध लेने जायें। युद्ध के बिना दुर्योधन आपको राज्य लौटायेगा ही नहीं।"

"ऐसी स्थिति में हमें पहले शक्ति संचय करनी चाहिए।" नकुल बोला, "और उसके लिए विवाह के बहाने सबको एकत्रित कर लेना सबसे सरल विधि है।"

"इसका अर्थ है कि बारात के बहाने सेना एकत्रित होगी और बहू को घर लायेंगे तो रणलक्ष्मी भी साथ ही आयेगी।" द्रौपदी बोली।

"आभास तो कुछ ऐसा ही हो रहा है।" सहदेव बोला।

"अर्जुन! विराटराज का उपप्लव्य में निवास का प्रस्ताव स्वीकार करो।" युधिष्ठिर बोले, "भीम! विवाह का निमन्त्रण प्रेषित करो द्वारका, काम्पिल्य, काशी, चेदि...सब स्थानों पर।"

"मध्यम! स्मरण रहे यह निमन्त्रण युद्ध का उद्घोष है।" द्रौपदी ने कहा, "इसलिए उसी शैली में जाये कि प्रत्येक बराती एक–एक अक्षौहिणी सेना लेकर आये।"

"हस्तिनापुर के विषय में क्या सोचा है?" अर्जुन ने पूछा, "माँ को सूचित नहीं करना है क्या? और विदुर काका??? पितामह और आचार्य???"

सबने युधिष्ठिर की ओर देखा।

"माँ विवाह में नहीं आयेंगी।" युधिष्ठिर बोले।

"क्यों? पौत्र के विवाह में नहीं आयेंगी।"

"मैं अपनी माँ को जानता हूँ।" युधिष्ठिर बोले, "वे तो हस्तिनापुर से तब ही हिलेंगी, जब या तो हम इन्द्रप्रस्थ के सिंहासन पर बैठकर उन्हें लाने के लिए राजकीय रथ भेजें अथवा युद्ध में दुर्योधन को पराजित कर, विजयी के समान हस्तिनापुर जाकर स्वयं उनको अपने रथ में बैठाकर लायें।"

"तो यह माँ की प्रच्छन्न तपस्या है?" सहदेव ने पूछा।

"तपस्या कह लो अथवा हठ कह लो?" युधिष्ठिर ने कहा।

"माँ की हठ उचित ही है।" द्रौपदी बोली, "वे ऐसा न करतीं तो आप अपना राज्य लौटाने की चर्चा भी न करते। आप अपनी माँ को जानते हैं तो वे भी तो अपने पुत्र की प्रकृति से परिचित हैं।"

"माँ मुझे सिंहासन पर बैठाने की इच्छुक हैं, तो फिर मार्ग की कोई भी बाधा क्या कर सकती है।" युधिष्ठिर हँसे, "उठो अर्जुन! विराटराज को अपनी योजनाओं से अवगत करा आओ। इस बार उपप्लव्य से ही पाण्डवों के जीवित ही नहीं विजयी होने का भी उद्‌घोष हो। धर्म स्थापना की घोषणा हो।"

15

अर्जुन के कक्ष में प्रवेश करते ही द्रौपदी उत्साहपूर्वक उसकी ओर बढ़ी, "ओह फाल्गुन!"

अर्जुन के मन की सहस्रों आशंकाएँ इस एक सम्बोधन से मिट गयीं।...नहीं, पांचाली उससे रुष्ट नहीं थी। यदि रुष्ट होती तो वह उसे किसी और नाम से पुकार सकती थी, किन्तु 'फाल्गुन' कहकर कभी सम्बोधित नहीं करती। वह अत्यधिक औपचारिक होकर उसके प्रति असाधारण सम्मान प्रदर्शित करती। उस पर इस प्रकार की अनौपचारिक सहज और प्रिय मुस्कान न लुटाती। इसमें तो उसके हृदय का नैसर्गिक और मादक उल्लास झलक रहा था।

"कैसी हो प्रिये?"

"मैं! बहुत प्रसन्न हूँ। सच पूछो तो प्रसन्नता के मारे एकदम बौराई हुई हूँ।"

"क्यों? क्यों??" अर्जुन सहज भाव से हँसा।

"एक तो अभी तक जैसे मुझे विश्वास ही नहीं हो रहा था कि हमारा वनवास ही नहीं अज्ञातवास भी समाप्त हो गया है।...और दूसरे मेरे लिए यह कल्पना करना भी कठिन हो रहा है कि हमारा पुत्र इतना बड़ा हो गया है कि उसका विवाह हो सकता है। अभी तक तो मैं सास रूप में माता कुन्ती को ही देखती हूँ। अपनी तो उस रूप में कल्पना भी नहीं कर पाती।"

"क्यों? किसी समय की वधू ही तो अवसर आने पर सास बनती है।"

"हाँ! किन्तु मेरे मन में सास की छवि एक वृद्धा के रूप में है और मेरा मन अभी स्वयं को वृद्धा मानने को प्रस्तुत नहीं है।" द्रौपदी झेंपी–सी मुस्कुरा रही थी।

"मेरा विचार है कि जब हमारा विवाह हुआ था तो माता भी कोई ऐसी वृद्धा नहीं थी।" अर्जुन ने कहा।

"किन्तु मैं तो उस समय एक किशोरी मात्र ही थी।" द्रौपदी बोली, "मैंने सर्वप्रथम उन्हें एक प्रौढ़ा के रूप में देखा और आज तक मेरा मन उन्हें प्रौढ़ा ही मानता है। मेरी अवस्था उनकी तब की अवस्था से अधिक भी हो जाये, तो मैं स्वयं को उस प्रकार प्रौढ़ा नहीं मान पाऊँगी।"

"सत्य है।" अर्जुन ने कहा, "हम पहली बार जिसको जिस रूप में देखते हैं, उसे उस रूप में ही स्वीकार कर लेते हैं, और फिर उसमें परिवर्तन करना कठिन होता है। मैंने तुम्हें एक किशोरी के रूप में देखा था, तो तुम मेरे लिए किशोरी ही रहोगी। मुझे तुम्हारे इस आनन में सदा वही चेहरा झाँकता दिखायी देगा।"

"तो मैं तुम्हारे लिए कभी प्रौढ़ा नहीं हूँगी? कभी वृद्धा नहीं हूँगी?" द्रौपदी ने पूछा।

"लगता तो यही है।" अर्जुन ने उत्तर दिया, "मेरा मन तुम्हारे जिस रूप पर रीझा था, वह कैसे विस्मृत हो सकता है। वैसे जब हमारा विवाह हुआ था, न हमारी अवस्था इतनी कम थी, न माता की। अभिमन्यु अभी केवल सोलह वर्षों का है। तुम्हारी अवस्था भी उतनी नहीं है। तुम अपनी युवावस्था में सास बनने जा रही हो। इतनी युवा सास पाना उत्तरा के लिए भी सौभाग्य का विषय है।"

"लगता है आज अपने कक्ष से ही चाटुकारिता की योजना बनाकर चले थे।" द्रौपदी ने उसे ललित दृष्टि से देखा।

"नहीं अपने कक्ष से तो मन में एक पाप लेकर चला था। तुम अनुमति दो तो तुमसे कहकर अपने मन का बोझ हल्का कर लूँ।"

"पाप?" द्रौपदी चकित थी, "तुम्हारे मन में पाप, फाल्गुन?"

"हाँ! मेरे मन में पाप था।" अर्जुन ने कहा, "मैं सोच रहा था कि हमारे पुत्रों में सबसे पहले अभिमन्यु का विवाह हो रहा है। वह न तो अपने भाइयों में सबसे बड़ा है न ही तुम उसकी जननी हो। क्या तुम्हें यह बात माता कुन्ती के समान कोंचती नहीं होगी कि बड़े होते हुए भी किसी द्रौपदेय का विवाह नहीं हो रहा...।"

द्रौपदी ने अर्जुन की बात सुनी और चुप रह गयी। वह 'तुम्हारा पुत्र' न कहकर 'द्रौपदेय' तथा सुभद्रा का पुत्र न कहकर, 'सौभद्र' कह रहा था। वह उसे देखती रही और मन ही मन विचार करती रही।

"क्या सोच रही हो?" अर्जुन ने पूछा।

"सोच रही हूँ कि यदि तुम्हारे मन में यह था तो सचमुच ही पाप ही था; और यदि इस विचार के साथ लगा पापबोध भी था तो यह पाप नहीं था।" द्रौपदी मुस्कुरायी, "अब सोचती हूँ कि माता कुन्ती के ही समान मेरे मन में परिवेदन का विचार क्यों नहीं आया? माता ने हमारे विवाह के समय जो कुछ सोचा था, वह उनका स्वार्थ नहीं, धर्म ही था। तो मैंने क्यों नहीं सोचा?" द्रौपदी रुकी, "मैंने कदाचित् इसलिए नहीं सोचा, क्योंकि विराट ने उत्तरा का विवाह तुमसे करने का प्रस्ताव रखा था। तुमने उसे अपनी पुत्रवधू माना तो मेरे वक्ष से पहाड़–सी चिन्ता हट गयी। अब अपनी इस अवस्था

में मैं एक नयी सपत्नी को नहीं झेल सकती; और उत्तरा जैसी बच्ची को अपनी सपत्नी के रूप में देखने की कल्पना भी असह्य है मुझे। फिर तुमने अपनी पुत्रवधू के विषय में सोचा तो निश्चय ही तुम्हारे मन में अपने औरस पुत्रों में बड़े का ही ध्यान आयेगा। श्रुतकर्मा छोटा है, अभिमन्यु बड़ा है। तुमने ठीक ही सोचा फाल्गुन। मैं आपत्ति करती तो यह कर सकती थी कि तुमने उलूपी के पुत्र इरावान अथवा चित्रांगदा के पुत्र बभ्रुवाहन के विवाह के विषय में क्यों नहीं सोचा।"

"सोचा था।" अर्जुन ने कहा, "किन्तु वे लोग अपने मातामहों के उत्तराधिकारी हैं। सम्भवतः वे विराट को स्वीकार्य नहीं होते। वे हमारे निकट भी नहीं हैं न मेरे निकट, न तुम्हारे, न सुभद्रा के। उनके लिए उत्तरा का हाथ माँगना क्या उचित होता?"

"जब तुमने इतना ही सोचा है फाल्गुन! तो यह भी सोच सकते थे कि अभिमन्यु के अविवाहित रहते, श्रुतकर्मा का विवाह कर मैं कैसे प्रसन्न रह सकती थी। परिवेदन के पक्ष में मैं भी नहीं हूँ।" द्रौपदी ने कहा।

"यह बात तो सोच ही सकती थीं कि प्रतिविंध्य के अविवाहित रहते अभिमन्यु का विवाह हो रहा है।" अर्जुन ने उस पर एक गम्भीर दृष्टि डाली।

"ईर्ष्या मेरे स्वभाव में नहीं है, ऐसा नहीं कहूँगी, किन्तु उदारता भी है मुझमें।" द्रौपदी ने कहा, "सुभद्रा से जब ईर्ष्या की थी तो की थी। जब उसे अपनी बहन मान लिया तो उसके गर्भ से जन्मे अपने ही पुत्र से क्या ईर्ष्या। वह मेरे प्रिय फाल्गुन का औरस पुत्र है। सपत्नी के माध्यम से ही सही। सखा कृष्ण का भागिनेय है अभिमन्यु।...और प्रिय! अपने पुत्रों को इस प्रकार बाँटकर देखती तो उन्हें सुभद्रा के पास छोड़कर तुम लोगों के साथ वन कैसे चली जाती। सुभद्रा की उदारता का कोई प्रतिदान नहीं है मेरे पास। उसने अपने अभिमन्यु के साथ मेरे भी पाँचों पुत्रों को समान प्रेम से पाला है तेरह वर्ष। अपने मातुल और मातामह के पास नहीं रहे वे। अपनी माता के पास रहे।

मैंने तो फिर पाँचों पुत्रों को जन्म दिया है। सुभद्रा का तो एक ही पुत्र था छोटा–सा। सन्तान पालन का ऐसा कौन–सा अनुभव था उसको कि मेरे पाँच पुत्रों को भी इतनी ममता दे सकती। पर कृष्ण की सहोदरा है वह। उसके मन में भी अथाह प्रेम है। कृपण नहीं है वह। तो उसके प्रति अथवा उसके पुत्र के प्रति मैं अपने मन में ईर्ष्या भाव कैसे ला सकती हूँ। कृतघ्न नहीं हूँ मैं।...वैसे भी...” वह मौन हो गयी।

“वैसे भी क्या?” अर्जुन ने पूछा।

“जन्म उसे चाहे सुभद्रा ने दिया है, किन्तु सन्तान तो वह मेरी ही है। मेरी सम्पत्ति है। उसे मैं सुभद्रा को ही क्यों दे डालूँ।...तुम जो चाहे कहो और समझो फाल्गुन! किन्तु विवाह तो मेरे ही पुत्र का हो रहा है।” द्रौपदी वस्तुतः प्रसन्न दिखायी दे रही थी।

“यह भी नहीं पूछोगी कि मत्स्यराज के प्रस्ताव पर मैंने क्यों अभिमन्यु के ही विषय में सोचा?”

“बताना चाहते हो तो बताओ।” द्रौपदी बोली, “मैंने तो अपने आप ही कल्पना कर ली थी।”

“कल्पना तो तुमने अच्छी ही की, किन्तु मेरे मन में वही नहीं था।” अर्जुन ने कहा, “जब मत्स्यराज ने उत्तरा के विवाह का प्रस्ताव रखा तो यह तो मेरे मन में स्पष्ट ही था कि मुझे उससे विवाह नहीं करना है। वस्तुतः मुझे और विवाह नहीं करना था। इस दृष्टि से मुझे तत्काल प्रस्ताव को अस्वीकार कर देना चाहिए था; किन्तु मत्स्यराज जैसे राजा के प्रस्ताव का तिरस्कार मुझे प्रिय नहीं था। वैसे भी हम चाहते थे कि उनके वंश से हमारा घनिष्ठ सम्बन्ध हो। सम्बन्ध का ऐसा अवसर हम चूकना नहीं चाहते थे। और तुम जानती हो कि मुझे अपनी वह शिष्या आत्मजा के समान प्रिय हो गयी थी। मैं उसे स्वयं से दूर भी नहीं करना चाहता था और उसके लिए अच्छे से अच्छे वर की कामना भी करता था। उसकी अवस्था, उसका रंग–रूप तथा उसकी देहयष्टि इत्यादि को देखते हुए मुझे पाण्डवों के पुत्रों में से अभिमन्यु ही उसके लिए सर्वाधिक उपयुक्त वर लगा था।

अपने औरस पुत्र की बात मेरे मन में नहीं थी। फिर वह सुभद्रा का सबसे बड़ा पुत्र है, इसलिए हम परिवेदन जैसे पाप से भी बच जाते हैं।''

"जब इतना सोचा है तो यह भी सोचा होगा कि अभिमन्यु और उत्तरा की अवस्था अभी ब्रह्मचर्य की है। अभी उनकी विवाह की अवस्था नहीं आयी है। तो आर्य मर्यादा का उल्लंघन तो हम कर ही रहे हैं।" द्रौपदी ने कहा।

"यह आपात्काल है देवि। इसलिए इसे आपद्धर्म ही मानो।" अर्जुन ने कहा, "युद्ध सिर पर है। अभी इन बच्चों की अवस्था युद्ध की भी नहीं है; किन्तु ये युद्ध करेंगे। तो ऐसे में यदि वे अपनी अवस्था से पहले अपने गृहस्थ आश्रम में प्रवेश कर रहे हैं तो कोई बहुत आपत्तिजनक बात नहीं है।"

16

सभा से उठकर पाण्डव बिना किसी विचार–विमर्श के ही जैसे स्वतः चालित ढंग से धर्मराज के कक्ष की ओर चल पड़े। प्रायः वे सब ही आत्मलीन थे, जैसे किसी–न–किसी ऊहापोह में हों; और अभी या तो कुछ कहना न चाहते हों अथवा कहने की स्थिति में न हों।

कक्ष में प्रवेश कर उन्होंने देखा कि द्रौपदी तथा सुभद्रा कदाचित् उनकी प्रतीक्षा में पहले ही वहाँ आयी बैठी थीं।

द्रौपदी ने उन्हें देखा तो सहज ही समझ गयी कि सब कुछ सामान्य तथा उनकी इच्छा के अनुकूल नहीं हुआ है।...किन्तु सभा में तो सब अपने सम्बन्धी, मित्र तथा उनके अनुकूल लोग ही थे। वहाँ ऐसा क्या घटित हो गया कि सारे के सारे पाण्डव इस प्रकार मस्तक झुकाये और चेहरे लटकाये लौटे हैं।

"क्या हुआ सभा में?" द्रौपदी ने उत्सुकता के प्रबल आवेग में पूछा।

किसी ने भी तत्काल कोई उत्तर नहीं दिया। सब जैसे आत्मलीन से पहले अपने लिए बैठने की कोई व्यवस्था कर लेना चाहते थे।

...कुछ देर प्रश्नों से बचना चाहते थे, अथवा मन को स्थिर करने के लिए थोड़ा समय चाहते थे।

द्रौपदी समझ रही थी कि इस आत्मलीनता का अर्थ क्या था। किसी–न–किसी कारण से वे लोग उल्लसित तो नहीं ही थे; सम्भवतः थोड़े से निराश भी थे। किसी द्वन्द्व के कारण भी ऐसी स्थिति हो सकती थी–कोई बाह्य द्वन्द्व अथवा आन्तरिक कलह।

"आप कुछ बोले क्यों नहीं?" सुभद्रा ने प्रत्यक्ष रूप से अर्जुन से पूछा।

अर्जुन ने उस पर एक झिलमिल–सी दृष्टि डाली, जिसमें कुछ भी स्पष्ट नहीं था यह भी नहीं कि वह उत्तर देगा भी अथवा नहीं। सुभद्रा और द्रौपदी दोनों ही उत्सुकता से उसकी ओर देखती रहीं।

अर्जुन ने बिना उनकी ओर देखे हुए, आसन पर बैठते हुए कहा, "विचार–विमर्श हुआ सभा में और क्या होना था। निश्चय किया गया है कि महाराज द्रुपद एक दूत हस्तिनापुर भेजेंगे ताकि वह दुर्योधन को समझा सके कि वह धर्मराज का राज्य उन्हें लौटा दे।"

"ऐसे निश्चय का क्या लाभ जिसका कोई अर्थ न हो।" सुभद्रा बोली, "समझाने से ही समझनेवाला होता तो दुर्योधन बहुत पहले ही समझ गया होता। क्या सभा में बैठे लोग यह मानते हैं कि उसे आज तक किसी ने कुछ समझाया ही नहीं है?"

"मुझे तो यह बताओ कि सभा में हुआ क्या?" द्रौपदी का स्वर उत्तेजित और चेहरा तमतमाया हुआ था, "सभा इस निश्चय पर पहुँची तो कैसे पहुँची? वहाँ यह निश्चय क्यों नहीं हुआ कि उपप्लव्य से पाण्डवों की सेना सीधे हस्तिनापुर पर आक्रमण करेगी? क्या सभा में हमारा एक भी सच्चा हितैषी नहीं था?"

कुछ क्षण सब ही मौन रहे, फिर अर्जुन बोला, "नहीं, ऐसी बात नहीं है। सभा में तो सब हमारे हितैषी ही थे।"

"तो उन्होंने हमारा हित साधा क्यों नहीं?" द्रौपदी ने अपने प्रखर स्वर में पूछा।

"सभा में प्रथम वक्ता श्रीकृष्ण थे। उन्होंने बड़े स्पष्ट शब्दों में निर्द्वन्द्व भाव से कहा कि कौरव अधर्मी हैं। उन्होंने अधर्मपूर्वक पाण्डवों से उनका राज्य छीना है। यदि उन्होंने पाण्डवों का राज्य स्वेच्छा से नहीं लौटाया तो वे सबके सब मारे जायेंगे।..."

"हाँ। पहली बार तो यही कहा था।" भीम ने आतुरतापूर्वक अर्जुन की बात बीच में ही काट दी। उसे जैसे अपने मन की घुमड़न को उँडेलने का सूत्र मिल गया था।

"और दूसरी बार?" द्रौपदी ने उसकी ओर देखा।

"श्रीकृष्ण के पश्चात् इनके गुरु जी उठ खड़े हुए थे।" नकुल के स्वर की कटुता ने भीम को आगे बोलने से जैसे रोक दिया, "उन्होंने भी उतने ही स्पष्ट शब्दों में और उतने ही निर्द्वन्द्व भाव से न केवल यह कहा कि वे कौरवों और पाण्डवों के सन्दर्भ में मध्यस्थ की स्थिति रखते हैं, बड़े प्रबल शब्दों में यह भी कहा कि वे युद्ध के पक्ष में नहीं हैं। आज वे शान्ति और अहिंसा के परम समर्थक बने हुए थे। उन्होंने क्षत्रियों की उस सभा को बताया कि समस्याओं का समाधान शस्त्रों से नहीं होता। समस्याओं का समाधान शान्तिपूर्वक परस्पर विचार–विमर्श से होना चाहिए।..."

"वासुदेव बलराम युद्ध का पक्ष छोड़कर शान्ति का प्रचार कर रहे थे।" सुभद्रा के स्वर में अनायास ही परिहास का तत्त्व आ मिला था।

"इतना ही नहीं, दुर्योधन की रक्षा करते हुए उन्होंने धर्मराज पर यह आरोप भी लगा दिया कि वे द्यूतव्यसनी हैं और द्यूतक्रीड़ा में अपना राज्य हारने के लिए स्वयं दोषी हैं। उसमें दुर्योधन का कोई दोष नहीं है।..."

"इसका क्या अर्थ?" सुभद्रा के मुख से निकला और द्रौपदी जैसे चकित–सी उन लोगों की ओर देखती रह गयी।

"इसका अर्थ है कि उन्होंने अपना पक्ष स्पष्ट कर दिया है। पाण्डवों को उनसे किसी प्रकार की कोई अपेक्षा नहीं रखनी चाहिए।" सहदेव बोला, "इतना ही नहीं, वे मध्यस्थ हैं, अतः यदि उन्हें लगा कि दुर्योधन दुर्बल पड़ रहा है, अथवा उसके साथ अधर्म हो रहा है तो वे उसकी रक्षा के लिए खड़े भी हो सकते हैं।"

"यह कैसा अधर्म है।" सुभद्रा बोली, "किसी ने उनका विरोध नहीं किया? सभा में तो भैया कृष्ण और स्वयं पिताजी भी थे।"

"थे तो सब ही।" भीम ने कुछ उद्दंड भाव से उत्तर दिया, "मातुल सदा के समान मौन बैठे रहे। कृष्ण ने अपनी पाली ही बदल ली। तत्काल उसे स्मरण हो आया कि कौरवों और पाण्डवों से उसके एक ही समान सम्बन्ध हैं और यादव इन दोनों के लिए मध्यस्थ हैं। इतना ही नहीं, उसने तो सभा को ही एक प्रकार से निरर्थक घोषित कर दिया।..."

अर्जुन ने मध्य में ही कुछ कहना चाहा; किन्तु भीम ने अपने हाथ के संकेत से उसे रोक दिया, "अपने मित्र के बचाव के लिए इतने उतावले होने की आवश्यकता नहीं। मैं सब कुछ सच–सच ही बता रहा हूँ।"

अर्जुन कुछ नहीं बोला।

"कृष्ण ने कहा कि हम सब लोग उपप्लव्य में अभिमन्यु के विवाह के सन्दर्भ में एकत्रित हुए थे। वह हो गया है। अतः सब लोग अपने–अपने घर को जायें। इसका अर्थ है कि अब पाण्डवों के राज्य अथवा युद्ध की चर्चा का कोई अर्थ नहीं है। उसके लिए फिर कभी देखेंगे।...अर्थात् यदि वासुदेव बलराम हमें दुर्योधन से लड़ने नहीं देंगे तो कृष्ण तो उसकी चर्चा भी करने नहीं देगा।"

सुभद्रा आश्चर्य से भीम की ओर देखती रही, "वहाँ किसी ने इन बातों का विरोध नहीं किया?"

"ऐसा नहीं है सुभद्रा!" अर्जुन ने उत्तर दिया, "मध्यम अपने गुरु जी की रक्षा करने के लिए तथ्यों को थोड़ा–सा मरोड़ रहे हैं। अपने गुरु को तो कुछ कह नहीं सके इसलिए अपना आक्रोश कृष्ण के प्रति व्यक्त कर रहे हैं।"

"मैं किसी की रक्षा नहीं कर रहा हूँ।" भीम तड़पकर बोला, "मेरे मन में अपने गुरु के लिए सम्मान अवश्य है किन्तु उसका यह अर्थ नहीं है कि यदि वे दुर्योधन के रक्षक बन जायेंगे तो मैं उनका अनुसरण करता रहूँगा।"

"तो फिर बताते क्यों नहीं हो कि सात्यकि ने वहाँ वासुदेव बलराम का प्रबल विरोध ही नहीं किया, एक प्रकार से उन्हें चुनौती भी दी और पाण्डवों के पक्ष में स्पष्ट युद्ध की घोषणा भी की।" अर्जुन ने कहा।

"सात्यकि ने जो कहा सो कहा, मेरा प्रश्न तो यह है कि कृष्ण ने उसके पश्चात् क्या किया। उसने अपनी पाली क्यों बदल ली? उसका स्वर इतना बदला हुआ क्यों था? न उसके स्वर में वह आक्रामकता शेष थी, न वह एकपक्षता। सारा कुछ समेटकर उठकर चल दिये ताकि न वह स्वयं विरोध करे, न किसी और को करने दे। महाराज द्रुपद से कह दिया कि वे अपना दूत हस्तिनापुर भेज दें। वह हस्तिनापुर में जो कुछ कह जायेगा वह सबकी ओर से कहा हुआ मान लिया जायेगा। जैसे उनके दूत के समझाने से दुर्योधन सब कुछ समझ जायेगा और इन्द्रप्रस्थ का राज्य लाकर हमारी झोली में डाल देगा।"

"जो कुछ सात्यकि ने कहा, वह कृष्ण को कहना चाहिए था। चर्चा को और आगे बढ़ाना चाहिए था। हमारा पक्षधर होकर हमारा पक्ष प्रस्तुत करना चाहिए था। सब कुछ समेटकर भाग नहीं जाना चाहिए था।" भीम ने कुछ उद्दण्डतापूर्वक कहा।

"तो तुम सात्यकि से प्रसन्न हो और कृष्ण से नहीं।" युधिष्ठिर धीरे–से मुस्कुराये।

"ऐसी बात भी नहीं है।" भीम की उत्तेजना कुछ कम हो गयी लगती थी, "मैं कृष्ण के पहले वक्तव्य से सहमत हूँ; परन्तु मेरी समझ में यह नहीं आ रहा कि बलराम जी और सात्यकि के वक्तव्यों के पश्चात् वह इतना बदल क्यों गया। जो कृष्ण कल तक कह रहा था कि पाण्डवों को कुछ करने की ही आवश्यकता नहीं है, यादव ही दुर्योधन से उनका राज्य छीनकर उन्हें लौटा देंगे। वही कृष्ण मध्यस्थ हो गया है।"

"तुम्हारी पीड़ा हम समझते हैं।" युधिष्ठिर बोले, "पर सोचने की बात तो यह है भीम! कि गोविन्द के पहले और दूसरे वक्तव्य के मध्य उनके मन और परिवेश में ऐसा क्या हो गया कि उन्हें वह कहना पड़ा, जिसे तुम पाली बदलना बता रहे हो?"

"तो फिर आप भी मानते हैं न कि कृष्ण ने वक्तव्य बदल लिया? वासुदेव बलराम के एक हल्के से विरोध से ही कृष्ण अपना धर्म भूल कर उनकी ही भाषा बोलने लगा?"

"थोड़ा धैर्य धारण करो भाई।" युधिष्ठिर बोले, "मैंने कहा है कि यह विचार का विषय है। तुम ही बताओ कि उन दोनों वक्तव्यों के मध्य के समय में क्या हुआ?"

"कह तो रहा हूँ कि पहली बार उसने अपने मन की बात कही और दूसरी बार वह या तो बड़े भाई से डर गया अथवा भाई का प्रेम प्रधान हो गया और धर्म गौण।" भीम अब भी अपनी ही बात पर टिका हुआ था।

"अपनी हठ छोड़ो और यह मानकर चलो कि गोविन्द ने जो कुछ कहा और किया वह धर्म के पक्ष में ही किया; क्योंकि कृष्ण अधर्म का पक्ष ले ही नहीं सकते।" युधिष्ठिर बोले, "अब प्रश्न तो इस अन्वेषण का है कि वह धर्म कैसे है। मैं समझता हूँ कि सभा में आने के समय तक गोविन्द यह मानकर चल रहे थे कि यादवों में परस्पर कितना ही मतभेद और वैर–विरोध क्यों न हो, उनमें कितने भी पक्ष तथा विपक्ष क्यों न हों, वे कितने भी दलों और वर्गों में विभाजित क्यों न हों, उनमें पाण्डवों की सहायता के विषय में कोई मतभेद नहीं होगा। उन्होंने कदाचित् यह कल्पना भी नहीं की होगी कि सभा में कोई यह कहने का साहस भी करेगा कि कौरवों और पाण्डवों के विवाद में पाण्डवों का भी दोष है। किन्तु वासुदेव बलराम के वक्तव्य से यह स्पष्ट था कि वे यादवों की सभा में अथवा अन्यत्र कहीं भी दुर्योधन का विरोध नहीं होने देंगे। विरोध चाहे कृष्ण की ओर से ही क्यों न हो रहा हो। यदि विरोध होगा तो वे दुर्योधन का पक्ष लेंगे और आवश्यक हुआ तो उसकी रक्षा के लिए मुझे अपराधी भी घोषित करेंगे।..." युधिष्ठिर ने रुककर उन सब लोगों की ओर देखा, "इस वक्तव्य से कृष्ण ने बलराम का पक्ष समझ लिया और मौन रह गये। वे कदाचित् इस अवसर पर इस विवाद को हवा नहीं देना चाहते थे। किन्तु सात्यकि मौन नहीं रहा और सात्यकि के वक्त्व्य को सुनकर कृष्ण को लगा

होगा कि पाण्डवों के पक्ष–विपक्ष को लेकर, धर्म–अधर्म को लेकर; अथवा पाण्डवों को दी जानेवाली सैनिक सहायता को लेकर यदि यादवों को उन्मुक्त विचार–विमर्श करने का अवसर दिया गया तो पाण्डवों की बात तो पीछे रह जायेगी, उनके अपने मतभेद अधिक मुखर होंगे। उन लोगों का अपना वैर–विरोध अधिक सक्रिय होगा। उनका अपना दल–विभाजन अधिक दृढ़ होगा। ऐसी स्थिति में सम्भव है कि दुर्योधन से हमारे युद्ध का अवसर ही न आये, उससे पहले ही यादवों में गृहयुद्ध आरम्भ हो जाये। तुम कहते हो कि कृष्ण ने सारा विचार–विमर्श समेट लिया। वे न समेटते तो बहुत सम्भव था कि जैसे सात्यकि ने बलराम का विरोध किया था, वैसे ही बलराम के पक्ष से कोई सात्यकि का विरोध करता। वह विरोध और कटु हो सकता था। उसमें वचनों के स्थान पर शस्त्र भी प्रकट हो सकते थे। वैसा कुछ हो जाता तो क्या उससे पाण्डवों को कोई सहायता मिल पाती?"

कोई कुछ नहीं बोला।

"मेरा विचार है कि कृष्ण नहीं चाहते कि कौरवों और पाण्डवों के युद्ध से पहले, पाण्डवों का धर्मराज्य स्थापित होने से पहले–यादव लोग एक सामरिक शक्ति के रूप में समाप्त हो जायें।" युधिष्ठिर पुनः बोले, "न ही वे यह चाहते हैं कि यादवों के किसी भी अंग को सम्पूर्णतः या अंशतः दुर्योधन की ओर से लड़ने का कोई बहाना मिल जाये।"

"उन्हें यादवों का इतना मोह क्यों है?" भीम कुछ खीझकर बोला।

"वह यादवों का मोह नहीं है।" युधिष्ठिर ने उत्तर दिया, "मेरा मन कहता है कि उन्हें लगता है कि ऐसी कोई भी स्थिति पाण्डवों के धर्मराज्य की स्थापना में बाधा हो सकती है। सम्भवतः वे यादवों की अन्तःकलह अथवा विनाश को पाण्डवों के धर्मराज्य की स्थापना तक टालना चाहते हैं। उसके पूर्व यादवों की अन्तःकलह पाण्डवों को भी अपनी लपेट में ले सकती है और उससे पाण्डवों तथा उनके कुछ मित्रों का नाश करने का सम्भावित कारण भी हो सकती है। ऐसा होने से दुर्योधन का पक्ष सबल और सुरक्षित होगा। वे ऐसा कुछ भी नहीं होने देना चाहते।"

"आप सत्य ही कह रहे हैं महाराज! सम्भवतः ऐसा ही हो।" द्रौपदी धीरे–से बोली, "किन्तु यदि यादवों की अन्तःकलह टालने के लिए सदा ही शान्ति का पक्ष लेना पड़ा तो पाण्डवों को उनका राज्य कभी भी नहीं मिल पायेगा।"

"नहीं। ऐसा तो नहीं है।" युधिष्ठिर बोले, "किन्तु इस समय उनके सम्मुख एक ही मार्ग दिखायी पड़ता है कि वे बलराम, कृतवर्मा तथा अक्रूर जैसे लोगों को इतना उत्तेजित कभी न होने दें कि धर्मराज्य की स्थापना से पूर्व किसी भी प्रकार यादवों में परस्पर युद्ध की स्थिति आ जाये।"

"यदि ऐसा ही है तो कृष्ण हमें यह सब कुछ बताता क्यों नहीं है। वह क्यों चाहता है कि हम सदा पहेलियाँ बूझते रहें?" भीम का रोष समाप्त ही नहीं हो रहा था।

"कहते तो तुम ठीक ही हो।" युधिष्ठिर बोले, "किन्तु प्रेम, मैत्री और सौहार्द में व्यक्ति सदा स्पष्टीकरण ही तो देता नहीं चलता। कभी विश्वास का सहारा भी लेना पड़ता है। क्या कृष्ण कभी यह मानकर नहीं चल सकते कि पाण्डव उन पर विश्वास करते हैं और उनकी ओर संशय की दृष्टि से ही नहीं देख रहे हैं? मित्र के मन की व्यथा को हम स्वयं भी तो समझ सकते हैं। क्या आवश्यक है कि वे हमें यादवों के दुर्गुण बताकर अपनी बाध्यताएँ बताते रहें।"

लगा भीम के पास धर्मराज के तर्क का कोई उत्तर नहीं है। वह कुछ देर मौन रहा और फिर सायास मुस्कुराकर बोला, "आज तो कृष्ण को बचाने के लिए महाराज अर्जुन से भी आगे निकल गये हैं।"

17

द्वारका के मार्ग में ही अर्जुन को कुछ–कुछ आभास हो गया था कि श्रीकृष्ण इस समय द्वारका में नहीं हैं। द्वारका के नगरद्वार पर ही इस सूचना की पुष्टि भी हो गयी।

अब?

उसे वापस उपप्लव्य लौट जाना चाहिए अथवा द्वारका में रुककर कृष्ण की प्रतीक्षा करनी चाहिए?

पर तब अर्जुन को लगा कि उससे भी बड़ा प्रश्न उसके मन में यह था कि कृष्ण कहाँ चले गये? वे उपप्लव्य से द्वारका के लिए चले थे। मार्ग में कहीं रुकने की कोई योजना नहीं थी और कहीं अन्यत्र चले जाने का कोई अर्थ नहीं था। वे जानते थे कि दुर्योधन का पाण्डवों से युद्ध होगा। दुर्योधन ने संसार भर में अपने दूत दौड़ा दिये हैं। वह अपने मित्रों से ही नहीं अपने शत्रुओं से भी सहायता माँग रहा है। जिनसे मित्रता नहीं है, उनसे भी मित्रता कर रहा है। ऐसे में कृष्ण कोई स्पष्ट निर्णय किये बिना उपप्लव्य से चुपचाप चले आये थे और अब द्वारका न पहुँचकर कहीं विलुप्त हो गये थे।...जाने वे कब द्वारका लौटें। उनकी प्रतीक्षा में कितने समय तक ठहरना पड़े। उस समय का उपयोग कहीं और भी तो किया जा सकता है।...

सहसा उसके मन में एक नया ही अर्जुन जागा।...क्या सोच रहा है वह कि पाण्डव कष्ट में हैं और कृष्ण उनका कष्ट भूल कर...नहीं, उनके कष्ट की उपेक्षा कर, कहीं और व्यस्त हो गये हैं?...वह सोच रहा है कि कृष्ण स्वयं ही अपनी सेना लेकर उपप्लव्य नहीं पहुँचे और अर्जुन को द्वारका आना पड़ा है याचक बनकर।...वह समझ रहा है कि कृष्ण को उनकी चिन्ता नहीं है अथवा वे अपना महत्त्व जता रहे हैं? अपना भाव बढ़ा रहे हैं?

अर्जुन को लगा कि यह प्रश्न ही अपने आप में उसके लिए धिक्कार था। यदि कृष्ण को पाण्डवों की चिन्ता नहीं है, तो संसार में और कोई ऐसा नहीं है, जिसे उनकी चिन्ता हो। यदि कृष्ण धर्म की ओर से असावधान हो सकते हैं, तो और कौन है ऐसा, जो इतना सजग होकर अनवरत रूप से धर्म की रक्षा में लगा हुआ है। किसे चिन्ता है, संसार में एक धर्मराज्य की स्थापना की, ताकि प्रजा कुशासन के चंगुल से स्वतन्त्र हो जाये और अत्याचारों से मुक्त हो?...आज तक कृष्ण ने पाण्डवों की पुकार की कब प्रतीक्षा की? कब चाहा उन्होंने कि पाण्डव याचक बनकर उनके सम्मुख खड़े हों, तब ही वे उनकी सहायता करेंगे? कब जताया कृष्ण ने कि वे सदा पाण्डवों की सहायता करते रहे हैं

अथवा पाण्डव सदा उनकी सहायता पर निर्भर रहे हैं?...कृष्ण के विषय में ऐसा कुछ सोचना भी पाप है।...कृष्ण जहाँ कहीं भी होंगे, पाण्डवों की चिन्ता कर रहे होंगे। धर्म की रक्षा के लिए प्रयत्नशील होंगे।...

अब और कुछ सोचने की आवश्यकता नहीं थी। चाहे जितना भी समय लगे, उसे कृष्ण की प्रतीक्षा करनी चाहिए। अन्यत्र भेजने के लिए पाण्डवों के पास और भी दूत हैं। और काम करने के लिए उपप्लव्य में उसके भाई बैठे हैं और निरन्तर कुछ–न–कुछ कर ही रहे हैं।...

कृष्ण द्वारका में नहीं हैं, तो अर्जुन को कहाँ ठहरना चाहिए? मातुल के पास? सात्यकि के भवन में? उद्धव के निवास पर? वासुदेव बलराम के भवन में?...या कृष्ण के ही अतिथिभवन में?...

अर्जुन को लग रहा था कि उसका कहीं भी जाना अनुचित नहीं था; किन्तु कृष्ण से अधिक प्रिय उसे और कोई नहीं था। कृष्ण से अधिक निकट और कोई नहीं था। कोई नहीं था, जो उसे कृष्ण से अधिक अपना मानता हो। कृष्ण नहीं थे द्वारका में। तो क्या? उनका प्रासाद तो था। उनका परिवार तो था। ऐसा तो नहीं है कि कृष्ण के उपस्थित न होने पर, उनके घर में अर्जुन के लिए स्थान ही न हो। वह उनके पास आया है, तो उनके ही द्वार पर जाना चाहिए। उनके द्वार पर यदि यह उत्तर मिला कि वे घर पर नहीं हैं और उससे वहाँ ठहरने का आग्रह न किया गया तो बात और है। तब वह सोचेगा कि उसे कहीं और जाना है।

किन्तु ऐसी स्थिति में भी पहले मातुल को प्रणाम करने के लिए तो जाना ही चाहिए। मातुल से आशीर्वाद लेना भी आवश्यक है।

उसने अपना रथ वसुदेव के प्रासाद की ओर मोड़ दिया।

प्रासाद में पहुँचने तक कुछ अन्धकार हो चला था। मार्गों में उतनी भीड़भाड़ भी नहीं थी। कदाचित् यह ऋतु का प्रभाव था। शीत ऋतु चल रही थी। मथुरा और इन्द्रप्रस्थ में इससे कहीं अधिक ठण्डे प्रदेश थे;

किन्तु द्वारका में आकर यादव भी ऋतु को ठण्डा मानने लगे थे क्या? कारण जो भी हो, किन्तु अर्जुन ने द्वारका के पथों पर सदा ही इससे कहीं अधिक भीड़ देखी थी।

द्वारपाल ने उसे पहचान कर प्रणाम किया और एक दासी को बुलाकर कहा, "आर्य को तत्काल स्वामी के पास ले जाओ।"

दासी नयी थी। अर्जुन को पहचानती नहीं थी। बोली, "स्वामी इस समय किसी से नहीं मिलते। वे भोजन कर अपने शयनकक्ष में जा चुके हैं। सम्भवतः सो गये हों अथवा अध्ययन कर रहे हों। अथवा..."

द्वारपाल मुँहबाये उसकी बात सुनता रहा कि यह मूर्खा बिना कुछ सोचे–समझे, बिना आगन्तुक का महत्त्व जाने, बकती चली जा रही है। जब वह चुप नहीं हुई तो झल्लाकर बोला, "जब मैं तुझे कह रहा हूँ, तो ले क्यों नहीं जाती। अपना संविधान बघार रही है।"

"अ...ह...! बड़े तुम आये बोलने वाले। जैसे मेरे स्वामी तुम ही हो। मैं तुम्हारी आज्ञा के अधीन नहीं हूँ कि तुमने कहा और मैं स्वामी के विश्राम की चिन्ता किये बिना आगन्तुकों को उनके विश्राम कक्ष में पहुँचती रहूँ।"

"फिर लगी बकवाद करने। जानती भी है कि कौन हैं ये।"

"महाराज उग्रसेन हैं अथवा उनके जामाता श्वफल्कपुत्र आर्य अक्रूर हैं।" दासी ने जैसे द्वारपाल को चिढ़ाया।

"रहने दो द्वारपाल! यह नहीं ले जाना चाहती। मैं स्वयं ही चला जाऊँगा।" अर्जुन ने कहा।

"हाँ! स्वयं ही चले जाओगे।" दासी बोली, "जैसे मैं जाने ही तो दूँगी।"

"अरे मूर्ख। ये महाराज वसुदेव के जामाता कौन्तेय अर्जुन हैं। देवी सुभद्रा के पति।"

"तो पहले बताना चाहिए था न!" दासी की ऐंठ अब भी कुछ कम नहीं हुई थी, "बताओगे कुछ नहीं और आदेश देते जाओगे तो मुझे क्या स्वप्न आयेगा कि ये कौन हैं।"

दासी चल पड़ी।

"क्षमा करें आर्य। आजकल द्वारका में कुछ अधिक ही उद्दण्डता की बयार चल रही है।"

अर्जुन ने झुककर वसुदेव के चरण स्पर्श किये तो उन्होंने उसे वक्ष से लगा लिया, "अभी आ ही रहे हो अथवा द्वारका में आये कुछ समय हो गया?"

"बस सीधा चला ही आ रहा हूँ मातुल! मार्ग में ही पता चला कि कृष्ण द्वारका में नहीं हैं, इसलिए उस ओर भी नहीं गया। बस आपको प्रणाम करने चला आया।"

"अच्छा किया पुत्र!" वसुदेव बोले, "कृष्ण द्वारका में नहीं है; किन्तु दुर्योधन उसकी प्रतीक्षा में यहाँ डेरा डाले हुए है। लक्ष्मणा के कारण इस घर और परिवार में उसका अबाध प्रवेश है।"

अर्जुन ने वसुदेव को जैसे पहली बार ध्यान से देखा : उनका शरीर अब भी स्वस्थ लगता था। लम्बा ऊँचा बलिष्ठ शरीर था। अपने समय में अच्छे योद्धा रहे होंगे मातुल। अर्जुन को अपनी माँ की आकृति ध्यान हो आयी। माँ भी स्वस्थ और बलिष्ठ शरीर की स्वामिनी हैं। उनका चेहरा अपने भाई से पर्याप्त साम्य रखता है। कदाचित् तभी लोगों को कई बार कृष्ण और अर्जुन की आकृति में भी साम्य दिखायी पड़ने लगता था। कृष्ण ने अपनी आकृति अपने पिता से पायी थी और अर्जुन ने अपनी माँ से।

सहसा अर्जुन ने मातुल के चेहरे में कृष्ण को देखा। अपनी युवावस्था में मातुल भी बहुत कुछ कृष्ण जैसे ही लगते होंगे, चाहे उनके चेहरे पर कृष्ण की सी रहस्यात्मक मोहिनी न रही हो।

मातुला ने सुना कि अर्जुन आया है, तो वे भी उससे मिलने आयीं।

अर्जुन ने चरण छुए तो आशीर्वाद देकर बोलीं, "आ ही रहे थे तो सुभद्रा को भी लेते ही आते।"

अर्जुन हँसा, "ले तो आता मातुला! किन्तु द्वारका से गये अभी दिन ही कितने हुए हैं। कितने लम्बे समय तक रहकर गयी है वह। अभी आपका मन नहीं भरा।"

"कभी बेटी की संगति से भी माँ का मन भर सकता है?" देवकी हँसकर बोलीं।

"मातुला! इस समय तो वह अपनी पुत्रवधू में कुछ ऐसी मग्न है कि उसके संसार में और किसी का कोई अस्तित्व ही नहीं है।"

"उचित ही तो है पुत्र! पुत्रवधू में मग्न नहीं होगी तो पुत्रवधू उस पर मुग्ध कैसे होगी। पहले माँ सेवा करती है, तभी तो बाद में सन्तान उसकी सेवा करती है। सुभद्रा अभी अपनी पुत्रवधू को प्रेम नहीं देगी तो अपनी आवश्यकता के समय उसका प्रेम कैसे पायेगी।"

"वह तो अपनी पुत्रवधू में मग्न है और तुम लोग किसमें व्यस्त हो पार्थ?" वसुदेव ने पूछा, "सैन्य-संग्रह में?"

"हाँ मातुल! अभी तो हमारा ध्यान उसी ओर लगा है।"

सहसा वसुदेव की मुद्रा बदली, "तुम्हें आश्चर्य नहीं हुआ अर्जुन! कि उपप्लव्य में विराट की सभा में मैंने तुम्हारे पक्ष में सान्त्वना के रूप में भी एक शब्द नहीं कहा?"

"नहीं! आश्चर्य की तो ऐसी कोई बात नहीं थी मातुल! यादवों में एक प्रकार का गणतन्त्र ही तो है। सबको अधिकार है, अपना स्वतन्त्र मत रखने का।" अर्जुन बोला, "आप यदि सुधर्मा सभा में यादवों को एक मत से निश्चय करने की सुविधा देना चाहते हैं तो उपप्लव्य में आपसी मतभेदों को सार्वजनिक करने की कोई आवश्यकता नहीं थी।"

"एकमत और सुधर्मा सभा।" वसुदेव कुछ विचित्र प्रकार से बोले, जैसे या तो इन दोनों शब्दों का उपहास करना चाहते हों अथवा उसके अतीत गौरव को स्मरण कर कष्ट का अनुभव कर रहे हों।

"तो क्या सुधर्मा सभा में यादव अपनी समस्याओं पर विचार नहीं करते।"

"पता नहीं क्या करते हैं।" वसुदेव उदासीन भाव से बोले, "मुझे तो लगता है कि अब यादवों को महाराज उग्रसेन को अपना राजा

मानने में भी रुचि नहीं है। वे भी यादव ही हैं, जो सुधर्मा सभा की मर्यादा भंग कर उसे भी कौरवों की द्यूतसभा बना देना चाहते हैं।"

"छोड़िए भी।" देवकी ने उन्हें इस चर्चा से विरत करना चाहा, "आपको क्या लेना है, इन विवादों से।"

"सत्य है कि मुझे कुछ नहीं लेना, राजनीति और सत्ता के इस बँटवारे से।" वसुदेव का स्वर पर्याप्त हताश था, "किन्तु मैं यादवों की सुख–समृद्धि से तो उदासीन नहीं हूँ। संसार में धर्म की पराजय तो नहीं देखना चाहता मैं। यादवों की जिस स्वतन्त्रता और स्वाभिमान के लिए, मैंने अक्रूर के समान कंस से समझौता नहीं किया। एक के पश्चात् एक अपने नवजात शिशुओं को उस राक्षस के हाथों मृत्यु को प्राप्त होते देखा, उस स्वतन्त्रता और स्वाभिमान को अब मैं सत्ता लोलुप, स्वार्थी लोगों की झोली में तो नहीं डाल सकता।" वसुदेव रुके और दुगने आवेश के साथ बोले, "जब शत्रुओं के पग तले इनका कण्ठ दबा हुआ था, अपना बलिदान देनेवाला नेता चाहिए था, तब तो कृष्ण प्यारा था इन सबको। अब इन्हें कृष्ण की कोई नीति रुचिकर नहीं है। क्यों? क्योंकि कृष्ण उन्हें सत्ता का अबाध भोग नहीं करने देता। उनके पापों के मार्ग में आड़े आता है कृष्ण।"

अर्जुन ने मातुल को कभी इस प्रकार आवेश में बोलते नहीं सुना था। कोई विशेष बात ही होगी अन्यथा यह उनका स्वभाव नहीं था।

"कोई विशेष बात मातुल?" अर्जुन को लगा कि प्रश्न पूछने के लिए वह उचित शब्द भी ढूँढ़ नहीं पा रहा है।

"विशेष बात क्या होती है पुत्र! सदा के समान मनुष्य के लोभ, स्वार्थ और मूर्खता की गाथा है, जो इस समय यादवों पर घटित हो रही है।" वसुदेव बोले, "जब तक कंस और जरासन्ध जीवित थे, सबको लग रहा था कि सब कुछ उनका ही है। और किसी का कुछ भी नहीं है। तब किसी ने उनसे नहीं पूछा कि मथुरा का राज्य और यादवों की सम्पत्ति उनकी ही क्यों है; किन्तु अब वे नहीं हैं, तो प्रत्येक यादव सोच रहा है कि द्वारका का राज्य उसी को क्यों नहीं मिल जाता। सत्ता उसके हाथ में क्यों नहीं आ जाती।

स्यमंतक मणि उसकी मुट्ठी में बन्द होकर क्यों नहीं रहती। सबको बहुत जल्दी है अधिकार पाने की, धनी होने की, अपने ही समाज को और अपने ही परिजनों को लूटने की। पहले तो एक जरासन्ध था; जो यादवों के धन को मथुरा से बाहर ले जाता था और यादव कंगाल होते जाते थे। अब तो अनेक जरासन्ध हो गये हैं। कितने ही यादव हैं, जो यादवों के धन को उचित–अनुचित साधनों से हथियाकर विभिन्न देशों और राज्यों में अपनी तथा अपने विदेशी मित्रों की कोठियों में संचित कर रहे हैं, ताकि न महाराज उग्रसेन का उस पर कोई अधिकार रहे, न सुधर्मा सभा का।"

अर्जुन के लिए इसमें से बहुत कुछ नया नहीं था। न तो उसने कभी यादवों की राजनीति में रुचि ली थी, न कभी कृष्ण ने ही उससे ऐसी कोई चर्चा की थी।

"पर महाराज उग्रसेन से किसी का क्या विरोध हो सकता है?" उसने कुछ चकित भाव से पूछा।

"विरोध! विरोध क्या होना है पुत्र!" वसुदेव हँसे, "कुछ लोगों को राज्य पाने की बहुत जल्दी है। उन्हें लगता है कि महाराज बहुत वृद्ध हो गये हैं, उन्हें चाहिए कि वे सिंहासन त्याग दें।"

अर्जुन ने मातुल की ओर देखा भर। कहा कुछ भी नहीं।

"महाराज सिंहासन त्याग भी दें तो उत्तराधिकार किसको मिले? कौन निर्णय करे कि महाराज का उत्तराधिकारी कौन है?"

"महाराज उग्रसेन। और कौन?"

"पर यदि महाराज का निर्णय उनके पक्ष में नहीं हुआ तो?" वसुदेव बोले, "इसलिए वे यह अधिकार महाराज को नहीं देना चाहते।"

"तो यादव मिलकर निर्णय कर लें। सुधर्मा सभा यह निर्णय करे।"

"साधारण जन कृष्ण के पक्ष में है। इसीलिए राज्यलोलुप नेता सभा को भी यह अधिकार नहीं देना चाहते।" वसुदेव बोले, "कोई चाहता है कि उत्तराधिकारी पुत्र हो, कोई चाहता है कि जामाता हो। कोई इसे अपने कुल के लिए आरक्षित रखना चाहता है तो कोई अपने वंश के लिए। वे सिद्धाँत तो कदाचित् द्वारका में किसी को स्मरण

भी नहीं हैं, जिनके लिए यादवों ने कंस, जरासन्ध और उनके मित्रों से युद्ध किया था।"

"वे कौन लोग हैं मातुल?" अर्जुन के मुख से अनायास ही निकल गया।

"सब अपने ही लोग हैं।" वसुदेव बोले, "शतधन्वा भी तो यादव ही था, जिसने सत्राजित का वध किया था। अक्रूर को भी उग्रसेन के सिंहासन पर लौटते ही लगने लगा था कि उन्हें अब राजसिंहासन से हट जाना चाहिए और राजा का पद अपने जामाता को दे देना चाहिए, अर्थात् स्वयं अक्रूर को। सत्राजित का धन देखकर भी उसके मुख में पानी आ गया था। लोभ से लार टपकने लगी थी उसकी। अपनी अवस्था को भूल कर सत्यभामा से विवाह करने का स्वप्न देखने लगा था ताकि सत्राजित के जामाता के रूप में स्यमंतक मणि उसे मिल जाये। वह नहीं हुआ तो शतधन्वा की सहायता से सत्राजित का वध करवाकर स्वयं स्यमंतक मणि लेकर बैठ गया। कृष्ण ने उससे स्यमंतक मणि नहीं छीनी क्योंकि कृष्ण को किसी भी पदार्थ का मोह नहीं है। कृष्ण ने उसका वध नहीं किया ताकि यादवों में मतभेद उत्पन्न न हो, पर वह तो आज तक महाराज उग्रसेन से रुष्ट है कि उन्होंने उसे राज्य क्यों नहीं दिया। वह आज भी भयभीत है कि जैसे सत्राजित ने सत्यभामा कृष्ण से ब्याह दी वैसे ही महाराज अपना सिंहासन कृष्ण को दे न दें। वह समझता है कि कृष्ण महाराज का पक्ष इसलिए लेता है, क्योंकि उसे सिंहासन का लोभ है। कृष्ण को सिंहासन अथवा राज्य का मोह होता तो यादवों का राजा बनने से उसे कौन रोक सकता था। जिस कृष्ण ने उसे स्यमंयक मणि अपने पास रखने दी, उसी कृष्ण को वह लोभी समझता है और उससे वैर पालता है।...स्यमंतक मणि को लेकर जब बलराम तक कृष्ण पर सन्देह कर सकता है और उसके शत्रुओं के हाथों में खेल सकता है तो मैं किसी और को कुछ कहने का अधिकारी कहाँ हूँ।..."

"बस भी कीजिए अब!" सहसा देवकी बोलीं, "व्यर्थ ही क्यों अपने स्वास्थ्य के शत्रु हो रहे हैं आप।"

"मैं यहाँ किसी से कुछ कहता हूँ। वह तो अपने भागिनेय को देखकर मन कुछ उमड़ आया।" वसुदेव बोले, "उपप्लव्य में सब कुछ अपनी आँखों देखा–सुना और कुछ नहीं कहा। इसे अपने घर आया देखकर रोक नहीं पाया।"

"वह भागिनेय ही नहीं जामाता भी है।" देवकी ने वातावरण को कुछ हल्का करने का प्रयत्न किया, "उससे कुछ तो गोपनीयता रखनी ही चाहिए।"

वसुदेव ने भी मुस्कुराने का प्रयत्न किया, "अच्छा पार्थ! अब तुम विश्राम करो। यात्रा से आये हो।" वे रुके और पुनः बोले, "तुम विश्राम करो; किन्तु स्मरण रहे कि तुम यहाँ विश्राम करने नहीं आये हो। किसी कार्यवश आये हो और वह बहुत महत्त्वपूर्ण है। कृष्ण द्वारका में नहीं है; किन्तु दुर्योधन है। तुम कृष्ण से कुछ नहीं चाहते। माँगने में भी संकोच कर सकते हो; किन्तु वह नहीं करेगा। कृष्ण कहाँ है और क्यों है, यह रुक्मिणी ही जानती है। कब आयेगा, यह भी वही जानती है। तुम विश्राम से पहले रुक्मिणी से अवश्य मिल लेना और जैसा वह कहे, वैसा ही करना। ठीक है?"

"ठीक है मातुल!" अर्जुन बोला।

"अच्छा पुत्र! मैं इन्हें विश्राम के लिए ले जा रही हूँ। तुम अन्यथा न मानना।" देवकी स्नेह संचित वाणी में बोलीं, "आज मैं इन्हें असाधारण रूप से उत्तेजित पा रही हूँ। इनके लिए विश्राम आवश्यक है।"

"आप उचित ही कह रही हैं मातुला!" अर्जुन ने खड़े होकर उन्हें प्रणाम किया।

"जा तो मैं रहा ही हूँ; किन्तु जाते–जाते एक बात और कहता ही जाऊँ पुत्र! वसुदेव रुक गये, "मुझे लगता है कि शासक चाहे बदल जाये, किन्तु शासन की रीति बड़ी कठिनाई से बदलती है। जिनका विरोध कर, जिनसे युद्ध कर, सत्ता छीनी जाती है, नये शासक उनसे उनकी शैली, उनकी रीति, उनका सोच–विचार, उनकी भाषा और उनकी अभिव्यक्ति सब कुछ ग्रहण कर लेते हैं। अपनी रीति उनको शासकों की रीति ही नहीं लगती। वे स्वयं को पुराने शासकों के साँचे में ढाल लेते हैं।"

"इसका क्या अर्थ है मातुल?" अर्जुन ने कुछ चकित भाव से पूछा।

"इसका अर्थ है कि जरासन्ध और कंस से जिन कारणों से यादव घृणा करते थे, अब उन ही बातों को वे आतुरतापूर्वक ग्रहण करना चाहते हैं।" वसुदेव बोले, "जब कंस वह करता था तो हम कहते थे कि वह यादवों की जनतान्त्रिक व्यवस्था को भंग कर रहा है; किन्तु अब यादव स्वयं ही उस पद्धति को अपनाना चाहते हैं। सब राजा बनना चाहते हैं। अब उन्हें घृणा नहीं है, राजसी तन्त्र से, राजाओं के अधर्म से, राजाओं की स्वच्छन्दता से वे मुग्ध हुए जा रहे हैं, उन सब पर।" वे रुके, "कृष्ण ठीक ही कहता था कि द्वारका के सुरक्षित हो जाने के पश्चात् नारायणी सेना भंग कर दी जानी चाहिए थी; ताकि उस संहारक यन्त्र का दुरुपयोग न हो सके; किन्तु अब यादवों की रुचि उसे भंग करने में नहीं, उस पर आधिपत्य स्थापित करने में है। अब वे नया निर्माण न कर पुराने निर्माण का भोग करना चाहते हैं। निर्माण करने में जिन लोगों ने अपना रक्त दिया है, उनके आदर्शों में उनकी रुचि नहीं है, वे तो उस ऐश्वर्य को भोगना चाहते हैं, जो उस रक्तदान से प्राप्त हुआ है।...तुम्हें यह देखना है पार्थ! कि इतनी कठिनाई से प्राप्त की गयी यादवों की यह सत्ता अयोग्य और क्रूर हाथों में न जाये। वह अपने मार्ग से भटक न जाये। तुम्हें कृष्ण की सहायता करनी है।"

"अब आप चलिए भी।" देवकी ने कहा, "पार्थ इस समय सहायता लेने आया है, सहायता करने का समय आयेगा तो वह आपकी ही आज्ञा का पालन करेगा।"

"कृष्ण की सहायता से मेरा तात्पर्य भी यही है।" वसुदेव बोले, "धर्म का स्थिर रहना। लोभ मत करना। कृष्ण का साथ मत छोड़ना। उसका विश्वास करना। उस पर सन्देह मत करना।"

वसुदेव चले गये और अर्जुन खड़ा सोचता रह गया कि आज तक तो मातुल कभी इस प्रकार नहीं बोले। अब द्वारका में ऐसा क्या हो रहा है कि जिसने उन्हें इतना व्याकुल कर दिया है।

18

उपप्लव्य में प्रवेश कर, राजप्रासाद तक पहुँचने में अर्जुन को पर्याप्त विलम्ब हो गया था। दिन ढल गया था और कुछ–कुछ अन्धकार हो चला था। यदि विश्राम करने के विचार से वह अपने भवन में चला जाता तो कदाचित् अधिक विलम्ब हो जाता। उसने सीधे धर्मराज के पास जाने का निश्चय किया।

धर्मराज अकेले नहीं थे। वहाँ सारा परिवार एकत्रित था। जिस उत्साह से उन्होंने अर्जुन का स्वागत किया था, उससे तो यही आभास होता था कि वे लोग उसी की प्रतीक्षा में वहाँ बैठे थे।

"आओ धनंजय! हम तुम्हारी ही प्रतीक्षा कर रहे थे।" युधिष्ठिर बोले, "कहना चाहिए, विकट प्रतीक्षा।"

"तो आपको मेरा सन्देश मिल गया था?"

"यह सन्देश तो मिल गया था कि तुम, द्वारका से चल रहे हो; किन्तु सैनिक सन्धि अथवा सहायता के विषय में हमें तुम्हारा कोई सन्देश नहीं मिला है। हम सब लोग यह जानने को उत्सुक थे कि द्वारका में तुम्हारा कैसा स्वागत हुआ और कितनी तथा कैसी सहायता मिली। वासुदेव बलराम हम पर कुछ कृपालु हुए अथवा नहीं।" युधिष्ठिर बोले।

"मेरा विचार है कि धनंजय को थोड़ा जलपान करवा ही देना चाहिए, वे लम्बी यात्रा से लौटे हैं। उन्हें भूख भी लगी होगी और सम्भवतः विश्राम की भी आवश्यकता हो।" देविका ने अर्जुन को युधिष्ठिर के प्रश्न का उत्तर देने का अवसर नहीं दिया।

"यह है गृहस्वामिनी का धर्म। इनके भवन में एकत्रित हुए हैं तो ये बात नहीं करने देंगी, पहले जलपान करवाएँगी।" भीम ने कुछ वक्र स्वर में कहा, "तुम सचमुच की अन्नपूर्णा हो भाभी! पर इस समय हम सब ही सूचनाओं के भूखे हैं। हमें भी तो स्वयं को तृप्त कर लेने दो। उसके पश्चात् तुम अर्जुन का सत्कार करती रहना।"

देविका ने द्रौपदी की ओर देखा।

"अभी रुक जाओ देविका!" द्रौपदी धीरे–से बोली, "सबसे प्रबल भूख मध्यम की ही होती है। उन्हें अपनी भूख मिटा लेने दो।"

"जलपान की आवश्यकता नहीं है भाभी!" अर्जुन ने मधुर ढंग से मुस्कुराकर कहा, "मैं आपके यहाँ से भोजन करके ही जाऊँगा।"

"हाँ भाई!" भीम ने कहा।

अर्जुन मुस्कुराया, "धैर्य से सुनने की बात है, मध्यम! उत्तेजना में तो न कहा जायेगा, न सुना जायेगा।"

भीम सचेत हो गया। कदाचित् वह अपनी उत्तेजना में कुछ अधिक ही व्यग्र हो गया था, "चलो! धैर्य से ही सुनाओ। तुम्हारा तो स्वभाव ही है, दीर्घसूत्रता। तुम्हारा एक नाम धैर्य–परीक्षक भी होना चाहिए था।..."

"मैं जब द्वारका पहुँचा तो ज्ञात हुआ कि दुर्योधन भी वहाँ आया हुआ है।..."

"हस्तिनापुर से हमारे सूत्रों ने भी सूचना भिजवाई थी कि दुर्योधन द्वारका गया है।" भीम ने उसकी बात काट दी।

"हाँ! किन्तु मुझे यह सूचना द्वारका पहुँचकर ही मिली।" अर्जुन बोला, "उस समय श्रीकृष्ण द्वारका में नहीं थे। दुर्योधन ने अपनी सेना नगर के बाहर ही ठहरा दी थी और स्वयं सांब और लक्ष्मणा के भवन में रुका हुआ था।"

"पर श्रीकृष्ण को तो द्वारका में होना चाहिए था।" सहदेव जैसे अपने आप से बोला, "वे यहाँ से तो द्वारका ही गये थे।"

"हाँ। होना तो उन्हें द्वारका में ही चाहिए था, किन्तु वे वहाँ नहीं थे। मार्ग में कहाँ रुक गये थे अथवा किस ओर चले गये थे, कह नहीं सकता।" अर्जुन ने कहा, "वह उनकी नीति भी हो सकती है कि वे मेरे द्वारका पहुँचने से पहले वहाँ नहीं होना चाहते थे..."

"क्यों? तुम्हारे बिना उसे द्वारका सूनी लगती है, क्या इतनी रानियों के होते हुए भी।" भीम अपनी उत्तेजना को किसी–न–किसी रूप में अभिव्यक्त करता चल रहा था।

अर्जुन हँस पड़ा, "नहीं! इसलिए नहीं! वरन् इसलिए कि वे हमारे प्रमाद को समझ रहे थे। हमें यह ध्यान ही नहीं था कि हमें कृष्ण से भी सैनिक सहायता माँगने की औपचारिकता पूरी करनी है। हमने कभी यह भी नहीं सोचा था कि दुर्योधन इतना निर्लज्ज है कि वह उन लोगों से सहायता माँगेगा, जो हमारे अपने हैं। हम कल्पना भी नहीं कर सकते कि वह उनके द्वार पर भी जायेगा। हमने यह भी नहीं सोचा कि यदि दुर्योधन हमसे पहले कृष्ण के पास सहायता माँगने पहुँच गया तो वे उसे क्या उत्तर देंगे।..."

"क्या उत्तर देंगे का क्या अर्थ। सीधे–सीधे कहेंगे कि तुम पापी हो। मुझे तुमसे कोई सहानुभूति नहीं है।" द्रौपदी बोली, "कल्पना करो कि हम केशव से सहायता न माँगते और दुर्योधन उनके द्वार पर पहुँच जाता तो क्या केशव उसके पक्ष से युद्ध करने पहुँच जाते? क्या श्रीकृष्ण का अपना धर्म उन्हें अधर्म का पक्ष लेने से नहीं रोकता?"

"वह तो श्रीकृष्ण ही जानें।" अर्जुन ने कहा, "हुआ यह कि दुर्योधन मुझसे पहले द्वारका पहुँचा हुआ था। उसे श्रीकृष्ण के द्वारका पहुँचने का समाचार मिला और वह किसी प्रकार श्रीकृष्ण के शयनकक्ष में ही धँस गया। मैं इन सारी गतिविधियों से अनभिज्ञ था किन्तु न तो मातुल ही इस ओर से असावधान थे और न ही रुक्मिणी भाभी। अगली रात किसी समय कृष्ण द्वारका पहुँचे। भाभी ने प्रातः ही दासी भेज दी। मैं जब कृष्ण के शयनकक्ष में पहुँचा तो नहीं जानता था कि वे अभी सोये हुए हैं। भाभी यह व्यवस्था नहीं करती, तो कदाचित् मेरे लिए विश्राम करते हुए श्रीकृष्ण के कक्ष में जाना सम्भव नहीं होता।"

"ठीक है। तुम कक्ष में गये। फिर?" भीम ने कहा।

अर्जुन ने भीम की ओर देखा। वह जैसे जिज्ञासा की अग्नि में जल रहा था। सारी घटना को पूर्ण विस्तार से सुनने का धैर्य उसमें नहीं था।

"दुर्योधन ने मुझसे पहले सहायता माँगी; किन्तु कृष्ण ने मुझे पहले चुनने को कहा।..."

"चुनने को? क्या चुनने को?" सुभद्रा ने पहली बार मुख खोला।

"उन्होंने सहायता के दो वर्ग बनाये।" अर्जुन ने बताया, "पहले वर्ग में सम्पूर्ण नारायणी सेना थी और दूसरे में वे स्वयं अकेले और निःशस्त्र। उन्होंने कहा कि वे युद्ध नहीं करेंगे। शस्त्र नहीं उठाएँगे।"

"इस विभाजन का क्या अर्थ? जैसे कृष्ण के सैन्यबल पर दुर्योधन का बराबर का अधिकार हो।" भीम ने क्रुद्ध स्वर में कहा, "दुर्योधन के मित्र तो हमारे शत्रु हैं ही, अब हमारे मित्र भी हमारे शत्रु हो रहे हैं।"

अर्जुन ने शान्त भाव से युधिष्ठिर की ओर देखा। उन्होंने उसे आगे कहने का संकेत किया।

"मैंने अपना मत उन दोनों में से कृष्ण के पक्ष में दिया। मैंने कृष्ण को चुन लिया। कृष्ण ने मुझे चेतावनी दी कि मैं सोच लूँ, वे अकेले होंगे, उनके साथ सेना नहीं होगी। उनके भाई और पुत्र नहीं होंगे। वे शस्त्र भी नहीं उठाएँगे।" अर्जुन ने रुककर उन सबको देखा, "मैंने तब भी कृष्ण को ही चुना।..."

भीम का मुख आश्चर्य से खुल गया। उसे देखकर लगता था कि वह कोई अनहोनी बात सुन रहा था। ऐसी दुखद कल्पना तो उसने कदाचित् अपने किसी भयंकरतम स्वप्न में भी नहीं की थी।

"तुमने कृष्ण को ही चुन लिया?" अन्ततः उसने कहा।

"हाँ। मैंने कृष्ण को चुन लिया।" अर्जुन का स्वर पूर्णतः आश्वस्त था।

"क्यों? तुमने निःशस्त्र कृष्ण को ही क्यों चुना? तुमने नारायणी सेना को क्यों नहीं चुना?" भीम का स्वर अत्यन्त उत्तेजित था, "नारायणी सेना युद्ध की अनुभवी एक अत्यन्त दक्ष और शस्त्रनिपुण सेना है। उसके सैनिकों ने अपना महत्त्व अनेक बार प्रमाणित किया है। तुमने उन्हें छोड़कर अकेले निहत्थे कृष्ण को चुना, ताकि तुम उसके साथ बैठकर कुछ मधुर वार्तालाप कर सको। उसका वेणुवादन सुन सको। तुम कौरवों से युद्ध करने जा रहे हो, किसी मनोरम यात्रा पर नहीं जा रहे हो।..."

भीम का चेहरा क्रोध से तमतमा आया था। उसे देखकर किसी को भी लग सकता था कि वह किसी प्रकार शान्त न हुआ और यही

स्थिति बनी रही तो क्रोध के मारे या तो उसके मुख से झाग गिरने लगेगा या फिर वह अर्जुन पर अपने हाथों से अथवा किसी शस्त्र से प्रहार कर बैठेगा।...

अर्जुन ने युधिष्ठिर की ओर देखा। युधिष्ठिर के चेहरे पर उद्विग्नता का कोई चिह्न नहीं था। वे भीम के इस क्रोध से तनिक भी प्रभावित नहीं लग रहे थे।

"तुमने कृष्ण को क्यों चुना अर्जुन?" उनका स्वर पूर्णतः शान्त था।

"क्योंकि मैं कृष्ण को त्याग नहीं सकता। मैं कृष्ण से युद्ध नहीं कर सकता। मैं कृष्ण के विरोधी पक्ष में जीवित नहीं रह सकता। कृष्ण को त्यागने का अर्थ है अपने प्राणों को त्यागना, धर्म को त्यागना। मैं धर्म को त्याग नहीं सकता। कल यदि आप कहें कि मैं आप और राज्य में से किसी एक को चुन लूँ, तो क्यों मैं राज्य को चुनूँगा? आपको छोड़ दूँगा?" अर्जुन ने रुककर भीम को देखा, "कृष्ण को त्याग कर संसार में प्राप्त करने को रह ही क्या जाता है? कृष्ण के बिना संसार की समस्त भौतिक उपलब्धियाँ मेरे लिए कोई अर्थ नहीं रखतीं।"

सुभद्रा ने अर्जुन को बहुत जाना था, पर उसका यह रूप आज से पहले कभी नहीं जाना था। कहाँ वह सोच रही थी कि पाण्डव उसके भाइयों को उनके व्यवहार के लिए कोसेंगे और कहाँ अर्जुन कह रहे हैं कि वे कृष्ण को त्याग नहीं सकते। चाहे कृष्ण उन्हें त्याग दें, तो भी नहीं...इस युद्ध के निमित्त सुभद्रा को बहुत कुछ नया समझ में आ रहा था। आज समझ में आ रहा था कि श्रीकृष्ण ने अर्जुन को क्यों प्रोत्साहित किया, सुभद्रा का अपहरण करने को। आज समझ में आ रहा था कि श्रीकृष्ण क्या कर रहे हैं, कैसी परीक्षा ले रहे हैं, पाण्डवों से प्रेम की और उनके धर्म की।...

"तो फिर कृष्ण से कहा होता कि वह तुम्हें सैनिक भी दे। शस्त्र भी दे। युद्ध में विजय प्राप्त करने में हमारा सहायक हो।" भीम ने उत्तेजित स्वर में कहा।

अर्जुन मौन बैठा रहा, जैसे उसे कुछ कहना आवश्यक न लग रहा हो, किसी प्रकार के स्पष्टीकरण की कोई आवश्यकता न हो...और जैसे भीम की बात की कोई सार्थकता न हो।

"क्यों नहीं कहा?" भीम का स्वर और भी ऊँचा हो गया।

"कृष्ण दे सकते तो स्वयं दे देते। जब उन्होंने अपना और अपने सैन्यबल का विभाजन कर दिया और मुझे उनमें से एक चुन लेने को कहा, तो उसका अर्थ था कि वे दोनों वर्ग मुझे नहीं दे सकते थे। अथवा उन दोनों को एक साथ प्राप्त करना हमारे हित में नहीं था।" अर्जुन बोला, "कृष्ण से कुछ माँगने की क्या आवश्यकता है। क्या वे नहीं जानते कि हमें क्या चाहिए और उन्हें हमें क्या देना है।"

"मूर्खतापूर्ण भावुक बातें मत करो। ऐसा ही होता तो तुम्हें द्वारका भेजने की क्या आवश्यकता थी।" भीम ने कहा तो, किन्तु उसके स्वर में अब क्रोध की वैसी गूँज नहीं थी।

"अर्जुन ने जो कहा है, उस पर शान्त मन से विचार करो मध्यम!" युधिष्ठिर मधुर ढंग से बोले, "कृष्ण का विरोध करने के स्थान पर, उन्हें समझने का प्रयत्न करो। जब यहाँ उपप्लव्य में बलराम के विरोध में कृष्ण ने कुछ नहीं कहा और बिना किसी सहायता अथवा सन्धि की चर्चा के उठकर चल दिये, तो मेरा माथा तभी ठनक गया था। वे सीधे द्वारका पहुँचे तब, भी उसका अर्थ था कि वे इन परिस्थितियों का कोई समाधान खोज रहे थे। अर्जुन की इन सूचनाओं के पश्चात् मेरे मन में कुछ बातें स्पष्ट हो रही हैं। अब मेरी समझ में आ रहा है कि कृष्ण बहुत पहले ही क्यों नारायणी सेना को भंग कर देना चाहते थे। हम मानते हैं कि नारायणी सेना कृष्ण की सेना है; किन्तु लगता है कि उस पर कुछ और लोगों का अधिकार था..."

"इसका क्या अर्थ?" सहसा द्रौपदी ने पूछा।

"उदाहरण के लिए हम मान लें कि नारायणी सेना के सेनापति के रूप में बलराम का भी उस सेना पर उतना ही अधिकार था, जितना कृष्ण का। और हम यह जानते हैं कि बलराम नहीं चाहते कि हम दुर्योधन से युद्ध करें। ऐसे में यदि हम नारायणी सेना के भरोसे लड़ने जाते हैं, तो क्या वह सेना हमारे लिए पूर्णतः विश्वसनीय होती?" युधिष्ठिर ने उन सबकी ओर देखा।

"जिस सेना का सेनापति ही हमारे पक्ष में न हो, हम उसके भरोसे कैसे लड़ सकते हैं।" सहदेव ने कहा।

"प्रश्न यह भी है कि कृष्ण अपनी सेना को भंग क्यों करना चाहते थे? क्या उसके सैनिक विश्वसनीय नहीं रहे? क्या वह सेना, धर्म के पक्ष में लड़ने वाली सात्विक शक्ति न होकर, अपने स्वार्थों के लिए लड़नेवाली रक्तपिपासु युद्धतन्त्र मात्र बन गयी है? क्या उसके सैनिक युद्ध से थक गये हैं और युद्धक्षेत्र से भाग जाने का मन बना रहे हैं? क्या उसके सैनिकों ने विजय के पश्चात् अपने सेनापति से विजय का मूल्य माँगने की नीति घोषित कर दी है?" युधिष्ठिर बोले।

कोई कुछ नहीं बोला। सबकी चिन्ता बोल रही थी।

"इन सारे कोणों से हमें सोचना चाहिए। हम कृष्ण से स्पष्टीकरण नहीं माँगेंगे। हम कृष्ण पर भरोसा करेंगे। इस विभाजन के पश्चात् हम कृष्ण को अपना विरोधी नहीं मानेंगे, उन्हें सदा के समान अपना हितैषी ही मानेंगे।" युधिष्ठिर बोले, "वे निःशस्त्र भी बहुत शक्तिशाली हैं। वे अर्जुन का सारथ्य कर सकते हैं। हमारी सेना को विजय का मार्ग दिखा सकते हैं।"

"एक बात मेरे मन में भी आती है।" सहदेव ने कहा, "कहीं ऐसा तो नहीं कि कृष्ण अपनी सेना के साथ हमारे पक्ष से युद्ध करते तो बलराम, अक्रूर तथा कृतवर्मा जैसे लोग अपनी सेनाओं के साथ दुर्योधन के पक्ष में जा खड़े होते?"

"ऐसी सम्भावना भी हो सकती है।" नकुल ने कहा।

भीम ने उन सबको देखा। कोई भी कृष्ण अथवा अर्जुन का विरोध करता दिखायी नहीं दे रहा था। पर उसका मन अब भी नहीं मान रहा था कि उन लोगों को इन परिस्थितियों को चुपचाप स्वीकार कर लेना चाहिए था। उसे लग रहा था कि वे लोग कृष्ण पर कुछ अधिक ही भरोसा कर रहे हैं।

"क्या दुर्योधन भी कृष्ण की सहायता पाकर प्रसन्न मन से लौट आया? क्या वह द्वारका में और किसी के पास नहीं गया?" उसने अर्जुन से पूछा।

"नहीं! मेरी सूचना के अनुसार वह कृष्ण की सेना लेकर बलराम के पास गया था।"

"तो उन्होंने क्या कहा?"

"उन्होंने कहा कि जो कुछ वे दुर्योधन को दे सकते थे, वह कृष्ण ने उसे पहले ही दे दिया है। उनके पास देने के लिए और कुछ नहीं है।" अर्जुन ने बताया, "उन्होंने कहा कि कृष्ण ने स्वयं को अर्जुन को दे दिया है किन्तु कृष्ण शस्त्र धारण नहीं कर रहा। इसलिए वे न तो कृष्ण के सहयोगी होकर दुर्योधन के विरुद्ध लड़ेंगे और न वे दुर्योधन की सहायता के लिए कृष्ण के विरुद्ध लड़ेंगे। वे कृष्ण का विरोध किसी भी स्थिति में नहीं कर सकते और विशेषकर जब वह युद्ध में निःशस्त्र होगा। अतः अब युद्ध में उनकी कोई रुचि नहीं है। वे मध्यस्थ हैं, किसी भी पक्ष की पराजय नहीं चाहते। अतः इस युद्ध काल में वे तीर्थाटन के लिए चले जायेंगे।"

एक संक्षिप्त सन्नाटे के पश्चात् द्रौपदी बोली, "मुझे तो लगता है कि गोविन्द ने यह सब कुछ बहुत सोच समझ कर किया है; और अपने इस निर्णय से उन्होंने दुर्योधन के एक बहुत प्रबल सहायक, ज्येष्ठ वासुदेव को, युद्ध से पहले ही निरस्त कर दिया है।"

भीम ने कुछ कहा तो नहीं, किन्तु उसे लगने लगा था कि नारायणी सेना दुर्योधन को देकर कृष्ण ने कदाचित् उनकी सहायता ही की थी। यदि कृष्ण नारायणी सेना उन्हें दे देते और युद्ध में उनकी विजय होती तो युद्ध के पश्चात् सेनानायक विजय में अपना भाग माँगते। ऐसे समय में जब अन्य सारी सबल सेनाएँ दुर्बल हो चुकी होंगी, नारायणी सेना के सेनानायकों को नियन्त्रित करना पाण्डवों के लिए भी कठिन हो सकता था। धर्मराज कह रहे हैं कि कृष्ण नारायणी सेना को भंग करना चाहता था; किन्तु अब भीम को लगने लगा था कि कृष्ण नारायणी सेना को भंग नहीं, नष्ट करना चाहते हैं। तभी तो उन्होंने वह सेना दुर्योधन को थमा दी। वे जानते हैं कि दुर्योधन पराजित होगा और उसके पक्ष से लड़नेवाली सारी सेनाएँ नष्ट होंगी। इस सेना की रक्षा करनी होती तो किसी भी प्रकार से

वह सेना पाण्डवों को देते। नारायणी सेना पाण्डवों की रक्षा करती तो पाण्डव भी नारायणी सेना की रक्षा करते।

"दुर्योधन और किसी के पास नहीं गया?" भीम ने पूछा।

"दुर्योधन द्वारका में प्रायः सबके ही पास गया; किन्तु सिवाय कृतवर्मा के उसे और किसी ने कुछ नहीं दिया। कृतवर्मा ने उसे अपनी एक वाहिनी दे दी है।"

"और तुम किसी के पास नहीं गये?"

"नहीं! कृष्ण से माँगने के पश्चात् और किसी से माँगने की स्थिति नहीं रहती।" अर्जुन ने कहा, "वैसे सात्यकि ने मुझसे कहा है कि कोई आये या न आये, वह अवश्य ही अपनी सेना के साथ हमारे पक्ष में युद्ध करने के लिए आयेगा।"

19

"यह सब क्या है?" द्रौपदी ने युधिष्ठिर की ओर देखा, "यदि हमारे सहायक मद्रराज जैसे ही निकले तो दुर्योधन उन सबका अपहरण कर लेगा।"

"हमारे सारे सहायक मद्रराज जैसे ही तो नहीं हैं।" भीम ने कहा।

"और धर्मराज अब भी उन पर भरोसा कर रहे हैं और उनसे किसी–न–किसी प्रकार की सहायता माँग रहे हैं।" सुभद्रा ने बड़ी देर से मन में दबे अपने आवेश को वाणी दी।

"मैंने तो आज धर्मराज का एक नया ही रूप देखा है।" अर्जुन ने कहा।

"कैसा नया रूप?" द्रौपदी कुछ तकमकर बोली, "वैसे ही तो हैं। मातुल स्पष्ट विश्वासघात कर शत्रुओं से जा मिले हैं और धर्मराज अब भी उनके प्रति अपनी श्रद्धा व्यक्त कर रहे हैं। उनसे तो आज नकुल ही बहुत हो प्रखर रहे थे कि स्पष्ट कर दिया कि वे महासेनापति बनने के लोभ में दुर्योधन के पक्ष में चले गये हैं।"

"वह ठीक है, पर धर्मराज ने मातुल को बता दिया कि दुर्योधन उन्हें महासेनापति नहीं कर्ण का सारथि बनाना चाहता है।" अर्जुन ने कहा, "उन्होंने यह भी बता दिया कि यदि मातुल हमारे प्रति सत्यनिष्ठ नहीं रहे तो दुर्योधन के प्रति भी वे अपनी निष्ठा पर टिके नहीं रहेंगे। वे दुर्योधन के पक्ष से युद्ध करेंगे, किन्तु उसका हित नहीं साधेंगे; कर्ण का सारथ्य करेंगे किन्तु उसके साथ भी विश्वासघात करेंगे।"

"धनंजय ठीक कह रहे हैं।" सुभद्रा ने तत्काल समर्थन कर दिया, "पर मैं तो चकित हूँ ऐसे लोगों को देखकर। प्रभु की भी कैसी लीला है। कैसे–कैसे जीव बनाये हैं उसने। बातें कर रहे हैं आदर्शों की, धर्म में बँध जाने की और तनिक सा धन और पद का लोभ सम्मुख आ जाये तो क्षण भर भी टिके नहीं रह सकते। बस स्वार्थ ही स्वार्थ प्रत्यक्ष रह जाता है। दया आती है मुझे तो ऐसे लोगों पर।"

"सुभद्रा! यह समझ लो कि प्रभु ने सामान्य सृष्टि तो ऐसी ही बनायी है। जीव की इन्द्रियाँ और मन तो लोभ, मोह, स्वार्थ, अहंकार, मद, मात्सर्य जैसे तत्त्वों से ही बनाये गये हैं। जीव के लिए वैसा ही व्यवहार स्वाभाविक है।" अर्जुन ने कहा, "सारा खेल ही इन तत्त्वों से मुक्त होने का है। इससे मुक्त होने का प्रयत्न करने के लिए ही तो यह मानव तन मिला है हमें। जिसमें ये सारे तत्त्व जितनी कम मात्रा में हैं, वह मनुष्य विकास के उतने ही ऊँचे सोपान पर पहुँचा हुआ है।"

रात्रि के भोजन के पश्चात् पाण्डव युधिष्ठिर के भवन में एकत्रित थे। द्रौपदी, सुभद्रा, देविका, बलन्धरा, करेणुमती और विजया भी वहाँ उपस्थित थीं। अर्जुन को यह देखकर कुछ आश्चर्य हुआ कि उद्धव, कृतवर्मा और सात्यकि भी वहाँ उपस्थित थे। एक नहीं थे तो कृष्ण ही नहीं थे।

"कृष्ण कहाँ हैं?" अर्जुन ने पूछा।

उसने किसी को सम्बोधित नहीं किया किन्तु जिस प्रकार वह उद्धव की ओर देख रहा था, उससे स्पष्ट था कि उत्तर की अपेक्षा भी उद्धव से ही थी।

"मैं नहीं जानता।" उद्धव ने कहा, "सम्भवतः कोई भी नहीं जानता। हो सकता है कि वे इस समय अपने उन अश्वों की सेवा कर रहे हों, जिन्हें कल प्रातः रथों में जुतना है। यह भी सम्भव है कि वे उपप्लव्य से योजनों दूर किसी वन में अपने साथ जानेवाले सैनिकों को प्रशिक्षण दे रहे हों।...और यह भी सम्भव है कि वे किसी संन्यासी की कुटिया में बैठे उससे ब्रह्मविद्या, ईश्वर और जीवन के सम्बन्ध में कोई जिज्ञासा कर रहे हों।"

"सम्भव तो यह भी है कि सब कुछ भूलकर वे किसी एकान्त स्थान में ध्यान लगाये बैठे हों।" कृतवर्मा ने कहा।

"मुझे आश्चर्य है कि श्रीकृष्ण ने तुम लोगों को द्वारका से बुला भेजा और हमसे उसकी चर्चा भी नहीं की।" युधिष्ठिर बोले।

"स्पष्ट है कि वे आप में से किसी को अपने साथ हस्तिनापुर नहीं ले जाना चाहते।" सात्यकि ने उत्तर दिया।

"वह तो स्पष्ट है ही।" अर्जुन ने कहा, "किन्तु यदि उन्हें अपने साथ सहायक रखने ही थे तो उन्होंने बलराम भैया को क्यों नहीं बुलाया।"

उद्धव, कृतवर्मा और सात्यकि ने एक–दूसरे की ओर देखा, किन्तु उत्तर किसी ने भी नहीं दिया।

"क्या पहले भी कभी ऐसा हुआ है कि उनके निकटतम लोगों को भी पता न हो कि वे क्या करने जा रहे हैं?" करेणुमती ने पूछा।

"क्यों नहीं!" सात्यकि जैसे कुछ उतावली में बोला, "जब–जब उनके अपने लोग पक्ष और विपक्ष में बँट जाते हैं, जब–जब उनको सन्देह की दृष्टि से देखा जाता है, तब–तब वे कुछ रहस्यमय हो जाते हैं। मथुरा पर जब कालयवन और जरासन्ध का सामूहिक आक्रमण हुआ था, तो हम उनके साथ थे, किन्तु श्रीकृष्ण की सारी गतिविधि प्रकट भी थी और गुप्त भी। हम स्वयं नहीं जानते थे कि वे क्या कर रहे हैं और क्या करना चाहते हैं।"

"गुप्त क्या था?" अर्जुन ने पूछा।

"अब तो कुछ भी गुप्त नहीं है," उद्धव ने कहा, "किन्तु तब बहुत कुछ गुप्त था। मथुरा के यादव ही कृष्ण पर सन्देह कर रहे थे, उनकी क्षमताओं पर सन्देह कर रहे थे, उनके लक्ष्य पर अविश्वास कर रहे थे, जैसे आजकल द्वारका में हो रहा है।"

"आजकल?" युधिष्ठिर के मुख से जैसे अनायास ही निकल गया।

"हाँ!" सात्यकि बोला, "अनेक यादव उनकी नीति से सहमत नहीं हैं। वे उनसे रुष्ट हैं कि कृष्ण उन्हें अनावश्यक रूप से युद्ध में घसीट रहे हैं। वे पाण्डवों और कौरवों के मध्यस्थ न होकर पाण्डवों के पक्षपाती हो गये हैं। वे युद्ध के लिए आतुर हो रहे हैं, अपने मन से सचमुच शान्ति के समर्थक नहीं हैं।"

"कौन सोचता है ऐसा?" भीम ने कुछ उद्विग्न होकर पूछा।

"बहुत लोग हैं।" सात्यकि बोला, "श्रीकृष्ण के बड़े भाई स्वयं वासुदेव बलराम ऐसा सोचते हैं। श्रीकृष्ण के समधी ये हमारे सम्मानित मित्र कृतवर्मा सोचते हैं।"

कृतवर्मा ने तड़पकर सात्यकि की ओर देखा, जैसे कोई बहुत कठोर बात कहने वाला हो, किन्तु फिर कुछ सोचकर चुप ही रह गया।

अर्जुन के मन में अनेक प्रश्न उठे कि ऐसा क्यों है। साथ ही जैसे अनेक समाधान भी उपजे...कृष्ण ने क्यों सैनिक द्वारका से बुलाये हैं। कृष्ण ने कृतवर्मा को क्यों बुलाया है...

"तो उस समय केशव ने क्या किया था?" द्रौपदी ने पूछा, "नहीं! शायद मेरा प्रश्न ठीक नहीं है। मैं पूछ रही थी कि उस समय मथुरा में क्या हुआ था?"

"इसी प्रकार की कथा–वार्ता सुनाने में तो उद्धव सिद्धहस्त है।" सात्यकि हँसा, "वे ही आपको यह सारी कथा सुनाएँगे और ऐसे सुनाएँगे कि सारा युग आपके सामने जीवन्त हो उठेगा।"

"अच्छा।" कई कण्ठों ने एक साथ ही आश्चर्य प्रकट किया।

"हाँ!" अर्जुन ने कहा, "मैं इसका साक्षी हूँ। मैं द्वारका में इनके मुख से कृष्ण के शैशव की कथाएँ सुन चुका हूँ।"

"उद्धव! हमें भी सुनाओ।" द्रौपदी ने आग्रहपूर्वक कहा।

"भाभी, वह तो लम्बी बात हो जायेगी।" उद्धव ने संकोच से कहा, "उसके लिए लम्बा समय चाहिए और यहाँ अनेक लोगों को वैसे ही नींद आ रही है। फिर..."

"फिर क्या?" बलन्धरा ने पूछा।

"सात्यकि और कृतवर्मा तो सब कुछ जानते हैं। वे लोग ऊब जायेंगे।"

"अच्छा, वे ऊब जायेंगे तो सोने चले जायेंगे।" सुभद्रा ने कहा, "आप सुनाइए उद्धव भैया! मैं भी तो सुनूँ कि मेरे जन्म के पहले मेरे भाइयों ने कैसे–कैसे कष्ट झेले हैं।"

"ठीक है। सुना देता हूँ; किन्तु इसका अर्थ यह नहीं है कि मुझे सब कुछ स्मरण अथवा कण्ठस्थ है कि किस समय किसने क्या कहा। मैं तो कुछ स्मृति से, कुछ कल्पना से, कुछ अनुमानों से, कुछ तर्क से जोड़ता चलता हूँ, ताकि आपके सम्मुख उस युग का एक जीवन्त और पूर्ण चित्र उपस्थित हो सके।" उद्धव ने कहा।

"ठीक है।" सुभद्रा बोली, "हम मान लेंगे कि आप उस युग की कथा ही लिख रहे हैं और उसी का कोई एक अंश हमको सुना रहे हैं।"

"तुम मान क्या लोगी सुभद्रे! मेरा विचार है कि यही सत्य भी है।" अर्जुन ने कहा, "उद्धव बताते नहीं हैं, किन्तु इनके मन में कृष्ण सम्बन्धी कथा लिखने की बात अवश्य है।"

उद्धव ने न तो अर्जुन का समर्थन किया, न विरोध। केवल इतना कहा, "तो सुनो..."

"अब बस करें?" उद्धव ने उन लोगों की ओर देखा, "आज के लिए पर्याप्त हो गया।"

"यह तो राजसभा की बात हुई भैया।" सुभद्रा जल्दी से बोली, "साधारण मथुरावासी क्या सोच और कर रहे थे?"

"वे भी कुछ तो सोच और कर ही रहे थे।" उद्धव ने उसे टालना चाहा, "अब एक–एक व्यक्ति के मन में तो कोई कुशल कथाकार भी नहीं झाँक सकता।"

"पर दो–चार झलकियाँ तो दी ही जा सकती हैं।" द्रौपदी ने कहा, "हम तुम्हें अधिक कष्ट नहीं देंगी।"

"सवेरा हो जायेगा।" उद्धव ने जैसे उन्हें चेतावनी दी।

"कोई बात नहीं। ऐसे अवसर कौन बार–बार आते हैं।" सुभद्रा बोली, "एक रात जाग ही लेंगे तो क्या।"

"अच्छा बहना! तुम्हारी ही इच्छा सही...।" उद्धव बोला।

''कृष्ण को दूर से ही छोटे–से आकार में एक स्त्री–पुरुष धीरे–धीरे घिसटते हुए से दिखायी दे रहे थे। जैसे–जैसे रथ आगे बढ़ रहा था, उनकी आकृति स्पष्ट होती जा रही थी। वे मथुरा के ही निवासी थे। अपने साधारण घरेलू सामान से लदे–फदे धीरे–धीरे चल रहे थे। शरीर की आकृति से भी बहुत बलिष्ठ नहीं लगते थे और इस समय तो पर्याप्त थके हुए से दिखायी दे रहे थे।

उनके निकट आकर कृष्ण ने रथ रोक दिया।

अपने निकट एक राजसी रथ और पाँच अश्वारोहियों को रुकते देख वे लोग घबरा गये, पर समझ नहीं पाये कि सिवाय प्रतीक्षा के और क्या कर सकते थे।

कृष्ण रथ से उतरकर उनके पास आये।

"क्यों काका! सार्थ पिछड़ गये क्या?" कृष्ण ने पूछा।

पुरुष ने साहस कर उत्तर दिया, "हाँ भैया! सिर पर इतना सामान। हमारी महरारू जल्दी चल नहीं पाती। साथ में एक बकरी थी, वह जाने किसी रथारोही अथवा अश्वारोही से डरकर भड़की और भाग खड़ी हुई। उसे ढूँढ़ते रहे। बस ऐसे ही समय बीत गया और सार्थ आगे बढ़ गया।"

स्त्री चुपचाप देखती रही जैसे पहचानने का प्रयत्न कर रही हो, और फिर बोली, "तुम वासुदेव कृष्ण ही हो न भैया?"

"हाँ काकी! ठीक पहचाना, कृष्ण ही हूँ।" कृष्ण मुस्कुराये, "अपनी बकरी की चिन्ता मत करो। मार्ग में नहीं मिली तो गन्तव्य पर पहुँचकर महाराज की ओर से दूसरी अवश्य मिल जायेगी।" वे रुके, "आप लोग थक गये हैं और आपके पास बोझ भी है, कैसे चलेंगे?"

"ऐसे ही चलेंगे, सरक–सरक के।" पुरुष ने विनोद में अपनी घबराहट छिपाने का प्रयत्न किया, "वैसे भी हम पैदल चलनेवाले लोग रथों और गाड़ियों के बराबर कैसे चलेंगे। हमें तो पीछे ही घिसटना है। पर एक चिन्ता है हमें।"

"कैसी चिन्ता?" कृष्ण ने पूछा।

"वे रथ तो आगे निकल गये और हमें यह भी पता नहीं है कि हमें जाना कहाँ है। तो हम कहाँ जायेंगे, कैसे जायेंगे।" पुरुष बोला, "अभी तक तो आगे जानेवाले लोगों के पदचिह्न मार्ग पर मिल रहे हैं, पर यह सदा तो ऐसा नहीं रहेगा न।"

"समस्या तो तुमने गम्भीर बताई काका!" कृष्ण हँसे, "पर ऐसा होगा नहीं।"

"क्यों? ऐसा क्यों नहीं होगा?" पुरुष चकित था।

"क्योंकि रथारोही और अश्वारोही केवल आधा दिन यात्रा करेंगे और आगे किसी सुविधाजनक स्थान पर पड़ाव डालेंगे।" कृष्ण बोले, "वे लोग न केवल पीछे आनेवालों की प्रतीक्षा करेंगे, वरन् उनके रहने और भोजन इत्यादि की व्यवस्था भी करेंगे। गाड़ीवाले तथा पदाति लोग वहाँ पहुँचकर विश्राम करेंगे। उन्हें न ठहरने की व्यवस्था करनी है, न भोजन की।"

"और जो हम छूट गये तो हमें मार्ग कौन बतायेगा?" स्त्री की चिन्ता पहले से भी बढ़ गयी थी, "भोजन तो वहाँ धरा होगा और हम मार्ग में ही पड़े रह जायेंगे।"

"सबसे पीछे कृष्ण चलेगा काकी। कोई पीछे नहीं छूटेगा।" कृष्ण ने अपने साथी गरुड़ों की ओर संकेत किया, "इन गरुड़ों को देख रही हो। ये अपने अश्वों पर एक प्रकार से उड़ते फिरते हैं। आगे बढ़ते हैं और फिर पीछे लौट आते हैं। पूरे सार्थ में सम्पर्क बनाये रखने और

सूचना इत्यादिक पहुँचाने का सारा दायित्व इन्हीं का है। चाहोगी भी तो तुम्हें मार्ग में खोने नहीं देंगे ये।"

"फिर तो भय की कोई बात नहीं है। है न लक्ष्मी!" पुरुष कुछ निश्चिन्त हुआ।

स्त्री ने भी सहमति में अपना सिर हिला दिया।

कृष्ण ने उन्हें निश्चिन्त देखा तो पूछा, "आपके पास से होकर कोई रथ अथवा गाड़ी नहीं गयी। किसी को कहा नहीं कि भैया हमें भी बैठा लो।"

"किसको कहते।" पुरुष हँसा, "कभी रथ हमसे डर जाता है, कभी हम रथ से डर जाते हैं। साहस कर एक से कहा तो वह बोला, इतना मूल्य देकर रथ क्या इसलिए क्रय किया था कि तुम जैसे कंगलों को ढोता फिरूँ।"

कृष्ण के चेहरे पर अप्रसन्नता झलकी, "इस संकट के समय भी ऐसा अहंकार। यह तो उचित नहीं है।"

"उसे अपना संकट तो दिख रहा था, हमारा नहीं दिखा। क्या कहें।" पुरुष खिसियानी–सी हँसी हँसा।

"कहना क्या है काका।" कृष्ण बोले, "यह संकट ही इसलिए है, क्योंकि हमने केवल अपना संकट देखा। दूसरों का संकट देखा होता तो मथुरा पर यह संकट ही क्यों आता।" वे रुके, "अच्छा! जाओ अब रथ में बैठ जाओ। हम थोड़ी देर में सार्थ को पा लेंगे अभी बहुत दूर नहीं गया होगा।"

"आपके रथ में? इस राजसी रथ में?" स्त्री कुछ अकबका गयी।

"हाँ! रथ तो यही है। इसी में चलना पड़ेगा। क्या रथ पसन्द नहीं है?" कृष्ण मुस्कुराये।

रथ में कृष्ण के साथ आया वह व्यक्ति अब तक मौन बैठा था। उन स्त्री–पुरुष का संकोच देखकर बोला, "आ जाओ भाई! कृष्ण का रथ ही हम सबका रथ है।"

पुरुष ने भी उसे पहली बार ध्यान से देखा। वह उसके निकट आ गया, "क्यों, ऐसा क्यों है भाई?"

उस व्यक्ति को जैसे पहली बार अपने उद्‌गार प्रकट करने का अवसर मिला, "क्योंकि हम सबको एकमात्र आश्रय कृष्ण का ही है। और किसके हृदय में इतना प्रेम है कि सबमें बाँट सके। कृष्ण ही है जो सबसे प्रेम कर सके।"

स्त्री और पुरुष ने और संकोच करना उचित नहीं समझा। एक–दूसरे की सहायता से वे रथ में बैठ गये।

"त्रेता में रामजी ने वानरों को अपने साथ पुष्पक विमान में बैठाया था और अब श्रीकृष्ण हम सबको अपने साथ रथ में बैठाकर ले चल रहे हैं।" स्त्री ने अपनी कृतज्ञता प्रकट की।

कृष्ण ने मुस्कुराकर उनकी ओर देखा और वल्गा थाम ली।

उद्धव ने रुककर सुभद्रा की ओर देखा, "तुम्हें कुछ सन्तोष हुआ हो तो अब इस कथावाचक को सोने की अनुमति मिले।"

सुभद्रा हँस पड़ी, "तृष्णा तो शान्त होती ही नहीं भैया! पर चलिए, शेष फिर कभी।"

20

परिचारिका ने आकर उद्धव को बताया कि सुभद्रा उससे मिलने आ रही है, तो उसे आश्चर्य नहीं हुआ; किन्तु सुभद्रा के साथ द्रौपदी, बलन्धरा और करेणुमती को देखकर वह चकित रह गया।

"आश्चर्य हुआ न भैया?" सुभद्रा ने हँसकर पूछा।

"हाँ! आश्चर्य तो हुआ।" उद्धव को स्वीकार करना पड़ा, "वैसे अपने अतिथि से मिलने आना कोई असामान्य बात तो नहीं है, किन्तु मैंने यह कल्पना नहीं की थी कि पाण्डव–कुलवधुएँ इस प्रकार संगठित होकर इस बेचारे उद्धव पर धावा बोल देंगी।"

"वस्तुतः हमारे मन में एक जिज्ञासा है, जिसका समाधान तुम ही कर सकते हो उद्धव!" द्रौपदी ने कहा, "मुझे लगा कि अपना सिर फोड़ने से अच्छा है कि तुमसे ही उस जिज्ञासा का समाधान कर लिया जाये।..."

"मध्यम पाण्डव कह रहे थे कि उद्धवजी का नाम तो समाधानक ही होना चाहिए।" बलन्धरा बोली, "आजकल सारी समस्याओं और जिज्ञासाओं के समाधान उद्धवजी के पास ही हैं।"

उद्धव पहले तो हतप्रभ–सा बलन्धरा को देखता रहा : उसे बलन्धरा से यह सब सुनने की तनिक भी आशा नहीं थी, पर जब उसे स्मरण हो आया कि वह भीम की पत्नी होने के अधिकार से उसी शैली में बोल सकती है तो वह हँसा, "मध्यम पाण्डव की सेवा में मेरी ओर से हाथ जोड़कर विनीत भाव से यह निवेदन कर दीजिएगा कि उद्धव की अपने विषय में ऐसी कोई धारणा नहीं है। न कभी मैंने ऐसी कोई घोषणा की है। यह अधिकार तो श्रीकृष्ण का है। इसलिए ऐसी कोई भी उपाधि वे मुझ पर नष्ट न करें।"

"उद्धव!" वार्तालाप को भटकते देख, द्रौपदी ने चर्चा को नियन्त्रित करने का प्रयत्न किया, "मध्यम पाण्डव के आक्षेपों को थोड़ी देर के लिए भूल जाओ और हमें बताओ कि श्रीकृष्ण ने तुम्हें, सात्यकि और कृतवर्मा को द्वारका से क्यों बुलाया? यदि उन्हें अपने साथ ले जाने के लिए सैनिकों की आवश्यकता थी ही तो उन्हेंने उपप्लव्य में एकत्रित बलों में से ही किसी वाहिनी को क्यों नहीं चुना?"

"और फिर उन्होंने दुर्योधन के पक्षधर, कृतवर्मा पर ही इतना विश्वास क्यों किया, जिसकी निष्ठा पर इन दिनों निर्भर होना, सबसे अधिक घातक हो सकता है।" सुभद्रा ने कहा।

"अच्छा है कि तुममें से किसी ने यह नहीं पूछा कि श्रीकृष्ण ने मुझे द्वारका से बुलाकर यहाँ क्यों छोड़ दिया, अपने साथ हस्तिनापुर क्यों नहीं ले गये। वे मुझ पर विश्वास नहीं करते अथवा मैं युद्ध में सक्षम नहीं हूँ?" उद्धव हँसे।

"पूछना तो हमको यह भी है, भैया!" सुभद्रा बोली।

"मैं पहले ही जानता था।" उद्धव बोला, "तुम्हारे इन सारे प्रश्नों के ठीक–ठीक उत्तर तो स्वयं श्रीकृष्ण ही दे सकते हैं। पर यह तो हम सभी जानते हैं कि श्रीकृष्ण यह समझते हैं कि दुर्योधन से अब किसी प्रकार की कोई सन्धि नहीं हो सकती। वे यह भी जानते हैं कि दुर्योधन को अब किसी प्रकार के किसी लाभ की भी कोई आशा नहीं है। अपने साथ सेना लेकर हस्तिनापुर जाने का अर्थ यह भी है कि वे मानते हैं कि वे वहाँ सुरक्षित नहीं हैं। तो फिर वे हस्तिनापुर गये ही क्यों?" उद्धव मौन हो गये।

"क्यों गये?" सुभद्रा ने पूछा।

"मेरा अनुमान है कि श्रीकृष्ण वहाँ जाकर बलराम भैया, कृतवर्मा तथा दुर्योधन के समर्थक अन्य सारे यादवों को यह दिखाना चाहते हैं कि दुर्योधन वह नहीं है, जो वे उसे समझते हैं। वस्तुतः वे वहाँ दुर्योधन का चरित्र उद्‌घाटित करने गये हैं।" उद्धव ने कहा, "आप लोग पूछ सकती हैं कि बलराम भैया बीच में कहाँ से आ गये? मेरा अनुमान है कि कृतवर्मा को श्रीकृष्ण ने बलराम भैया के प्रतिनिधि के रूप में ही बुलाया है। यह निश्चित है कि हस्तिनापुर में दुर्योधन उनके साथ सम्मानजनक व्यवहार नहीं करेगा। वे चाहते हैं कि दुर्योधन द्वारा उन्हें अपमानित करने का यह प्रयत्न कृतवर्मा के नेत्रों से बलराम भैया भी देखें, ताकि उस पर विश्वास कर सकें। द्वारका के सैनिक और सेनानायक देखें कि श्रीकृष्ण से दुर्योधन कैसा व्यवहार कर रहा है, ताकि उन्हें श्रीकृष्ण के दुर्योधन–विरोध का तर्क समझ में आये।"

"तो गोविन्द वहाँ जानबूझकर अपमानित होने गये हैं।" द्रौपदी के स्वर में व्यथा का भाव था।

"उन्हें कोई क्या अपमानित करेगा।" उद्धव ने कहा, "जो प्रयत्न भी करेगा, वह मुँह की खायेगा। जो शिशुपाल के साथ हुआ, वह किसी के भी साथ हो सकता है..." उद्धव की दृष्टि करेणुमती पर जाकर ठहर गयी : कहीं उद्धव के मुँह से कोई अनुपयुक्त बात तो नहीं निकल गयी।

अपने पिता का नाम सुनकर करेणुमती चौंकी अवश्य थी, किन्तु उससे अधिक कोई प्रतिक्रिया उसने प्रकट नहीं की।

"फिर भी बलराम भैया को यह बात समझाने का कोई और उपाय भी हो सकता है।" सुभद्रा बोली, "इस प्रकार शत्रुओं के घर में घुसकर उन्हें अपना अपमान करने का अवसर देना...और अपने प्राणों को संकट में डालना...।"

"तुम भूलती हो सुभद्रा! कि श्रीकृण के लिए अपने मान–अपमान का कोई महत्त्व नहीं है। वे इन सबसे उदासीन हैं। सच्चे अर्थों में उत् आसीन। हम सबसे कहीं ऊँचे स्थान पर आसन है उनका। हमारे धरातल पर नहीं जीते वे। जो व्यक्ति संसार भर के राज समाज को एकत्रित कर उनके स म्मुख ऋषियों के जूठे पत्तल उठाने लगता है, उसके लिए सांसारिक मान–अपमान का कोई महत्त्व है क्या? जो व्यक्ति भौमासुर के प्रासाद से मुक्त कराई गयी असंख्य दुखियारी स्त्रियों को समाज में सम्मानजनक स्थान दिलाने के लिए, उन्हें अपनी पत्नी स्वीकार कर, उनका कलंक अपने माथे पर धारण करता है, उसे दुर्योधन द्वारा किये गये अपमान की क्या चिन्ता हो सकती है। श्रीकृष्ण को चिन्ता है तो केवल धर्म की। अनेक बार तो मुझे लगता है कि वे मित्र और शत्रु में भी भेद नहीं करते। दोनों को समान भाव से देखते हैं। तभी तो सैनिक सहायता देते हुए उन्होंने धनंजय और दुर्योधन के साथ समान व्यवहार किया। समान अवसर दिया। कोई भेद नहीं रखा।"

"पर शत्रु और मित्र समान कैसे हो सकते हैं?" द्रौपदी ने तड़पकर पूछा, "मित्र, मित्र है और शत्रु, शत्रु।"

"मैं भी पहले इसी प्रकार सोचा करता था।" उद्धव ने मुस्कुराकर कहा, "पर श्रीकृष्ण को देखा और समझा तो लगा कि बात यह नहीं है। उनके लिए शायद कोई शत्रु है ही नहीं। उनके मन में शत्रुता का भाव नहीं है। उनको समझकर ही मुझे धर्मराज का महत्त्व भी ज्ञात हुआ। कैसे वे आज भी दुर्योधन के प्रति अपने मन में शत्रुभाव नहीं रखते। कैसे वे अपना, अपने भाइयों और पत्नी का घोरतम अपमान देखकर भी विचलित नहीं होते। उनमें रजोगुण जैसे है ही नहीं। उनके चरित्र को समझना है तो पहले अध्यात्म को समझना होगा। अध्यात्म को जाने बिना तो उनका चरित्र हमारे सामने खुलता ही नहीं।..."

उद्धव की बात द्रौपदी को विचलित कर रही थी। वह धर्मराज से इस सन्दर्भ में कभी सहमत नहीं हुई थी। सम्भव है कि उसने उनको समझने में भूल की हो। सम्भव है कि उसके अपने मन में रजोगुण का आधिक्य हो।...पर वह इस विषय में और बात करना नहीं चाहती थी।...

"उद्धव! हम कृतवर्मा की बात कर रहे थे।"

"हाँ! मुझे लगता है कि श्रीकृष्ण एक प्रकार से कृतवर्मा का परीक्षण भी करना चाहते हैं।"

"कृतवर्मा का परीक्षण?" सुभद्रा के मुख से चीत्कार फूटा, "आपका अभिप्राय है कि कृतवर्मा भी उनके साथ छल कर सकता है। कहीं उसने सचमुच छल किया, वह दुर्योधन से मिल गया तो हस्तिनापुर में भैया की रक्षा कौन करेगा?"

उद्धव देखता रहा और मुस्कुराता रहा, जैसे सुभद्रा की घबराहट का रस ले रहा हो।

"यह क्या भैया?" सुभद्रा तमककर बोली, "आप ऐसे क्या देख रहे हैं? आपको चिन्ता नहीं हो रही?"

"इसका अर्थ है कि तुम अपने भैया को नहीं जानतीं सुभि!" उद्धव हँसे, "एक तो श्रीकृष्ण को हाथ ही कौन लगा सकता है; और यदि ऐसा कुछ हुआ और कृतवर्मा ने छल किया तो श्रीकृष्ण अपना युद्ध कौशल दिखाएँगे। जिन शस्त्रों को वे कभी प्रकट नहीं करते, उन शस्त्रों को प्रकट करेंगे। किसी अन्य सहायता की आवश्यकता पड़ी तो सात्यकि है वहाँ। और यदि स्थिति सात्यकि से भी न सँभली तो देखना है कि श्रीकृष्ण की रक्षा के लिए, भीष्म, द्रोण और कृपाचार्य क्या करते हैं। मुझे लगता है कि श्रीकृष्ण, भीष्म, द्रोण तथा कृपाचार्य को भी उनकी निद्रा से जगाना चाहते हैं।...और यदि हस्तिनापुर में श्रीकृष्ण असमर्थ सिद्ध हुए और कोई उनकी सहायता को नहीं आया तो उद्धव यहाँ किसकी प्रतीक्षा कर रहा है? मैं जाऊँगा यादवों की सेना लेकर। और तुम देख लेना, ऐसी किसी भी स्थिति में बलराम भैया हमारे साथ होंगे, दुर्योधन के साथ नहीं।"

"ओह मेरे राम!" द्रौपदी ने अपनी दोनों हथेलियों से अपना मुखड़ा थाम लिया, "गोविन्द कितनी दूर तक सोचते हैं और कैसी–कैसी योजनाएँ बनाते हैं।"

"पर यह सब मेरा अनुमान ही है पांचाली! कहीं ऐसा मत सोचना कि श्रीकृष्ण मुझसे यह सब कहकर गये हैं।" उद्धव ने कहा, "श्रीकृष्ण के कार्य किसी श्रेष्ठ कवि की रचना के समान होते हैं, जिनसे अनेक अर्थ ध्वनित होते हैं और प्रत्येक व्यक्ति उनका अर्थ अपनी क्षमता, आवश्यकता और परिस्थितियों के अनुसार ही समझता है।"

"यदि आप लोगों की जिज्ञासा का समाधान हो गया हो तो मैं भी अपनी जिज्ञासा, आर्य उद्धव के सम्मुख प्रस्तुत करूँ।" अब तक चुप बैठी करेणुमती ने कहा।

उद्धव को अब करेणुमती की वह भंगिमा समझ में आयी। वह तो अब तक अपने मन की जिज्ञासा में ही उलझी हुई थी। कदाचित् इसीलिए उसने शिशुपाल सम्बन्धी उसके कथन पर अधिक ध्यान नहीं दिया था।

"आप सब लोग अपनी जिज्ञासाएँ इकट्ठी करके लायी हैं क्या?" उद्धव ने हँसकर कहा।

"जिज्ञासा चाहे किसी की हो, किन्तु उत्तर में हम सबकी रुचि है।" बलन्धरा बोली, "देविका दीदी की भी, जो यहाँ आ नहीं पायी हैं।"

"तब तो कोई महत्त्वपूर्ण जिज्ञासा होगी।" उद्धव ने कहा, "बोलिए क्या जिज्ञासा है।"

करेणुमती पर्याप्त गम्भीर लग रही थी, "श्रीकृष्ण और वासुदेव बलराम, दोनों ही एक प्रकार से दो–दो माताओं वाले पुत्र हैं। श्रीकृष्ण को पहले ज्ञात ही नहीं था कि वे देवकीनन्दन हैं। जब तक वे वृन्दावन में रहे, वे यही जानते थे कि वे यशोदानन्दन हैं और जब उन सबको ज्ञात हुआ कि वे वसुदेव–देवकी के पुत्र हैं, वे मथुरा चले आये और लौटकर वृन्दावन गये ही नहीं। किन्तु बलराम भैया के साथ ऐसा नहीं हुआ। वे आरम्भ से ही मातुला रोहिणी के पास थे

और उनके पास ही रहे। जब उन्हें यह ज्ञात हुआ कि वे भी देवकीपुत्र हैं, तो उनके व्यवहार में क्या परिवर्तन आया? मेरा तात्पर्य है कि वे अब भी मातुला रोहिणी को ही अपनी जननी मानते हैं, अथवा जननी का महत्त्व वे मातुला देवकी को देते हैं?"

"मातुला देवकी उनकी जननी कैसे हो सकती हैं?" बलन्धरा बोली, "उनको जन्म तो मातुला रोहिणी ने ही दिया है न? क्यों सुभद्रा?"

सुभद्रा कुछ सकपका गयी, "मैं क्या जानूँ। ये सारी बातें तो मेरे जन्म से पहले की हैं। मैं तो इतना ही जानती हूँ कि बड़े भैया माता रोहिणी के पुत्र हैं। वे उनके साथ रहते हैं। देवकी उनकी माता तो हैं, किन्तु उनकी जननी...ऐसा भाव तो उन्होंने कभी नहीं दिखाया।"

"बोलो उद्धव! बोलो।" द्रौपदी ने हँसकर कहा, "देखो, कैसी सूक्ष्म गवेषणा है। सम्भव है कि तुम्हारे मन में भी कभी ऐसे प्रश्न उठे हों।"

"हाँ! है तो सूक्ष्म गवेषणा ही।" उद्धव ने भी हँसकर कहा, "किन्तु एकदम ऐसा भी नहीं है कि इनके विषय में मैंने कभी कुछ सोचा ही न हो। वस्तुतः श्रीकृष्ण और भैया का व्यवहार कभी एक जैसा नहीं होता, क्योंकि न तो दोनों का स्वभाव एक समान है और न दोनों की परिस्थितियाँ एक जैसी रहीं हैं।"

"स्वभाव तो एक समान नहीं है किन्तु परिस्थितियाँ तो एक जैसी ही थीं।" सुभद्रा ने कुछ चकित स्वर में कहा, "परिस्थितियों में क्या भेद था?"

"परिस्थितियों में पहला अन्तर तो यह था कि यशोदा, श्रीकृष्ण के साथ न मथुरा आयीं न द्वारका। वे पीछे वृन्दावन में ही रह गयीं। इसलिए श्रीकृष्ण को अपनी दो माताओं का सामना एक साथ कभी नहीं करना पड़ा। यह सूचना मिलते ही कि कान्हा देवकीपुत्र हैं, यशोदा ने उन पर से अपना आधिपत्य ही नहीं अपना अधिकार भी हटा लिया। उन्होंने देवकी काकी को श्रीकृष्ण, पुत्र के रूप में सम्पूर्णतः सौंप दिया। पर..."

"पर क्या?" बलन्धरा ने पूछा।

"पर बड़े भैया की स्मृति जहाँ तक जाती है, उन्होंने रोहिणी काकी को ही अपनी माता के रूप में जाना है। उन्हें अपनी चेतना के पहले दिन से ही यही ज्ञात हुआ कि वे वसुदेव पुत्र हैं। जब श्रीकृष्ण के देवकीपुत्र होने की सूचना वहाँ प्रचाारित हुई उससे श्रीकृष्ण को अन्तर पड़ा हो, बड़े भैया को कोई अन्तर नहीं पड़ा। नया केवल इतना ही ज्ञात हुआ कि जिस कान्हा को वे नन्द नन्दन के रूप में जानते आये थे और उस रूप में भी उससे बहुत प्रेम करते थे, वह उनका अपना ही भाई था।...ठीक है?" उद्धव ने उन लोगों की ओर देखा, "वे मथुरा आये तो रोहिणी काकी, उनकी माता के रूप में, उनके साथ थीं। मैं नहीं जानता कि उनके मन में क्या भाव था और क्या नहीं था; किन्तु उनके लिए यह तो सम्भव नहीं था कि वे रोहिणी काकी से कहते कि अब वे उनकी माता नहीं रहीं। वे माता तो थीं ही उनकी। जन्म दिया तो भी और नहीं दिया, तो भी। वे उनके जनक की पत्नी थीं और उनकी किशोरावस्था तक उन्होंने ही उनका पालन–पोषण किया था। मुझे लगता है कि अपने जीवन में इन दो माताओं को समानान्तर पाकर, उन्हें कठिनाई का अनुभव तो हुआ ही होगा। उनके मन में देवकी काकी के लिए ममता भी जागी होगी; किन्तु न तो कभी रोहिणी काकी ने यह कहा होगा कि देवकी काकी उनकी जननी हैं, वे उनके पास चले जायें और न ही देवकी काकी ने उन्हें बुलाकर कहा होगा कि वे उनके पुत्र हैं, इसलिए रोहिणी को छोड़कर उनके पास आ जायें। वे इतने छोटे भी नहीं थे कि जननी को सम्मुख पाकर उनसे लिपट जाते अथवा देवकी काकी ही उन्हें सम्मुख पा, ममत्व से बाध्य होकर उन्हें गोद में उठाकर अपने वक्ष से लगा लेतीं। मुझे लगता है कि बड़े भैया के सम्मुख यह एक अप्राकृतिक–सी स्थिति थी और उन्हें इसी को स्वीकार करना था। जब कभी देवकी काकी उनके सामने पड़ती होंगी, उन्होंने अपने किशोर अहम् के कारण उनको परायापन दिखाने का प्रयत्न किया होगा। अपनों को पराया बनाये रखने का बोझ कभी–कभी बहुत भारी पड़ता है। परिणाम यह हुआ कि जब कभी उनके मन में देवकी काकी

के प्रति जननी का सा प्रेम उमड़ा होगा, उन्होंने उसका दमन किया होगा और प्रयत्नपूर्वक स्वयं को समझाया होगा कि उन्हें अपने मन में देवकी काकी के लिए वैसा भाव नहीं आने देना है। रोहिणी काकी को माता मानते हुए भी वे जानते थे कि वे उनकी जननी नहीं थीं; और देवकी काकी को अपनी जननी मानते हुए भी, वे उसे कभी स्वीकार नहीं कर पाये। तो इस असहज स्थिति में जीवन व्यतीत करने के कारण कुछ–न–कुछ तो असहज ही हो गये हैं। यह स्वाभाविक ही है। रोहिणी काकी भी उन्हें निरन्तर इस बात का स्मरण कराती रही होंगी कि वे उनकी माता और जननी हैं। ऐसा न हो कि वे देवकी को सम्मुख देखकर उनके ही हो जायें। सम्भव है बड़े भैया उन्हें विश्वास दिलाते रहे हों कि वे ऐसे नहीं हैं। वे उनके हैं और उनके ही रहेंगे। वे उन्हें छोड़कर कहीं नहीं जायेंगे।...मैं सोचता हूँ...।" और सहसा उद्धव मे मौन साध लिया।

वाग्धारा कुछ इस प्रकार रुकी थी कि उद्धव के श्रोताओं को एक झटका–सा लगा। सबने चौंककर उनकी ओर देखा, "क्या सोचते हैं आप?"

"कुछ नहीं!" उद्धव ने कहा, "यदि कुछ सोचता भी हूँ तो उसका यहाँ कहना उचित नहीं है। बलराम भैया कोई दूर के अथवा पराये व्यक्ति तो हैं नहीं कि उनके विषय में अनुमान भिड़ाए जायें और उन्हें इस प्रकार की पारिवारिक गप्प–गोष्ठी का विषय बनाया जाये। वे बड़े हैं और हमारे सम्माननीय हैं, चाहे वे इस समय दुर्योधन के ही पक्षधर क्यों न हो गये हों।"

"अब तुम वाग्जाल फैला रहे हो उद्धव!" द्रौपदी के स्वर में भरपूर डाँट थी, "यह पाखण्ड हमारे साथ मत करो। जो मन में आया था अथवा आया है, वह कहो। हाँ! हमसे यह वचन चाहते हो कि इसकी भनक तक बड़े भैया के कानों में नहीं पड़ेगी, तो हम वचन दे सकती हैं।" और रुकते–रुकते भी द्रौपदी ने जोड़ दिया, "वैसे भी अब उनसे हमारी भेंट होने की कोई सम्भावना नहीं है।"

उद्धव ने सुभद्रा की ओर देखा।

"कहिए न भैया!" वह बोली, "यहाँ ऐसा कौन है, जिससे आप घबरा रहे हैं। क्या लोग अपने परिवार के अन्य सदस्यों के विषय में परस्पर चर्चा नहीं करते। मुझे तो लगता है कि जब कभी भी परिवार के लोग एकत्रित होते हैं तो उनका सर्वप्रिय मनोरंजन ही सारे सदस्यों की अर्थप्रकृति को खोज निकालना होता है।"

"ठीक है।" उद्धव ने अपनी इच्छा के विरुद्ध अनमने भाव से सुभद्रा के अनुरोध का मान रखने का अभिनय किया, "मुझे लगता है कि कभी–कभी उनके मन में इसी कारण से देवकी काकी का विरोध जागा होता है कि उन्होंने कभी श्रीकृष्ण के समान अपना पुत्र नहीं माना। उन्हें इसी कारण देवकी काकी की अन्य सन्तानों से ईर्ष्या भी हुई होगी। उनके मन में यह भी आया हो सकता है कि इन सब लोगों ने मिलकर उन्हें पराया घोषित कर दिया है। इसी कारण से अजाने ही उन सबके प्रति उपालम्भ, विरोध, तुलना, स्पर्धा तथा ईर्ष्या का भाव जागा होगा। सम्भव है कि उन्होंने कभी–कभी यह भी सोचा हो कि क्या ही अच्छा हो कि वे कुछ ऐसा करें कि देवकी माता उन्हें इस प्रकार पराया कर देने के लिए पछताएँ। उन्हें अपने पास बुलायें, उन्हें अपने वक्ष से लगाने के लिए तड़पें; किन्तु तब तक वे देवकी माता की उस ममता का तिरस्कार कर दें। वे स्वयं चाहे जानते भी न हों, किन्तु मुझे लगता है कि अपनी इस स्थिति तथा अपने इन सम्बन्धों के कारण एक अनाम–सी व्यथा का अनुभव करते रहे हैं और उसके कारण वे उन लोगों की इच्छा के विरुद्ध चलकर, एक प्रकार से उनको पीड़ित कर, अपनी व्यथा का प्रतिशोध लेने का प्रयत्न भी करते रहे हैं। मुझे तो उनके श्रीकृष्ण–विरोध का मूल कारण ही यही लगता है। उनका यह विरोध, एक प्रकार से उनके वंचित मन का ममता के लिए चीत्कार है; किन्तु अब वे इतने बड़े हो चुके हैं और उनका मन इस प्रकार पक चुका है कि वे इस बात को स्वीकार नहीं करेंगे।"

"बात तो ठीक ही लगती है।" द्रौपदी बोली, "काफ़ी जटिल चरित्र है उनका।"

"जब परिस्थितियाँ उलझी होंगी, मन में ग्रन्थियाँ होंगी तो चरित्र ऋजु कैसे रह सकता है।" उद्धव ने कहा।

"भैया, आप जो कुछ भी कह रहे हैं, वह सर्वथा सत्य प्रतीत हो रहा है; किन्तु आपकी बातों से ही मेरे मन में कुछ जिज्ञासाएँ जाग उठी हैं।" सुभद्रा ने कहा, "मैं तो सुनती आयी हूँ कि गोकुल और वृन्दावन में भी कृष्ण और बलराम एक साथ ही खेलते थे। एक साथ गौवें चराने जाते थे। कृष्ण बड़े भैया को तब से ही 'दाऊ' कहते थे...।"

"ठीक सुना है तुमने।" उद्धव ने कहा।

"तो जब वे जानते ही नहीं थे कि वे दोनों भाई हैं, तो कृष्ण बड़े भैया को 'दाऊ' कैसे कहते थे? वे और किसी को 'दाऊ' नहीं कहते थे।" सुभद्रा ने कहा, "वे यशोदा मैया के सम्मुख दाऊ के प्रति अपना असन्तोष ही व्यक्त नहीं करते, वे उन पर अभियोग भी लगाते हैं। इन सबसे तो ऐसा नहीं लगता कि वे भाई नहीं हैं, वे घर में नहीं रहते, अथवा उन दोनों की माता यशोदा नहीं हैं, इन सारे प्रसंगों में किसी और गोपाल का नाम नहीं आता। एक दाऊ ही हैं सब स्थानों पर।"

"ठीक कहती हो सुभद्रा! इन सब विवरणों को सुनकर तो ऐसा ही लगता है। मुझे कोई आपत्ति भी नहीं है। तुम ऐसा मानना चाहो तो मान सकती हो।"

"प्रश्न यह नहीं है मैं क्या मानना चाहती हूँ।" सुभद्रा बोली, "प्रश्न तो मन में उठी जिज्ञासा का है। आप कर सकें तो जिज्ञासा का समाधान करें। इस भ्रम का निवारण करें।"

"मैं इस सारे प्रसंग को इस प्रकार देखता हूँ।" उद्धव ने कहा, "जब वसुदेव काका को अपने विभिन्न प्रयत्नों के पश्चात् यह समझ में आ गया कि उनकी और उनकी नव विवाहिता पत्नी देवकी की स्वतन्त्रता केवल मथुरा तक ही सीमित है और कंस उनको मथुरा से बाहर नहीं जाने देगा, तो उन्होंने अपनी अन्य रानियों को मथुरा से बाहर भेजने का प्रयोग आरम्भ किया होगा। उसी में उन्होंने रोहिणी काकी को मथुरा से बाहर भेजा होगा। वे वृन्दावन आयीं, यमुना ही

तो पार करनी थी। वृन्दावन में उनकी कुछ भूमि थी। कुछ पशु थे। नन्द उन पशुओं की देखभाल करते थे। सम्भवतः रोहिणी काकी पहले नन्द के घर में ही उतरी हों। फिर उन्होंने अपनी भूमि पर अपने आवास का प्रबन्ध किया होगा। अपनी आवश्यकतानुसार अपने कुछ पशु अपने पास रखे होंगे। यह वह समय है, जब न रोहिणी काकी की कोई सन्तान थी, न यशोदा मैया की। वे दोनों ही निकट रहती थीं, इसलिए अपनी आवश्यकता के लिए और सामाजिकता के लिए भी एक–दूसरी से मिलती–जुलती रहती होंगी। उनके आर्थिक और सामाजिक स्तर में पर्याप्त अन्तर था, किन्तु फिर भी एक प्रकार की मैत्री उनमें स्थापित हो गयी थी। बलराम के वृन्दावन में अवतरण तक यशोदा की कोई सन्तान नहीं थी, इसलिए रोहिणी काकी बलराम भैया को यशोदा के पास छोड़ दिया करती थीं। यशोदा बलराम की माँ नहीं तो मौसी तो थीं ही।...तब श्रीकृष्ण का जन्म हुआ। बलराम उस समय डेढ़ दो वर्ष के रहे होंगे। वे उसी प्रकार यशोदा के पास आते रहे, जैसे पहले आया करते थे। वे लगभग उस घर के बालक जैसे ही थे। यशोदा अपने सहज स्नेह से उनके साथ खेला भी करती थीं और उनको खिलाया–पिलाया भी करती थीं। अब कृष्ण के आ जाने से बलराम के लिए नन्द के घर में एक और आकर्षण बढ़ गया था। उन्हें एक नया और जीता–जागता खिलौना मिल गया था। वह उन्हें सहज ही अपने भाई जैसा ही प्रिय था। अब तक वे अकेले थे, अब दो हो गये थे। यशोदा ने भी कृष्ण को बलराम के लिए 'दाऊ' सम्बोधन ही सिखाया था। नन्द ने भी इसे विशेष रूप से प्रोत्साहित किया हो सकता है। थे तो दोनों भाई ही। यशोदा को इस प्रोत्साहन का कारण तो ज्ञात नहीं था, न कभी उन्होंने पूछा ही था। उन्होंने मान लिया था कि नन्द वसुदेव की पत्नी और उनके प्रति अपना सम्मान दिखा रहे थे।" सहसा उद्धव रुक गये, "तुम लोगों ने कभी ध्यान दिया है कि कृष्ण–बलराम के शैशव के विषय में जो कुछ जानने–सुनने को मिलता है, उसमें कृष्ण–बलराम का ही सम्बन्ध है। कहीं–कहीं बलराम और

यशोदा की भी चर्चा मिल जाती है, किन्तु क्या कृष्ण और रोहिणी की भी चर्चा कहीं मिलती है?"

"नहीं।" सुभद्रा ने अनायास ही कहा।

"क्यों?"

"पता नहीं।" बलन्धरा बोली, "किन्तु है यह विचित्र बात ही।"

"नहीं! इतनी कोई विचित्र भी नहीं है।" उद्धव ने कहा, "सोचो, रोहिणी काकी के पास अपनी सन्तान थी, इसलिए उन्हें पड़ोसियों के बच्चों को खेलाने का अवकाश नहीं था। फिर वे यह भी तो नहीं जानती थीं कि कृष्ण देवकीपुत्र हैं। वे तो यही जानती थीं कि वे यशोदानन्दन हैं। ऐसे में गोपालों के उस मुखिया के पुत्र के प्रति उन्हें किसी आकर्षण का अनुभव नहीं हुआ होगा। पर यह पूछा जा सकता है कि जब सारा ब्रज कृष्ण के प्रति आकृष्ट था तो रोहिणी काकी ही क्यों आकृष्ट नहीं हुईं?"

"हाँ! यह प्रश्न तो बहुत महत्त्वपूर्ण है।" द्रौपदी ने कहा।

"मेरा अनुमान है कि नन्द स्वयं ही यह नहीं चाहते होंगे कि कृष्ण किसी प्रकार रोहिणी के घर जायें, उनके निकट रहें और उनके प्रिय बनें। उन स्थितियों में कृष्ण का सम्बन्ध वसुदेव से भी जोड़ा जा सकता था। उन्हें भय होगा कि उससे कृष्ण का भेद खुल जायेगा अथवा कंस के गुप्तचरों को सन्देह जो जायेगा। वे अधिक–से–अधिक इस बात को प्रचारित करना चाहते होंगे कि कृष्ण यशोदा के पुत्र हैं।..."

"भैया! आप अपने इन सारे अनुभवों को परसों के समान, कथा के रूप में नहीं सुना सकते?" सुभद्रा ने पूछा, "अच्छा तो लग रहा है, किन्तु वैसा रस नहीं आ रहा।"

और सहसा एक कोलाहल ही मच गया, "हाँ! कथा के रूप में। कथा के रूप में।"

उद्धव देख रहा था और हँस रहा था...ये पाण्डवों की पत्नियाँ इस अवस्था में भी छोटी–छोटी बालिकाओं के समान मचल–मचलकर हठ कर रही थीं। लगता था, थोड़ी देर और उनकी बात न मानी तो अभी भूमि पर बैठकर एड़ियाँ रगड़ने लगेंगी।

"अच्छा सुनो! एक छोटा–सा प्रसंग सुनाता हूँ।" उद्धव ने कहा, "अधिक तंग नहीं करना, नहीं तो मैं हस्तिनापुर चला जाऊँगा।"

"ठीक है।" करेणुमती ने कहा।

"क्या ठीक है?" उद्धव हँसे, "छोटा–सा प्रसंग, अथवा मेरा हस्तिनापुर चले जाना?"

"यदि तुमने ठीक से नहीं सुनाया कथावाचक! तो तुम्हारा हस्तिनापुर जाना निश्चित है।" द्रौपदी ने धमकाने का अभिनय किया, "वहाँ उन दुष्ट लोगों के साथ रहोगे तो तुम्हें पता चलेगा कि सात्विक लोगों की संगति में कितना आनन्द होता है।"

"तो सुनो, साधु समान!" उद्धव ने कहा।

''कृष्ण बाहर से आया था और बहुत उत्तेजित था।

"मैया! मैं कल दाऊ के साथ खेलने नहीं जाऊँगा।"

"क्यों रे, एक ही तो दाऊ है तेरा, उससे भी रुष्ट रहता है।" यशोदा हँसी, "क्या आज फिर दाऊ से कुछ मनमुटाव हो गया?"

"दाऊ बहुत खिझाते हैं मुझे।" कृष्ण ने उपालम्भ के स्वर में कहा, "पूछता हूँ तो कुछ बताते नहीं। अपने खेल में मगन रहते हैं।"

"तो क्या हो गया? खेलने ही तो जाते हैं।" यशोदा हँसी, "तू भी खेल में मगन हो जाया कर।"

"मैंने तो कह दिया है कि मैं अपने बाबा से कह दूँगा सब कुछ। खूब पीटेंगे तुम्हें।" कृष्ण ने बताया।

"तो क्या कहा बलराम ने?" यशोदा को जैसे बालकों के झगड़े में रस आने लगा था।

"दाऊ क्या कहेंगे। बोले, 'मैं भी अपने बाबा को कह दूँगा। वे तुम्हारे बाबा को पीटेंगे।' तो मैंने उन्हें अँगूठा दिखा दिया। 'ठेंगा पीटेंगे। उनके बाबा तो यहाँ हैं ही नहीं। मथुरा में हैं। जब तक मथुरा से आयेंगे, मेरे बाबा महाराज कंस के पास नहीं पहुँच जायेंगे, न्याय माँगने।...'"

नन्द का मन काँप कर रह गया...यह इतना–सा कृष्ण क्या–क्या सीख रहा है। यह कंस से न्याय की अपेक्षा कर रहा है और वह भी वसुदेव के विरुद्ध। इस बालक को ये सारी बातें कौन सिखाता है...

पर वह भी क्या करे। वह तो यही जानता है कि कोई अत्याचार करे तो न्याय राजा से ही माँगा जाता है। अब राजा ही न्याय करना छोड़, राक्षस हो जाये, तो इतना–सा बालक क्या करे...

"तब क्या कहा बलराम ने?" यशोदा अब भी हँस रही थीं।

"दाऊ को और कुछ नहीं सूझा तो बोले, 'नन्द बाबा तेरे लिए मुझे क्यों पीटेंगे। वे तो तेरे बाबा हैं ही नहीं।...'"

नन्द स्तब्ध रह गये...बलराम कैसे जानता है यह सब? क्या वसुदेव ने रोहिणी को बता दिया और रोहिणी से बलराम को ज्ञात हो गया?...

"क्यों, वे तेरे बाबा क्यों नहीं हैं?" यशोदा अब भी हँस रही थीं और नन्द की चिन्ता बढ़ रही थी...यह कैसी बात हो रही है बालकों में...नन्द कृष्ण के बाबा नहीं हैं। कहीं ऐसा तो नहीं कि नन्दगाँव में इस प्रकार की चर्चा हो कि कृष्ण, नन्द का पुत्र नहीं है?...

"दाऊ कहते हैं, तू तो नन्द बाबा और यशोदा मैया का पुत्र हो ही नहीं सकता। नन्द बाबा ऐसे गोरे हैं, यशोदा मैया भी कितनी गोरी चिट्टी हैं। मैया तेरी जननी होतीं तो तू ऐसा काला कैसे होता?..."

नन्द का ध्यान आज तक नहीं गया था इस ओर। कृष्ण के रूप को उन्होंने इस दृष्टि से तो कभी देखा ही नहीं था। चलो अच्छा है। बात बालकों की कल्पना तक ही है। वसुदेव तो नन्द से भी अधिक गोरे हैं। देवकी यशोदा से कहीं अधिक गौरवर्णा हैं। कृष्ण काला है तो कोई सन्देह नहीं करेगा कि वह वसुदेव–देवकी का पुत्र है। विधाता ने कहीं कृष्ण की रक्षा के लिए, उसका यह वर्ण, उसका कवच बनाकर तो नहीं भेजा? कंस को कहा भी जाये कि कृष्ण देवकीनन्दन है तो उसे विश्वास नहीं होगा। माखन सदृश्य गौरवर्णा देवी देवकी का ऐसा काला पुत्र कैसे हो सकता है? अच्छा है, कृष्ण बाहर धूप में अधिक से अधिक खेले। और काला हो जाये। कुछ बड़ा होकर गोधन के साथ वन में जाये। धूप में तपे, बरखा में भीगे। और काला हो जाये उसका वर्ण। वह देवकी भाभी से जितना भिन्न दिखायी दे, उतना ही अच्छा...उतना ही सुरक्षित....

उनका ध्यान फिर यशोदा की ओर चला गया...वे अब भी कान्हा से पूछ रही थीं, "तूने दाऊ से पूछा नहीं कि मैया मेरी जननी नहीं है तो मैं मैया को मिल कहाँ से गया?"

नन्द को लगा कि कोई उनके कलेजे को गीले कपड़े के समान निचोड़ रहा है।... कहाँ से मिल गया यशोदा को कान्हा? कहाँ से??

"दाऊ कहते हैं, मैया ने मुझे जन्म नहीं दिया, हाट से मोल लिया है।" कृष्ण ने कहा, "मैया क्या सचमुच हाट में बालक बिकते हैं?"

नन्द का ध्यान उनकी बातों से उचट गया...यशोदा ने कृष्ण को जन्म नहीं दिया...यशोदा ने कृष्ण को जन्म नहीं दिया...बलराम अपने भोलेपन में ऐसी बातें कह रहा है। यशोदा सुन रही है और हँस रही है।...कल जब उसे ज्ञात होगा कि उसने सचमुच ही कान्हा को जन्म नहीं दिया है तो क्या करेगी वह?...नन्द को बहुत चिन्ता है।...चिन्ता ही चिन्ता तो है...कभी कान्हा की और कभी यशोदा की।...वे दोनों ही वह नहीं जानते, जो नन्द जानते हैं।...कितना अच्छा होता, जो नन्द भी न जानते। वे भी उन लोगों के समान ही निश्चिन्त होकर उनकी इस क्रीड़ा में सम्मिलित हो सकते...नन्द का ज्ञात, कैसा बोझ था उनके वक्ष पर...

"मैया तू भी तो मुझे मारना जानती है।" अब कृष्ण बलराम के विरुद्ध नहीं यशोदा के विरुद्ध अपना रोष व्यक्त कर रहा है, "दाऊ को बुलाकर उस पर क्यों नहीं खीझती? क्यों नहीं ताड़ना करती उनकी?" कृष्ण का स्वर एकदम रुआँसा हो गया था।

नन्द देख रहे थे, यशोदा न कान्हा के दुख से पीड़ित थी, न उसके रोष से क्रुद्ध। वह तो अपने पुत्र के इस भोलेपन पर ऐसी मुग्ध थी कि जैसे आनन्द–सागर में बह रही थी।...

"मैया!" कान्हा ने क्रोध में यशोदा का पल्लू पकड़कर खींचा, और यशोदा ने अपना हाथ बढ़ाकर कान्हा को खींचकर, अपने वक्ष से लगा लिया। लगता था, उसको तीनों लोकों का राज्य मिल गया था...''

"बस!" उद्धव ने कथा रोक दी, "आज यहीं तक।"

"अपना तो मन नहीं भरा भैया!" सुभद्रा ने कहा, "जाने आप कथा क्यों रोक देते हैं?"

"कृष्ण की कथा से कभी किसी का मन भरा है पगली।" उद्धव बोले, "किन्तु मैं यहाँ एक कथावाचक बनकर नहीं आया कि दिन भर तुम लोगों को कथा सुनाता रहूँ। मैं योद्धा के रूप में आया हूँ। जब तक श्रीकृष्ण हस्तिनापुर से सुरक्षित नहीं लौट आते, तब तक मुझे यहाँ सैनिक तैयारी के साथ सन्नद्ध और तत्पर रहना है। जाने कब कैसा समाचार मिले और मुझे हस्तिनापुर की ओर भागना पड़े।"

"हम जा रही हैं उद्धव!" "द्रौपदी ने कहा, "किन्तु इसका यह अर्थ कदापि नहीं है कि तुम इसके बाद हमें कृष्णकथा नहीं सुनाओगे।"

"सुनाऊँगा क्यों नहीं।" उद्धव ने हँसकर कहा, "श्रोताओं को जितना रस सुनने में आता है, मुझे उससे कहीं अधिक सुनाने में आता है। बस अवसर और अवकाश की बात है।"

"ठीक है, हम प्रतीक्षा करेंगी।" बलन्धरा ने कहा।

21

उद्धव ने देखा, आज बिना किसी सूचना के ही सुभद्रा और द्रौपदी उसकी ओर आ रही थीं।

"क्या कर रहे हैं भैया?" सुभद्रा ने पूछा।

"आज आने की कोई सूचना नहीं भिजवाई?" उद्धव ने कहा।

"सोचा, यदि पहले सूचना भेज दी तो तुम कहीं भाग ही न जाओ उद्धव!" द्रौपदी ने हँसकर कहा, "वस्तुतः हम दोनों में थोड़ा–सा विवाद हो गया है। हम दोनों ही कल्पना कर रही थीं कि मातुला रोहिणी पहली बार गोकुल गयी होंगी तो वहाँ क्या हुआ होगा। हम दोनों की कल्पना भिन्न है इसलिए हम चाहती हैं कि तुम हमें मातुला के पहली बार गोकुल में जाने की कथा सुनाओ..."

"भैया! मना मत करिएगा।" सुभद्रा ने द्रौपदी की बात समाप्त होने की प्रतीक्षा की और न उद्धव का उत्तर सुनने की, "अब एक आध प्रसंग सुना दीजिए, हम आपको अधिक कष्ट नहीं देंगी।..."

"हाँ उद्धव!"

"मैंने मना कहाँ किया है।" उद्धव हँस पड़े, "वस्तुतः मैं अभी कृष्ण के विषय में ही सोच रहा था, पर वह दूसरा प्रसंग था। अच्छा तुम लोग रोहिणी काकी के गोकुल जाने का प्रसंग सुनो..."

रोहिणी अपने गोकुल में न जाकर पहले नन्द के घर ही आयी। अपने गोकुल में जाने का कोई लाभ नहीं था। वहाँ गोशाला थी। कुछ एक कुटीर थे, जिनमें आवश्यकता होने पर गोपाल रहा करते थे। अन्यथा रात को वे लोग अपने घरों में लौट जाया करते थे। वसुदेव ने चलने से पहले रोहिणी को जो महत्त्वपूर्ण बातें बताई थीं, उनमें एक यह भी थी कि यमुना पार के वन के इस छोर पर नन्दगाँव से बरसाने तक जो लोग रहते थे, वे कृषक नहीं थे। वे वन में अथवा वन के निकट रहते थे। उन्होंने वनों को काट कर खेत बनाने के स्थान पर वन को ही अपना खेत मान लिया था। जिनके पास पशु थे, वे गोपाल थे। उनके पशुओं को चारा वन से मिल जाता था। वे दूध तथा उससे उपब्लध अन्य पदार्थों का व्यवसाय करते थे। अतः उन्हें खेतों की आवश्यकता नहीं थी। और जिनके पास पशु नहीं थे, वे दूसरों के पशुओं को, उनकी गोशालाओं में पालते तथा वन में से चरा लाने का कार्य करते थे। वैसे गोपाल हों अथवा चरवाहे, वे स्वयं को गोप ही कहते थे। उनका समाज वैसे तो पर्याप्त सम था, फिर भी गायों की संख्या के कारण कुछ सामाजिक भेद तो था ही। जहाँ वसुदेव का गोधन रहता था, वह क्षेत्र नन्दगाँव के निकट था और नन्द एक प्रकार से उनके गोकुल के लिए भी उत्तरदायी थे। वसुदेव ने नन्द को कभी अपना कर्मचारी नहीं समझा था। वे लोग पीढ़ियों से उनके लिए कार्य करते थे, इसलिए उनके साथ, कार्य-सम्बन्ध के साथ-साथ एक

प्रकार के पारिवारिक सौहार्द का भी सम्बन्ध था। नन्द के पास अपना भी गोधन था; और उनकी संख्या अन्य गोपालों से कुछ अधिक ही थी। यही कारण था कि नन्द अपने ग्राम के मुखिया भी कहलाते थे।

रोहिणी ने नन्दगाँव पहुँचकर सीधे नन्द के घर जाना ही उचित समझा। नन्द और उनकी पत्नी यशोदा ने उनका स्वागत किया। रोहिणी ने देखा कि नागरिक सुविधाएँ न होने पर भी नन्द का घर खाता–पीता घर था। उनके पास कुछ चरवाहे तो कार्य करते थे, किन्तु घर के काम–काज के लिए सेवक इत्यादि नहीं थे। सेवकों की शायद वहाँ परम्परा ही नहीं थी। हाँ! आवश्यकता पड़ने पर कोई किसी से सहायता ले सकता था। पड़ोसी, मित्र, सम्बन्धी अथवा सगोत्रीय होने के नाते सब लोग परिवारजनों के समान एक–दूसरे की सहायता कर दिया करते थे। वे सब लोग एक–दूसरे को समान ही मानते थे। समान सम्बन्धों और सम्मान के लिए, धन की सहायता आवश्यक नहीं थी। धन से कदाचित् किसी को छोटा–बड़ा मानते भी नहीं थे। पर नन्द वहाँ के मुखिया थे, उनके राजा अथवा स्वामी नहीं। उनकी चर्चा से रोहिणी को लगा कि नन्द वसुदेव को राजवंश का मानते हैं, इसलिए वे उन्हें स्वयं से अधिक समझदार और सामर्थ्यवान भी मानते हैं। उनकी बातों में वसुदेव के प्रति एक प्रकार की मैत्री का भाव भी दिखायी दिया। वे देवकी के लिए कभी 'महादेवी' शब्द का प्रयोग करते थे, जैसे वे कोई रानी हों और कभी 'भाभी' का। रोहिणी के लिए भी वे कभी स्वामिनी का सा सम्मान प्रकट करने लगते थे और कभी सम्बन्धियों का सा स्नेह।

"मैं यदि नन्दगाँव के मुखिया को अपना देवर मान, उन्हें नाम से पुकारूँ तो किसी मर्यादा का हनन तो नहीं होगा न?" रोहिणी ने पूछा।

"हमारा सौभाग्य भाभी!" नन्द बोले, "वृष्णिश्रेष्ठ वसुदेव कहते हैं कि वे राजा नहीं हैं; किन्तु हम तो उनको ही अपना राजा मानते हैं। वे कहते हैं कि वे हमारे बन्धु हैं और हम कहते हैं कि जो हमारा बन्धु नहीं है, वह हमारा राजा कहाँ से हो सकता है। इसीलिए वसुदेव हमारे राजा भी हैं और बन्धु भी। अब आप हमारी भाभी बन गयी हैं

तो उससे अधिक अच्छी बात क्या हो सकती है। यह यशोदा है न! यह मुझे उपदेश देती रहती है कि मैं अपने चरवाहों को अधिक सिर चढ़ा लेता हूँ। पर मैं कहता हूँ कि हमारे जीवन और समाज में अभी मागध परम्परा नहीं आयी है, जहाँ हम राजा को अपना स्वामी मानने लगें। राजा हो अथवा मुखिया–हम उससे प्रेम करते हैं, उससे भयभीत नहीं रहते। मेरे चरवाहे हों अथवा सहगोत्री बन्धु, सब मुझसे प्रेम करते हैं। आप जानती ही हैं कि गोप लोग वनचारी लोग हैं, इसलिए स्वच्छ मन के होते हुए भी वे उद्दण्ड हैं। प्रेम से चाहे उनके प्राण ले लो, भय से तो आपका कोई काम नहीं करेंगे।"

यशोदा सुन्दर युवती थीं। खूब स्वस्थ और बलिष्ठ। वे रोहिणी के पीने के लिए दूध लेकर आयी थीं।

"क्या लेकर आयी हो यशोदा! दूध?" रोहिणी ने पूछा।

"नहीं दीदी! यह गोरस है।" यशोदा बोलीं, "दूध तो इसे मथुरावासी कहते हैं, क्योंकि वे इसे दोहन के माध्यम से प्राप्त करते हैं और इससे नहाते हैं, इससे अपना आँगन लीपते हैं। हम तो इसे गोरस ही कहते हैं। हमसे अपनी गऊओं के रस के रूप में प्राप्त करते हैं।"

रोहिणी हँस पड़ी, "सारे मथुरावासी तुम्हारे गोरस से नहाते नहीं हैं, न उससे अपने आँगन लीपते हैं। यह तो केवल तुम्हारे राजा कंस के प्रासाद में होता है। उसकी रानियाँ न गऊ को पालती हैं, न उससे प्रेम करती हैं। नदिया–भर दूध उन्हें बिना मोल चुकाये मिल जाता है तो वे उसमें स्नान न करें तो क्या करें?"

"अरे नहीं है गोरस उनके काम का तो क्यों कर लगा–लगाकर हमारा रक्त पीते हैं।" यशोदा ने कुछ रोष से कहा, "और कर लिए बिना नींद नहीं आती, तो उस गोरस को किन्हीं बच्चों को पिला दें, जिन्हें गोरस उपलब्ध नहीं है। हम तो अपनी गऊओं के वत्सों के मुख से छीनकर उन्हें गोरस दें और वे उसमें नहाकर उसे अपने आँगन में बहा दें। यह तो घोर अत्याचार है।"

"नन्द! हमारी देवरानी तो घनी सुन्दर स्वस्थ ही नहीं, बहुत समझदार भी है।" रोहिणी ने मुस्कुराकर प्रशंसात्मक भाव से यशोदा की ओर देखा।

"भाभी! हमारे यहाँ कोमल युवतियों से काम नहीं चलता। उनको स्वस्थ तो होना ही होगा। गऊ को सँभालना है। गोरस का काम करना है। दही बिलोना है। बोझ उठाना है। वन में जाकर लकड़ी काटनी है। छोटे–मोटे किसी वन्य पशु से पाला पड़ जाये तो उसका सामना भी करना है। वहाँ कोमलांगी का क्या काम?"

"ठीक कहते हो नन्द!..."

रोहिणी कुछ कहती, उससे पूर्व ही यशोदा से पूछ लिया, "पर दीदी! वे लोग गोरस से नहाती क्यों हैं? उन्हें जल नहीं मिलता क्या? गोरस से नहाने के पश्चात् भी तो उन्हें जल से नहाना ही पड़ता होगा।"

"वे समझती हैं कि गोरस से नहाने से उनका शरीर गोरस के ही समान उजला और चिकना हो जायेगा।" रोहिणी ने बताया।

"वह तो गोरस पीने से भी होगा, वे गोरस पीती क्यों नहीं?"

"वे समझती हैं कि गोरस पीने से उनका शरीर स्थूल हो जायेगा, जबकि उनके पति कंस को तन्वंगियाँ ही प्रिय हैं।" रोहिणी ने बताया।

यशोदा के नेत्रों में जैसे आश्चर्य की चकाचौंध छा गयी, "क्या किसी की पत्नी का शरीर स्थूल हो जाये तो वह अपने पति की प्रिया नहीं रहती? ऐसा होता है क्या मथुरा में? एकदम राक्षसों की नगरी है वह तो। हमारे यहाँ कोई ऐसा करे तो उसकी हड्डी–पसली एक कर दें।"

"अरे तुम क्यों हल्कान होती हो?" नन्द ने कहा, "जो मथुरा में होता है, उसे होने दो, यहाँ वैसा कुछ नहीं होने जा रहा। तुम स्त्रियों के साथ यह बड़ी कठिनाई है, तत्काल आशंकित हो जाती हो। जो कहीं हुआ हो न हुआ हो, उसको अपने ऊपर घटा लोगी और मान लोगी कि तुम्हारा पति भी तुम्हारे साथ वही करने जा रहा है।"

"असुरक्षा का भाव है, और क्या।" रोहिणी ने कहा, "पर तुम लोग क्यों आशंकित होती हो। यहाँ तो सारी स्त्रियाँ काम करती हैं और अपनी आजीविका स्वयं कमाती हैं। पति किसी और का हो भी जाये तो क्या कठिनाई है।"

"आजीविका की चिन्ता नहीं है भाभी! चिन्ता तो पति की है। बात यह है कि कुछ गोपियाँ तनिक उच्छृंखल भी होती हैं। यशोदा को, मुझे लेकर एक गोपी पर सन्देह है। कहती है कि उससे बात ही क्यों करते हो। आप ही बताएँ भाभी, क्या मुखिया भी किसी को कह सकता है कि वह उसकी व्यथा–कथा नहीं सुनेगा?"

"चुप!" यशोदा ने स्नेहापूर्त नेत्रों से नन्द को घुड़का।

"इन्हें छोड़िए दीदी! आप बताइए, आप क्या अपना गोकुल देखने आयी हैं?" यशोदा ने पूछा।

"वह तो देखना ही है," रोहिणी ने मुस्कुराकर कहा, "पर मैं उसके पश्चात् मथुरा लौटनेवाले नहीं हूँ।"

यशोदा ने चकित होकर उनकी ओर देखा, "तो यहीं रहेंगी क्या?"

"यदि रहूँ तो तुम्हें अच्छा नहीं लगेगा क्या?"

"ऐसा प्रश्न क्यों पूछती हैं।" यशोदा बोलीं, "हमें क्यों अच्छा नहीं लगेगा। आप जैसी बहन मिलें तो किसे अचछा नहीं लगेगा। पर आप यहाँ रह पायेंगी? यहाँ नगरों वाली वे सुविधाएँ तो हैं नहीं, न ही नागर समाज है। भगवान ने जितनी बुद्धि देकर भेज दिया, सो भेज दिया। माँ–बाप ने जो सिखा–पढ़ा दिया सो सिखा–पढ़ा दिया। न कोई गुरुकुल है न कोई पाठशाला। न अध्ययन होता है न विद्याभ्यास। जीवन जो सिखा देता है, बच्चे वही सीख लेते हैं।..."

"लो! इतनी तो समझदारी की बातें कर रही हो और फिर कहती हो कि कोई पाठशाला है, न गुरुकुल।" रोहिणी बोलीं, "तुमसे ख़ूब निभेगी मेरी।"

"सच! आप यहीं रह जाइए भाभी!" नन्द बोले, "इसी आँगन में दो एक कोठरियाँ और डाल लेंगे। यशोदा अकेली है। आपका संग हो जायेगा।"

रोहिणी ने मुस्कुराकर यशोदा की ओर देखा, "देखो देवर जी! अभी तो यशोदा और आपको एकान्त ही चाहिए। मेरा सिर पर बैठे रहना किसे अच्छा लगेगा, और अकेले भी कितने दिन रहेंगे? सौभाग्यवती की गोद भरने में दिन ही कितने लगते हैं।"

यशोदा पहले तो झेंप गयीं, उनके कपोल लज्जा से गुलाबी हो आये, किन्तु तत्काल सँभलकर बोलीं, "चलिए, आपकी ही बात रही। तब भी तो आप जैसी बहन निकट रही तो सहायता ही होगी।"

"क्यों नहीं।" रोहिणी ने कहा, "ऐसा शुभ अवसर बार-बार आये।"

"तो पक्की रही। आप साथ ही रहेंगी।"

"अभी तो डेरा यहीं डालूँगी, पर फिर अपने गोकुल में गोशाला के पास ही अपने लिए एक छोटा-मोटा भवन बनवा लूँगी।" रोहिणी ने कहा, "वहीं रहूँगी। अधिक देर तक तो तभी रह सकूँगी, जब अपने रहने का स्थायी प्रबन्ध कर लूँगी।"

"आपका स्वागत है। आप वहाँ रहेंगी तो कभी-कभी जेठ जी भी आ जाया करेंगे।" यशोदा ने कहा, "पर एक जिज्ञासा है दीदी! आप मथुरा छोड़कर यहाँ क्यों रहना चाहती हैं? आज तक तो कोई नगर छोड़कर इस वन में बसने आया नहीं।"

रोहिणी ने बारी-बारी उन दोनों को देखा, "तो तुम्हें कुछ पता नहीं है? यहाँ क्या मथुरा का कोई समाचार नहीं आता?"

"क्या पता नहीं है?"

रोहिणी थोड़ी देर उनको देखती रही। फिर बोलीं, "पिछले कितने समय से आर्य वसुदेव यहाँ नहीं आये?"

"हाँ! मैं भी सोच रहा था कि जब से उन्होंने वहाँ नया विवाह किया है, तब से वे नन्दगाँव नहीं आये हैं।" नन्द ने कहा, "क्या विवाह से वे बहुत व्यस्त हो गये हैं?"

"तो तुमको सचमुच कुछ ज्ञात नहीं है।" रोहिणी ने कहा और उन्हें सारी कथा सुनाई। वसुदेव और देवकी की स्थिति समझाई, "आर्यपुत्र मथुरा से बाहर जा नहीं सकते, इसलिए अब मुझे यहाँ गोकुल में रहना होगा। पता नहीं वे यहाँ आ पायेंग अथवा नहीं, किन्तु मैं बीच-बीच में उनसे मिलने के लिए मथुरा जाती रहूँगी।"

"बड़ा दुष्ट है, यह कंस भी।" नन्द ने कहा, "कोई सुरक्षित नहीं है उसके राज्य में-न उसके पिता, न भाई, न भगिनीपति। किसी भी समय खड्ग उठाकर किसी का भी वध कर सकता है।

तनिक–सा रुष्ट होने पर किसी को भी बधिकों को सौंप सकता है। पूरा राक्षस हो गया है यह अपने पिता को बन्दी करनेवाला।" नन्द ने रुककर रोहिणी को देखा, "आपने अच्छा किया जो आप यहाँ आ गयीं। ऐसे राक्षस के राज्य में बस कर करना ही क्या है।"

"वह तो ठीक है।" रोहिणी ने कहा, "पर यहाँ रहूँ अथवा वहाँ, राज्य तो कंस का ही रहेगा।"

"आर्य वसुदेव कंस का राज्य छोड़कर कहीं और क्यों नहीं जा बसते?" यशोदा ने पूछा।

"वह दुष्ट उन्हें मथुरा से बाहर निकलने दे, तब न!" रोहिणी ने श्वास छोड़ा।

नन्द चिन्तित हो गये लगते थे। एक लम्बे मौन के पश्चात् बोले, "कुछ करना होगा भाभी! वृष्टिश्रेष्ठ का इस प्रकार बन्दी होना हम सहन नहीं कर सकते।"

उद्धव ने मौन होकर सुभद्रा और द्रौपदी की ओर देखा।

"अरे हम दोनों के मन में बहुत ही मधुर चित्र थे।" द्रौपदी बोली, "यह तो कुछ और ही निकला।"

"यह तो एक दुर्धर्ष संघर्ष की गाथा है भाभी! इसमें केवल साहस का माधुर्य है।" उद्धव ने कहा, "मैं तो काका के विषय में जितना सोचता हूँ, उनके धैर्य और साहस पर मुग्ध होता जाता हूँ।"

"तुम ठीक कहते हो उद्धव! मैंने आज तक केवल अपने सखा कृष्ण के विषय में ही सोचा था, मातुल के विषय में तो कभी सोचा ही नहीं।" द्रौपदी ने कहा।

22

रणभूमि से पाण्डवों का दूत आया था।

द्रौपदी ने सारी पाण्डव–वधुओं को बुला लिया था, ताकि बाद में कोई यह न कह सके कि उसे युद्ध सम्बन्धी पूरी सूचना नहीं मिल सकी। सबके आने के पश्चात् अन्त में उत्तरा को अपने साथ लेकर सुभद्रा आयी।

"हाँ दूत! बोलो, क्या समाचार है?"

"महारानी! कल कौरवों की ओर से पितामह ने गरुड़ व्यूह की रचना की थी। चोंच के स्थान पर वे स्वयं थे। नेत्रों के स्थान पर द्रोण और कृतवर्मा थे। शिरोभाग पर अश्वत्थामा और कृपाचार्य थे।..."

"अरे हमें इससे क्या लेना–देना कि किस स्थान पर कौन था।" बलन्धरा ने दूत को आगे नहीं बोलने दिया, "हमें तो समाचार चाहिए। हमें बताओ कि हमारे पतियों, पुत्रों, भाइयों और पिताओं में से कोई हताहत तो नहीं हुआ न?"

दूत ने द्रौपदी की ओर देखा।

"हाँ! ठीक कह रही है बलन्धरा। हमें युद्धशास्त्र तो पढ़ना नहीं है और न ही हमें युद्ध का विश्लेषण कर देखना है कि युद्ध संचालन ठीक हुआ अथवा नहीं।" करेणुमती ने अपनी सहमति प्रकट कर दी, "हमें बताओ कि हमारे प्रियजन सकुशल तो है न? और हमें बताओ कि हमारे शत्रुओं में से कौन–कौन मारा गया।"

दूत तब भी द्रौपदी की ओर ही देखता रहा।

"हाँ दूत!" अन्ततः द्रौपदी ने कहा, "हमें यह जानकर क्या करना है कि किस योद्धा ने अपने किस शत्रु को कौन–सा बाण मारा और कितने बाण मारे। हमें तो तुम हमारे प्रियजनों का कुशल–समाचार ही दो। बताओ, वे सब कुशल से हैं न?"

"हाँ महारानी! वे सब सकुशल हैं। स्वस्थ हैं। बाण तो सबको ही लगे हैं, इसलिए आहत हैं, किन्तु हमारे वैद्य तथा शल्यचिकित्सक अपनी औषधियों और अपने कौशल से उनके बाण निकाल देते हैं और उनके घावों का उपचार कर देते हैं।"...दूत ने बताया।

"शल्यचिकित्सक तो शरीर को चीरकर ही बाण निकालते होंगे?" उत्तरा ने जैसे अपनी पीड़ा व्यक्त की।

"राजकुमारी! हमारे वैद्यों के पास अनेक विशल्यकारिणी औषधियाँ हैं।" दूत ने उत्तर दिया, "प्रायः उनसे ही शरीर में धँसे बाण निकल आते हैं, पर जब कोई बाण बहुत गहरे धँसता है अथवा किसी प्रकार की वक्रता और जटिलता के कारण औषधियाँ काम नहीं कर पातीं, तो शल्यचिकित्सक शल्यक्रिया का प्रयोग भी करते हैं।..."

"कल अधिक घायल कौन हुआ है?" सुभद्रा ने पूछा।

दूत ने तत्काल कोई उत्तर नहीं दिया, पर अपने श्रोताओं के चिन्तित हो उठने से पहले ही बोला, "थोड़े बहुत घाव तो प्रत्येक योद्धा को लगते ही हैं, पर कल स्वयं श्रीकृष्ण और तृतीय पार्थ वीरवर अर्जुन को कुछ गम्भीर घाव लगे हैं।..."

"क्या? श्रीकृष्ण को भी?" द्रौपदी का स्वर जैसे हल्का–सा चीत्कार किये हुए था।

"कोई चिन्ताजनक बात नहीं है महारानी!" दूत ने तत्काल उन्हें आश्वस्त किया, "हुआ यह कि युद्ध के आरम्भ में ही धनंजय ने कौरवों के रथियों का विनाश आरम्भ किया और मध्यम पाण्डव भीम ने अपने पुत्र घटोत्कच के साथ कौरव–पक्षी राजाओं को खदेड़ना आरम्भ किया। उस समय सात्यकि, चेकितान और द्रौपदेय उनके साथ थे।..."

"यह चेकितान कौन है?" सहसा द्रौपदी ने पूछा, "इसका नाम तो पहले कभी नहीं सुना।"

"ये हमारे पक्ष से युद्ध करनेवाले एक वृष्णिवंशी यादव हैं।" दूत ने बताया, "ये आपके स्वयंवर में काम्पिल्य में भी उपस्थित थे। राजसूय यज्ञ के अवसर पर उपस्थित होकर इन्होंने धर्मराज को अपना तूणीर भेंट किया था। ये अत्यन्त वीर हैं। युद्ध के पहले ही दिन इन्होंने त्रिगर्तराज सुशर्मा से द्वन्द्व युद्ध कर अपनी वीरता की धाक जमा दी थी।"

द्रौपदी ने सुभद्रा की ओर देखा, "और तो कोई यादव आया नहीं, चेकितान कैसे आ गये?"

"हमारे परिवार से कोई विशेष सम्बन्ध नहीं रहा, इसलिए मैं भी इनके विषय में इससे अधिक कुछ नहीं जानती, जितना कि दूत ने बताया है।....हो सकता है कि इन्हें किसी से अपना व्यक्तिगत वैर चुकाना हो,

यह भी सम्भव है कि धर्म के समर्थक होने के कारण वे पाण्डवों के पक्ष से लड़ने आये हों; और यह भी सम्भव है कि क्षत्रिय होने के नाते युद्ध की चर्चा सुनकर द्वारका में निष्क्रिय बैठे न रह सके हों।"

"हाँ! तो," द्रौपदी ने दूत को आगे बोलने का संकेत किया।

"अपनी सेना का वह विनाश राजा दुर्योधन से सहन नहीं हुआ। वे अपनी गजसेना लेकर राजकुमार घटोत्कच से युद्ध करने आये। पर पाण्डव भी असावधान नहीं थे। धनंजय ने अनेक राजाओं को रोक लिया। राजकुमार अभिमन्यु और वीरवर सात्यकि ने शकुनि और उसके भाइयों पर आक्रमण किया। शकुनि के भाइयों ने सात्यकि को किसी प्रकार घेरकर उनका रथ काट डाला। सात्यकि, राजकुमार अभिमन्यु के रथ पर आ चढ़े और दोनों ने मिलकर शकुनि की सेना का पूर्ण संहार कर दिया। राजकुमार अभिमन्यु की वीरता और असाधारण युद्ध कौशल की बहुत चर्चा है महारानी!" दूत की दृष्टि द्रौपदी के चेहरे से हटकर सुभद्रा और उत्तरा की ओर चली गयी।

"अभिमन्यु मेरा वीर पुत्र है।" द्रौपदी ने कहा, "उसने अपने पिता और सुभद्रा से श्रेष्ठ गुण पाये हैं। सुभद्रा ने उसका श्रेष्ठ पालन–पोषण और प्रशिक्षण किया है। हमें अभिमन्यु से असाधारण उपलब्धियों की अपेक्षा है।"

"तुम पार्थ और पार्थसारथि श्रीकृष्ण के विषय में कुछ बता रहे थे दूत!" सुभद्रा ने कहा।

"हाँ महादेवी! उसी की ओर आ रहा हूँ। धर्मराज युधिष्ठिर ने अपने छोटे भाइयों माद्रेय नकुल एवं सहदेव के साथ आचार्य द्रोण पर आक्रमण किया। दुर्योधन को कहीं से कोई सहायता नहीं मिल रही थी और मध्यम पाण्डव, अपने पुत्र घटोत्कच के साथ उसके सम्मुख आ अड़े थे। राजकुमार घटोत्कच ने अपना ऐसा शौर्य प्रकट किया कि दुर्योधन सर्वथा असहाय हो गया। मध्यम पाण्डव ने उसके वक्ष में एक ऐसा बाण मारा कि उसे मूर्च्छा आ गयी। उसका सारथि अपने स्वामी को अचेत देखकर उनके प्राण बचाने के लिए रथ को समरभूमि से बाहर निकाल ले गया।..."

"लो दुर्योधन तो भाग ही गया।" बलन्धरा बोली, "बड़ा वीर बनता था।"

"राजा के रणभूमि से पलायन कर जाने के कारण कौरव सेना में भगदड़ मच गयी। मध्यम पाण्डव को ऐसी स्थिति में उस सेना को खदेड़ने में किसी क्रीड़ा का सा आनन्द आ रहा था। राजकुमार घटोत्कच भी इस क्रीड़ा के बड़े दक्ष खिलाड़ी हैं।..."

"मैंने सुना है कि घटोत्कच मायावी युद्ध करता है।" करेणुमती ने कहा, "यह क्या होता है?"

"क्या वह कभी प्रकट और कभी विलुप्त हो जाता है?" देविका ने अपनी जिज्ञासा प्रकट की, "या कभी धरती पर स्थित हो लड़ता है और कभी उड़कर आकाश में चला जाता है? कभी वह अग्नि और कभी धुआँ उगलता है? क्या, यह सब सम्भव है दूत?"

"नहीं महारानी! ऐसा कुछ नहीं है।" दूत ने सहसा कहा, "ऐसी कोई बात नहीं है। राक्षसों द्वारा मायावी युद्ध की बहुत चर्चा है, पर उसका अर्थ वह नहीं है, जो आप कह रही हैं। उसका अर्थ तो मात्र इतना ही है कि मायावी योद्धा अपने शत्रु को भ्रम में रखता है। वह उन नियमों का पालन नहीं करता, जिनका पालन आर्य वीर करते हैं। वह विपक्षी के सम्मुख से लुप्त हो जाता है। विपक्षी समझता है कि युद्ध समाप्त हो गया, किन्तु मायावी योद्धा लौट आता है। वस्तुतः वह युद्ध की मर्यादा को नहीं मानता। युद्ध की स्थिति में वह अपने वचनों का पालन नहीं करता। कहता कुछ है करता कुछ है। युद्ध में उस पर किसी प्रकार का विश्वास नहीं किया जा सकता। यही मायावी युद्ध है।"

"तो मध्यम पाण्डव ने दुर्योधन की सेना को भेड़ों के रेवड़ के समान खदेड़ दिया?" बलन्धरा भीम की वीरता के विषय में सुनने को व्यग्र हो रही थी।

"हाँ महारानी! मध्यम पाण्डव ने कौरव सेना को खदेड़ ही दिया था कि राजा दुर्योधन सचेत हो उठे। वे रणक्षेत्र में लौट तो आये, किन्तु स्वयं युद्ध करने के स्थान पर वे सीधे पितामह के पास पहुँचकर

विलाप करते हुए से बोले, 'आपके और आचार्य द्रोण के होते हुए भी मेरी सेना भाग रही है। आपके विरोधी होते हुए भी पाण्डव आपके कृपापात्र हैं। तभी तो आप मेरी सेना की यह दुर्दशा देखकर भी सहन कर रहे हैं।...आप मुझे पहले ही बता देते कि आप पाण्डवों के ही समान धृष्टद्युम्न और सात्यकि से भी युद्ध नहीं करेंगे तो मैं आपका, आचार्य द्रोण और आचार्य कृप का मत जानकर कर्ण के साथ मिलकर अपने कर्तव्य का निश्चय कर लेता।...' पितामह जानते थे कि जब भी दुर्योधन के मन में उनके प्रति कोई असन्तोष उभरता है तो वह उनको कर्ण की धमकी देता है। इससे पहले कि वे कुछ कहते, दुर्योधन ने कहा, 'यदि आपको युद्ध में मेरा परित्याग करना अच्छा नहीं लगता है तो आप दोनों श्रेष्ठ पुरुष अपना पराक्रम प्रकट कीजिए।' भीष्म उसकी इस प्रकार की उक्तियों से विशेष प्रसन्न नहीं थे। बोले, 'पाण्डवों को इन्द्र भी नहीं जीत सकते, फिर भी तुम्हारी इच्छा के अधीन मैं पाण्डवों का आगे बढ़ना रोक दूँगा।'" दूत ने रुक कर द्रौपदी की ओर देखा, "ध्यान दें महारानी! पितामह ने यह नहीं कहा कि वे पाण्डवों का नाश करेंगे। उन्होंने कहा कि वे पाण्डवों को आगे बढ़ने से रोक देंगे।"

"इससे अधिक वे कुछ कर भी नहीं सकते थे।" सुभद्रा ने कहा।

दूत ने सुभद्रा की टिप्पणी पर कोई प्रतिक्रिया नहीं प्रकट की। अपना वर्णन आगे बढ़ाता हुआ बोला, "उस समय तक सूर्य नारायण पश्चिम की ओर जा चुके थे। पाण्डव पक्ष उस दिन के युद्ध में स्वयं को विजयी मानकर अपनी विजय का उत्सव मनाने की तैयारी में था कि दुर्योधन की उकसाहट में पितामह ने एक विशाल सेना लेकर पाण्डव सेना पर आक्रमण कर दिया।..."

"यह तो अन्याय है।" देविका ने कहा, "सूर्य नारायण पश्चिम की ओर जा चुके थे और पाण्डव युद्ध के लिए प्रस्तुत नहीं थे और पितामह ने आक्रमण कर दिया? यह कैसी वीरता है पितामह की?"

"हाँ महादेवी! बात तो कुछ ऐसी ही है।" दूत ने कहा, "दुर्योधन और उसके सारे भाई स्वयं पितामह की रक्षा के लिए उनके साथ थे। वे जानते थे कि यदि पाण्डवों ने शिखण्डी को आगे कर दिया तो

पितामह युद्ध नहीं कर पायेंगे। इसलिए वे किसी और पर विश्वास न कर, स्वयं ही पितामह की रक्षा में जुट गये थे।"

"क्या पाण्डवों ने शिखण्डी को उनसे लड़ने भेजा?" बलन्धरा ने पूछा।

"मध्यम पाण्डव बहुत क्रुद्ध थे कि अब, जब उस दिन का युद्ध समाप्तप्राय था और पाण्डव एक प्रकार से युद्ध निवृत्त हो चुके थे, पितामह उन पर ऐसा भयानक आक्रमण कर रहे थे। यह भी एक प्रकार का मायावी युद्ध ही तो था। मध्यम पाण्डव चाहते थे कि पांचाल राजकुमार शिखण्डी को सामने रखकर सब लोग उनकी रक्षा करें और आज पितामह को धराशायी कर ही दिया जाये, किन्तु धर्मराज को यह अन्याय लगता था कि जब पितामह यह घोषणा कर चुके हैं कि वे शिखण्डी से युद्ध नहीं करेंगे तो उनके सामने शिखण्डी को खड़ा कर उनके साथ माया युद्ध किया जाये। उन्होंने महारथी शिखण्डी को पितामह से युद्ध करने की अनुमति नहीं दी।..."

"ओह!"

"कौरव सारे अधर्म करते रहें और पाण्डव प्रतिक्षण धर्म विचार ही करते रहें।" देविका ने एक गम्भीर श्वास छोड़ा।

"हाँ! महादेवी।" दूत बोला, "पाण्डवों ने अपना धर्म नहीं छोड़ा। न शिखण्डी को पितामह के सामने जाने दिया और न राजकुमार घटोत्कच को उनसे माया युद्ध करने की अनुमति दी। परिणाम यह हुआ कि पितामह के इस भयानक आक्रमण से धर्मराज की सेना बिखर गयी। वासुदेव ने यह सब देखा और धनंजय से कहा, 'दीर्घ काल से तुम जिस अवसर की प्रतीक्षा कर रहे थे, वह आ गया है। यदि इस समय भी तुम मोह से किंकर्तव्यविमूढ़ नहीं हो तो पूरी क्षमता से युद्ध करो और अपनी सेना की रक्षा करो। अपना वचन पूरा करो कि युद्ध में अपने विरुद्ध लड़ने आये अपने शत्रुओं का वध करोगे, चाहे वे पितामह अथवा आचार्य की क्यों न हों।' धनंजय कुछ चिन्तित दिखे, किन्तु उन्होंने अपने द्वन्द्व को तत्काल समाप्त कर

दिया और बोले, 'आप रथ को वहीं ले चलिए, जहाँ पितामह हैं। मैं अभी उनको रथ से नीचे गिरा दूँगा।...' श्रीकृष्ण हँसे, 'अभी भी उन्हें रथ से नीचे गिराने की बात कह रहे हो। ऐसा क्यों नहीं कहते कि उनका वध कर दोगे।' धनंजय ने इसका कोई उत्तर नहीं दिया। उनका रथ पितामह के निकट पहुँच गया और पितामह का वेग भी कुछ थम गया था। पाण्डवों की बिखरी हुई सेना कुछ सिमट आयी थी और उनका पलायन भी रुक गया था। भीष्म को अपना इस प्रकार रुद्ध होना कुछ सहन नहीं हुआ और उन्होंने अपना अत्यन्त भयंकर रूप प्रकट किया। उन्होंने सेना को छोड़कर जैसे सीधे राजकुमार अर्जुन पर ही नहीं स्वयं वासुदेव श्रीकृष्ण पर आक्रमण किया। जब तक कि श्रीकृष्ण समझते कि पितामह के मन में क्या है, धनंजय और वासुदेव दोनों ही क्षत–विक्षत हो चुके थे। उस पर न जाने क्यों, अपनी स्वाभाविक गम्भीरता छोड़कर पितामह भीष्म हँस–हँसकर श्रीकृष्ण को चिढ़ा रहे थे। वे उन्हें अधिक–से–अधिक क्रोध दिलाने का प्रयत्न कर रहे थे...। पितामह द्वारा किया जा रहा विनाश असाधारण और अत्यन्त भयंकर था। पांचालों की सेना सर्वथा नष्ट होने की स्थिति में पहुँच गयी थी, इसलिए अस्तित्व बचाने के लिए, रणक्षेत्र छोड़कर भाग रही थी।..."

"पितामह का व्यवहार मेरी समझ में तो आता ही नहीं।" बलन्धरा बोली, "एक ओर धर्म का पक्ष लेने की घोषणा करते हैं और फिर श्रीकृष्ण पर आक्रमण करते हैं। श्रीकृष्ण से अधिक धर्म कौन जानता है।...पाण्डवों को अपने लिए अवध्य घोषित करते हैं और फिर धनंजय पर आघात कर उन्हें क्षत–विक्षत कर देते हैं।..."

"वह मैं समझा दूँगी।" द्रौपदी ने कहा, "पहले युद्ध के सारे समाचार सुन लो।"

"भीष्म भयंकर विनाश कर रहे थे।" दूत ने कहा, "लगा कि श्रीकृष्ण क्रोध से काँप उठे हैं। वे बोले, 'अर्जुन के मन में अपने पितामह का मोह है। वे उनके साथ युद्ध जैसा युद्ध कर ही नहीं सकते। ठीक है। अब मैं किसी पर निर्भर नहीं रहूँगा। मैं स्वयं ही युद्ध कर पितामह

का ही नहीं, आचार्य, दुर्योधन तथा उसके सारे भाइयों का वध कर अभी धर्मराज का राज्य उन्हें दिलवा देता हूँ।...' धनंजय ने कुछ नहीं कहा। वे युद्ध की ओर उन्मुख हो गये थे, अथवा श्रीकृष्ण को उत्तर देने से बच रहे थे। इस समय पितामह ही नहीं, आचार्य द्रोण, विकर्ण, जयद्रथ, भूरिश्रवा, कृतवर्मा, कृपाचार्य, श्रुतायु, अंबष्ठपति, बिन्द, अनुबिन्द तथा सुदक्षिण इत्यादि योद्धाओं ने मिलकर एक साथ ही धनुर्धर अर्जुन पर आक्रमण कर दिया था। दुर्योधन इस अवसर को छोड़ना नहीं चाहता था। जाने पितामह फिर कभी ऐसा उग्र रूप धारण करें, न करें। इसलिए कुछ ऐसा हो कि अर्जुन आज युद्ध से लौटकर न जा सके।...उधर सात्यकि ने देखा कि राजकुमार अर्जुन घिर गये हैं। सारे महारथी एक साथ ही अकेले अर्जुन से भिड़ गये हैं। न किसी को धर्म का विचार है, न युद्ध–संहिता का।...सात्यकि अपना रथ दौड़ाते आये और धनंजय तथा कौरवों के मध्य अड़ गये। उससे कौरवों का आघात कुछ बाधित हुआ। धनंजय की सहायता भी हुई किन्तु भीष्म की प्रचण्डता में कोई विशेष अन्तर नहीं आया। उनके प्रहारों के सामने पाण्डव सेना ही नहीं, पाण्डवों के अच्छे–अच्छे योद्धा असहाय हो रहे थे और जिन्हें कुछ नहीं सूझता था वे रणभूमि को त्याग पलायन कर रहे थे।...और अकस्मात् ही श्रीकृष्ण पितामह भीष्म से भी अधिक प्रचण्ड हो उठे।...वे सात्यकि से सम्बोधित हुए, 'युयुधान! जो भाग रहे हैं, भाग जायें। जो खड़े हैं, वे भी चले जायें। किसी की सहायता नहीं चाहिए मुझे। मैं अभी सहायकों सहित भीष्म और द्रोण को मार गिराता हूँ।' श्रीकृष्ण ने पार्थ की ओर देखा, 'अपने सम्मुख पितामह को खड़े देखकर अर्जुन सहज कोमलता से युद्ध कर रहा है और भीष्म प्रचण्ड होते जा रहे हैं। अर्जुन को न अपनी सेना प्रिय है, न अपने भाई। उसे तो अपने गुरु और पितामह ही प्रिय हैं। किन्तु मुझे केवल धर्म प्रिय है। मैं अधर्म को विजयी होने नहीं दूँगा।' और..." दूत ने चुप होकर अपने सम्मुख बैठी व्यग्र श्रोताओं का जैसे निरीक्षण किया, "और श्रीकृष्ण ने सचमुच ही अपना सुदर्शन चक्र प्रकट किया। उसे धारण किया। सुदर्शन की नाभि अत्यन्त सुन्दर थी।

उसका प्रकाश सूर्य के समान और प्रभाव वज्र के समान था। किनारे क्षुरा के समान तीक्ष्ण थे। श्रीकृष्ण ने अश्वों की वल्गा छोड़ दी और अपनी तर्जनी पर सुदर्शन को घुमाते हुए रथ से भूमि पर कूद पड़े। वे अपने पैरों की धमक से पृथ्वी को कँपाते हुए भीष्म की ओर वेग से दौड़े।...रण रुक गया। दोनों ओर की सेनाएँ जैसे स्तब्ध खड़ी रह गयीं।...और कौरवों की सेना में सहसा हाहाकार मच गया। श्रीकृष्ण से कौन लड़ता? कौन उन पर प्रहार करता? दुर्योधन भी अपने स्थान पर चिन्तित खड़ा था। जिसने अपनी सभा में आये श्रीकृष्ण को बन्दी करने का प्रयत्न किया था, वह भी आज युद्धक्षेत्र में श्रीकृष्ण पर प्रहार नहीं कर सकता। दुःशासन तो जैसे किसी सम्मोहन की सी स्थिति में सुदर्शन को ही देखता जा रहा था।"

"और भीष्म? भीष्म क्या कर रहे थे?" सुभद्रा ने पूछा।

"भीष्म तनिक भी भयभीत दिखायी नहीं पड़ रहे थे।" दूत ने बताया, "वे घबराये हुए भी नहीं लगे। उन्होंने बहुत सहज भाव से अपना भयंकर धनुष उठाया, उसकी प्रत्यंचा खींची। उनके मन में तनिक भी मोह नहीं था। वे बोले, 'आइए देवेश्वर! जगन्निवास! आपको नमस्कार है। सबको शरण देनेवाले लोकनाथ! आज इस रणभूमि में बलपूर्वक इस उत्तम रथ से मुझे मार गिराइए। आपके हाथों मारा जाऊँगा तो इस लोक में भी मेरा कल्याण होगा और उस लोक में भी। आपके हाथों मरने से तीनों लोकों में मेरा गौरव बढ़ जायेगा।'"

"पर पितामह ने श्रीकृष्ण को नारायण के रूप में प्रणाम क्यों किया?" बलन्धरा ने पूछा, "क्या वे श्रीकृष्ण को नारायण मानते हैं?"

दूत ने कुछ नहीं कहा। उसने द्रौपदी की ओर देखा, जैसे सहायता के लिए याचना कर रहा हो।

"तुम जानती हो बलन्धरा!" द्रौपदी ने कहा, "अनेक लोग श्रीकृष्ण को नारायण का अवतार मानते हैं। पितामह भी उन्हीं में से एक हैं। राजसूय यज्ञ के समय भी उन्होंने श्रीकृष्ण की अग्रपूजा का प्रस्ताव रखा था और उनके प्रति पूज्य बुद्धि दिखायी थी।"

"यदि ऐसा ही है तो वे श्रीकृष्ण के विरुद्ध लड़ते क्यों हैं? उन पर प्रहार क्यों करते हैं? उनका रुधिर क्यों बहाते हैं?" बलन्धरा का स्वर कुछ और उग्र हो गया, "क्या पितामह राक्षस हैं, जो नारायण से युद्ध करना चाहते हैं?"

"नहीं! वे राक्षस तो नहीं हैं।" द्रौपदी ने कहा, "पर वे अपने कुछ संकल्पों से बँधे हैं। कहा जाता है कि गंगापुत्र के रूप में जन्म लेने से पूर्व वे एक वसु थे। यह उसी वसु का अहंकार ही प्रतीत होता है, जो उनसे कठोर से कठोर व्रतों का पालन करवाता है। यह उसी वसु का अवशिष्ट अहंकार ही है, जो उनको धर्म के बन्धन में बाँध देता है। तपस्या का फल सिद्धि के रूप में होता है तो उसका अहंकार भी होता है।..."

"पर एक भक्त के समान समर्पण कर कोई अपने आराध्य पर बाण का प्रहार कैसे कर सकता है?" बलन्धरा अब भी अपने प्रश्न पर टिकी हुई थी।

द्रौपदी ने तत्काल कोई उत्तर नहीं दिया किन्तु कुछ ही निमिषों में बोली, "मैं नहीं जानती कि मेरा मूल्यांकन ठीक है अथवा नहीं, पर मुझे लगता है कि पितामह ने जो सोचा और चाहा था, वह नहीं हो रहा है। युद्ध उनकी पकड़ से बाहर जा रहा है। ऐसे में वे न युद्ध त्याग सकते हैं, न पाण्डवों का वध कर सकते हैं, न दुर्योधन को पाण्डवों के हाथों मरते हुए देख सकते हैं। तो क्या समाधान है? समाधान कोई नहीं है तो एक प्रकार का पलायन ही सम्भव है, और वह पलायन है उनका शरीर त्याग। वे अपने शरीर त्याग का एक बहाना ढूँढ़ रहे हैं। जब दुर्योधन उनको अधिक कोंचता है, वे श्रीकृष्ण अथवा धनंजय को अधिक–से–अधिक पीड़ित करते हैं, ताकि उन दोनों में से कोई एक उनका वध कर दे और वे अपने इस द्वन्द्व से मुक्त हो सकें। तुमने सुना न, वे कह रहे थे कि श्रीकृष्ण के हाथों जीवन मुक्ति पाकर उनका इस लोक में भी कल्याण ही होगा।..."

"ओह!" अनेक कण्ठों से निकला।

"जिसका वध नहीं करना है, उसे आहत, घायल, क्षत–विक्षत करने का क्या अर्थ?" द्रौपदी ने पुनः कहा, "वे धनंजय और श्रीकृष्ण को आहत कर उत्तेजित करते हैं। उकसाते हैं उन्हें कि मुझे मारो। और श्रीकृष्ण कदाचित् उनकी इच्छा पूरी करने ही जा रहे थे।..."

"हाँ महारानी!" दूत ने घटनाओं का सूत्र पकड़ लिया, "पर तब धनंजय भी रथ से कूद पड़े और श्रीकृष्ण के पीछे भागे। उन्होंने अपनी शक्तिशाली भुजाओं से श्रीकृष्ण की भुजायें थाम लीं। उन्होंने श्रीकृष्ण को रोकने का भरसक प्रयत्न किया, किन्तु श्रीकृष्ण को रोकना उनके लिए सम्भव नहीं था। वे उन्हें रोकने के स्थान पर स्वयं ही उनके साथ घिसटते जा रहे थे। और तब वीरवर अर्जुन ने श्रीकृष्ण की भुजायें छोड़ उनके पैर थाम लिए। दस पगों तक उन्हें खींच कर श्रीकृष्ण रुके और उन्होंने राजकुमार की ओर देखा...'या तो स्वयं युद्ध करो अथवा मुझे ही अपना सामर्थ्य दिखा लेने दो।' "

"तो क्या कहा धनंजय ने?" सुभद्रा ने पूछा।

"राजकुमार बोले, 'केशव! अपने क्रोध को संयत कीजिए। मैं अपनी प्रतिज्ञा के अनुसार अपने कर्तव्य का पालन करूँगा। अपने भाइयों और पुत्रों की शपथ खाकर कहता हूँ कि आपका आदेश होने पर सारे के सारे कौरवों का विनाश कर दूँगा।' श्रीकृष्ण ने रुककर उनकी ओर देखा, 'सच कह रहे हो न? ऐसा न हो कि अपने गुरु और पितामह के प्रति अपनी गौरव बुद्धि के कारण तुम फिर उनके वध से संकोच कर जाओ।' 'नहीं ऐसा नहीं होगा गोविन्द!' धनंजय ने उत्तर दिया। श्रीकृष्ण कुछ सन्तुष्ट होते लगे। उन्होंने सुदर्शन को अपनी तर्जनी से उतार लिया। अपने रथ में लौट आये। हाथ में पांचजन्य लेकर उच्च स्वर में उसे फूँका।"

"यह सुदर्शन चक्र तो उन्हें खाण्डव दाह के समय देव अग्नि ने दिया था न?" सहसा देविका ने पूछा।

"हाँ!" द्रौपदी ने कहा, "क्यों?"

"करेणुमती कह रही थी कि श्रीकृष्ण ने शतधन्वा को भी सुदर्शन चक्र से ही मारा था। मैंने उससे कहा भी कि तब तक तो उनके पास

सुदर्शन चक्र था ही नहीं, तो फिर उससे उन्होंने शतधन्वा का वध कैसे किया?" देविका ने अपनी समस्या रखी।

"ओह!" द्रौपदी हँसी, "वस्तुतः गोमन्त पर्वत पर जरासन्ध से हुए युद्ध के समय से ही चक्र श्रीकृष्ण का आयुध रहा है किन्तु वह सुदर्शन चक्र नहीं था। अनेक लोग यह भी मानते हैं कि उन्हें सुदर्शन चक्र उनके गुरु सान्दीपनी ने दिया था। यदि वह सुदर्शन गुरु सान्दीपनी से मिला था तो द्वारका में भी उनके पास सुदर्शन होना चाहिए था, जिससे वे शतधन्वा को मार सकें।...पर यदि सुदर्शन वह चक्र था, जो उन्हें खाण्डव दाह के समय देव अग्नि से प्राप्त हुआ था तो शतधन्वा का वध उससे नहीं हुआ था।..."

"इसका अर्थ यह तो नहीं हुआ कि श्रीकृष्ण के पास अपने चक्र भी रहे होंगे।" देविका ने कहा, "एक चक्र तो उन्हें अपने गुरु सान्दीपनी से भी प्राप्त हुआ था और एक देव अग्नि से भी। सम्भवतः देव अग्नि से प्राप्त चक्र ही सुदर्शन था।..."

"कदाचित् यही सत्य है।" द्रौपदी ने कहा।

"फिर क्या हुआ दूत?" सुभद्रा ने पूछा।

"श्रीकृष्ण के अपने रथ पर वापस लौटते ही जैसे दुर्योधन इत्यादि जाग उठे।" दूत बोला, "दुर्योधन, भीष्म, भूरिश्रवा इत्यादि योद्धा आगे बढ़े और शल्य भी उनसे आ मिले। उन लोगों ने एक साथ मिलकर एक प्रबल प्रहार राजकुमार अर्जुन पर किया।...और तब वीरवर धनंजय ने अपना महेन्द्रास्त्र प्रकट किया। महेन्द्रास्त्र का आना था कि धनंजय ने बाणों का ऐसा जाल बिछा दिया कि कौरवों के रथ ही नहीं गज भी रुक गये। कौरवों को ऐसे स्तब्ध देखकर विराट और द्रुपद भी लौट आये। उनकी सेनाएँ अपने स्थान पर पैर जमाने लगीं। धनंजय उस समय ऐसे प्रबल हो गये थे कि कौरवों की सेना ने जैसे उनके सम्मुख अपना मस्तक ही टेक दिया, जैसे मृतप्राय गज धरती पर गिरने से पहले करता है। उनके यन्त्र कट गये, ध्वज गिर गये। दुर्योधन दाँत पीसता रह गया किन्तु भीष्म, द्रोण, बाह्लीक इत्यादि योद्धा पीछे हट गये। प्राच्य, सौवीर, क्षुद्रक और मालव क्षत्रिय प्रायः नष्ट हो गये।

श्रुतायु, अंबष्ठपति, दुर्मर्षण, चित्रसेन, द्रोण कृप, जयद्रथ, बाह्लीक, भूरिश्रवा, शल और पितामह भीष्म राजकुमार अर्जुन द्वारा पराजित किये गये।...सन्ध्या हो ही रही थी। कौरव सेनाओं के सम्मुख अपनी रक्षा का और कोई उपाय नहीं था। पितामह ने सेना को स्कन्धावार में लौटने का आदेश दिया।" दूत मौन हो गया।

"जब उनका मन होता है आक्रमण कर देते हैं और जब चाहते हैं अपनी सेनाएँ लौटा लेते हैं।" करेणुमती बोली।

"राजकुमार घटोत्कच की इच्छा थी कि कौरवों की सेनाओं को इस प्रकार सुरक्षित लौटने न दिया जाये।" दूत ने बताया, "वे चाहते थे कि उन्हें मायावी युद्ध करने की अनुमति दी जाये। वे लौटती हुई सेना पर पीछे से अपनी सेना को लेकर आक्रमण करें और अन्धकार का सहारा लेकर इस भयभीत, क्लान्त और विखण्डित सेना को सर्वथा कुचलकर रख दें।..."

"यही उचित था।" बलन्धरा बोली, "घटोत्कच ठीक ही कह रहा था।"

"किन्तु धर्मराज ने उसकी अनुमति नहीं दी।" दूत ने बताया।

"धर्म!" द्रौपदी ने कहा और जैसे शून्य में घूरने लगी, "श्रीकृष्ण ने उन्हें समझाया नहीं कि युद्ध में धर्म क्या होता है?"

"अरे हाँ!" सहसा उत्तरा ने कहा, "मुझे बताया गया है कि श्रीकृष्ण अपना धर्म कभी नहीं छोड़ते।"

"हाँ यही बात है।" सुभद्रा ने कहा।

"तो फिर शस्त्र धारण न करने की प्रतिज्ञा करने के बाद भी उन्होंने सुदर्शन चक्र कैसे धारण कर लिया?"

"उन्होंने युद्ध किया तो नहीं न!" करेणुमती बोली।

"यदि पिताजी उन्हें रोक न लेते तो वे क्या भीष्म पितामह पर प्रहार नहीं करते?" उत्तरा बोली।

"तुम्हारे पिताजी उन्हें रोक ही लेंगे, यह वे जानते थे।" सुभद्रा ने कृष्ण का बचाव करने का प्रयत्न किया, "यह सब कुछ तो उन्होंने धनंजय को उत्तेजित करने के लिए ही किया।"

"वे नाटक कर रहे थे अथवा पिताजी को इतना जानते हैं कि उन्हें पहले ही ज्ञात था कि उनकी इस धमकी का परिणाम क्या होगा?" उत्तरा ने पुनः कहा, "यदि कहीं पिताजी उन्हें न रोकते अथवा रोक न पाते तो क्या श्रीकृष्ण पितामह पर प्रहार कर, अपनी प्रतिज्ञा भंग कर देते?"

"मेरा विचार है पुत्री! कि यह सब भी था", द्रौपदी ने कहा, "और यह भी सम्भव है कि श्रीकृष्ण को लगा हो कि ऐसे संकल्पों से अधर्म की वृद्धि होती है। अतः उसकी रक्षा अब आवश्यक नहीं है। वस्तुतः यह संकल्प उनका अपना तो है नहीं। यह तो एक प्रकार से उनके वचन का अपहरण ही है। वैसे उनके मन में क्या था, यह तो वे ही जानें। जब लौटकर आयेंगे तो उनसे पूछ लेना।"

"अच्छा मुझे यह बताओ दूत! कि हमें अनेक बार बताया जाता है कि घटोत्कच अथवा कोई व्यक्ति बहुत वीर है।" करेणुमती ने सहसा ही चर्चा की धारा दूसरी ओर मोड़ दी, "किन्तु जब अपनी अथवा विपक्ष की सेनाओं के हारने का वर्णन करते हो तो कभी नहीं बताते कि उस समय वह वीर पुरुष कहाँ था। जब दुर्योधन की सेना भागती है तो भीष्म और द्रोण कहाँ होते हैं और जब पाण्डवों की सेना पिट रही होती है तो वीर धनंजय, मध्यम पाण्डव अथवा घटोत्कच कहाँ होते हैं?"

"महारानी! ऐसा तो अनेक बार हो जाता है कि किसी दुर्द्धष योद्धा को किसी एक व्यूह में घेर अथवा रोक लिया जाता है। सारे योद्धा एक ही स्थान पर तो लड़ते नहीं। युद्ध चाहे एक हो किन्तु व्यूह अनेक होते हैं। प्रत्येक योद्धा के आस–पास एक युद्ध चल रहा होता है। इसलिए प्रत्येक स्थान पर प्रत्येक योद्धा तो उपस्थित हो नहीं सकता।" दूत बोला, "फिर यह भी सम्भव है कि अपने घावों अथवा श्रम के कारण, अपने सारथि की असमर्थता अथवा अपने अश्वों की क्लान्ति के कारण कोई योद्धा किसी समय उतना प्रभावशाली नहीं हो पाता और किसी समय इसी की विपरीत परिस्थितियों के कारण वह अत्यन्त भयंकर हो उठता है। यह भी सम्भव है कि कोई योद्धा किसी समय अपने क्षतों के कारण अक्षम होकर युद्ध से अनुपस्थित हो जाये और किसी

दिन के युद्ध में उसकी किसी प्रकार की चर्चा न हो। आप देखेंगी कि किसी दिन तो युद्ध में जय का सारा श्रेय राजकुमार अर्जुन का होता है। किसी दिन मध्यम पाण्डव ही मध्यम पाण्डव होते हैं। कभी–कभी युयुधान इतने प्रबल हो उठते हैं कि कौरव उन्हें सँभाल ही नहीं पाते। किसी दिन धृष्टद्युम्न ही एक मात्र योद्धा के रूप में दिखायी पड़ते हैं। वैसे मेरा अनुमान है कि इन सिद्ध योद्धाओं के साथ–साथ सबसे छोटे राजकुमार अभिमन्यु तथा भीमपुत्र घटोत्कच की वीरता, क्षमता तथा युद्ध कौशल से दुर्योधन और उसके मित्र अत्यन्त भयभीत हैं। इसका अर्थ कहीं यह नहीं है कि अन्य राजकुमार युद्ध में अपना कौशल नहीं दिखा रहे।...आप मेरी बात समझ रही हैं न?"

"अभिमन्यु का कोई गुण बता सकते हो दूत?" द्रौपदी ने कुछ वक्र दृष्टि से उत्तरा की ओर देखा।

"हाँ महारानी! उनमें अद्भुत साहस है। वे आचार्य और पितामह भीष्म से टकराने में भी संकोच नहीं करते।" दूत ने कहा, "जैसे ही उन्हें सूचना मिलती है कि किसी एक स्थान पर कौरव सेना पाण्डवों पर भारी पड़ रही है, वहाँ पहुँचनेवाले वे प्रथम वीर होते हैं। उनकी वीरता और तेजस्विता की उनके शत्रु भी प्रशंसा करते हैं..."

द्रौपदी ने उत्तरा के मुखमण्डल पर गर्व और संकोच के चिह्नों को निहारकर एक प्रकार की तृप्ति का अनुभव किया, "और घटोत्कच?"

"उन्हें जहाँ खड़ा कर दिया जाये, वहाँ से उन्हें कोई डिगा नहीं सकता। उनमें भी अपने पिता के ही समान कौशल से बल अधिक है।" दूत बोला, "वे युद्ध में उसी प्रकार का आनन्द का अनुभव करते हैं, जैसे कोई दानी दान में, कोई कलाकार अपनी कला की साधना में करता है।..."

"अच्छा दूत! क्या तुम जानते हो कि भैया द्वारा दुर्योधन को दी गयी यादवों की नारायणी सेना, क्या कर रही है?" सुभद्रा ने पूछा।

"महारानी! दुर्योधन ने उस सेना को अनेक वाहिनियों में विभाजित कर, विभिन्न सेनापतियों की सेवा में नियुक्त कर दिया है।" दूत बोला, "इस युद्ध में अब न कोई नारायणी सेना है, न यादवी सेना।"

"यह तो नारायणी सेना का भी अपमान है और श्रीकृष्ण का भी।" बलन्धरा बोली, "पर उसने ऐसा क्यों किया?"

"वह तो वह ही जाने, किन्तु कहा जाता है कि वह उस सेना से इतना भयभीत था कि वह उसे एक स्वतन्त्र, स्वावलम्बी सेना के रूप में युद्ध करने की अनुमति देने का साहस नहीं कर सकता था।" दूत बोला, "कुछ लोगों की मान्यता है कि दुर्योधन को अपने प्रति नारायणी सेना की निष्ठा का विश्वास नहीं था। वह मानता था कि नारायणी सेना के गोपों के मन में श्रीकृष्ण के प्रति जो प्रेम है, उसके कारण वे लोग किसी के पक्ष से युद्ध कर ही नहीं सकते। पर श्रीकृष्ण से वह सेना लेकर उसने उसे पाण्डवों के पक्ष से युद्ध करने से रोक दिया था।"

"पर यह भी तो सम्भव है कि उस बिखरती हुई नारायणी सेना के लोग अपनी–अपनी इच्छा से अपने–अपने प्रिय नायक के पास चले गये हों।" द्रौपदी ने कहा।

"बहुत कुछ ऐसा ही हुआ है महारानी!"

"और दुर्योधन का वह भाई युयुत्सु, जो हमारे पक्ष में आ गया है," देविका ने पूछा, "वह क्या कर रहा है?"

"राजकुमार युयुत्सु भी युद्ध कर रहे हैं; किन्तु अभी तक उनके विषय में कहने के लिए कोई असाधारण बात नहीं है।"

"अन्त में एक बात और बताओ दूत!" सुभद्रा ने एक प्रकार की आकस्मिकता के साथ पूछा, "तृतीय पार्थ और भैया कृष्ण के घाव अब कैसे हैं? कोई गम्भीर बात तो नहीं है न?"

दूत हँसा, "नहीं महारानी! वे दोनों पूर्णतः सकुशल तथा स्वस्थ हैं। अगले दिन वे युद्ध में इस प्रकार सम्मिलित हुए हैं, जैसे कल कुछ हुआ ही न हो।"

"ठीक है दूत!" द्रौपदी ने कहा, "अब तुम जाकर विश्राम करो। कल प्रातः ही तुम्हें कुरुक्षेत्र लौटना है।"

"जो आज्ञा महारानी!" दूत ने प्रणाम किया और बाहर निकल गया।

23

दूत चला गया और एक सर्वव्यापी मौन छा गया।

अन्ततः द्रौपदी ने ही कहा, "हम सब जानती हैं कि पितामह के भूमिपात से किसी को भी प्रसन्नता नहीं होगी। वे जैसे भी थे, पाण्डवों को प्रिय थे। किन्तु हम यह भी जानती हैं कि हमारी विजय के लिए पितामह का पतन आवश्यक था।...युद्ध की दृष्टि से यह समाचार हमारे लिए सुखद है।"

"आप ठीक कह रही हैं।" देविका ने सबसे पहले उसका समर्थन किया, "पितामह के पतन के बिना पाण्डवों की जय हो ही नहीं सकती थी।"

"यह तो ठीक है, किन्तु इस सारी सूचना में मुझे पाण्डवों का गौरव कहीं दिखाई नहीं देता।" बलन्धरा ने द्रौपदी की ओर देखा, "एक वृद्ध को उसके प्रेमपाश में बाँधकर स्वयं उससे यह रहस्य प्राप्त करना कि उसका वध कैसे किया जा सकता है; और फिर आर्य शिखण्डी को सम्मुख खड़ा कर, पितामह को निहत्था कर, उन्हें बाणों से बाँध देना। यह तो कोई वीरता नहीं है जीजी!"

द्रौपदी ने ही नहीं, देविका और करेणुमती ने भी बलन्धरा की ओर इस प्रकार देखा, जैसे कह रही हों कि उन्हें पहले से ही आशंका थी कि वह ऐसी ही कोई बात कहेगी।

"बलन्धरा! अब तुम इस पूर्वश्रुत कथा को इस प्रकार सुनो।" द्रौपदी ने कहा, "पाण्डव पहले दिन से जानते थे कि पितामह ने दो प्रतिज्ञाओं के साथ दुर्योधन का सेनापतित्व स्वीकार किया था। पहली यह कि पाण्डव उनके लिए अवध्य होंगे और दूसरी यह कि किसी स्त्री पर, अथवा उस पुरुष पर जो पहले कभी स्त्री रह चुका है, वे शस्त्र नहीं उठाएँगे।"

"तो?" बलन्धरा के स्वर में न केवल असहमति थी, वरन् स्पष्ट चुनौती भी थी।

"पाण्डवों ने यह जानते हुए भी कि पितामह को इस विधि से थोड़े ही समय में धराशायी किया जा सकता है, उसका उपयोग नहीं किया।

क्यों? क्यों पहले ही दिन उस विधि से पितामह का वध नहीं किया और विराट के दोनों पुत्रों को बचा लिया? क्योंकि पाण्डव वीर हैं और पितामह से प्रेम करते हैं। शिखण्डी ने जब कभी भीष्म पितामह पर आक्रमण किया, कौरवों के कितने–कितने महारथी और अतिरथी उन पर टूट पड़े और धनंजय ने शिखण्डी को वह सुरक्षा प्रदान नहीं की, जो वे कर सकते थे। शिखण्डी हर बार असफल होकर लौट आये और पितामह पाण्डवों की सेना को काटते रहे।" द्रौपदी ने कहा, "तुमने कभी ध्यान नहीं दिया बलन्धरा! कि धर्मराज ने श्रीकृष्ण को कई बार उपालम्भ दिया कि अपनी सेना को कटती देखकर भी धनंजय पितामह का वध नहीं करते।"

"हाँ! उपालम्भ दिया तो था।" बलन्धरा ने कहा, "पर उससे क्या सिद्ध होता है?"

"श्रीकृष्ण भी दो बार रथ से कूदकर पितामह को मारने के लिए कुरुक्षेत्र में उनकी ओर दौड़े थे?"

"हाँ!"

"क्यों?" द्रौपदी ने पूछा, "क्या इसलिए कि धनंजय पितामह का वध कर नहीं सकते थे अथवा वे करना नहीं चाहते थे?"

बलन्धरा ने कुछ नहीं कहा।

"यदि धनंजय असमर्थ होते तो श्रीकृष्ण स्वयं रथ से कूदकर उन्हें उत्तेजित क्यों करते? धर्मराज रुष्ट क्यों होते?" देविका ने उसकी ओर देखा।

बलन्धरा इस बार भी कुछ नहीं बोली।

"स्पष्ट है कि सव्यसाची पितामह का वध करने में समर्थ होते हुए भी उनका वध नहीं करना चाहते थे।" सुभद्रा ने कहा, "वे उनसे प्रेम करते थे। उन्हें अपनी सेना का कटना स्वीकार्य था, किन्तु वे पितामह का वध करना नहीं चाहते थे।"

"तो फिर वध किया क्यों?" बलन्धरा बोली।

सुभद्रा का वर्ण कुछ तप्त हुआ। लगा कि वह बलन्धरा को कोई कठोर बात ही न कह दे।

"वध तो होना ही था बलन्धरा! समरभूमि में शत्रुपक्ष से लड़ने वाले योद्धा का वध नहीं किया जायेगा तो पराजय स्वीकार करनी पड़ेगी।" देविका ने बात सँभाल ली, "तुम इसे इस प्रकार देखो। पाण्डव पहले ही दिन आर्य शिखण्डी को सम्मुख खड़ा कर पितामह का वध कर सकते थे, किन्तु उन्होंने ऐसा नहीं किया। दूसरी ओर पितामह लड़ भी रहे थे और दुर्योधन को सन्धि कर लेने के लिए समझा भी रहे थे। शायद पाण्डव भी ऐसी ही किसी सन्धि की प्रतीक्षा कर रहे हों। पर अपनी सेना को कटते देख धर्मराज को भी तीव्र इच्छा होने लगी थी कि पितामह का वध हो जाना चाहिए। श्रीकृष्ण ने पहले दिन से ही स्पष्ट कर दिया था कि वे पितामह का वध शीघ्रातिशीघ्र चाहते हैं। उधर दुर्योधन भी पितामह से रुष्ट हो रहा था कि उनके सेनापतित्व में पाण्डवों का वध नहीं हो रहा है। अतः वह भी पितामह की मृत्यु की कामना कर रहा था ताकि वह कर्ण को सेनापति के रूप में समरभूमि में ला सके। तीसरी ओर पितामह देख रहे थे कि सन्धि की कोई सम्भावना नहीं थी और सेना प्रतिदिन कट रही थी। जिन कौरवों की वे रक्षा करना चाहते थे, उनके दोनों पक्ष उनकी मृत्यु की कामना कर रहे थे। हार कर उन्होंने पाण्डवों से कह ही दिया कि वे शिखण्डी के हाथों मरना नहीं चाहते। उन्हें अर्जुन के हाथों मरने का यश मिले। यह तो एक हताश व्यक्ति की गौरवपूर्ण आत्महत्या है।"

"तो पाण्डव उनके शिविर में क्या पूछने गये थे?" बलन्धरा अपनी बात से टलने को तैयार नहीं थी।

"अनुमति लेने गये थे कि अब वे पितामह का वध कर ही दें।" सुभद्रा ने कहा।

बलन्धरा ज़ोर से हँस पड़ी, "अपने वध्य से भी कोई वध की अनुमति लेता है?"

"पाण्डव लेते हैं।" द्रौपदी ने जैसे दृढ़तापूर्वक किसी सिद्धान्त का प्रतिपादन किया, "युद्धारम्भ के समय भी धर्मराज अपना कवच उतारकर, अपने विरुद्ध लड़नेवाले अपने गुरुओं और कुलवृद्धों से अनुमति लेने गये थे।"

"विचित्र हैं ये पाण्डव भी।" बलन्धरा ने जैसे अपने आपसे कहा।

"तभी तो वे असाधारण हैं।" देविका बोली।

"एक बात मेरे मन में भी है जीजी!" करेणुमती बोली, "पूछूँ?"

"किससे पूछना है?" सुभद्रा की आँखों में असाधारण चंचलता थी, और वह बलन्धरा की ओर देख रही थी।

द्रौपदी को जाने क्यों सुभद्रा की उस चंचल मुस्कान में से कृष्ण झाँकते दिखाई दिये : है तो यह उनकी बहन ही।

"नहीं! मैं बलन्धरा जीजी से नहीं पूछ रही।" करेणुमती बोली, "मैं तो आप सबके सम्मुख अपनी एक जिज्ञासा रखना चाहती हूँ–उत्तर जिस किसी के भी पास हो।"

"जिज्ञासा क्या है?" देविका ने पूछा।

"आप किसी भी प्रकार काल–गणना कर लें, पितामह की अवस्था इतनी कम नहीं हो सकती कि वे इस प्रकार का युद्ध कर सकें। और वे युद्ध ही नहीं कर रहे थे, प्रलय मचा रहे थे। तरुणों की तरुणाई भी उनकी सक्रियता और स्फूर्ति के सम्मुख लज्जित हो रही थी।"

"तुम कितनी अवस्था आँकती हो उनकी?" देविका ने पूछा।

"किसी भी गणित से उनकी अवस्था कम से कम सवा सौ से डेढ़ सौ वर्षों के बीच होनी चाहिए।" करेणुमती बोली।

"हाँ! इतनी तो होनी ही चाहिए।" देविका ने कहा और सुभद्रा की ओर देखा।

सुभद्रा ने भी सहमति में सिर हिला दिया।

"तो फिर जहाँ हम मनुष्य मात्र की अधिकतम आयु सौ वर्ष मानते हैं, वहाँ एक व्यक्ति न केवल डेढ़ सौ वर्ष तक जीवित हो, वरन् युवाओं के समान युद्ध कर रहा हो, इसे कोई कैसे स्वीकार कर सकता है?"

"पर यह सत्य है। हमारे सामने है।" बलन्धरा बोली, "इसे झुठलाया नहीं जा सकता।"

"सत्य है, इसीलिए तो मेरे मन में यह जिज्ञासा है। कैसे सम्भव है यह? पितामह ने इसे कैसे सम्भव किया? क्या यह मात्र ब्रह्मचर्य के कारण है, अथवा उनके पास कोई सिद्धि है?" करेणुमती ने बारी–बारी उन सबकी ओर देखा।

"वैसे तो आचार्य द्रोण की अवस्था भी कम नहीं है।" सुभद्रा ने कहा, "और कृपाचार्य ही कौन–से छोटे हैं।"

"मानने को मान लो कि आचार्य भी कम तपस्वी नहीं हैं।" देविका ने कहा, "किन्तु पितामह के विषय में तो यह भी कहा जाता है कि उन्हें अपने पिता से इच्छामृत्यु का वरदान मिला है।...क्या यह सब इसके कारण है?"

"नहीं! मैं इससे सहमत नहीं हूँ।" द्रौपदी ने कुछ आवेश में कहा, "में तो वैसे ही शाप और वरदान पर बहुत विश्वास नहीं करती, पर महाराज शान्तनु के विषय में तो यह एकदम सत्य नहीं हो सकता। उन्होंने कौन–सी तपस्या की थी कि उन्हें कोई सिद्धि प्राप्त होती, जिससे वे किसी को वरदान दे सकते। वे तो साधारण भोगी पुरुष थे। पहले गंगा के प्रेम में डूबे रहे और फिर सत्यवती के मोह में निमज्जित हो गये। यदि वैसे पुरुष को भी वरदान देने की शक्ति मिल सकती है तो फिर हम–तुम क्यों किसी को वर नहीं दे सकतीं?"

"वरदान न सही। मुझे तो शाप की शक्ति मिल जाये तो मैं अभी इसी क्षण दुर्योधन को भस्म कर दूँ।" बलन्धरा बोली।

"बस! बस!! बात तो पितामह की अवस्था और उनकी क्षमता की थी।" देविका ने कहा, "और फिर उनकी इच्छामृत्यु की। क्या है इन सबका कारण?"

सबकी दृष्टि द्रौपदी पर आ टिकी थी।

"तुम लोग मुझसे इसका उत्तर माँग रही हो?" उसने कुछ विस्मित स्वर में पूछा।

"हाँ!" करेणुमती बोली, "तो और कौन उत्तर देगा?"

"इसका उत्तर तो तुम लोगों को श्रीकृष्ण से ही माँगना चाहिए। वे ही जानते हैं जन्म–मृत्यु के रहस्यों को।"

"अब श्रीकृष्ण यहाँ उपस्थित नहीं हैं तो उनकी सखी ही उत्तर दे।" सुभद्रा ने हँसकर कहा।

"क्यों? उनकी बहन क्यों न दे?" द्रौपदी भी हँसी।

"क्योंकि उनकी बहन न उनकी सखी के समान विदुषी है, न उतनी बुद्धिमती, न ही उसे जीवन का इतना अनुभव है।" सुभद्रा गम्भीर हो गयी थी।

"मैं तुम्हारी अपेक्षाओं पर पूरी उतरूँगी कि नहीं, कह नहीं सकती, किन्तु प्रयत्न करती हूँ।" द्रौपदी की मुद्रा भी चिन्तनशील हो गयी, "मेरे मन में एक ही बात आती है। उपनिषद् कहते हैं :

पृथ्वी अप् तेजः अनिल खे समुत्थिते, पंचात्मके योग गुणे प्रवृत्ते।
न तस्य रोगः न जरा न मृत्युः, प्राप्तस्य योगाग्निमयं शरीरम्।।

यदि पितामह ने भी पृथ्वी, जल, तेज, वायु और आकाश–इस पाँचों महाभूतों का सम्यक् प्रकार से उत्थान होने पर तथा इनसे सम्बन्ध रखनेवाले पाँच प्रकार के योग सम्बन्धी गुणों की सिद्धि हो जाने पर, योगाग्निमय शरीर को प्राप्त कर लिया है, तो उनको न तो रोग सतायेगा, न बुढ़ापा आयेगा और न ही उनकी मृत्यु होगी, अर्थात् उनकी मृत्यु उनकी अपनी इच्छा के अधीन होगी।"

"क्या यह सब सम्भव है जीजी!" करेणुमती के स्वर में अविश्वास था।

"मैं कह नहीं सकती करेणु!" द्रौपदी ने कहा, "मुझे स्वयं इसका कोई अनुभव नहीं है; किन्तु शास्त्र कह रहा है और हमारे सामने पितामह का उदाहरण है। मानना न मानना तो अब श्रद्धा–अश्रद्धा का प्रश्न है।"

"यदि यह सम्भव है तो कुछ और योगी भी तो होने चाहिए। एक अकेले पितामह ही क्यों?" बलन्धरा बोली, "पर हमें तो और कोई दिखाई नहीं पड़ता।"

"होने को तो कृष्ण द्वैपायन व्यास भी हैं।...और देख सको तो देखो, श्रीकृष्ण और धनंजय की अवस्था पर भी क्या काल का कोई प्रभाव दिखाई पड़ता है? क्या वे भी चिरयुवा नहीं लगते?" द्रौपदी ने हँसकर कहा, "और यदि इस प्रकार के योगी होते हैं तो उन सबका हमारे आसपास होना भी आवश्यक नहीं है। फिर भी मैं आग्रह नहीं कर सकती कि तुम लोग इस स्पष्टीकरण को स्वीकार कर ही लो। एक बात और!"

''क्या?''

''उनकी माँ गंगा किसी अन्य ग्रह से आयी थीं, जिनका सम्बन्ध एक धरतीपुत्र से हुआ था! अतः उनमें कुछ असाधारण शक्तियाँ हैं। "विचित्र बात है।" बलन्धरा जैसे अपने आपसे बोली, "मानो तो समस्या, न मानो तो समस्या। यह गोरखधन्धा तो मेरी समझ से एकदम ही बाहर है।"

"मुझे तो उससे भी विचित्र वे सूचनाएँ लगती हैं, जो पितामह के धराशायी हो जाने के बाद की हैं।" सुभद्रा ने कहा।

"पार्थ द्वारा उन्हें बाण का तकिया देने की? बाण द्वारा धरती से जल प्रकट करने की?" द्रौपदी ने पूछा।

"हाँ! और यह भी कि पितामह के शरीर में बाण आर–पार धँसे हैं और वे उन पर ही सोये हैं।"

कुछ क्षणों तक द्रौपदी ने कुछ नहीं कहा। फिर अकस्मात् ही बोली, "द्वन्द्व मेरे मन में भी है। या तो उपनिषद् की उक्ति के प्रकाश में पितामह के योगाग्निमय शरीर को स्वीकार कर लें। उससे यह माना जा सकता है कि पितामह को बाणों के इस प्रकार आर–पार हो जाने पर भी कोई कष्ट नहीं हो रहा है। या फिर कष्ट तो हो रहा है; किन्तु उनकी मृत्यु नहीं हो सकती, क्योंकि वह उनकी इच्छा के अधीन है।"

"सम्भव तो यह भी है, किन्तु यह भी तो हो सकता है कि पितामह के शरीर में कुछ ऐसे बाण धँस गये हों, जिन्हें निकालना न तो विशल्यकारी औषधियों के लिए सम्भव है और न ही शल्यचिकित्सकों के लिए।" देविका ने कहा।

"क्यों? शल्यचिकित्सकों के लिए क्यों सम्भव नहीं है?" सुभद्रा ने पूछा।

"बाणों को निकालने की शल्यक्रिया उनके प्राण भी ले सकती है।" देविका ने उत्तर दिया, "ऐसे में वे अपने पर्यंक पर लेटे हों, तो भी बाण–शैया पर सोये ही माने जायेंगे। वे उन बाणों की चुभन, उनकी पीड़ा से तो मुक्त नहीं हो सकते।"

"वैसे योगशास्त्र का यह भी कहना है कि साधक यदि अपना स्वरूप पहचानकर स्वयं को आत्मा के रूप में देखता है और इस शरीर से पृथक् अनुभव करने लगता है, तो उसे इस शरीर का कोई कष्ट पीड़ित नहीं करता।" द्रौपदी ने कहा, "वह बिना किसी पीड़ा का अनुभव किये, अपने हाथों से अपने शरीर के अंगों को काट सकता है।"

"हमारी कठिनाई यह है कि हमारा सत्य केवल वह है, जिसको स्वयं हमने अनुभव किया है।" सहदेव की पत्नी विजया ने पहली बार मुँह खोला, "जो हमारे अनुभव क्षेत्र से बाहर है, उसका विश्वास हम कैसे कर लें।...किन्तु पितामह का उदाहरण हमें बहुत कुछ सोचने को बाध्य करेगा।"

"और वह बाण का तकिया और बाण का धरती में से जल निकाल कर पिलाना?" बलन्धरा ने जैसे उन्हें स्मरण कराया।

"यह तो मुझे किसी कवि की अतिशयोक्तिपूर्ण कल्पना ही लगती है।" देविका ने कहा, "बाकी तुम लोगों की इच्छा।"

"क्यों? क्या धनंजय एक ऐसा बाण नहीं मार सकते थे, जो पितामह के सिर को नीचे से सहारा तो दे किन्तु उनको आहत न करे?" सुभद्रा ने कहा, "एकलव्य ने भी तो कुत्ते का मुँह बाणों से भर दिया था, किन्तु उसे आहत नहीं किया था?"

"बात तो ठीक है।" द्रौपदी ने समर्थन किया।

"बात तो ठीक ही है।" देविका बोली, "किन्तु मैं सोचती हूँ कि धनंजय और शिखण्डी ने युद्ध में पितामह को इतने बाण मारे थे कि उनके शरीर का कोई भाग बाणशून्य नहीं था। शरीर पर कवच भी रहा होगा। उस कवच को भी भेदा गया। तो क्या उनके कण्ठ और माथे पर कोई बाण नहीं मारा गया होगा? शिरस्त्राण के बाद भी कन्धों से ऊपर बहुत सारा भाग अनावृत होता है। मारा ही होगा। ऐसे में तकिया देने के लिए और बाण क्या मारना।" देविका ने रुककर सुभद्रा को देखा, "वैसे तुम्हारी इच्छा भई। नहीं तो धनंजय के लौटने पर उनसे पूछ लेना।"

"मानना न मानना तो अपने अनुभव, अपनी बुद्धि और अपनी श्रद्धा पर निर्भर करता है," द्रौपदी ने कहा, "पर इतना तो कहना ही होगा कि जो भी हुआ, बहुत अद्‍भुत हुआ।"

सुभद्रा हँसी, "जीजी ने तो चर्चा के समापन की ही घोषणा कर दी।"

24

उपप्लव्य में समरभूमि से दूत आया था।

दूत के आने का समाचार कुछ ही क्षणों में प्रासाद के कोने–कोने तक पहुँच गया। पाण्डवों की रानियाँ भागती–दौड़ती दूत से समाचार सुनने के लिए एकत्रित हो गयीं। दूत तो युद्ध के पहले दिन से ही आ रहे थे। वे आते थे और सारी रानियाँ अपनी विजय का समाचार जानने, अपने पतियों, पुत्रों, भाइयों और पिताओं के शौर्य की गाथा सुनने के लिए भागती–दौड़ती कोलाहल और क्रीड़ा करती–सी एकत्रित हो जाती थीं। पर आज जिसने भी दूत का मुख देखा, वह जैसे स्तब्ध ही रह गयी। पर किसी–ने–किसी से कुछ कहा नहीं। जाने दूत क्या समाचार लाया है।

"महारानी!" द्रौपदी के आ जाने के पश्चात् दूत ने कहा, "दुर्योधन ने जब देखा कि धनंजय और श्रीकृष्ण संशप्तकों से युद्ध करने के लिए चले गये हैं तो उसकी आँखें आचार्य पर टिक गयीं। आचार्य ने अपने राजा की आँखों का अभिप्राय समझा और स्वीकृति में सिर हिला दिया।

"अगले ही क्षण उन्होंने आदेश देने आरम्भ कर दिये। वे चक्रव्यूह की रचना कर रहे थे।..."

"चक्रव्यूह!" सुभद्रा ने दूत की ओर देखा।

"हाँ देवि!" दूत ने कहा। वह समझ गया था कि सुभद्रा चक्रव्यूह का महत्त्व जानती है। चक्रव्यूह का नाम सुनते ही वह जिस प्रकार चौंकी थी, उससे स्पष्ट था कि इस व्यूह को लेकर उसके मन में कुछ आशंकाएँ भी रही हो सकती हैं।

"वह क्या होता है?" देविका ने पूछा।

"वह व्यूह रथ के चक्र के समान था। उसके अरों के स्थान पर एक–एक योद्धा राजकुमार खड़ा किया गया था। सेना ऐसे बढ़ती थी, जैसे रथचक्र चल रहा हो। उसे देखकर राजा दुर्योधन ने भी पूछा था, 'यह क्या है आचार्य?'"

"आचार्य ने बताया, 'राजन्! यह रथ चक्र है। तुम इसकी धुरी के स्थान पर रहोगे। सब ओर से सुरक्षित। उसके अरों के स्थानों पर वीर योद्धा होंगे। सम्मुख गजसेना होगी। मेरा विश्वास करो कि यदि तुम्हारा कोई योद्धा अपने स्थान से नहीं हटेगा तो सामने आनेवाला प्रत्येक व्यक्ति इसके नीचे वैसे ही पिस जायेगा, जैसे कोई कुक्कुट रथचक्र के नीचे पिस जाता है। बाहर से कोई इसका कुछ नहीं बिगाड़ सकता और इसको भेद कर भीतर प्रवेश करने की विधि केवल अर्जुन और श्रीकृष्ण जानते हैं। वे लोग यहाँ नहीं हैं।' द्रोण मुस्कुरा रहे थे।"

"'ठीक है। सेना को आगे बढ़ाइए।'" दुर्योधन बहुत प्रसन्न दीख रहा था।

"एक बात बताना दूत!" करेणुमती ने उसे टोक दिया, "तुम्हें कैसे ज्ञात हुआ कि शत्रुओं की सेना में कौन किससे क्या कह रहा है?"

"आपने बहुत ठीक प्रश्न किया है देवि!" दूत बोला, "जो कुछ उच्च स्वर में कहा जाता है, वह तो बहुत सारे लोग सुन ही लेते हैं; किन्तु कुछ बातें आसपास खड़े सैनिकों से ज्ञात होती हैं। युद्ध की स्थिति में दोनों ओर से अनेक गुप्तचर यह पता लगाने का प्रयत्न कर रहे होते हैं कि शत्रुओं में से किसके मुख में क्या है और किसके मन में क्या है। ऐसे में अनेक गोपनीय बातें भी गोपनीय नहीं रह पातीं। और फिर थोड़ा–बहुत अनुमान और कल्पना का भी सहारा होता है देवि। आवश्यक नहीं कि जो कुछ मैं कहूँ, ठीक वे ही शब्द उन्होंने भी कहे हों; किन्तु तात्पर्य तो हम समझ ही सकते हैं।"

"ठीक है। आगे बोलो।" द्रौपदी ने कहा।

"कौरवों की सेना आगे बढ़ रही थी।" दूत बोला, "पाण्डवों के पास यह विकल्प नहीं था कि वे आगे बढ़ें अथवा न बढ़ें। न ही उनके पास यह विकल्प था कि वे किस ओर से आगे बढ़ें। स्थिति तो

यह थी कि या तो कौरव सेना से टकराओ अथवा उसके द्वारा लील लिए जाओ। वह तो जैसे विराट ग्राह के समान लहरों पर तैरती हुई आगे बढ़ रही थी। मुँह खोले हुए। सर्वग्रासी। जो कुछ सामने आयेगा उसके उदर में समा जायेगा। न तो उसके सम्मुख स्थिर रहा जा सकता था और न उसके उदर में समाया जा सकता था। उन दोनों का ही अर्थ था : मृत्यु! एक–एक कर पाण्डव योद्धा गजसेना की मार न सह सकने के कारण लौट आये।...सात्यकि, चेकितान, धृष्टद्युम्न, कुन्तिभोज, द्रुपद, क्षत्रधर्मा, बृहत्क्षेत्र, युधामन्यु, शिखण्डी, उत्तमौजा, विराट, धृष्टकेतु और पाँचों द्रौपदेय गये और जैसे व्यूह से टकराकर लौट आये। मध्यम पाण्डव भीमसेन ने प्रबल आक्रमण किया किन्तु कौरवों के व्यूह में एक खरोंच भी नहीं पड़ी।...

"महाराज युधिष्ठिर बहुत चिन्तित थे कि क्या करें? अभी उनके पक्ष के अनेक योद्धा और थे, किन्तु वे जानते थे कि वे भी इसी प्रकार असफल ही लौटेंगे। न तो वे युद्ध का क्षेत्र छोड़ सकते थे और न ही उस बढ़ते हुए लौह यन्त्र से टकरा सकते थे। धनंजय किसी अज्ञात स्थान पर संशप्तकों से युद्ध करने चले गये थे। उन तक सूचना भी नहीं पहुँचाई जा सकती थी। और यदि सूचना पहुँच भी जाये तो वे संशप्तक युद्ध छोड़कर नहीं लौटेंगे।...और आचार्य थे कि निरन्तर अपनी सेना को युधिष्ठिर की ओर बढ़ा रहे थे। आज वे धर्मराज को बन्दी कर दुर्योधन को सौंप ही देंगे..."

"जब धनंजय जानते थे कि कल आर्य सत्यजित अपने प्राण देकर भी धर्मराज की रक्षा नहीं कर पाये; सारी सेना मिलकर भी आचार्य का सामना नहीं कर पाये; तो फिर आज धर्मराज और सेना की रक्षा की समुचित व्यवस्था किये बिना वे संशप्तकों से युद्ध करने कैसे चले गये? उन्हें किसी ने रोका नहीं?" सुभद्रा ने तड़पकर पूछा।

"सेना की नीतियों और अतिरथियों की इच्छाओं के विषय में यह दूत कुछ नहीं कह सकता महारानी!"

"दूत ठीक कह रहा है सुभद्रा!" द्रौपदी ने धीरे–से कहा, "दूत तो धनंजय से नहीं पूछ सकता न कि वे क्या कर रहे हैं और क्यों कर रहे हैं।"

"दूत तो ठीक कह रहा है दीदी! पर मैं भी ठीक कह रही हूँ कि उन्हें अपना यश बहुत प्यारा है। अन्य किसी के प्राणों का भी कोई मूल्य नहीं है उनके लिए।" सुभद्रा का स्वर अब भी आक्रोश से भरा हुआ था, "सेना और युद्धों के विषय में जाननेवाला कोई व्यक्ति ऐसा कर ही कैसे सकता है? यह भी कैसी वीरता है, जिसका कोई तर्क नहीं।"

"वीरों का तर्क तो हम नहीं समझ सकतीं।" द्रौपदी ने सुभद्रा को शान्त करने के लिए कहा, "जब मध्यम पाण्डव अपना रथ त्याग कर अकेले ही कौरवों की सेना में उतर गये थे, और धृष्टद्युम्न ने उन्हें मृत ही मान लिया था तो उसके पीछे भी कोई तर्क नहीं था। जो व्यक्ति अपने सामर्थ्य को जानता है, वह कभी–कभी ऐसे निर्णय कर लेता है, जो दूसरों की समझ में नहीं आते। यही मानकर मन को थोड़ा शान्त रखो।"

सुभद्रा का स्वर कुछ धीमा तो हुआ किन्तु वह मौन नहीं रही। बोली, "उनके साथ तो भैया भी हैं। जाने वे उन्हें क्यों नहीं समझाते।"

"हाँ! फिर क्या हुआ दूत?" द्रौपदी ने हँसकर वातावरण में कुछ उल्लास बिखेरने का प्रयत्न किया।

"पाण्डव सेना में हताशा की लहर दौड़ गयी। किसी को कोई समाधान नहीं सूझ रहा था। उस चिन्ता के क्षण में राजकुमार अभिमन्यु ने धर्मराज को सान्त्वना दी, 'आप इस व्यूह से चिन्तित हैं महाराज! मैं इसमें प्रवेश कर सकता हूँ।'"

सुभद्रा चौंक उठी। अनायास ही उसके मुख से निकल गया, "पर अभिमन्यु तो चक्रव्यूह में केवल प्रवेश कर सकता है। उससे निकलने की विधि का तो उसे ज्ञान ही नहीं है।"

"यही कहा राजकुमार ने।" दूत बोला, "उन्होंने बताया कि वे चक्रव्यूह का भेदन कर उसमें प्रवेश तो कर सकते हैं; किन्तु वे उससे बाहर निकलने की विधि नहीं जानते। किन्हीं कारणों से पिताजी को उन्हें वह सिखाने का समय ही नहीं मिला था।"

"तो क्या महाराज ने अभिमन्यु को चक्रव्यूह वेधन के लिए भेज दिया?" सुभद्रा का स्वर चिन्तित था।

"राजकुमार ने कहा कि चक्रव्यूह में प्रवेश कर सकते हैं। भीतर जाकर वे अकेले ही सारे कौरव योद्धाओं का वध कर देंगे तो उन्हें निकलने से रोकेगा कौन। पर यदि किसी कारण से उन्हें लौटना ही पड़ा तो बाहर निकलने के लिए उन्हें सहायता की आवश्यकता होगी।"

"फिर?" देविका के प्राण जैसे उसके कण्ठ में आ गये थे।

"धर्मराज निर्णय नहीं कर पा रहे थे किन्तु मध्यम पाण्डव, राजकुमार की इस बात से बहुत उत्साहित हो चुके थे। उन्होंने प्रसन्न होकर राजकुमार के कन्धे पर हाथ मारकर कहा कि वे उन लोगों को भी प्रवेश की विधि सिखा दें। पाण्डव एक बार व्यूह में प्रविष्ट हो गये तो जैसा कि राजकुमार ने कहा है, कौरवों का वध करने से उन्हें कौन रोक लेगा।"

"तो क्या अभिमन्यु ने उन्हें वह सिखाया?" सुभद्रा ने पूछा।

"नहीं महारानी!" दूत बोला, "राजकुमार ने बताया कि उसका सिखाना इस प्रकार सम्भव नहीं है। उसके लिए समय भी लगेगा और अभ्यास भी करना होगा। इस प्रकार सीखना सम्भव होता तो उन्होंने अब तक उसमें से निकलने की विधि भी सीख ली होती।"

"तो क्या किया पाण्डवों ने?" द्रौपदी ने पूछा।

"धर्मराज ने कहा कि यदि राजकुमार चक्रव्यूह में उन लोगों के लिए द्वार बना देंगे तो वे लोग उनके रथ के अंग के समान ही उस द्वार में प्रवेश कर जायेंगे।" दूत बोला, "मध्यम पाण्डव ने कहा कि राजकुमार संकेत भर कर दें तो वे उनके साथ–साथ भीतर चले जायेंगे। छाया के समान उनके साथ लगे रहेंगे। जिस मार्ग से राजकुमार भीतर जायेंगे, उसी से मध्यम पाण्डव भी सेना लेकर उनके पीछे चलेंगे। वे एक बार भीतर घुस जायें तो सीधे दुर्योधन के पास पहुँचेंगे। फिर देखेंगे कि कौन–सा व्यूह उन्हें राजा दुर्योधन की जंघा तोड़ने से रोकता है।"

"तो राजकुमार ने चक्रव्यूह में प्रवेश किया?" बलन्धरा ने पहली बार प्रश्न किया।

"हाँ देवि!"

बलन्धरा ताली बजाकर हँसी, "मैं जानती थी कि अन्ततः हम लोग सफल होंगे।"

पर सुभद्रा देख रही थी कि दूत के मुख पर प्रसन्नता का कोई चिह्न नहीं था। उसका मन अपनी आशंकाओं से निरन्तर जूझ रहा था।

"राजकुमार अभिमन्यु ने व्यूह में प्रवेश किया और कौरव सेना में विकट विनाश मचाया। उन्होंने गजारोही, अश्वारोही तथा पैदल सेना को मार भगाया। कौरव सेना में भगदड़ मच गयी। द्रोण भी चिन्तित हो उठे। उन्होंने तत्काल अपने महारथियों को आदेश दिया कि वे कौरव नरेश की रक्षा करें। वे सब राजकुमार अभिमन्यु की ओर बढ़े; किन्तु राजकुमार ने उन सबको अपने बाणों की नोक पर रोक दिया..."

"यह कथा-कहानी बाद में सुनाना।" सुभद्रा ने तीखे स्वर में दूत को टोका, "पहले बताओ कि अभिमन्यु के पीछे कोई और योद्धा व्यूह के भीतर घुसने में सफल हुआ या नहीं?"

दूत ने सुभद्रा की ओर देखा। वह इसी क्षण के लिए भयभीत था। अब कहे या न कहे? अन्ततः तो सब कुछ बताना ही था। वह आया ही इसी प्रयोजन से था।...

"नहीं महारानी! पाण्डवों का अनुमान भ्रमित प्रमाणित हुआ।" दूत ने कहा, "राजकुमार ने चक्रव्यूह पर आक्रमण किया और अपने लिए एक द्वार बनाकर उसमें से प्रवेश कर गये। किन्तु जिस समय मध्यम पाण्डव उसमें से प्रवेश करने का प्रयत्न कर रहे थे, उसी समय वह द्वार द्वाररक्षक सिन्धुपति जयद्रथ द्वारा बन्द कर दिया गया। मध्यम पाण्डव ही नहीं, महाराज युधिष्ठिर, चतुर्थ और पंचम पाण्डव राजकुमार नकुल एवं सहदेव भी कुछ नहीं कर सके। वे व्यूह में प्रवेश करने का प्रयत्न करते रहे और राजकुमार अभिमन्यु उस व्यूह में गहरे से गहरे उतरते गये। वे उसमें धँसते ही चले गये।..."

सुभद्रा ने अपना सिर पकड़ लिया। उसका मन हो रहा था कि वह पूछे कि क्या अभिमन्यु चक्रव्यूह से जीवित बचकर निकल आया? क्या दूत के कुरुक्षेत्र से चलने तक अभिमन्यु युद्ध कर रहा था?...पर उसका अपना मन ही इन प्रश्नों से इतना भयभीत था कि उसका साहस ही नहीं हो रहा था कि वह दूत को टोके।

"राजा दुर्योधन की रक्षा के लिए कौरव योद्धाओं ने राजकुमार अभिमन्यु को घेर लिया। उनमें द्रोण, कृपाचार्य, अश्वत्थामा, दुःसह, दुःशासन, विविंशति, कृतवर्मा, शल्य, शकुनि, बृहद्बल, भूरिश्रवा तथा स्वयं राजा दुर्योधन थे।" दूत बोला, "उसी समय अश्मकपुत्र ने अपने रथ पर आकर राजकुमार पर बाण वर्षा आरम्भ की। राजकुमार देख रहे थे कि उनके पीछे उनका कोई सहायक चक्रव्यूह में प्रवेश नहीं कर पाया है, इसलिए युद्ध उन्हें स्वयं ही करना है। उन्होंने अश्मकपुत्र को तनिक भी समय नहीं दिया और अपने बाण से उसका मस्तक काट दिया। अश्मकपुत्र को इस प्रकार मरते देख कर्ण से सहन नहीं हुआ और उसने राजकुमार पर आक्रमण कर दिया। राजकुमार ने उसका उचित उत्तर दिया और कर्ण को घायल कर पीछे धकेल दिया। दीर्घलोचन, कुण्डलभेदी और सुषेण को भी घायल कर दिया। अश्वत्थामा और कृतवर्मा को गहरी चोट पहुँचायी। राजकुमार को भी अनेक बाण लगे थे किन्तु वे तनिक भी शिथिल नहीं हुए और उन्होंने मद्रराज शल्य पर इतने बाण बरसाये कि वे मूर्च्छित होकर रथ की बैठक में गिर पड़े। शल्य के छोटे भाई मद्रराज की सहायता के लिए आये तो राजकुमार ने अपने बाणों से पहले उनके हाथ–पैर काट डाले और फिर उनका मस्तक धड़ से पृथक कर दिया। अकेले राजकुमार के विरुद्ध लड़ने वाली कौरव सेना की रक्षा के लिए स्वयं प्रधान सेनापति आचार्य द्रोण को आना पड़ा। राजकुमार ने न केवल आचार्य द्रोण को आहत किया वरन् उन्होंने कृपाचार्य, अश्वत्थामा, कृतवर्मा, बृहद्बल, कर्ण इत्यादि को भी क्षत–विक्षत कर दिया। द्रोण यह देखकर चकित रह गये और उन्होंने राजकुमार की प्रशंसा करते हुए कहा कि यह चाहे बालक ही हो; किन्तु इसमें अपने पिता और मातुल दोनों का सम्मिलित बल और कौशल प्रकट हो रहा है।..."

"आचार्य द्रोण ने मेरे पुत्र की प्रशंसा की?" द्रौपदी ने गद्गद कण्ठ से पूछा।

"हाँ महारानी! उन्होंने ऐसी प्रशंसा की कि राजा दुर्योधन उसे सहन नहीं कर पाये। वे युद्ध में ही बिफर गये और बोले, 'हमारे प्रधान

सेनापति अपने प्रिय शिष्य के पुत्र को मारना नहीं चाहते, नहीं तो चक्रव्यूह में अकेला घुस आया यह छोकरा अभी तक इस प्रकार खुला घूमकर हमारे योद्धाओं को पीड़ित नहीं कर रहा होता। ये अर्जुनपुत्र की रक्षा कर रहे हैं और वह इनसे रक्षित होकर हमारा काल बना हुआ है।'"

"यही होना था।" द्रौपदी ने कहा, "दुर्योधन में इतनी उदारता होती कि वह अपने शत्रुओं के गणों को भी स्वीकृति दे सकता तो इस युद्ध का अवसर ही न आता।" पुत्र की प्रशंसा सुनकर भी सुभद्रा के चेहरे पर मुसकान की एक रेखा तक नहीं आयी थी। वह जैसे दोनों हाथों से अपने हृदय को थाम कर बैठी थी।

"फिर क्या हुआ दूत?" उसने पूछा।

"दुर्योधन की बात सुनकर दुःशासन आगे बढ़ आया महारानी! उसने कहा कि वह अभी राजकुमार अभिमन्यु का वध कर देगा। उनकी मृत्यु के शोक से तृतीय पाण्डव स्वयं ही मर जायेंगे अथवा आत्मघात कर लेंगे। उनके प्राण अपने प्रिय पुत्र में ही बसते हैं। जब तृतीय पाण्डव की ही मृत्यु हो जायेगी तो सारे पाण्डव स्वयं ही आत्मदाह कर लेंगे। वे वीरवर सव्यसाची के बिना जीवित नहीं रह सकेंगे।...दुःशासन की बात सुनकर दुर्योधन बहुत प्रसन्न हुआ; किन्तु उससे राजकुमार अभिमन्यु और भी क्रुद्ध हो उठे। उन्होंने दुःशासन को छब्बीस बाण मारे। उन दोनों का द्वैरथ आरम्भ हो गया। दोनों योद्धा अपने रथों द्वारा दायें–बायें विचित्र मण्डलाकार गति से विचरते हुए युद्ध करने लगे। योद्धाओं का उत्साह बढ़ाने के लिए वहाँ ढोल, मृदंग, दुंदुभि, भेरी, झाँझ इत्यादि का भयंकर संगीतमय शब्द हो रहा था। उसी में दोनों ओर के योद्धाओं के सिंहनाद और शंखनाद भी सम्मिलित हो जाते थे।

"तभी राजकुमार अभिमन्यु ने कहा, 'अरे मूर्ख! द्यूत क्रीड़ा में विजय पाने के उन्माद में अपने शब्दों से तूने धर्मराज को कुपित किया और वीरवर भीमसेन के प्रति अनर्गल और अपमानजनक बातें कहीं। मेरे उग्र धनुर्धर पितरों के राज्य का अपहरण किया। इन सभी बुराइयों के फलस्वरूप उन महात्मा पाण्डवों के क्रोध से आज तेरा यह दुर्दिन आया है।

कुरुकुल कलंक! आज मैं अपनी रोषमयी माता कृष्णा और पिता भीमसेन का अभीष्ट पूर्ण कर इस युद्ध के ऋण से उऋण हो जाऊँगा।' राजकुमार की बात सुनकर अपने अहंकार में उन्मत्त दुःशासन ने अपने रथ के दण्डों की ओट से निकल राजकुमार को चुनौती दी। उस क्षण राजकुमार ने उसे पच्चीस बाण मारे। उनकी पीड़ा से व्यथित होकर दुःशासन रथ की बैठक मैं बैठ गया। उसे मूर्च्छा आ गयी थी। सारथि ने देखा कि द्वैरथ युद्ध क्या, दुःशासन तो युद्ध करने की ही स्थिति में नहीं था, वह उसे तत्काल युद्धक्षेत्र से दूर ले गया।"

"और किसी ने कुछ नहीं किया?" द्रौपदी ने प्रसन्नता से कहा, "पर आज मेरे वीर पुत्र ने मेरे अपमान का प्रतिशोध ले लिया। आज भी मैं दुष्ट दुःशासन के रक्त से अपने केश नहीं धो पायी हूँ। पर वह भी होगा। मैं निश्चिन्त हूँ। तभी कहते हैं कि पुत्र समर्थ हो जाये तो माता की शक्ति सौगुना बढ़ जाती है।"

सुभद्रा ने भी क्षण भर को मुस्कुराकर गर्व से दमकते हुए द्रौपदी के चेहरे को देखा और फिर गम्भीर होकर पूछा, "तब भी पाण्डवों ने कुछ नहीं किया?"

"महारानी! चारों पाण्डवों तथा पाँचों द्रौपदेयों ने हर्षनाद किया और पांचालों तथा कैकेयों की सहायता से द्रोण के व्यूह का भेदन करने के लिए उस पर टूट पड़े। व्यूहद्वार पर तो जयद्रथ था और वह पाण्डवों को किसी भी प्रकार आगे बढ़ने नहीं दे रहा था; किन्तु उस पर भी दुर्योधन उच्च स्वर में कर्ण को फटकारता हुआ बोला, 'दुःशासन सूर्य के समान शत्रुओं को सन्तप्त करता हुआ, युद्ध में उनका भयंकर विनाश कर रहा था, उसी अवस्था में वह अभिमन्यु के चंगुल में फँस गया।... उधर पाण्डव अभिमन्यु की सहायता के लिए प्रचण्ड बलशाली सिंहों के समान हमारे व्यूह को तोड़ने के लिए धावा कर चुके हैं। वे किसी भी समय व्यूह तोड़कर भीतर आ सकते हैं। और तुम क्या कर रहे हो? व्यर्थ समय नष्ट कर रहे हो। तुम अभिमन्यु को रोक नहीं सकते?'"

"यह दुर्योधन अपने ही मित्रों से कैसे बात करता है।" देविका ने कहा, "न द्रोण का सम्मान करता है, न कर्ण का।"

"उसे भय नहीं है कि यदि उनका इस प्रकार अपमान होगा तो वे उसे छोड़कर जा भी सकते हैं।" बलन्धरा बोली।

"वह जानता है कि वे लोग उसे छोड़कर जा नहीं सकते। उन्होंने अपने जीवन में कोई वैकल्पिक द्वार खुला नहीं रखा है।" सुभद्रा ने कहा।

"नहीं, बात यह नहीं है।" करेणुमती बोली, "मुझे लगता है कि वे लोग इस बात से भी डरते होंगे कि वे लोग उसका पक्ष छोड़ेंगे तो वह उनका वध कर देगा।"

"दुर्योधन वध कर देगा द्रोण का?" बलन्धरा हँसी, "द्रोण उसकी सारी सेना का वध कर सकते हैं।"

"नहीं! मेरा विचार है कि करेणु ठीक कहती है।" द्रौपदी ने कहा, "अपना पक्ष त्याग कर जाने वाले को दुर्योधन ऐसे ही तो छोड़ नहीं देगा। वह द्रोण को सम्मुख युद्ध में पराजित नहीं कर सकता तो क्या। जब वे सोए होंगे तो उनके मण्डप को आग तो लगा सकता है। उन्हें भोजन में विष तो दे सकता है।"

"हाँ तो दूत! फिर क्या हुआ?" सुभद्रा ने पूछा।

"महारानी! दुर्योधन की फटकार कर्ण को वैसी ही लगी जैसे अश्व को कशा लगता है या फिर गज को अंकुश लगता है। वह तड़पकर आगे बढ़ा और उसने राजकुमार पर अनेक बाण बरसाए। राजकुमार तब तक आचार्य द्रोण पर आक्रमण करने का मन बना चुके थे। वे आचार्य के सम्मुख पहुँचने को बहुत उतावले हो चुके थे। उन्होंने सामने से आकर बाण चलाते हुए कर्ण को घायल किया और आगे बढ़ गये। उनका मार्ग कोई रोक नहीं सका। पर कर्ण ने भी उनका पीछा नहीं छोड़ा। उसने पहले से अनेक बाण खाए हुए राजकुमार अभिमन्यु को अपने बाणों से बींध डाला। अपनी ओर से उसने कोई कसर नहीं छोड़ी। जितनी पीड़ा वह दे सकता था, उसने दी। राजकुमार उसकी और उपेक्षा न कर सके। उन्होंने अपने भल्लों द्वारा शत्रुओं के धनुष काट दिये। कर्ण का मुख मोड़ दिया। उसके अश्व घायल हो गये थे। उसका सारथि भी क्षतविक्षत हो गया था। और स्वयं कर्ण के शरीर

पर भी अनेक घाव लगे थे। कर्ण की दशा इतनी दीन हो गयी कि उसका छोटा भाई उसे बचाने के लिए दौड़ा आया।..."

"यह कर्ण का छोटा भाई क्या होता है दूत?" द्रौपदी ने कहा, "तुम उसका नाम नहीं बता सकते? क्या वह शोण था? ऐसे तो बहुत भ्रम हो सकता है, कर्ण के अनेक छोटे भाई हैं।"

"आप ठीक कहती हैं महारानी!" दूत बोला, "सम्भव है कि वह शोण ही रहा हो। युद्धकाल में सबका ठीक-ठीक परिचय नहीं भी मिलता। एक नया योद्धा आता है और युद्ध आरम्भ करते ही दिवंगत हो जाता है। ऐसे में किसी से पूछ भी लिया जाये कि वह कौन था तो अधिकांशतः उत्तर मिलता है कि कोई नया व्यक्ति था। कभी-कभी कोई बता देता है कि वह कर्ण का भाई था अथवा शल्य का भाई था या...। सम्भव है बाद में उनका ठीक पता मिल भी जाये, किन्तु इस समय तो मैं इतना ही बता सकता हूँ देवि! कि कर्ण की रक्षा के लिए आनेवाला योद्धा कर्ण का भाई था।"

"फिर?" देविका ने पूछा।

"पाण्डव सेनाओं को लग रहा था कि राजकुमार अभिमन्यु कौरवों में घिर गये हैं। यद्यपि वे उन पर भारी पड़ रहे हैं और उनके सारे महारथियों के लिए आतंक बने हुए हैं, फिर भी उनका शरीर बहुत आहत हो चुका था। उनकी रक्षा के लिए सहायता पहुँचनी ही चाहिए।..."

"वही तो।" सुभद्रा ने कहा।

दूत ने सुभद्रा की ओर देखा और अपनी कथा आगे बढ़ा ले गया, "व्यूह के बाहर पाण्डवों का भयंकर कोलाहल था किन्तु वे लोग अब तक व्यूह का भेदन नहीं कर पाये थे कि राजकुमार की कोई सहायता कर पाते। इधर राजकुमार अभिमन्यु ने कर्ण की सहायता को आये उनके भाई का मस्तक काटकर भूमि पर लुढ़का दिया। कर्ण पीड़ा से चीत्कार कर उठा। पर राजकुमार वहीं तक रुकनेवाले नहीं थे। उन्होंने कर्ण पर न केवल अपना दबाव बढ़ा दिया, उसे ही अपना मुख्य लक्ष्य बना लिया। परिणाम यह हुआ कि अपने शरीर से बहते रक्त को देखता हुआ कर्ण युद्धभूमि से बाहर हो गया। तब राजकुमार ने अन्य योद्धाओं की ओर ध्यान दिया।

"महाराज युधिष्ठिर, मध्यम पाण्डव भीमसेन, महावीर सात्यकि, प्रधान सेनापति धृष्टद्युम्न, अप्रतिहत शिखण्डी, महाराज द्रुपद और विराट, पाँचों द्रौपदेय और कैकेय राजकुमार मिलकर चक्रव्यूह में अपने प्रवेश के लिए द्वार बनाने का विकट प्रयत्न कर रहे थे; किन्तु भयंकर और महान् धनुष धारण करनेवाले सिन्धुराज जयद्रथ ने अपने दिव्यास्त्रों का प्रयोग कर उन सबकी प्रगति रोक दी थी। यह अविश्वसनीय था किन्तु सत्य था। धृष्टद्युम्न ने जयद्रथ का धनुष काट दिया, पर जयद्रथ ने तत्काल दूसरा धनुष उठा लिया। भीमसेन ने तीन–तीन बाण मारकर जयद्रथ का धनुष, ध्वज और छत्र काट दिये, किन्तु जयद्रथ ने तीसरा धनुष उठा लिया। सिन्धुराज का यह पराक्रम अनपेक्षित और अविश्वसनीय था। राजकुमार अभिमन्यु ने द्वाररक्षक गजों को मारकर, पाण्डवों के व्यूह में प्रवेश के लिए जो मार्ग बनाया था, जयद्रथ ने उसे भी बन्द कर लिया था। मत्स्य, पांचाल, कैकेय और पाण्डव बार–बार प्रयत्न कर रहे थे; किन्तु जयद्रथ ने उन्हें हर बार पीछे धकेल दिया।"

"जीजी के अपहरणकर्ता को मुक्त कर देने का यह दण्ड मिला पाण्डवों को।" सुभद्रा जैसे अपने आपसे बोली, "उन्हें उसे वन में मार देना चाहिए था। अधिक उदारता भी कल्याणकारी नहीं होती।"

"कौरवों ने अपने रथसमूह से राजकुमार को सब ओर से घेर लिया था। जाने उनमें वृषसेन कैसे सबसे आगे हो गया था।..."

"वृषसेन कौन?" देविका ने पूछा।

"कर्णपुत्र वृषसेन महारानी!" दूत ने कहा, "वह आगे था। राजकुमार ने उसके सारथि को घायल किया और उसका धनुष काट दिया। वृषसेन ने दूसरा धनुष उठा लिया और राजकुमार के अश्वों को बींधने लगा। तब तक वसातीय आगे बढ़ आया और ललकार कर बोला, 'तू इस युद्ध से जीवित नहीं बच पायेगा।' उसने राजकुमार को साठ बाण मारे। किन्तु राजकुमार उससे तनिक भी चिन्तित नहीं हुए। उन्होंने लौह कवच धारण करनेवाले उस वसातीय को, दूर तक के लक्ष्य को मार गिरानेवाले बाण द्वारा वक्ष में चोट पहुँचाई। कवच ने बाण की

नोक को तो उसके वक्ष तक नहीं पहुँचने दिया किन्तु उस बाण के आघात से कवच से दबकर उसका वक्ष चिपक गया और वह मरकर रथ से नीचे गिर पड़ा।"

"यह वसातीय कौन था?" बलन्धरा ने पूछा, "मैंने इसका नाम कभी नहीं सुना।"

"वह एक कौरव योद्धा था। इससे अधिक उसके विषय में कोई सूचना नहीं मिलती।" दूत बोला, "इसी प्रकार का एक और योद्धा सत्यश्रवा भी है। राजकुमार ने उसका भी वध कर दिया। कौरवों में घिरे होने पर भी राजकुमार उनके लिए काल बने हुए थे। अपनी सेना को विचलित देखकर शल्यपुत्र रुक्मरथ आवेश में आगे आया। उसने अपने सैनिकों को सान्त्वना दी, 'तुम्हारे भयभीत होने का कोई कारण नहीं है। मेंरे जीवित रहते यह छोकरा अभिमन्यु तुम्हारा कुछ नहीं बिगाड़ सकता। मैं अभी इसे जीवित पकड़ लेता हूँ।' उसने अपना रथ राजकुमार की ओर दौड़ा दिया। उसने राजकुमार के वक्ष में तीन बाण मारे और सिंहनाद किया। उसके पश्चात् उसने राजकुमार की भुजाओं पर बाण मारे। तब तक राजकुमार ने उसका धनुष काट दिया। उसके पश्चात् भल्ल बाणों से उसकी दोनों भुजाएँ काट दीं। वे उसे जीवित भी छोड़ सकते थे। वह युद्ध के सर्वथा अयोग्य हो चुका था। बिना भुजाओं के उसका जीवन भी उसके लिए बोझ हो जाता। राजकुमार ने उसे जीवन की पीड़ा से मुक्त करने के लिए, सुन्दर नेत्रों और भौंहों से सुशोभित उसका मस्तक भी काट डाला।"

"चारों ओर त्राहि–त्राहि मच गयी। रुक्मरथ के मित्र राजकुमारों ने आकर वीर अभिमन्यु को घेर लिया। दुर्योधन प्रसन्न हो उठा।..."

"दुर्योधन के प्रसन्न होने का तो कोई कारण नहीं दीखता मुझे।" करेणुमती बोली।

"उसके प्रसन्न होने का प्रकट कारण तो यह था महारानी! कि उन राजकुमारों के आक्रमण के पश्चात् सारथि, अश्वों और ध्वजा के सहित राजकुमार अभिमन्यु बाणों में छिप गये थे। वे कहीं भी दिखाई नहीं दे रहे थे। दुर्योधन ने मान लिया होगा कि राजकुमार उस बाण

जाल में सदा के लिए बँध गये हैं और उससे बाहर नहीं निकल पायेंगे।" दूत बोला, "किन्तु एक अनुमान यह भी है कि यद्यपि शल्य उसकी ओर से युद्ध कर रहे थे किन्तु दुर्योधन उनकी ओर से पूर्णतः आश्वस्त नहीं था। वे पाण्डवों के मातुल हैं और उन्हीं की सहायता के लिए वे अपने घर से चले भी थे। यह तो बीच मार्ग में से दुर्योधन उनका अपहरण कर लाया था। किसी भी क्षण शल्य के मन में पुनः अपने भागिनियों का प्रेम जाग सकता था और वे दुर्योधन का त्याग कर सकते थे। अब जब उनके पुत्र का वध राजकुमार अभिमन्यु के हाथों हो गया था, वे पाण्डवों के पक्षधर नहीं हो सकते थे। वे अपने पुत्र का वध करनेवाली सेना का अंग कैसे हो सकते थे।..."

"हाँ! यह कारण एक बड़ा कारण हो सकता है।" देविका ने कहा।

"पर यह भी तो हो सकता है कि शल्य के मन में आये कि यदि वे पाण्डव पक्ष से लड़ रहे होते तो उनके पुत्र की मृत्यु ही न होती?" बलन्धरा बोली, "इस दृष्टि से उनके पुत्र का हत्यारा दुर्योधन ही ठहरता है।"

"हो तो यह भी सकता है।" द्रौपदी ने कहा।

दूत रानियों के वैचारिक ऊहापोह में नहीं फँसा। उसने अपनी बात आगे बढ़ाई, "पर दुर्योधन की प्रसन्नता बहुत देर तक टिकी नहीं महारानी! राजकुमार ने अपनी रथमाया प्रकट की और गान्धर्वास्त्र का प्रयोग कर उस सारे बाण जाल को काटकर परे फेंक दिया। वे अस्त्र–संचालन का कौशल दिखाते हुए अलातचक्र की भाँति घूम रहे थे। वस्तुतः वे एक नहीं सहस्रों रूपों में दिखाई पड़ रहे थे। अभी यहाँ थे, अगले क्षण कहीं और थे। ऐसा लगता था कि वे युद्धक्षेत्र में सब स्थानों पर हैं। ऐसा कोई स्थान नहीं था, जहाँ वे नहीं थे।... उन्होंने अपने घेरने वाले रुक्मरथ के मित्र राजकुमारों के शरीरों के टुकड़े–टुकड़े कर दिये थे।"

"अब दुर्योधन के भयभीत होने की बारी थी। वह जो समझ रहा था कि आचार्य द्रोण ने एक ऐसे व्यूह की रचना कर दी है, जिसमें राजकुमार अभिमन्यु घिर गये हैं और पाण्डव सेना से उन्हें कोई

सहायता नहीं मिल सकती वह सब उसका भ्रम था। ऐसा लगता है कि राजकुमार अभिमन्यु के सन्दर्भ में दुर्योधन को अब किसी पर भी विश्वास नहीं रह गया था। उसे सब ओर अपने विरुद्ध षड्यन्त्र दिखाई दिये होंगे। आचार्य द्रोण और कर्ण से तो वह पहले ही झगड़ चुका था। अब और किससे कहता। परिणामस्वरूप वह स्वयं ही अपनी सेना के साथ राजकुमार पर चढ़ दौड़ा। पर विचित्र बात यह हुई कि राजकुमार से उसका युद्ध जैसा युद्ध हुआ ही नहीं। एक आधी–अधूरी क्षणिक–सी झड़प हुई और दुर्योधन अनेक बाणों से घायल होकर युद्ध छोड़कर भाग गया।

"अपने राजा को भागते देख कौरव सेना में भी भगदड़ मच गयी। इस अपमानजनक पराजय से बचने के लिए द्रोण, अश्वत्थामा, बृहद्बल, कृपाचार्य, कर्ण, कृतवर्मा, शकुनि सब मिलकर राजकुमार अभिमन्यु पर टूट पड़े; पर राजकुमार का तेज उस समय ऐसा था कि ये सारे महारथी और अतिरथी मिलकर भी उनके सम्मुख टिक नहीं पा रहे थे। ऐसे में चाहे अपने अभिमान के कारण अथवा अपने अज्ञान के कारण दुर्योधन–पुत्र लक्ष्मण, राजकुमार के सम्मुख डट गया। अपने पुत्र को इस प्रकार संकटपूर्ण कार्य करते देखकर, उसकी रक्षा के विचार से दुर्योधन लौट आया। अपने राजा की रक्षा के लिए अन्य महारथी भी लौटे। राजकुमार अभिमन्यु उनसे भयभीत नहीं थे और न ही वे इस अवसर को छोड़ना चाहते थे। उन्होंने लक्ष्मण पर आक्रमण कर दिया। एक ही भल्ल से उन्होंने लक्ष्मण का सुन्दर, सुघड़ नासिका, मनोहर भौंह, सुन्दर केशान्त और रुचिर कुण्डल से युक्त मस्तक धड़ से पृथक् कर दिया।..."

"दुर्योधन के पुत्र को मार दिया!" बलन्धरा का मुख जैसे आश्चर्य में खुल गया था।

"चारों ओर हाहाकार मच गया।" दूत बोला, "जिसे बचाने के लिए अपने प्राणों को पुनः संकट में डाल कर दुर्योधन लौट आया था, वह लक्ष्मण उसकी आँखों के सम्मुख मारा गया था। वह पूरी शक्ति से चीत्कार कर उठा, 'इस अभिमन्यु को मार डालो।' और तत्काल राजकुमार को घेर लिया गया। इस बार उनको घेरनेवालों में आचार्य

द्रोण भी थे। उनके साथ कृपाचार्य, कर्ण, अश्वत्थामा, बृहद्बल और कृतवर्मा थे। राजकुमार उनसे जूझते रहे। सहसा वे पलटे और उन्होंने चक्रव्यूह के मुख्य प्रवेश–द्वार की रक्षा करनेवाली सिन्धुराज की गजसेना पर आक्रमण कर दिया।..."

"क्या वे छह कम थे कि वह सातवें को आमन्त्रित करने चल दिया।" सुभद्रा को अभिमन्यु का यह कृत्य अच्छा नहीं लगा था। यही तो बचपना होता है।

"इसका वास्तविक कारण तो राजकुमार स्वयं ही जानते हैं," दूत बोला, "किन्तु हमारी सेना में यह माना जा रहा है कि या तो वे व्यूह के बाहर खड़े और भीतर आने का प्रयत्न करते पाण्डव योद्धाओं की, प्रवेश के लिए मार्ग बनाने में सहायता करना चाहते थे, या फिर उन्हें लगा होगा कि वे और अधिक देर तक व्यूह में कौरवों से घिरे न रहें। बाहर से सहायता न आ सके तो वे बाहर निकल जायें। यह भी सम्भव है कि उन्होंने सोचा हो कि पाण्डव सेना बाहर से प्रयत्न करे और वे भीतर से उनकी सहायता करें तो सम्भव है कि चक्रव्यूह ध्वस्त हो जाये और कौरव सेना को दबोचा जा सके।"

"फिर क्या हुआ दूत?" सुभद्रा ने पूछा।

"प्रवेश–द्वार की रक्षा के लिए जयद्रथ के सहायक कलिंग सैनिक, निषादगण और क्राथपुत्र थे।" दूत ने रुककर द्रौपदी की ओर देखा, "क्राथ कौरवपथ के प्रसिद्ध राजा हैं। उनका पुत्र अपने नाम से नहीं क्राथपुत्र के नाम से ही प्रसिद्ध है। उसने स्वयं और उसकी गजसेना ने लौह कवच धारण कर रखे थे। उस गजसेना ने ही राजकुमार का मार्ग रोक लिया। उसी समय जब राजकुमार अभी अपनी नीति निश्चित कर रहे होंगे, क्राथ ने स्वयं भी उन पर आक्रमण कर दिया। राजकुमार अभिमन्यु को संकट में देखकर द्रोण भी लौट आये थे। वे और उनके महारथी पुनः राजकुमार को घेर लेना चाहते थे। पर इसी बीच राजकुमार ने क्राथपुत्र को उसके गज से मार गिराया। राजकुमार जयद्रथ की ओर बढ़ ही रहे थे कि कौरव सेना ने अपने

छह महारथियों के नेतृत्व में राजकुमार को घेर लिया। वे लोग नहीं चाहते थे कि राजकुमार सिन्धुपति तक पहुँचें। कहीं वे जयद्रथ को भी विचलित कर दें अथवा उसका वध कर दें तो फिर पाण्डवों को भीतर घुसने से कोई नहीं रोक सकता था।

"राजकुमार उनकी नीति समझ गये थे। उन्होंने जयद्रथ की ओर बढ़ने से पहले वृन्दारक को मार गिराया।"

"धृतराष्ट्र पुत्र वृन्दारक?" द्रौपदी ने पूछा।

"नहीं महारानी! धृतराष्ट्रपुत्र वृन्दारक अभी जीवित है। यह एक अन्य कौरव योद्धा था, जिसे राजकुमार अभिमन्यु ने मार गिराया।" दूत बोला, "उन्होंने अश्वत्थामा को भी घायल कर दिया। अपने पुत्र पर संकट देखकर द्रोण जैसे पगला गये। उन्होंने राजकुमार पर एक सौ बाण चला दिये। अश्वत्थामा को लगा कि उनकी रक्षा करते हुए, द्रोण स्वयं संकट में फँसते जा रहे हैं। अश्वत्थामा ने अपने पिता की रक्षा के लिए राजकुमार पर साठ बाण झोंक दिये। उसी समय बृहद्बल को भी अपनी वीरता प्रमाणित करने की सूझी। राजकुमार ने उसका मस्तक ही काट गिराया। उन्होंने कर्ण के कान में एक बाण मारा। कर्ण किसी प्रकार के असमंजस में उनके सम्मुख खड़ा हो गया। राजकुमार ने उसके छह मन्त्रियों को उनके अश्वों और सारथियों सहित मार डाला। उसी समय उनके हाथों मगधराज का पुत्र तरुण अश्वकेतु भी मारा गया। मार्तिकावतक नरेश भोज भी अपने प्राणों से हाथ धो बैठा। तभी अपने दाँत पीसता हुआ दुःशासनपुत्र अपना रथ वहाँ ले आया। आते ही उसने चार बाण मार कर सारथि और अश्वों सहित राजकुमार को घायल कर दिया। राजकुमार अभिमन्यु ने हँसकर कहा, 'तेरा पिता तो कायर के समान भाग गया। प्रसन्नता की बात है कि तू युद्ध करना जानता है।' राजकुमार ने पलटकर उसे कई बाण मारे किन्तु अश्वत्थामा ने वे बीच में ही काट दिये। राजकुमार ने अश्वत्थामा की ध्वजा काट दी और उसकी सहायता के लिए आने वाले शल्य को नौ बाण मारे। उसकी ध्वजा काटकर उसके दोनों पार्श्वरक्षकों को मार डाला। शल्य भागकर दूसरे रथ पर चले गये। अब राजकुमार ने अपना

धनुष शकुनि की ओर मोड़ दिया। घायल शकुनि ने दुर्योधन से कहा, 'राजन्! वह हममें से एक–एक कर युद्ध कर हम सबको मार डाले, उससे पहले ही हम सबको मिलकर अभिमन्यु को मार डालना चाहिए।' कर्ण ने भी आचार्य द्रोण से कहा, 'आचार्य! इससे पहले कि यह हमें मार डाले, हमें इसे मारने की विधि बताइए। इसका वध कैसे होगा?' आचार्य कौरव सेना पर आये संकट को समझ रहे थे और वे कर्ण की पीड़ा को भी देख रहे थे किन्तु वे राजकुमार अभिमन्यु की वीरता पर मुग्ध थे। बोले, 'पिता और पुत्र में कोई अन्तर नहीं है। इसका युद्ध कौशल और इसकी वीरता किसी भी योद्धा का मन प्रसन्न कर देगी।' कर्ण क्रुद्ध होकर बोला, 'आप उस पर मुग्ध ही होते रहेंगे या कुछ करेंगे भी। मैं उसके बाणों से आहत और पीड़ित होकर केवल इसलिए समरभूमि में खड़ा हूँ क्योंकि समरभूमि से पलायन क्षत्रियकर्म नहीं है।'

आचार्य मुस्कुराए, 'अन्यथा तुम भाग जाते?'"

"और वह करता ही क्या है।" द्रौपदी ने कहा, "प्रत्येक युद्ध में सबसे पहले भागनेवाला योद्धा कर्ण ही तो होता है।"

"हाँ महारानी! यही कहा आचार्य ने भी।" दूत ने कहा, "पर उससे कर्ण लज्जित नहीं हुआ। और भी क्रुद्ध होकर बोला, 'आपका क्या बिगड़ा है इस युद्ध में। मेरे भाई मारे गये हैं। मेरे पुत्रों ने वीरगति पायी है। मेरा भी अपना कोई न मरता तो मैं अभिमन्यु की वीरता पर मुग्ध होता रहता।' आचार्य ने इस झगड़े को आगे नहीं बढ़ाया। बोले, 'अभिमन्यु का कवच अभेद्य है। उसको कोई भेद नहीं सकता। हाँ! मनोयोगपूर्वक चलाये गये बाणों से इसके धनुष और प्रत्यंचा को काटा जा सकता है। इसे परास्त करना चाहते हो तो सारे महारथी एकत्रित हो जाओ। पहले उसके रथ को नष्ट करो ताकि वह एक ही स्थान पर कीलित हो जाये और फिर उसका धनुष काट दो, ताकि वह दूर से युद्ध न कर पाये। जब वह हम सबके बीच अकेला घिर जायेगा और निकट से सम्मुख युद्ध करने को बाध्य होगा तो उसके पास केवल एक शस्त्र होगा और हम सब विविध शस्त्रों से युक्त होंगे। उस समय हम उसका वध कर सकते हैं।'"

"दुष्ट कहीं के।" सुभद्रा ने कहा, "अकेले बालक को घेरकर, उसे बाध्य कर, उसके हाथ–पैर बाँधकर उससे युद्ध करने को क्षत्रिय कर्म कहते हैं।"

दूत कुछ सावधान हो गया। उसे ज्ञात था कि अब सबसे कठिन क्षण आ रहा है। बोला, "ठीक कहती हैं महारानी! उन्होंने युद्ध नहीं किया, आखेट किया। पाण्डवों को व्यूह से बाहर रखा और स्वयं सब के सब राजकुमार के निकट घिर आये। सबसे पहले कर्ण ने राजकुमार का धनुष काट दिया। कृतवर्मा ने उनके रथ के अश्व मार डाले। कृपाचार्य ने उनके पार्श्वरक्षक मार डाले। निःशस्त्र राजकुमार अकेले उस अचल रथ में खड़े थे और छह–छह महारथी अपनी पूर्ण दक्षता से उन पर बाणों की बौछार कर रहे थे। उनका शरीर पहले ही बहुत बिंध चुका था। सारे अंगों से रक्त प्रवाहित हो रहा था। समझ गये कि यदि वे खड़े रहे तो वहीं ढेर हो जायेंगे। राजकुमार ने ढाल और खड्ग उठा लिए और उछलकर जैसे आकाश मार्ग से अपने शत्रुओं पर इन्द्र के वज्र के समान गिरे। आचार्य द्रोण ने क्षुरप्र से उनके खड्ग को उसकी मूठ से काट डाला और कर्ण ने उनकी ढाल को टुकड़े–टुकड़े कर दिया। राजकुमार ने चक्र उठा लिया। उस रूप में उनको देखकर बहुत लोगों को चक्रधारी श्रीकृष्ण का स्मरण हो आया। दुर्योधन के तो जैसे प्राण ही निकल गये। जाने यह लड़का चक्र से क्या कर डालेगा। छह के छह महारथी जैसे भयपरिचालित होकर अपना धैर्य खो बैठे। उन सबने मिलकर चक्र के टुकड़े–टुकड़े कर दिये। और तब राजकुमार ने गदा उठा ली। सबसे निकट अश्वत्थामा था। उन्होंने उस पर ही प्रहार किया। वह अपने रथ की बैठक से तीन पग पीछे हट गया। पर राजकुमार ने उसके अश्वों और उसके पार्श्वरक्षकों के प्राण ले ही लिए। राजकुमार के शरीर में इतने बाण धँसे थे कि वे साही के समान प्रतीत हो रहे थे या फिर जैसे पितामह भीष्म ही शरशैया पर लेटने के स्थान पर सीधे खड़े हो गये थे। वे आगे बढ़े और शकुनि के भाई कालिकेय को मार डाला। उसके साथ के सत्तर गान्धार मार दिये। अपना मार्ग रोकनेवाले दस वसातीय

रथियों को मार डाला। दुःशासनपुत्र के अश्वों और रथ को चूर–चूर कर डाला। दुःशासनपुत्र अपनी गदा लेकर राजकुमार की ओर दौड़ा। दोनों में गदायुद्ध होने लगा। सारे महारथी उन दोनों के चारों ओर वृत्त बनाकर शस्त्रों सहित सन्नद्ध खड़े थे। उसकी स्फूर्ति स्पष्ट थी। फिर उस पर और कोई आघात भी नहीं कर रहा था। सहसा ही दोनों योद्धाओं ने अपनी–अपनी गदा के अग्रभाग से विरोधी पर प्रहार किया। दोनों को ही गहरी चोट लगी और वे दोनों ही भूमि पर गिर पड़े।...”

“अभिमन्यु को उठने ही नहीं दिया होगा उन्होंने।” सुभद्रा के स्वर में क्रोध भी था और पीड़ा भी।

“हाँ महारानी!” दूत बोला, “दुःशासनपुत्र पहले उठ खड़ा हुआ और उसने उठते हुए लड़खड़ाते राजकुमार अभिमन्यु के मस्तक पर गदा दे मारी। राजकुमार अचेत होकर पृथ्वी पर गिर गये।...कौरव सेना ने हर्ष का चीत्कार किया।...” दूत की वाणी जैसे उसके मुख में ही जम गयी।

सुभद्रा अचेत होकर द्रौपदी की गोद में ही गिर गयी थी।

25

सूर्यास्त हुआ और आज का युद्ध समाप्त हो गया।

अर्जुन का रथ शिविर की ओर लौट रहा था। कृष्ण सदा के समान प्रसन्न थे और उनका ध्यान अर्जुन से भी अधिक अपने अश्वों की ओर लगा हुआ था।

अर्जुन स्वयं को बहुत थका हुआ अनुभव कर रहा था। उसका शरीर उतना क्लान्त नहीं था, जितना कि मन अवसाद में डूबा हुआ था। आज का दिन तो व्यर्थ ही गया। संशप्तक सेना प्रायः नष्ट हो गयी थी; किन्तु सुशर्मा आज भी न तो मारा गया और न बन्दी ही हुआ। आज वह अर्जुन के सम्मुख प्रायः नहीं आया था। थोड़ी देर के लिए सामने आता भी था तो फिर कहीं विलुप्त हो जाता था। छोटी–छोटी टुकड़ियों के साथ लौकिक शस्त्रों से साधारण युद्ध करते ही

सारा दिन बीत गया। दिन भर उसे अपने भाइयों और सेना का कोई समाचार नहीं मिला। आज ऐसा क्या हो गया कि पूरे दिन में एक भी सन्देशवाहक उसके पास नहीं पहुँचा।...कृष्ण ने ठीक ही कहा था कि यह मात्र षड्यन्त्र था, युद्ध नहीं। पर उस समय अर्जुन जाने क्यों उसे स्वीकार नहीं कर पाया था।

मार्ग में कहीं कोई लौटती हुई वाहिनी नहीं मिली। कहीं कोई कोलाहल नहीं था। लगता था कि आज युद्ध कुछ जल्दी ही सिमट गया था। किसी प्रकार की कोई गतिविधि अब शेष नहीं थी। पाण्डवों के शिविर के मुख्य द्वार पर सैनिकों ने अर्जुन का अभिवादन तो किया; किन्तु अन्य दिनों के समान प्रसन्न मुद्रा में आज के युद्ध का कोई समाचार नहीं दिया।...वहाँ प्रतिदिन के समान निश्चिन्तता की चहल–पहल भी नहीं थी।

अपने मण्डप के निकट उसे कुछ अधिक ही निर्जनता लगी।

"क्या तुम्हें भी लग रहा है कृष्ण! कि आज हमारे शिविर में रणवाद्य नहीं बज रहे?"

"हाँ! कुछ ऐसा ही है।" कृष्ण बोले, "कहीं कोई दुर्घटना तो नहीं घट गयी।"

"आज अभिमन्यु ने भी मण्डप से निकलकर हमारा स्वागत नहीं किया।"

कृष्ण ने कोई उत्तर नहीं दिया।

रथ के रुकते ही मण्डप से युधिष्ठिर बाहर निकल आये। वे बिना कुछ बोले, अर्जुन के सम्मुख खड़े हो गये। उनके हाथ जुड़े हुए थे और उनकी आँखों में अश्रु थे। चेहरे पर लज्जा का भाव था और कण्ठ जैसे अवरुद्ध हो रहा था। उनकी इतनी कातर अवस्था अर्जुन ने तब भी नहीं देखी थी, जब वे द्यूत में हारे थे और भरी सभा में कौरवों ने पांचाली का अपमान किया था।

"मैं तुम्हारा अपराधी हूँ धनंजय!"

अर्जुन कुछ नहीं बोला, वह धर्मराज की अश्रुपूरित आँखों को देखता रहा।

"तुम छोटे भाई होकर भी मेरी रक्षा करते हो, और मैं बड़ा होकर, परिवार का मुखिया होकर भी अभिमन्यु की रक्षा नहीं कर पाया। मैं तुम्हारा अपराधी हूँ।"

"क्या हुआ अभिमन्यु को?" अर्जुन का आशंकित मन निमिष भर में सहस्रों दुष्कल्पनाएँ कर गया।

"तुम्हें सूचना नहीं मिली?"

"नहीं तो।"

"धावक तुम तक नहीं पहुँचा?"

"नहीं!"

धर्मराज ने संक्षेप में सारी घटना सुना दी।

इसी दिन से डरता था अर्जुन। उसने युद्ध के आरम्भ में ही कहा था कृष्ण से कि जिनके लिए उन्हें राज्य, सुख और सम्पत्ति चाहिए, वे ही इस युद्ध में मारे जायेंगे तो क्या करेंगे वे राज्य का, धन का, सम्पत्ति का? कृष्ण ने उसे उसका मोह कहा था। क्लैव्य कहा था।... कहाँ सीमा की रेखा खींचे वह पुत्र के प्रति अपने प्रेम और इस पापी मोह में? पुत्र की मृत्यु का समाचार पाकर क्या उसे शोक नहीं होना चाहिए? क्या प्रतिशोध के लिए उसका रक्त नहीं उफनना चाहिए?... पर कृष्ण क्षत्रिय कर्म का तो निषेध नहीं करते।...अधर्मी शत्रु का वध करने से तो वे उसे नहीं रोकते।...वे तो कह रहे थे कि अधर्मियों को दण्डित करना उसका कर्तव्य है। वही था, जो युद्ध से भाग रहा था। उसे ही धार्तराष्ट्र अपने लग रहे थे। गुरु के प्रति बहुत भक्ति थी उसके मन में...

"युद्ध में क्षत्रिय योद्धा वीरगति पायेंगे ही। जो बचेंगे वे अपने पक्ष की रक्षा और शत्रु के नाश के लिए लड़ेंगे। कोई किसी के लिए अपराधी कैसे है?" अर्जुन की आँखों में अश्रुओं का वेग बढ़ा और उसका गला रुँध गया; किन्तु वह तत्काल सँभला, "मैं संशप्तकों की चुनौती को सहन नहीं कर सका और उनके साथ लड़ने चला गया—आपकी रक्षा का भार दूसरों पर छोड़कर। नहीं समझ पाया कि यह सब षड्यन्त्र मात्र था, आपको बन्दी करने के लिए, हमारी सेना

की अप्रतिहत क्षति के लिए। यदि मेरे पीछे आपको कुछ हो जाता, तो मैं किसका अपराधी होता। आप यह ही समझिए कि अभिमन्यु ने मेरा दायित्व निभाया। उसने मेरे स्थान पर आपकी रक्षा की...।"

"तुम कहते हो उसने तुम्हारे स्थान पर मेरी रक्षा की," धर्मराज का शोक किसी भी प्रकार कम नहीं हो रहा था, "और मैं कह रहा हूँ कि उसने मेरे स्थान पर अपने प्राण दिये।...मैं कैसा पुत्रभक्षी पिता हूँ। अपने बच्चे के लिए प्राण दे नहीं सकता था, तो अपनी रक्षा के लिए उसके प्राण लेने का मुझे क्या अधिकार था।"

"भगवान न करे कि इस परिवार में कभी कोई दुर्योधन पैदा हो, जो अपने पितामह से कहे कि हमारी रक्षा के लिए युद्ध कीजिए और अपने प्राण दीजिए। अभिमन्यु वीर क्षत्रिय था, इसलिए उसने अपने पिता और अपने राजा के लिए अपने प्राण दिये।" अर्जुन समझ नहीं पा रहा था कि वह किसे सान्त्वना दे रहा था—धर्मराज को, अथवा स्वयं अपने आपको?

"मेरी समझ में कुछ नहीं आ रहा..." युधिष्ठिर उसी प्रकार विह्वल थे, "मैं पांचाली को, सुभद्रा को, उत्तरा को...क्या मुँह दिखाऊँगा।"

"उन्हें सूचना भिजवा दी गयी क्या?" अर्जुन ने पूछा।

"सूचना तो तुम्हें भी भेजी थी किन्तु वह धावक ही जाने कहाँ खो गया। सम्भव है कि किसी योद्धा का बाण उसे भी आ लगा हो।" युधिष्ठिर ने कहा, "सुभद्रा और उत्तरा तो उपप्लव्य से यहाँ आ भी गयी हैं।"

कृष्ण ने आगे बढ़ युधिष्ठिर की बाँह थाम ली, "अभिमन्यु आपका भी पुत्र था धर्मराज! वह सुभद्रा और उत्तरा की हो तो थाती नहीं था। उसने वीरगति पायी है, असाधारण वीरता दिखाई है। उस वीर क्षत्रिय ने अपने मातृ और पितृकुल—दोनों का ही मुख उज्ज्वल किया है। उससे सुभद्रा और उत्तरा के चेहरे गर्व से गौरवान्वित होंगे...आप उनका साक्षात्कार करने में संकोच न करें। उन्हें धैर्य बँधाएँ। छत्र बनकर बड़ों के समान उनका रक्षण और पालन करें, उनकी दया या घृणा की बात न सोचें।"

"और अभिमन्यु की क्षतिपूर्ति..."

"क्षतिपूर्ति तो नहीं हो सकती भैया!" अर्जुन के स्वर में ओज लौट आया था, "पर कौरवों को इसका मूल्य चुकाना होगा। उन्हें मैं बताऊँगा कि किसी निःशस्त्र वीर बालक को घेरकर, छह–छह महारथियों द्वारा उसका वध, कितना महँगा पड़ता है।" उसने रुककर भीम की ओर देखा, "पर एक बात मेरी समझ मैं नहीं आ रही।"

"क्या?" भीम ने पूछा।

"आप लोग चक्रव्यूह का वेधन नहीं कर सकते थे, किन्तु अभिमन्यु के प्रवेश के पश्चात् उसके पीछे तो जा ही सकते थे। उसका प्रयत्न क्यों नहीं किया गया? उसे शत्रुओं के सैन्य सिन्धु में अकेला और असहाय क्यों छोड़ा गया?"

"हमारी तो रणनीति यही थी कि वह व्यूह वेधन करेगा। हमारे लिए एक द्वार बना देगा और हम उसके पीछे–पीछे उसी मार्ग पर चलते जायेंगे। यह किसने सोचा था कि वह व्यूह वेध कर उनकी सेना में प्रवेश कर जायेगा और हम उसके पीछे जा ही नहीं पायेंगे।"

"पर क्यों?" अर्जुन बोला, "क्यों नहीं किया प्रवेश आपने?"

"हम प्रवेश कर नहीं पाये।" युधिष्ठिर बोले, "अभिमन्यु ने व्यूह में द्वार बनाया; किन्तु हममें से जिसने भी उसमें प्रवेश का प्रयत्न किया वह रोक दिया गया।"

"कौन था द्वार पर, जो अपने बल से भीमकर्मा वृकोदर को आगे बढ़ने से रोक सकता है?" अर्जुन ने पूछा।

"द्वार पर जयद्रथ था।" भीम का सिर जैसे लज्जा से झुक गया, "जिस जयद्रथ को मैं किसी भी समय अपनी गदा के एक वार से धराशायी कर सकता था, कल उसके सामने मैं एकदम असहाय हो गया। मैं बार–बार जैसे किसी प्राचीर से टकराकर लौट आता था। उसने धर्मराज को अभिमन्यु के पीछे नहीं जाने दिया। वीर धृष्टद्युम्न और शिखण्डी उसे अपने मार्ग से नहीं हटा पाये। युयुधान सात्यकि उससे पराभूत होकर रह गया।"

"जयद्रथ ने किया यह सब? जयद्रथ ऐसा योद्धा तो नहीं है।" अर्जुन जैसे विश्वास ही नहीं कर पा रहा था, "इसका अर्थ तो यह

हुआ कि अकेला जयद्रथ हमारी सारी सेना पर भारी पड़ा। ऐसा तो पितामह और आचार्य भी कभी नहीं कर पाये।"

"जयद्रथ की इस सफलता से दुर्योधन के योद्धा भी चकित हैं।" सहदेव ने कहा, "उनकी सेना में एक कथा सुनाई जा रही है कि वन में पांचाली के अपहरण के प्रयत्न के पश्चात् आप दोनों से अपमानित होकर जयद्रथ ने महादेव शिव से वरदान प्राप्त करने के लिए घोर तपस्या की थी। महादेव ने प्रसन्न होकर उसे एक वरदान माँगने को कहा था। उसने कहा कि महादेव उसे ऐसा सामर्थ्य दें कि वह पाँचों पाण्डवों को युद्ध में पराजित कर सके। इस पर महादेव ने कहा कि यह सम्भव नहीं है; किन्तु उसकी तपस्या निष्फल भी नहीं जायेगी। अर्जुन को तो वह कभी पराजित नहीं कर पायेगा, किन्तु उस वर के प्रभाव से केवल एक दिन के लिए वह शेष चार पाण्डवों की गति रोक पाने में समर्थ होगा। उसी वर के प्रभाव से आज उसने अभिमन्यु के पीछे जानेवाले प्रत्येक योद्धा को रोकने में सफलता पायी थी।"

अर्जुन ने कुछ नहीं कहा। वह मन–ही–मन कुछ सोचता रहा।

"यह कथा मैंने भी सुनी है किन्तु मेरा मन इस पर विश्वास नहीं करता।" नकुल बोला, "न तो जयद्रथ तपस्या कर सकता है और न महादेव उसे ऐसा वर दे सकते हैं। फिर उसने वर केवल चार पाण्डवों के विरुद्ध पाया और आज उसने धृष्टद्युम्न, शिखण्डी और सात्यकि को भी आगे बढ़ने से रोक दिया।"

"तो फिर यह चमत्कार कैसे हो गया?" भीम जैसे अपने आपसे पूछ रहा था।

"वैसे तो कुछ साधक तापसी तपस्या से तामसी वर भी प्राप्त कर लेते हैं किन्तु जयद्रथ के विषय में यह सत्य प्रतीत नहीं होता?" कृष्ण धीरे–से बोले।

"तो फिर यह सब क्या है?" अर्जुन के स्वर में जैसे चीत्कार था।

कृष्ण उसकी विह्वलता को चिन्तित दृष्टि से देखते रहे और फिर धीरे से बोले, "यदि किसी द्वार पर कोई दृढ़ सबल ताला लगा हो और तुम्हारे पास उसकी कुंजिका न हो, तो तुम उसे खोलने के लिए क्या करोगे?"

"जब कुंजिका न हो तो उसको तोड़ा ही जा सकता है।" अर्जुन ने कहा।

"तोड़ने और खोलने के यन्त्र तुम्हारे पास नहीं हैं। तो?" कृष्ण ने पूछा।

"तो वह ताला नहीं खुलेगा।" अर्जुन ने कहा।

"तो ऐसे में यदि उस कपाट के पीछे कोई बालक भी बैठा होगा तो वह तुम्हें उसमें प्रवेश करने नहीं देगा।" कृष्ण ने नकुल की ओर देखा, "मेरी बात समझ रहे हो न? रोक तो तुम्हें ताला रहा है, वह बालक नहीं, किन्तु रोकने का श्रेय उस बालक को दिया जा सकता है।"

"मैं समझ गया।" अर्जुन ने कहा, "चक्रव्यूह के वेधन की युक्ति केवल अभिमन्यु को ज्ञात थी, इसका अर्थ है कि उसके पास कुंजिका थी। अतः वह ताला खोलकर भीतर प्रवेश कर गया और शेष जो भी योद्धा वहाँ गया, उसे चक्रव्यूह में प्रवेश करने की विधि ज्ञात नहीं थी। यह बात अद्भुत थी और जयद्रथ की क्षमता से बाहर थी, इसलिए उसके साथ ही कथा जुड़ गयी।"

"ठीक बात है।" कृष्ण बोले, "होता केवल यह है कि जब किसी असमर्थ व्यक्ति को तनिक–सा भी सामर्थ्य मिल जाता है, तो उसका अहंकार आकाश को छूने लगता है। जयद्रथ को चारों पाण्डवों को रोकने का यश मिल गया तो उसका अहंकार तो स्फीत होना ही था। उसी अहंकार में उसने पाण्डवों के साथ दुर्व्यवहार किया। स्वयं को असाधारण वीर माना और अभिमन्यु के वध का श्रेय स्वयं लिया।"

"जो भी हो।" अर्जुन ने कहा, "उसने अभिमन्यु के वध का यश लिया है तो उसका दण्ड भी वही पायेगा। मैं उसे इस यश का किरीट पहनने नहीं दूँगा।"

"इसका श्रेय कर्ण भी लेना चाहता था किन्तु जयद्रथ ने उससे कहा कि यदि वह पाण्डवों को द्वार पर ही न रोक लेता तो कर्ण अभिमन्यु को कभी न घेर पाता।" सहदेव ने कहा।

"जयद्रथ तो कल सन्ध्या तक ही धरती पर पड़ा होगा; और कर्ण भी अपने पुत्रशोक से वैसे ही रोयेगा, जैसे आज मैं रो रहा हूँ।" अर्जुन की आँखों से अश्रु फूट बहे।

कृष्ण ने अर्जुन के कन्धे पर हाथ रखा, "पार्थ!"

"सब लोग सुनें।" अर्जुन जैसे आपे से बाहर हो गया था, "मैं अपने गाण्डीव की सौगन्ध खाकर प्रतिज्ञा कर रहा हूँ कि कल सूर्यास्त तक यदि मैंने जयद्रथ का वध न किया तो चितारोहण कर अपने प्राण दे दूँगा।"

अर्जुन असाध्य आवेश में था। उसने गाण्डीव को अपने दायें और बायें दोनों हाथों से टंकारा। देवदत्त को हाथ में लेकर जोर से फूँका, जैसे वह अपनी प्रतिज्ञा की घोषणा सारे युद्धक्षेत्र में कर रहा हो।

कृष्ण की आँखों में चिन्ता का धुँधलका उतरा, "यह तुमने क्या किया सव्यसाची! किसी से परामर्श तो कर लिया होता।"

"क्यों? क्या मैंने अपने सामर्थ्य से अधिक की प्रतिज्ञा कर ली है?" अर्जुन ने कृष्ण की ओर देखा।

"नहीं! ऐसा तो मैं नहीं कहूँगा, किन्तु यह जयद्रथ से तुम्हारा द्वन्द्व–युद्ध नहीं है।"

"यह वही जयद्रथ है कृष्ण! जिसे मैंने वनवास काल में सेना सहित योजनों आगे दौड़ते हुए भी अपने बाणों से बींध दिया था।"

"ठीक कहते हो, किन्तु न तो उस समय तुम्हारे सम्मुख समय की सीमा थी और न दुर्योधन वहाँ उपस्थित था।" कृष्ण की चिन्ता कम नहीं हुई थी, "आज की तुम्हारी प्रतिज्ञा का समाचार शीघ्रातिशीघ्र दुर्योधन तक पहुँच जायेगा। वे लोग जयद्रथ को कल प्रातः से सूर्यास्त तक कहीं छुपा लेंगे अथवा सारी सेना और सारे महारथी मिलकर उसकी रक्षा करेंगे। केवल एक दिन की ही तो बात है। अकेला सुशर्मा, केवल अपने दम पर दो दिनों से तुमसे बचता फिर रहा है, तो दुर्योधन अपने सारे सामर्थ्य के होते हुए, दिन भर के लिए जयद्रथ को छिपा नहीं सकता? यदि वे उसमें सफल हो जाते हैं तो तुम्हें अपनी प्रतिज्ञा में बँधकर सन्ध्या समय चितारोहण करना पड़ेगा। दुर्योधन के लिए, तुमसे छुटकारा पाने का इसने सरल मार्ग प्रशस्त कर दिया है।"

"मुझे इसका भय नहीं है।" अर्जुन बोला, "छिपा लें उसे, कहाँ छिपायेंगे–आकाश में, पाताल में, अन्तरिक्ष में। मैं उसे कहीं से भी

खोज लाऊँगा। अभिमन्यु का वध कर वह इस प्रकार जीवित नहीं रह सकता। और यदि मैं उसे दण्डित नहीं कर सकता तो फिर मेरे इस जीवन का लाभ ही क्या है। ऐसे मैं मुझे मर ही जाना चाहिए।"

कृष्ण कुछ नहीं बोले। वे प्रसन्न थे। [illegible] पर अर्जुन का रजोगुण जागा था, तमोगुण नहीं। [illegible] मानसिकता युद्धारम्भ काल के समान होती तो इस समय [illegible] प्रकार की प्रतिज्ञा नहीं करता।...पर यह प्रतिज्ञा पूरी कैसे होगी?

कृष्ण ने अर्जुन के मण्डप में प्रवेश किया। भीतर सूचना भिजवा दी कि वे आये हैं।

भीतरी भाग से सुभद्रा निकलकर आयी। कृष्ण ने उसकी ओर देखा : वह बहुत उदास थी। उदास तो उसको होना ही था। उसकी आँखों से झर–झर अश्रु बह रहे थे, किन्तु वह सँभल–सँभलकर अपने पगों पर चल रही थी। यदि कहीं शोक के कारण उसके पाँव डगमगा रहे होते और उसे चलने के लिए भी दासियों के सहारे की आवश्यकता पड़ती–तो भी कृष्ण को आश्चर्य नहीं होता।

कृष्ण ने अपने हाथ आगे बढ़ाये। सुभद्रा उनके कन्धे से आ लगी, "यह क्या हो गया भैया। मुझे तो जीवन के आरम्भ में ही मृत्यु आ मिली।"

कृष्ण उसकी पीठ थपथपाते रहे। सुभद्रा को लगा कि उसके अश्रु तो नहीं रुक रहे हैं किन्तु उसके मन की जलन जैसे कुछ शान्त हो रही है। शरीर की तपन कुछ कम हो गयी थी। मन का झंझावात जैसे कुछ सन्तुलित हो रहा था।...यह भाई का स्नेह था अथवा कृष्ण का वह तान्त्रिक रूप, जिसकी प्रायः लोग चर्चा करते हैं...या फिर यह कृष्ण का देवत्व था? उसकी समझ में कुछ नहीं आया किन्तु इतना तो निश्चित था कि उसकी शारीरिक और मानसिक पीड़ा जैसे वाष्प बनकर विलुप्त हो गयी थी।

कृष्ण अलग हुए। उन्होंने सुभद्रा को उसके कन्धों से पकड़कर पृथक् किया और उसकी ओर देखा।

"यह क्या हुआ भैया?" सुभद्रा ने पुनः कहा, "आप और धनंजय मिलकर भी उसकी रक्षा नहीं कर सके।"

"हाँ! हम दोनों भी उसकी रक्षा नहीं कर सके।" कृष्ण ने सुभद्रा को एक आसन पर बैठाया, "हम दोनों ही यहाँ नहीं थे। उसका लाभ उठाया इन कौरवों ने। अकेले निहत्थे बालक को चक्रव्यूह में बन्दी कर छह–छह महारथियों ने घेरकर उसका वध कर दिया। पर तुम चिन्ता मत करो बहन! धनंजय ने कल सन्ध्या तक उसका प्रतिशोध लेने की प्रतिज्ञा की है। उसकी प्रतिज्ञा पूर्ण होगी। कल सूर्यास्त तक जयद्रथ का प्राणान्त हो जायेगा। जिन्होंने अभिमन्यु का इस प्रकार वध किया है, वे सब इसका फल पायेंगे। उन्हें भी अपने अथवा अपनों के रक्त से इस अन्याय का मूल्य चुकाना होगा।"

सुभद्रा की आँखें उनकी ओर उठीं, "जयद्रथ तो मारा जायेगा, किन्तु अभिमन्यु... वह तो लौटकर नहीं आयेगा।"

"मैं समझता हूँ तुम्हारी पीड़ा को।" कृष्ण बोले, "जानता हूँ कि अभिमन्यु बहुत जल्दी चला गया। पर सोचो, वह इतनी कम अवस्था में ही वह सब कुछ कर गया, जो कोई वीर क्षत्रिय अपने दीर्घ जीवन में करने की इच्छा रखता है। वीरता और पराक्रम का यशोस्तम्भ स्थापित कर गया अभिमन्यु।"

"वह तो ठीक है भैया! मेरा दुःख यह नहीं है कि उसको जो करना चाहिए था, वह कर नहीं गया, या कर नहीं सका।" सुभद्रा बोली, "किन्तु उसने जीवन का कौन–सा सुख देखा? क्या सुख भोगा? अभी उसने जीवन में देखा ही क्या था?"

कृष्ण के चेहरे से चिन्ता और पीड़ा के भाव तिरोहित हो गये। वे सहज आनन्द की स्थिति में बोले, "सुभद्रे! पुण्यात्मा संसार में सुख भोगने के लिए नहीं, कर्म करने आता है। जिसने कर्तव्य किया, वह मुक्त हुआ और जिसने सुख भोगा, वह कर्म बन्धन का बन्दी हुआ। जीवन और मृत्यु के चक्र का बन्दी। बन्दी तो बार–बार इस मर्त्यलोक में आयेगा। स्मरण है तुम्हें उपनिषद् का वह श्लोक, हमने साथ–साथ पढ़ा था।"

"कौन–सा श्लोक भैया?"

"सदा साथ रहनेवाले दो सखा सुपर्ण एक ही वृक्ष पर आश्रय किये हुए हैं। उनमें से एक उसके स्वादिष्ट फलों को आसक्तिपूर्वक भोगता है और दूसरा उस भोग से उदासीन, तटस्थ भाव से देखता रहता है।" कृष्ण बोले, "सुख तो शरीर का भोग ही है न! तुम समझती हो कि अभिमन्यु अपने दिव्य लोकों और दिव्य शरीर को छोड़कर इस पृथ्वी पर इस मर्त्य शरीर के भोग भोगने आया था? जो कर्म करने आते हैं, वे कम समय में ही अपना कर्म कर अपने लोक को लौट जाते हैं। उसने अपने दिव्य कर्मों से इस पृथ्वी पर यश का दिव्य शरीर पाया है, और दिव्य लोकों में अपने लिए अक्षय स्थान बनाया है। अभिमन्यु की मृत्यु पर शोक करना उचित नहीं है।"

"परन्तु मेरा तो एक ही पुत्र था न भैया!"

"पगली है तू!" कृष्ण हल्के-से मुस्कुराये, "तेरा और मेरा क्या होता है? कौन किसका है? तेरा होता तो तू रोक न लेती उसे। जिसे वह पीछे छोड़ गया, वह उसका नहीं था। उसका होता तो साथ न ले जाता। अपनों को ही खोज रही है तो पाण्डवों के अन्य पुत्र तेरे नहीं हैं क्या? द्वारका में तूने बस अभिमन्यु को ही पाला था तेरह वर्ष? द्रौपदी के पुत्र तेरे पास नहीं थे? वे तेरे नहीं हैं? इस काया के सम्बन्ध को ही सम्बन्ध मानती है तू? जिसे तूने जन्म दिया, वही तेरा है? पर यह काया ही तेरी नहीं है सुभद्रा! हम यह काया नहीं हैं।"

"जानती हूँ भैया!"

"पर मानती नहीं है?"

"मानती भी हूँ, पर आपके समान योगी नहीं हो पाती।" उसने कृष्ण की ओर देखा, "कहाँ से लाऊँ इतना संयम? कहाँ से लाऊँ इतना धैर्य।"

"यह संयम और धैर्य तो तू अपने आपसे ही पायेगी। हम स्वयं ही अपना उद्धार करते हैं बावली! और स्वयं ही अपना पतन।" कृष्ण बोले, "हम स्वयं ही अपने मित्र हैं और स्वयं ही अपने शत्रु। स्वयं को सँभाल, क्योंकि तुझे उत्तरा को भी सँभालना है। उत्तरा की भावी सन्तान भी तेरी ही सन्तान है। तेरे पास सांसारिक दायित्व के नाम पर

अब केवल उत्तरा है। उसकी देखभाल कर। उसका दुख कम नहीं है तुझसे और उसकी अवस्था और अनुभव तुझसे बहुत कम हैं। तेरे पास संसार को देखने की जो दृष्टि है, सम्भव है उसके पास वह भी न हो।"

"नहीं! वह पाण्डवों के अज्ञातवास की अवधि में धनंजय की शिक्षा में रही है। बहुत अज्ञानी भी नहीं है।"

"अच्छा है कि रानी सुदेष्णा के पग–चिह्नों पर नहीं चल रही।" कृष्ण बोले, "जाओ उसे सँभालो।"

सुभद्रा अपने स्थान पर बैठी रही।

"क्या बात है?" कृष्ण की वाणी स्नेह से ओतप्रोत थी, "कुछ और पूछना है?"

"हाँ भैया!"

"पूछ।"

"धनंजय तो देख नहीं पाये कि संशप्तकों के युद्ध के पीछे क्या है, पर क्या आपका विवेक भी नहीं समझ पाया कि उन्हें इस युद्ध की स्थिति में अपने परिवार और अपनी सेना को शत्रुओं की कृपा पर छोड़कर नहीं जाना चाहिए था?" सुभद्रा ने सीधे कृष्ण की ओर देखा, "क्या आप भी उन्हें समझाने में समर्थ नहीं थे कि उनका इस प्रकार जाना विनाशकारी हो सकता है?"

कृष्ण तत्काल कुछ नहीं बोले। वे सुभद्रा की ओर देखते रहे।

"क्यों भैया?" सुभद्रा ने पुनः पूछा।

"मनुष्य का अहंकार बहुत बलवान होता है। उसके उदय से बुद्धि कार्य नहीं करती। विवेक नष्ट हो जाता है।"

"जानती हूँ।"

"सुशर्मा की चुनौती से अर्जुन का अहंकार जाग उठा था। उसके अहंकार से लड़ना मेरे लिए भी कठिन था।" कृष्ण बोले, "फिर भी जब मैंने उसे समझाने का प्रयत्न किया तो पाया कि अहंकार तो सब में था और पर्याप्त जाग्रत अवस्था में था। मैंने कहा कि अर्जुन वहाँ नहीं होगा तो धर्मराज की रक्षा नहीं हो पायेगी। यह बात न भीम को अच्छी लगी,

न धृष्टद्युम्न को। मैं इस बात पर अधिक बल देता तो इससे भी बड़ा अनर्थ हो सकता था, जितना अर्जुन की अनुपस्थिति के कारण हुआ है।"

"अन्य लोग भी चाहते थे कि वे मुख्य युद्धक्षेत्र से अनुपस्थित हो जायें?"

"नहीं! ऐसा तो नहीं है।" कृष्ण बोले, "किन्तु यह कोई नहीं सुनना चाहता था कि अर्जुन की अनुपस्थिति में वे लोग आचार्य द्रोण को रोकने में असमर्थ रहेंगे।"

"ओह!" सुभद्रा मौन हो गयी किन्तु उठकर गयी नहीं।

कृष्ण उसे देखते रहे : शायद वह कुछ कहे। पर सुभद्रा थी कि न कुछ कह रही थी और न ही सिर उठाकर उनकी ओर देख रही थी।

"क्या बात है सुभद्रा? किसी संशय से पीड़ित हो?"

इस बार सुभद्रा ने सिर उठाकर सीधे श्रीकृष्ण की आँखों में देखा, "आप कहते हैं भैया! कि हमें अपने कर्मों का फल मिलता है।"

"हाँ! मिलता है।" कृष्ण मुस्कुराये "कर्म फल के विषय में फिर कोई शंका जागी है तुम्हारे मन में?"

"पुण्य कर्मों से सुख मिलता है और दुष्कर्मों से व्यक्ति दुख पाता है।" सुभद्रा बोली, "इसका कहीं यह अर्थ भी है कि जो व्यक्ति सुखी दिखाई पड़ता है, वह अपने सत्कर्मों का सुख भोग रहा है और जो मनुष्य दुखी है, वह अपने पापों का दण्ड पा रहा है।"

"यह तो बहुत स्थूल व्याख्या है कर्म सिद्धान्त की।"

"क्यों? इसमें स्थूल क्या है और सूक्ष्म क्या है?" सुभद्रा के स्वर में कुछ आवेश झलका, "बात को सरल ढंग से कहा गया है।"

"कहा तो सरल ढंग से ही गया है सुभद्रे! किन्तु कई बार सरलीकरण के अतिरेक से अर्थ का अनर्थ हो जाता है।" कृष्ण कुछ मुस्कुराये, "पर तुम पहले कह लो, क्या कहना चाहती हो।"

"मेरे मन में बार–बार आ रहा है कि मेरे किन पापों के कारण मेरा किशोर पुत्र अकाल मृत्यु को प्राप्त हुआ? उसे पूर्णायु क्यों नहीं मिली?" सुभद्रा बोली, "अभिमन्यु पूर्वजन्मों के अपने किन पापों के कारण इस अल्पायु में संसार छोड़कर चला गया?"

"तुम कहना चाहती हो कि अभिमन्यु की इस वीरगति का अर्थ है कि यह उसे, तुम्हें तथा धनंजय–तीनों को ही तुम लोगों के पापों का दण्ड मिला है।"

"हाँ भैया!"

"कौन है ऐसा व्यक्ति, जो पुत्र की इस प्रकार की मृत्यु के क्षण में माँ को सान्त्वना देने के लिए कह सकता है कि वह, उसका पुत्र और उसका पति–तीनों ही पापी हैं; और अपने पापों का दण्ड पा रहे हैं?" कृष्ण कुछ असहज हो आये, "यह उचित नहीं है।"

"पर भैया सान्त्वना देने के नाम पर असत्य भी तो नहीं बोलना चाहिए।"

"नहीं! असत्य बोलने की आवश्यकता नहीं है।" कृष्ण बोले, "दुखों का अन्त तो सत्य को जानकर, उसे स्वीकार कर ही होता है।"

"तो फिर..." सुभद्रा ने उनकी ओर देखा, "मैं इसे अपने कर्मों का फल क्यों न मानूँ?"

कृष्ण अपने स्थान से उठकर उसके निकट आये। उन्होंने अपना हाथ उसके सिर पर रखा और स्नेह से थपथपाया, "तेरा मन इस समय स्थिर नहीं है। हिल्लोलित स्थिति है तेरे मन की। फिर भी इस बात को समझ मेरी बहना! तेरा तो एक पुत्र गया है और वह भी युद्ध में वीर क्षत्रियों के समान लड़ते हुए। हमारे माता–पिता के छह पुत्रों को उनके जन्म के तत्काल पश्चात् ही मार दिया गया था। सातवें हैं बलराम भैया, और आठवाँ हूँ मैं।"

"जानती हूँ।"

"तो क्या हमारे माता–पिता इतने पापी हैं कि उनको छह–छह नवजात पुत्रों की मृत्यु का कष्ट सहना पड़ा? उन्होंने जो कष्ट पाया, वह कंस के अत्याचार के कारण नहीं, अपने पाप के कारण था?" कृष्ण ने उसकी ओर देखा।

सुभद्रा तत्काल कुछ नहीं बोली। मौन बैठी सोचती रही। अन्त में सिर उठाकर बोली, "यह मानने की इच्छा नहीं होती, क्योंकि उनकी वृत्तियाँ अत्यन्त सात्विक हैं। फिर उन्होंने आप जैसे पुत्र को जन्म दिया है।

आपकी माँ पापात्मा नहीं हो सकती।...पर फिर कर्म के फलों की व्याख्या कैसे होगी?"

कृष्ण कुछ क्षणों तक सोचते रहे। फिर धीरे–से बोले, "हम अपनी बात आदि से ही आरम्भ करें सुभद्रे! ब्रह्म अपनी त्रिगुणात्मक प्रकृति के माध्यम से यह सृष्टि रचता है और आगे का सारा प्रपंच उस प्रकृति के तीनों गुणों का ही है। इस दृष्टि से कर्ता या तो ब्रह्म है अथवा उसकी प्रकृति। विद्या माया भी उसी की है और अविद्या माया भी। परा शक्ति भी उसकी है और अपरा शक्ति भी। वस्तुतः प्रकृति के गुण ही सारे जीवों से सब कुछ करवा रहे हैं। किन्तु उस अविद्या माया के वशीभूत होकर आत्मा देह के साथ अपना तादात्म्य कर लेती है और अपने अहंकारवश स्वयं को कर्ता मान लेती है। जो मनुष्य स्वयं को कर्मों का कर्ता मान लेता है, वह कर्म बन्धनों में बँधता है। जो उसे निष्काम रूप से करता है और यही जानता है कि कर्ता वह नहीं कर्तार है, वह उन कर्म बन्धनों में नहीं बँधता। ठीक है?"

"ठीक है भैया!"

"तो अपने कर्मों का फल तो उसी को मिलेगा, जो अपने अज्ञान और अपनी आसक्ति के कारण स्वयं को कर्ता मानेगा।" कृष्ण बोले, "जो जीव अपना सारा कर्तव्य ईश्वर को समर्पित कर देता है और स्वयं को कर्ता नहीं मानता, उस पर कर्म का नियम संसार का कार्य–कारण का नियम लागू नहीं होता। वह ईश्वर का उपकरण मात्र है।...जो कर्ता का अहंकार पालता है, वह प्रकृति के नियमों के अनुसार अपने कर्मों का फल अवश्य पाता है। समझ रही हो न?"

"समझ रही हूँ भैया!"

"अब कर्म फल को केवल दो भागों–सुख और दुख या दण्ड और पुरस्कार में मत बाँटो।" कृष्ण बोले, "कर्म का फल तो क्रिया की प्रतिक्रिया है। उसका रूप कुछ भी हो सकता है। यहाँ, एक और बात पर भी ध्यान दो बहना!"

"क्या भैया?"

"यह माया की सृष्टि है। यहाँ जो सत्य है, वह दिखाई नहीं देता; और जो सत्य नहीं है, वह दिखाई पड़ता है।"

"इसका क्या अर्थ हुआ?" सुभद्रा चौंक उठी।

"इसका अर्थ है कि जिसको मनुष्य सुख मान बैठता है, आवश्यक नहीं कि वह सुख ही हो।" कृष्ण बोले, "जिसे हम दुख मानते हैं, वह अनिवार्यतः दुख नहीं होता।"

"ऐसा कैसे सम्भव है?"

"पाण्डवों का जन्म हस्तिनापुर के दूर पर्वतों पर स्थित ऋषिकुल में हुआ। दुर्योधन तथा उसके भाई हस्तिनापुर में कुरुओं के राजप्रासाद में जन्मे। कोई भी यह मानेगा कि दुर्योधन का शैशव सुखमय था और पाण्डवों का दुखों और कठिनाइयों से भरा।" कृष्ण ने सुभद्रा की ओर देखा, "सहमत हो?"

"ठीक है भैया!"

"किन्तु पाण्डवों का यह दुख उनके लिए हितकर था। उसी के कारण उन्हें धर्म की शिक्षा मिली और वे धर्मात्मा हुए। क्या तुम चाहोगी कि पाण्डवों का जन्म हस्तिनापुर में होता, चाहे वे दुर्योधन के समान पापी ही बनते?"

"नहीं! मैं यह नहीं चाहती।" सुभद्रा बोली, "किन्तु क्या दुखों को सौभाग्य माना जाये? आप मुझसे कहेंगे कि अभिमन्यु का वध मेरे लिए सौभाग्य का प्रतीक है?"

"नहीं! ऐसा नहीं कहूँगा।" कृष्ण बोले, "केवल इतना ही कहूँगा कि संसार में जिसे सुख और दुख कहा जाता है, उन दोनों में ही सम रहने का प्रयत्न करो। यदि दुख में यह कहकर सान्त्वना दी जाती है कि इसे ईश्वर की इच्छा मानकर स्वीकार करो और इतने विह्वल मत होओ, तो यह भी कहा जाना चाहिए कि सुख को भी ईश्वर की इच्छा मानकर सहज रूप से स्वीकार करो। उससे इतना उत्फुल्ल होना भी श्रेयस्कर नहीं है।"

कृष्ण उसकी प्रतिक्रिया की प्रतीक्षा करते रहे किन्तु वह कुछ नहीं बोली। अन्ततः कृष्ण ही बोले, "दूसरी बात यह है सुभद्रे! कि जिसे हम अपना मान बैठते हैं, वह हमारा होता नहीं है। हमारा होता तो हमें छोड़कर न जाता। उपनिषद् की उक्ति स्मरण रखो 'इदम न मम'। जब वह मेरा है ही नहीं, तो मुझसे छिना क्या?"

“जब वह मेरा था ही नहीं तो उसके चले जाने पर मेरा मन दुखी क्यों है?” सुभद्रा बोली, “जहाँ दुख है, वहाँ कुछ दोष भी है ही।”

“ठीक कह रही हो। जहाँ दुख है, वहाँ दोष भी है।” कृष्ण बोले, “पर वह दोष तुम्हारे पूर्व जन्मों के पाप नहीं हैं, अपने पुत्र में तुम्हारी आसक्ति है। यह आसक्ति ही कष्ट देती है। यही दुख का कारण है।”

“आप प्रेम को आसक्ति कहते हैं?”

“नहीं! प्रेम को आसक्ति नहीं कहता। मैं आसक्ति को ही आसक्ति कहता हूँ।” कृष्ण सहज स्वर में बोले, “प्रेम, मोह और आसक्ति में अन्तर करना सीखो सुभद्रे!”

“क्या अन्तर है भैया उनमें?”

“द्वारका में अभिमन्यु और द्रौपदेयों के पालन–पोषण के लिए जो कष्ट तुमने सहा, और उस कष्ट में जो सुख पाया, वह तुम्हारा प्रेम है।” कृष्ण बोले, “उन पर तुम जितना अधिकार जताओगी, उन्हें अपने साथ बाँधकर रखने का जितना प्रयत्न करोगी; और उनके विकास के मार्ग में जितनी बाधा तुम बनोगी, वह तुम्हारा मोह होगा।”

“और आसक्ति?”

“अपना जीना स्थगित कर, उनके माध्यम से जीने का प्रयत्न और इस प्रक्रिया में स्वयं पाया गया कष्ट तथा उनको दिया गया क्लेश तुम्हारी आसक्ति होगी।” कृष्ण बोले, “मोह और आसक्ति के कारण दुख होता है, प्रेम के कारण नहीं। प्रेम सबको मुक्त करता है। वह न स्वयं बँधता है, न औरों को बाँधता है। अधिक–से–अधिक संख्या में जीवों से प्रेम करो सुभद्रे! किन्तु किसी के प्रति मोह मत पालो और आसक्ति तो ईश्वर के सिवाय और किसी में होनी ही नहीं चाहिए।”

सुभद्रा ने उनकी ओर देखा और जैसे उसके मन का क्षोभ एक बार ही फूट पड़ा, “यह ईश्वर का कैसा न्याय है कि धर्मराज युधिष्ठिर जैसे सात्विक और पवित्र जीवन जीनेवालों को कष्ट दिया जाये और धृतराष्ट्र तथा दुर्योधन जैसे पापियों को राजपाट का सुख? ऐसे में किसे उसके न्याय में विश्वास रह जायेगा?”

"कहा न कि यह माया की सृष्टि है। ईश्वर जिनसे रुष्ट होता है, उन्हें इतना सुख देता है कि वे उसे भूल जायें और भूले ही रहें, और जिनसे प्यार करता है, उन्हें तिल–तिल जलाकर उनका मल निकाल देता है।" कृष्ण मुस्कुराये, "तुम्हें नहीं लगता कि पाण्डवों ने जो कष्ट सहा, वह उनकी तपस्या थी, उनकी परीक्षा थी? उस तपस्या ने उन्हें जो बना दिया है, वह तुम अभी नहीं जानती हो। उनका स्थान देवताओं से भी ऊँचा है। उनकी उपलब्धियाँ मानव इतिहास में अद्वितीय होंगी। सहस्राब्दियों तक उनकी पूजा होगी।" वे रुके और पुनः बोले, "धृतराष्ट्र की सारी उपलब्धियाँ शरीर के सुख तक सीमित हैं। शरीर असमर्थ होता जायेगा और उन सुखों का भी अन्त हो जायेगा। विषय तो रहेंगे, किन्तु उसकी इन्द्रियाँ उनका भोग नहीं कर पायेंगी। इसमें अन्याय कहाँ है सुभद्रे!"

सुभद्रा को कोई तर्क नहीं सूझ रहा था। कृष्ण कह तो ठीक ही रहे थे किन्तु उसका मन अभी भी विद्रोह किये हुए था, "एक ओर हम अपने किये हुए कर्मों का फल पाते हैं; और दूसरी ओर ईश्वर रुष्ट होकर मनुष्य को सुख देता है, तथा प्रसन्न होकर कष्ट देता है। दोनों बातें कैसे सम्भव हैं?"

"सम्भव तो हैं किन्तु हम उन्हें ठीक–ठीक समझ नहीं पाते, क्योंकि माया ने हमें मोहित कर रखा है।" कृष्ण बोले, "जिसे हम सुख मानते हैं, वह सुख नहीं है; जिसे हम दुख मानते हैं, वह दुख नहीं है। यह तो बुद्धि का फेर है। पलँग पर बैठ गरिष्ठ भोजन करता हुआ व्यक्ति स्वयं को परम सुखी मान रहा है; जबकि वह सीधे–सीधे रोग के राज्य में प्रवेश कर रहा है। अखाड़े, खेल के मैदान अथवा खेत–खलिहान में श्रम कर पसीना बहाते व्यक्ति को, यह कष्ट सहन करता हुआ दुखी व्यक्ति मान रहा है, जबकि वह निःरुग्णता और पुष्टता की ओर अग्रसर हो रहा है। अपने संचित कर्मों के परिणामस्वरूप, व्यक्ति ईश्वर द्वारा उन कर्मों की ओर प्रेरित होता है, जो उसके वास्तविक सुख–दुख के दाता हैं। यह दूसरी बात है कि मनुष्य की सीमित दृष्टि उस सुख–दुख को न देख सके। कर्म सिद्धान्त और ईश्वर की माया में कहीं कोई विरोध नहीं है सुभद्रे!"

"पर अच्छे लोगों को इस प्रकार दुखी करना क्यों आवश्यक है?"

"पुरस्कार परीक्षा के बाद ही मिलता है बहना! और परीक्षा उसी की होती है, जो परीक्षा देने को प्रस्तुत हो।" कृष्ण बोले, "जो परीक्षा देना नहीं चाहता, वह न तो स्वयं को तपस्या की भट्ठी में तपाता है और न ही पुरस्कार पाता है। किसी भी बड़ी उपलब्धि के लिए परीक्षा तो देनी ही होगी। ईश्वर को पाने के लिए सात्विकता तो अर्जित करनी ही होगी; और स्वयं को तपाये बिना कोई निर्मल कैसे हो सकता है।"

सुभद्रा उठ खड़ी हुई, "मैं नहीं जानती कि वह मायावी इस संसार को कैसे चलाता है, किन्तु इतना समझ पायी हूँ कि उससे रुष्ट होने के स्थान पर उसे समझने का प्रयत्न करना ही श्रेयस्कर है।"

सुभद्रा उठकर खड़ी तो हो गयी थी, उसने जाने का संकल्प भी कर लिया था; किन्तु उसके पग उठ नहीं रहे थे।

"अभी तुम्हारा पूरा समाधान नहीं हुआ सुभद्रे!" कृष्ण के स्वर में वेणु का सा माधुर्य था।

"हाँ भैया!" वह बोली, "मन में बार–बार प्रश्न उठता है कि अभिमन्यु कहाँ होगा, किस रूप में होगा, किस स्थिति में होगा?"

"सुभद्रे!" कृष्ण का स्वर अत्यन्त गम्भीर था, "आत्मा एक ऐसा वृत्त है, जिसका केन्द्र इस शरीर में अवस्थित है; किन्तु उसकी परिधि कहीं नहीं है। जब वह केन्द्र एक शरीर से दूसरे शरीर में स्थानान्तरित हो जाता है, तो पहले शरीर की तथाकथित मृत्यु हो जाती है। मृत्यु का अर्थ है उस केन्द्र का एक शरीर से दूसरे शरीर में स्थानान्तरित भर हो जाना। आत्मा जड़ की उपाधियों से बद्ध नहीं है। वह स्वरूपतः नित्य, शुद्ध, बुद्ध तथा मुक्त स्वभाव है।"

"तो फिर वह चैतन्य आत्मा स्वयं को जड़ से बँधी हुई क्यों पाती है? वह स्वयं को जड़ क्यों समझती है? यह विशुद्ध, पूर्ण तथा विमुक्त आत्मा इस जड़ का दासत्व क्यों करती है? स्वतःपूर्ण होते हुए भी इस आत्मा को अपूर्णता का भ्रम क्यों हो जाता है?" सुभद्रा के स्वर में जिज्ञासा कम और आरोप का भाव अधिक था।

"श्वेताश्वतर उपनिषद् में ऋषि ने कहा है :

'वेदाहमेतं पुरुषं महान्तं आदित्यवरणं तमसः परस्तात्।
तमेव विदित्वाति मृत्युमेति नान्यः पन्था विद्यतेअयनाय।।'"

"इसका मेरे प्रश्न से क्या सम्बन्ध?"

"सम्बन्ध है।" कृष्ण बोले, "ऋषि का कहना है कि मैंने उस अनादि पुरातन पुरुष को प्राप्त कर लिया है। सूर्य के समान कान्तिमान, अन्धकार और अज्ञान से परे उस महान् पुरुष को मैं जानता हूँ। केवल उस पुरुष को जानकर ही मनुष्य मृत्यु को लाँघकर जाता है, मृत्यु से परे जा सकता है, मृत्यु के चक्र से छूट सकता है।" कृष्ण ने रुक कर सुभद्रा को देखा, "क्या अर्थ है इसका? इसका अर्थ है कि इस बन्धन में बँधने का, मृत्यु के चक्र में पड़ने का, अन्धकार और अज्ञान में डूबने का एक ही कारण है कि हम उस पुरातन पुरुष को भूल गये हैं। भूलने से पहले हम उसे जानते भी रहे हो सकते हैं। उसे भूल कर ही आत्मा जड़ को सत्य मानने और उसकी दासता करने लगी है।"

"ऋषि ठीक ही कह रहे हैं।" सुभद्रा ने जैसे अपने आपसे कहा, "मैं ही क्यों यह भूल गयी।"

❑❑